1

2

Human Talent

& Me

Dannie Rubio ist im beschaulichen Städtchen Schaffhausen, in der Schweiz aufgewachsen. Schon in der Schule liebte sie es, Aufsätze zu schreiben, Geschichten zu erzählen und auf Papier zu bringen. Ihr Lebensweg hat sie durch verschiedene Etappen geführt. So lebte sie in Los Angeles, Madrid, Solothurn, Extremadura, Malaga, Zürich, Luzern und schließlich in Alicante, wo sie mit ihrem Mann, Sohn und Hund sesshaft geworden ist. Hier erwachte auch wieder ihr lang gehegter Traum des eigenen Buches. Dannie verschlingt Bücher aus dem Thriller Genre wie andere Schokolade. Ihre Bücher entstehen in ihrem Herzen. Dannie schreibt Geschichten, die berühren, zum Nachdenken bewegen, schockieren, Hoffnung machen, herausfordern, aber einen auch zum Lachen bringen.

Dannie hat die Ausbildung zur Rennreiterin in der Schweiz absolviert. Pferde begleiteten sie ihr ganzes Leben lang. Auch heute steigt sie noch ab und zu in den Westernsattel und auf das BMX Rad.

SCHATTEN LAND

© 2023 Dannie Rubio

Herausgeber: HumanTalent & Me Autor: Dannie Rubio

Umschlaggestaltung, Illustration: © Phoenix Graphics Spain

Lektorat: Holger Bruns & Human Talent & Me

Verlag & Druck: Human Talent & Me Verlag/ LLAR digital Spain

Calle Bonitol 4

03110 Mutxamel/Spain

Kapitel 1

Holly weint nicht, noch nicht. Zu tief sitzt der Schock darüber, was sie in der letzten Stunde über sich ergehen lassen musste. Was ihr Vater ihr angetan hat. Sie wusste schon immer, dass er sie nicht liebt, damit hat sie sich längst abgefunden. Unzählige blaue Flecken und Narben sind stumme Zeugen seiner Abneigung gegen sie. Zitternd sitzt sie auf dem Bett, ihre Arme fest um die Beine geschlungen. Vor drei Tagen feierte Holly ihren zwölften Geburtstag. Feiern ist nicht das richtige Wort, sie saß mit ihrer besten Freundin Betty in ihrem Zimmer und sie tranken heiße Schokolade. Geschenke gab es keine, zumindest nicht von ihren Eltern. Betty schenkte ihr einen Plüsch-Tintenfisch. Holly liebt Tintenfische. Seit sie im Fernsehen eine Dokumentation über diese kuriosen Tiere gesehen hat, ist sie ihnen verfallen. Viel zu schwer ist Hollys Leben, gezeichnet von Hass und Ablehnung. Sie ist die wandelnde Angst. Angst vor ihrem Vater, ihrer Mutter, Männern, Frauen, Kindern. Angst vor der Schule, vor dem Postboten, vor dem Telefon, vor dem Leben, vor sich selbst. Sie lebt nicht, sie existiert. Holly hat keine Träume. Obwohl, manchmal, wenn sie nachts im Bett liegt, alleine ist und sie von ein bisschen Mut heimgesucht wird, wagt sie es tatsächlich zu träumen. Davon, wie es ist, geliebt zu werden, zu tanzen, zu lieben und glücklich zu sein. Dann stellt sie sich vor, wie sie ihre Eltern umbringt, wie sie ihnen ein Messer mitten in ihr kaltes Herz bohrt, tief in ihre toten Augen blickt und beobachtet, wie das widerliche Leben, das sie führen, aus ihnen weicht. Dann weint sie, weil sie ein schlechtes Gewissen hat.

Jetzt kullern Tränen über ihre geröteten Wangen, zuerst eine, dann zwei, dann Bäche von Tränen. Als ob sie das Grauen aus ihrem kärglichen Körper heraus spülen wollen. Sie ist klein, zu klein für eine Zwölfjährige, zu still für eine Zwölfjährige, zu traurig für eine Zwölfjährige. Mühsam erhebt sie sich aus ihrem Bett, nie wieder will sie hier schlafen. Ihr Bett ist böse, es hat sie verraten. Ihr Vater hat sich wie ein wildes Tier auf sie gestürzt, hat sie geküsst, gebissen und missbraucht. Wie einen leblosen Gegenstand für sein Vergnügen benutzt. Holly war wie gelähmt, wehrte sich nicht, hoffte nur, dass sie den Übergriff nicht lebend übersteht. Aber sie hat überlebt. Als hätte sie nicht schon genug Last in ihrem Leben zu tragen. Ihre Gedanken rasen, prallen aber an den Mauern des Entsetzens ab. Sie kann sich kaum an den Weg zum Badezimmer erinnern. Leise öffnet sie die Tür und hört ihren Vater, wie er sich mit ihrer Mutter unterhält. Als ob nichts geschehen sei. Sie lachen und plaudern, während Holly durch die Hölle geht. Ihr Leben Tag für Tag schwärzer wird. Schluchzend schlurft sie ins Bad, duscht sich eine halbe Stunde lang und versucht, den Geruch ihres Vaters loszuwerden. Diese Mischung aus herbem Rasierwasser und Schweiß und noch einem weiteren Duft. Holly hat ihn bisher nie gerochen, den Geruch von Lust und Gier. Er klebt an ihr wie Pech und Schwefel. Als sie äußerlich sauber das Badezimmer verlässt, steht ihre Mutter vor der Tür. Sie schaut Holly nicht an, sie schaut Holly nie an.

„Geh nach unten und deck den Tisch", befiehlt sie ihr schroff und betritt das Badezimmer. „Was hast du denn für eine Überschwemmung gemacht?", schimpft sie.

Holly wird von Traurigkeit geradezu erdrückt. Sie muss weg hier oder sie wird sterben, innerlich vertrocknen. Wie eine Blume, die kein Wasser bekommt.

Kapitel 2

2 Jahre später

„Helena!!" Hollys Mutter nennt sie Helena, so wie es in der Geburtsurkunde steht. Holly hasst diesen Namen und erzählt allen, dass sie Holly heißt.
„Du musst nicht glauben, dass ich dir das Getränk auf dein Zimmer bringe."
Hollys Mutter schreit so laut, dass die Wände wackeln. Heute ist Hollys vierzehnter Geburtstag. Über ihrem Bett hängt eine Strichliste. Man geht davon aus, dass der durchschnittliche Mensch achtzig Jahre alt wird. Jedes Jahr streicht sie ein Jahr weg und freut sich auf den Tag, an dem sie diese Welt verlassen darf. Leise schleicht sie die Treppen hinunter, sie weiß, wie sehr es ihre Eltern hassen, wenn sie Lärm macht. Mutter hat die Tasse mit der heißen Schokolade auf dem Tisch abgestellt. Holly packt die Tasse und verschwindet wieder in ihrem Zimmer. Seit ihr Vater sie das erste Mal vergewaltigt hat, schläft sie auf dem Boden. Ihr Bett hat sie verraten, hat sich mit ihrem Vater verbündet. Bei dem einen Mal blieb es nicht. Er benutzt sie wie ein Taschentuch. Wenn er fertig

ist, wirft er sie weg. Überlässt sie sich selbst, ihrem Abgrund, den Zweifeln, den Ängsten und dem Entsetzen. Betty, ihre beste Freundin, ist vor zwei Monaten umgezogen, jetzt ist Holly alleine auf dieser viel zu großen Welt. Sie setzt sich auf den Stuhl, atmet laut aus und starrt auf das Poster von Nik Kershaw. Ein Superstar der 80er-Jahre-Popmusik. Holly vergöttert ihn, sie liebt die Musik aus den 80er-Jahren und ist überzeugt, dass in den 80er Jahren alles besser war. Traurig nippt sie an ihrer Schokolade. Was stimmt nicht mit ihr? Jeden Tag, jede Minute fragt sie sich, warum sie nicht geliebt wird. Ist sie es nicht wert, geliebt zu werden? Ist es ihr Aussehen? Ihre Stimme? Ihr Denken? Ihr Gesicht? Sie schreckt hoch, als die Tür aufgeht. Ihr Vater steht grinsend da und späht durch den Spalt. In seinem Blick erkennt sie sofort, was er will. Kalter Schweiß tropft von ihrer Stirn, ihr Herz beginnt zu rasen, die Luft wird knapp. In diesem Moment klingelt es an der Tür.

„Machst du auf?", ruft er genervt die Treppen hinunter.

„Ich bin auf dem Klo" erklingt die gedämpfte Antwort.

Ihr Vater verdreht die Augen und stampft die Stufen hinunter. Ohne eine weitere Sekunde vergehen zu lassen, springt Holly auf, schlüpft in ihre Sneaker und eilt die Treppen hinab. Ihr Vater steht an der Tür und unterhält sich mit einem Mann. Der Postbote, so glaubt Holly. Sie eilt in die Küche, packt ein Fleischmesser in ihre Jackentasche, dann verlässt sie das schmucke Haus, welches ihr Grauen deckt, durch die Hintertür. Während sie die Tür hinter sich zugeknallt, hört sie ihren Vater nach ihr rufen. Er wird ihr nicht nachgehen, er wird sich seine Strafe für später aufheben. Aber es wird keine Strafe geben, nicht heute und nicht morgen. Kopflos rennt sie die kaum befahrene Straße entlang. Nein, ihr Vater wird sie nicht mehr anfassen – nie mehr. Holly ist schon längst tot, nur ihr Körper funktioniert noch, aber nicht mehr lange. Ohne Unterbrechung rennt sie in den Wald, hier hat sie bereits viele einsame Stunden verbracht. Der Wald ist ihr Freund, stumm hütet er alle Geheimnisse. Er wird sie nicht verraten. Seine Dunkelheit macht ihr keine Angst, nichts ist finsterer als ihr Innerstes. Holly ist entschlossen. Ihr Leben ist es nicht wert, gelebt zu werden. Nicht dass sie nicht wollte, aber es ist unerträglich. Tränen strömen über ihr Gesicht, während sie immer tiefer in den Wald läuft. Keiner wird ihr eine Träne nachweinen, wenn sie nicht mehr da ist. Das Leben ist das, was du daraus machst, hat sie in einer Zeitschrift gelesen. Nein, das stimmt nicht ganz. Es gibt Umstände, die man nicht ändern kann, vor allem, wenn man erst vierzehn Jahre alt ist. Vielleicht gibt es einen anderen Weg, aber Holly kennt ihn nicht. Außer Atem hält Holly an, ihre Beine zittern, ihre Seite schmerzt und das Herz rast. Sie schaut sich um, kein Mensch weit und breit, doch sie hat das Gefühl, dass die Bäume sie beobachten, stumm und aufmerksam. „Was tust du da, Holly?“ Scheinen sie zu fragen und lassen sich vom Wind hin und her schaukeln. Langsam nimmt sie das Fleischmesser aus der Jackentasche. Sie knabbert an ihrer Unterlippe, während sie das Messer betrachtet. Wird es wehtun? Natürlich wird es wehtun. Ihre Hand zittert, während sie das Messer festhält. Sie atmet schwer, es ist nicht einfach, sich vorzustellen, dass es gleich vorbei sein wird. Trotz aller Widrigkeiten hat sie immer versucht, das Schöne in ihrem Leben zu sehen. Und in vielen Dingen hat sie es geschafft. In der Musik, in der Natur, in Büchern, in einer heißen Dusche, in Schokolade. In wenigen Minuten wird es vorbei sein. Holly schluckt, mit beiden Händen ergreift sie das Messer, die Klinge auf ihr Brustbein gerichtet. Genau unter den Knochen. Sie schließt die Augen, atmet tief ein und aus.

„Ich hasse euch", flüstert sie, dann stößt sie das Messer mit voller Kraft in ihren Körper. Stöhnend fällt sie auf die Knie, die Augen weit aufgerissen. Es schmerzt höllisch, aber sie bereut es nicht. Ihr Vater hat ihr schon oft Schmerzen zugefügt, damit kann sie umgehen. Schwer atmend kippt sie vornüber auf den kalten, feuchten, mit nassem Laub bedeckten Waldboden. Der Schmerz lässt nach, sie dachte, dass es schneller geht, bis die Dunkelheit eintritt. Es ist ein elendiger Kampf, ihr Körper versucht verzweifelt zu überleben. Sie spürt, wie warmes Blut aus ihrem Körper fließt. Holly schließt die Augen und wartet auf das Ende ihres kurzen beschissenen Lebens. Langsam öffnet sie die Augen, als sie etwas Kaltes an ihrem Ohr spürt. Ein Hund schnüffelt aufgeregt an ihr, er bellt, sein Bellen fühlt sich an wie tausend Nadelstiche mitten im Kopf.

„Oh mein Gott!" hört sie eine Frauenstimme sagen. „Mädchen, was ist passiert?"

Sie kniet sich neben Holly, dann bemerkt sie das Blut und das Messer, das noch immer in Hollys Hand liegt. Die Frau kramt ihr Handy aus der Jackentasche. Holly hofft darauf, dass sie kein Netz hat, aber sie hat Pech. Sie hört, wie die Unbekannte Hilfe ruft.

„Nein", flüstert Holly verzweifelt. „Bitte nicht."

„Alles wird gut, Kleines, halte durch", flüstert die Frau und streicht

ihr über das blonde kurze Haar.
„Nein", sagt sie noch einmal leise, traurig, dann wird es endlich dunkel.

Kapitel 3

Vorsichtig blinzelnd schaut Holly sich um. Ist sie tot? Die sterile Einrichtung und die piepsenden Monitore verraten ihr, dass sie noch lebt.
„Scheiße", flüstert sie.
Die Tür springt auf und eine Krankenschwester betritt lächelnd den Raum.
„Hallo Helena."
„Holly", krächzt sie.
Ihr Hals kratzt und ist trocken.
„Holly?", wiederholt die junge Frau fragend.
„Ich heiße Holly."
„Na schön." Ihr Lächeln ist echt und es zieht Holly magisch an. Sie setzt sich auf ihr Bett. „Wie geht es dir?" Als seien sie Freunde, legt sie ihre Hand auf Hollys Bein.
Holly denkt nach. Dann zuckt sie mit den Schultern.
„Hast du Schmerzen?"
Sie schüttelt den Kopf.
„Das war ganz schön knapp", sagt die Schwester und presst die

Lippen zusammen.
„Nicht knapp genug", nuschelt Holly kaum hörbar.
Doch die junge Frau hat es gehört. Sie blickt auf ihre Uhr.
„Am Nachmittag kommt ein Psychiater vorbei, um sich mit dir zu unterhalten. Du brauchst keine Angst vor ihm zu haben und darfst ihm alles erzählen."
„Ich habe keine Angst." Holly blickt starr aus dem Fenster.
„Das ist gut." Sie lehnt sich zu Holly. „Erzähl ihm alles, okay?"
Holly nickt, schaut sie aber nicht an. Die Krankenschwester grinst.
„Gut, ich komme später wieder."
Und jetzt? Ihr Vater wird sie umbringen. Ist es nicht das, was du willst, fragt sie sich. Nein, er soll diese Macht nicht besitzen, er darf ihr Leben nicht beenden, das darf nur sie selbst. Holly blickt sich um, betrachtet die Nadel, die in ihrem Handrücken steckt, und den Verband um ihre Rippen.
„Verdammter Hund", zischt sie leise.
Dann geht die Tür auf. Ein großer Mann betritt den Raum, er trägt eine Brille und lächelt sie an.
„Helena Wouters", sagt er freundlich. „Ein schöner Name."
„Ich heiße Holly", sagt sie bestimmt und blickt ihm tief in die Augen.
„Holly?"
„Ja."
„Na schön, dann Holly." Er schiebt einen Stuhl an ihr Krankenbett.
„Ist auch ein schöner Name."
„Helena ist kein schöner Name", sagt Holly ernst.
„Holly ist schöner, da hast du recht." Er lächelt sie an. „Ich bin Dr.

Florian Klopp, du darfst mich Florian nennen. Wieder lächelt er. „Wie geht es dir?"
Sie zuckt mit den Schultern und betrachtet ihn. Er sieht nett aus – wie ein großer Bruder. Seine Augen blicken sie neugierig an, sein Mund ist zu einem leichten Lächeln verzogen.
„Willst du mir erzählen, was passiert ist?"
Holly wendet ihren Blick ab, schaut aus dem Fenster. Sie beobachtet die Baumwipfel, wie sie sich im Wind hin und her biegen.
„Ich wollte sterben." Ihre Augen sind fest auf die Bäume gerichtet.
„Warum?" Die Sanftheit seiner Stimme berührt sie mitten im Herzen. Noch nie hat sich jemand für ihre Gefühle interessiert. Zögernd schaut sie ihn an.
„Es ist zu dunkel", flüstert sie und wischt sich eine Träne weg.
„Wo ist es zu dunkel?
„In mir drin."
„Hast du schon mal versucht, das Licht anzuknipsen?"
Holly muss lächeln. „Es funktioniert nicht." Sie wagt es tatsächlich zu lächeln.
„Warum ist es so dunkel, Holly?"
Holly knabbert an ihrer Unterlippe, wie sie es immer tut, wenn sie nervös ist. „Ich weiß es nicht", lügt sie.
„Ich glaube, du weißt es sehr wohl."
Holly denkt nach. „Darf ich Ihre Hand halten?"
Verdutzt schaut er sie an, dann streckt er ihr seine Hand entgegen. Holly hält sie fest. Sie ist warm und weich. Tränen strömen über ihr Gesicht. Sie krallt sich an seiner Hand fest, als ob ihr Leben davon

abhängig wäre. Er riecht nach Blumen, nicht wie ihr Vater nach herben Kräutern und Schweiß.
„Willst du mir erzählen, an was du gerade denkst?”, fragt er einfühlsam.
Holly wischt sich mit ihrer linken Hand die Tränen weg, ihre Rechte hält noch immer seine Hand fest.
„Ich denke, dass ich mich noch nie so geliebt gefühlt habe.”
Dr. Klopp räuspert sich sichtlich gerührt.
„Warum wolltest du deinem Leben ein Ende bereiten, Holly?"
Sie starrt auf seine Hand. Erstaunlich, zu was eine Hand fähig ist. Sie kann Liebe schenken, Schmerzen bereiten, das Leben nehmen und Leben geben.
„Er hat mir alles genommen.”
Ihre Stimme ist sehr leise, als ob sie hofft, dass er sie nicht hört.
„Wer?”
„Vater.”
Sie zittert, allein ihn zu erwähnen, hat die Kraft, sie in Angst und Schrecken zu versetzen. Hilfesuchend blickt sie zu Florian hoch.
„Hat er dir wehgetan?”
Holly nickt. Florian leckt sich die Lippen und schaut sie mitfühlend an. Hollys Augen kleben an ihm, noch nie hat sie jemand so angeschaut.
„Hat er dich geschlagen?”
Sie nickt.
„Hat er dich unsittlich berührt?”
Wieder nickt sie. Sie hört, wie er geräuschvoll einatmet.
„Und deine Mutter?”

„Sie hat mich nie angeschaut." Holly wendet ihren Blick von ihm ab.
„Sie hat dich nie angeschaut?", wiederholt er ungläubig.
„Nie, als wäre mein Anblick tödlich."
Holly verzieht den Mund. Stumm schaut er sie an, in seinem Kopf nimmt das Grauen Gestalt an. Er sieht den Schmerz in Hollys Augen und kann es kaum ertragen.
„Du wirst nicht mehr zu deinen ..." Er zögert, schafft es kaum, solche Menschen Eltern zu nennen. „Du ... wir ... wir werden dich in einer liebevollen Pflegefamilie unterbringen."
Er lächelt sie aufmunternd an. Holly blickt auf. Noch immer hält sie seine Hand fest, denkt nicht daran, sie loszulassen.
„Eine neue Familie?"
„Ja."
Ein schüchternes Lächeln zaubert sich in ihr Gesicht.
„Willst du das?"
Sie nickt heftig.
„Gut."
„Ich habe noch Dinge in meinem Zimmer, meinen Tintenfisch, meine Coladosen und meine Bücher."
„Tintenfisch? Coladosen?"
„Ein Plüsch-Tintenfisch, den mir meine Freundin geschenkt hat, und ich sammle Coladosen."
Er lächelt. „Darum werden wir uns kümmern."
So etwas wie Glück schleicht sich an Holly heran, aber sie hat Angst, dem Glück Zutritt zu gewähren, weil sie sich vor der Enttäuschung fürchtet.
Holly betrachtet den großen, freundlichen Mann. Ist er glücklich?

Wird er geliebt? Wie schafft man es, in dieser kalten Welt zu überleben?

„Was denkst du?”, fragt er und schaut ihr tief in ihre blauen Augen.

„Sind Sie glücklich?“

Er atmet tief ein, stößt einen seltsamen Laut aus.

„Keiner hat gesagt, dass das Leben einfach ist, aber es hat durchaus seinen Reiz.”

Holly starrt ihn an. Sie kann sich keinen Reim auf seine seltsame Antwort machen.

„Sind Sie glücklich?”, wiederholt sie ernst.

Er denkt nach. „Die meiste Zeit bin ich glücklich.”

Sie legt ihren Kopf schief, lässt ihn nicht aus den Augen.

„Werden Sie geliebt?”

Jetzt kommt die Antwort prompt und ohne zu zögern.

„Ja, ich werde geliebt.”

„Von wem?”

„Von meiner Frau, meiner Tochter, meinen Freunden, meinen ...”

Er hält inne und zögert. „Ja, ich werde geliebt. Und du wirst auch geliebt werden, da bin ich mir sicher. So eine wunderbare junge Frau wird von vielen geliebt werden.”

Überrascht schaut sie ihn an. Meint er das wirklich so?

„Lieben Sie mich?”

Die Frage bringt ihn durcheinander. „Ich ... ach, ... ich mag dich, aber um dich zu lieben, müsste ich mehr Zeit mit dir verbringen.”

„Bringt die Zeit Liebe?"

Er öffnet die Augen weit, presst die Lippen aufeinander.

„Na ja, um jemanden zu lieben, muss man ihn kennen. Das braucht

Zeit."
Holly gefällt die Antwort nicht, betrübt blickt sie auf seine Hand.
„Was ist?"
„Ich glaube nicht, dass ich gut genug bin, um geliebt zu werden." Ihre großen, blauen, traurigen Augen blicken ihm direkt ins Herz.
„Hör mir gut zu, Holly, dass deine ..." wieder fällt es ihm schwer, ihre Eltern als solche zu betiteln. „Deine Eltern, dich nicht geliebt haben, ist nicht deine Schuld."
„Nicht?"
„Nein, es ist ihre Schuld. Aus irgendeinem Grund wollten oder konnten sie dich nicht lieben. Aber das ist nicht deine Schuld. Du hast nichts falsch gemacht, sie haben vieles falsch gemacht."
Holly schaut ihn an, denkt nach. „Was passiert mit ihnen?"
„Sie werden dafür bestraft werden, was sie dir angetan haben."
Erschrocken schaut Holly ihn an. Ein schlechtes Gewissen breitet sich in ihr aus. „Das will ich nicht."
Florian kraust die Stirn. „Du willst nicht, dass sie bestraft werden, dafür, was sie dir angetan haben?"
Holly senkt den Blick und schüttelt den Kopf. Florian Klopp beobachtet sie. „Hast du Angst, dass sie böse mit dir sind, wenn sie bestraft werden?"
Holly schüttelt den Kopf, dann blickt sie mit Tränen in den Augen auf. „Ich will nicht, dass Mutter bestraft wird."
Florian schluckt. „Liebst du deine Mutter?"
Holly nickt und drückt seine Hand.
Verrückt, denkt er, *die Fähigkeit dieses Kindes zu lieben*. „Ich weiß nicht, ob deine Mutter bestraft wird, aber dein Vater bestimmt." Er

lächelt sie gepresst an. „Aber dafür musst du alles erzählen."
Holly blickt auf, ihre Augen sind weit aufgerissen.
„Was muss ich erzählen?"
„Alles, was er dir angetan hat."
Sie schüttelt vehement den Kopf. Sie wird diese Grausamkeiten nicht in die Welt hinaus lassen. Keiner soll es wissen.
„Du brauchst es nicht jetzt zu erzählen, du hast Zeit."
„Keiner soll wissen, was er mit mir gemacht hat. Es ist meine Geschichte." Holly blickt ihm entschlossen in die Augen. Er atmet geräuschvoll ein und wieder aus. „Ich will weg von meinem Vater, aber ich will nicht erzählen, was er mir angetan hat. Niemals."
Florian Klopp reibt sich mit seiner linken Hand die Stirn, die rechte wird von Holly umklammert.
„Wenn du nicht reden willst, Holly, wird es schwierig werden."
Sie schaut ihn aufmerksam an.
„Wer hat Sie geschlagen?", fragt sie plötzlich aus dem Nichts. Verwirrt schaut er sie an. „Was meinst du?"
„Die Narbe über Ihrem Auge, so eine habe ich auch."
Automatisch streicht er über seine Narbe. „Ach, das war ein Fahrradunfall."
„Oh." Sie wendet ihren Blick ab.
„Willst du mit deiner Mutter sprechen?"
Holly knabbert an ihrer Unterlippe und fixiert Klopp. Sie denkt nach, vielleicht hat ihr Suizidversuch ihre Mutter wachgerüttelt, ihr Herz erweicht. Vielleicht wurde ihr jetzt klar, wie Holly sich fühlt und wie es ihr tatsächlich geht? Eigentlich möchte Holly nicht in eine andere Familie. Sie möchte ohne Vater und ohne Schläge dort

leben, wo sie aufgewachsen ist.
„Ja", antwortet sie knapp.
„Ich werde dabei sein, ist das okay für dich?"
Sie nickt und gähnt.
„Du solltest schlafen, das wird dir guttun." Er wirft einen Blick auf die Monitore, die ihre Vitalwerte anzeigen. „Dein Körper braucht Erholung."
„Mhm." Sie schließt die Augen.
„Holly." Seine Stimme klingt sanft und liebevoll. Holly öffnet die Augen, er lächelt. „Meine Hand." Sie grinst schief und lässt seine Hand los. „Wir sehen uns später."

Gegen Abend wartet Florian Klopp vor dem Krankenzimmer auf Hollys Mutter. Fünf Minuten zu spät sieht er die kleine Frau den Gang entlang eilen. Florian erkennt sofort, dass es sich um die Mutter von Holly, Beate Wouters, handelt: dieselbe Statur, dieselbe ovale Gesichtsform. Doch Hollys Augen sind blauer, ihre Lippen voller und ihre Gesichtszüge weicher. Frau Wouters sieht aus, als hätte sie seit Jahren nicht mehr gelacht. Florian macht einen Schritt auf sie zu und streckt ihr seine Hand entgegen. Er stellt sich vor und lächelt sie freundlich an. Die Frau, die ihre eigene Tochter nicht ansehen kann. Frau Wouters schüttelt seine Hand, ihre Miene ist versteinert und zeigt keine Regung. Bitterkeit, Frust und noch etwas, was er nicht auf den ersten Blick erkennen kann, hat sich in ihrem Antlitz eingebrannt.
„Ihre Tochter ist dem Tod nur knapp entkommen", klärt er Frau Wouters auf. „Es geht ihr den Umständen entsprechend gut, ich

bitte Sie, sie nicht aufzuregen."

Beate nickt und starrt auf die Tür. Der Psychiater öffnet sie. Holly schläft, leise betreten sie das Zimmer. Florian beobachtet ihre Mutter, ihr Blick ist starr auf den Boden gerichtet, während sie sich dem Bett nähern. Er schiebt ihr einen Stuhl hin, die beiden setzen sich. Stumm warten sie, bis Holly endlich ihre Augen öffnet. Zuerst erkennt sie Klopp, er lächelt sie an, dann bemerkt sie ihre Mutter, für einen kurzen Moment bleibt ihr Herz stehen, ihre Atmung stockt. Florian richtet seinen Blick auf den Monitor. Holly fühlt sich sichtlich unwohl, sie spielt mit ihren Händen.

„Wie geht es dir, Helena." Die Stimme ihrer Mutter ist emotionslos und gelangweilt.

„Holly", flüstert Holly, ihr Blick ist gesenkt.

Florian beobachtet die beiden. Er kommt Holly zu Hilfe.

„Frau Wouters, Sie wissen, dass Ihr Mann Ihre Tochter missbraucht hat?"

Beate zuckt mit den Schultern, ihr Blick noch immer starr auf den Boden gerichtet, sie hat ihre Tochter, seit sie das Zimmer betreten hat, nicht ein einziges Mal angeschaut.

„Holly möchte zurück nach Hause, aber ohne ihren Vater."

Beate blickt ihn fragend an. „Ohne Dirk?"

Er nickt.

„Wie stellt sie sich das vor? Dirk ist mein Mann, ich liebe ihn, er liebt mich. Ich werde ihn nicht verlassen, nur weil sie das so wünscht."

Holly bricht innerlich zusammen.

Florian kann nicht glauben, was er gerade gehört hat. „Frau

Wouters, Ihre Tochter wollte sich das Leben nehmen, wegen Ihres Mannes."
Sie schüttelt den Kopf. „Ach was, sie ist mitten in der Pubertät, da spielen die Gefühle schon mal verrückt."
Holly zwingt sich, nicht zu weinen.
„Wahrscheinlich hat sie sich verliebt und der Junge will nichts von ihr wissen."
Florian räuspert sich, sein Blick wandert zu Holly. Ihre Hoffnungen sind zerschlagen in tausend Stücke. Er sieht es ihr an.
„Ihre Tochter wurde untersucht, sie hat unzählige Narben an ihrem Körper."
Frau Wouters blickt zu ihm auf, ihr Mund zu einem Grinsen verzogen.
„Hat sie erzählt, dass es ihr Vater war, der sie geschlagen hat?"
Florian reagiert nicht.
„Sie hat eine blühende Fantasie."
Holly schluchzt.
„Sie macht nur Probleme, schon seit sie auf der Welt ist." Sie schüttelt den Kopf. „Nein, sogar schon davor. Sie ist nicht das liebe, unschuldige Mädchen, das sie glauben zu sehen." Ihre Stimme ist voller Ablehnung und Hass. Florian springt auf, packt Frau Wouters an der Schulter und schubst sie aus dem Zimmer.
„Was soll das?", schimpft sie.
Erst als er die Tür hinter sich geschlossen hat, erhebt er das Wort. „Frau Wouters, Ihre Tochter hat einen Suizidversuch hinter sich. Wäre nicht per Zufall eine Fußgängerin mit ihrem Hund vorbeigekommen, wäre sie jetzt tot. Ist Ihnen das egal?"

Frau Wouters windet sich, vermeidet jeden Blickkontakt. „Natürlich nicht, aber ich kann nichts dafür. Die heutige Jugend ist viel zu sensibel, sie zerbrechen an jeder Kleinigkeit.”
Florian glaubt zu explodieren.
„Sexueller Missbrauch ist keine Kleinigkeit.”
„Dirk ist ein guter Mann, manchmal hat er sich nicht unter Kontrolle." Ihre Stimme ist leise.
„Sie und Ihr Mann haben dieses Mädchen zerstört, ist Ihnen das klar.”
Beate Wouters erhebt den Kopf, schaut Florian wütend an.
„Sie wissen überhaupt nichts, Herr Klopp, weder über mich noch über meinen Mann, jedes Gesicht erzählt eine Geschichte und jedes Gesicht erzählt eine Lüge.”
„Ihre Geschichten und Ihre Lügen interessieren mich nicht, ich interessiere mich nur für Holly. Sie will nicht gegen ihren Vater aussagen.”
Beate Wouters schaut ihn überrascht an.
„Nicht?”
„Nein, sie will zu Ihnen zurückkehren.” Florian macht einen Schritt auf die kleine Frau zu. „Leute vom Jugendamt werden jede Woche an ihrer Tür klopfen und nach dem Rechten sehen. Beim kleinsten Anzeichen auf Gewalt und Missbrauch wird die Polizei eingeschaltet.” Er spricht leise, aber eindringlich.
Beate Wouters nickt. „Ich werde mit meinem Mann reden.”
Die Frau widert ihn an, Florian atmet tief ein. „Lieben Sie Ihre Tochter?”
Beates Augen blicken nervös umher, sie drückt ihren Rücken durch,

versucht sich groß zu machen. „Welche Mutter liebt ihre Tochter nicht”, sagt sie wenig überzeugend.

„Sagen Sie es mir.”

Sie blickt ihn fragend an.

„Ich werde Holly eine Therapie mit mir vorschlagen. Einmal in der Woche.”

Frau Wouters zuckt mit den Schultern. „Wenn Sie meinen.” Sie blickt auf die Uhr. „Ich muss los.” Hastig wendet sie sich ab.

„Wollen Sie Ihrer Tochter nicht Auf Wiedersehen sagen?”

„Sagen Sie ihr einen Gruß von mir”, ruft sie ihm zu und befindet sich schon auf dem Weg zum Aufzug.

Es gibt Menschen, die sollten keine Kinder in die Welt setzen, denkt Florian erschüttert. In Fällen wie diesem hasst er seinen Job. Er atmet ein paarmal ein und wieder aus, dann betritt er Hollys Zimmer. Er schenkt ihr ein Lächeln, welches sie mit einem zufriedenen Grinsen quittiert.

„Ist Mutter weg?”

„Ja.” Er richtet ihren billigen Gruß nicht aus. „Ich komme morgen wieder, Holly, okay? Dann beginnen wir mit der Therapie, wenn du magst.”

Holly neigt ihren Kopf zur Seite. „Therapie?”

„Ja, du erzählst mir aus deinem Leben und ich versuche dir zu helfen.”

Sie denkt nach.

„Okay”, bestätigt sie nach einer Weile.

Er klopft ihr aufs Bein. „Gute Nacht, bis morgen.”

„Gute Nacht.” Sie lächelt und schaut ihm nach, bis er das Zimmer

verlassen hat. Was für ein liebevoller Mann, warum kann er nicht ihr Vater sein?
Holly versinkt in ihren Gedanken, sieht sich, wie sie lachend und fröhlich nach Hause kommt. Florian umarmt sie und küsst sie auf die Wange. „Wie war dein Tag?”, fragt er sie gut gelaunt und Holly erzählt von ihrem Tag, der wunderschön war ...
„Helena.”
„Helena.”
„Helena!!”
Erst beim dritten Mal findet Holly zurück in die Realität. Eine Ärztin steht vor ihr und lächelt – hier lächeln alle – es gefällt ihr.
„Holly”, sagt sie leise.
„Holly?”
„Ja, ich heiße Holly.”
Die Ärztin blickt auf die Mappe, die sie in der Hand hält.
„Ähm, hier steht Helena.” Sie blickt fragend auf.
„Ja, aber ich mag den Namen nicht.”
„Okay, dann Holly.” Sie setzt sich zu ihr. „Wie geht es dir?”
Holly betrachtet die Ärztin, sie ist schlank, älter, vielleicht so alt wie ihre Mutter, sie hat fröhliche Augen und eine lustige Nase.
„Es geht mir gut”, antwortet Holly.
„Das ist schön, ich habe mir Sorgen um dich gemacht.”
Holly blickt sie überrascht an. „Wirklich?”
„Ja natürlich.”
Holly kraust die Stirn. „Warum?”
Die Ärztin, die sich noch nicht vorgestellt hat, verzieht ihren Mund. „Na, weil es dir schlecht ging und wir uns große Mühe gegeben

haben, dass du wieder gesund wirst."
Die Antwort gefällt ihr. „Lieben Sie mich?"
Die Ärztin weitet die Augen, schaut Holly überrascht an. „Kommt darauf an, was du unter Liebe verstehst, ich liebe alle Kinder. Einige mehr und andere weniger."
„Alle?"
„Ja." Die Ärztin steht auf und betrachtet den Monitor.
„Mich auch?"
„Natürlich, du bist auch ein Kind."
Holly grinst.
„Ich spritze dir noch was, damit sich die Wunde nicht entzündet."
Sie öffnet einen Zugang und spritzt eine Flüssigkeit hinein.
„So, das wars, jetzt solltest du ein bisschen schlafen."
Holly nickt eifrig und schließt die Augen.
„Ach, übrigens ich bin Laura Schuster, deine Ärztin, du kannst mich Laura nennen."
Ohne die Augen zu öffnen, flüstert Holly. „Gute Nacht, Laura."
Auf leisen Sohlen verlässt die Ärztin das Zimmer. Holly denkt über die Worte ihrer Mutter nach. Ist ihr tatsächlich nicht bewusst, was sie und ihr Mann ihr antun? Holly hasst ihren Vater, aber ihre Mutter liebt sie trotz allem, obwohl sie weiß, dass die Liebe nicht auf Gegenseitigkeit beruht. Vielleicht liebt sie ihre Mutter, weil sie sie lieben muss. Sonst würde sie ganz untergehen. Es fühlt sich seltsam an, daran zu denken, dass sie eigentlich tot sein sollte. Wäre nicht die Frau mit ihrem Hund aufgetaucht, läge sie tot im Wald. Ihr Wald hätte sie verborgen zwischen Bäumen, Laub und Gestrüpp. Vielleicht hätte es Tage, Wochen oder Monate gedauert,

bis man ihren Körper gefunden hätte. Doch jetzt liegt sie hier in diesem Zimmer, mit diesen Leuten, denen sie was bedeutet. Es fühlt sich seltsam an. Diese Zuneigung, sie macht süchtig, Holly will mehr und kann es kaum abwarten, bis Florian sie morgen besucht. Die Therapie beginnt. Was will er hören? Die Dunkelheit muss in ihr bleiben, sie darf diese grausamen Geschichten nicht rauslassen. Holly wird vom Schlaf eingeholt.

„Ich hasse dich", zischt ihre Mutter sie an. „Ich hasse dich, ich hasse dich, du hättest nie auf die Welt kommen sollen, es war mein Fehler." Ihre Mutter hat Fangzähne wie ein Raubtier, Sabber tropft aus ihrem Mund, während sie Holly noch kleiner macht, als sie schon ist. Holly starrt sie an, Tränen rutschen über ihre Wangen. Ihre Mutter schaut sie nicht an, nie. „Du hast mein Leben zerstört." Holly fällt in die Tiefen ihres Abgrunds. Schwarz wie die Nacht, gefährlich und einsam. Sie vernimmt die Stimme ihrer Mutter, wie sie ununterbrochen auf sie schimpft, aber ihr Geist ist woanders. Jetzt hört sie ihren Vater. „Geh zur Seite, ich kümmere mich um sie", schreit er. Holly drückt sich in die Ecke, doch sie weiß, es gibt kein Entkommen vor ihm. „Freche Göre!", schreit er sie an. Mit zwei großen Schritten ist er bei ihr, schlägt ihr die Faust ins Gesicht, er lacht. Auch er hat Zähne wie ein Raubtier, nochmals schlägt er zu, hart und erbarmungslos. Sie hält sich weinend die Nase, Blut tropft auf ihre Hand. Traurig erhascht sie einen Blick auf ihre Mutter. Zufrieden beobachtet diese ihren Mann, wie er ihre Tochter quält. „Warum?" Holly Stimme ist schwach, wird nicht wahrgenommen. Er packt sie, stößt sie grob die Treppen hinauf in ihr Zimmer. Sein Gesichtsausdruck hat sich gewandelt, von purem

Hass zu Lust und Gier. Sie hasst diesen Blick, seinen Geruch, er riecht widerlich. Er reißt ihre Klamotten vom Leib.
„Nein!", ruft sie verzweifelt, sie wagt es nicht, sich zu wehren. Nein", wimmert sie, wieder und wieder. Doch er kennt keine Gnade. Nein!", ruft sie laut und voller Verzweiflung.
„Holly."
„Bitte nicht." Tränen strömen über ihr Gesicht.
„Holly."
Jemand rüttelt an ihr. Zaghaft öffnet sie die Augen. Sie braucht einen Moment, bis sie versteht, wo sie ist und in wessen Augen sie blickt. Es ist Laura Schuster. Erleichtert streckt Holly ihre Arme nach ihr aus, die Ärztin zögert keine Sekunde und umarmt sie.
„Es war nur ein Traum".
„Ich will nicht zurück." Sie wischt sich Tränen aus dem Gesicht.
„Ganz ruhig, Holly, darüber reden wir morgen, okay? Versuch noch ein bisschen zu schlafen."
„Bleiben Sie bei mir?"
„Ich bleibe noch ein Weilchen bei dir."
„Können Sie meine Hand halten?"
Die Ärztin nickt und nimmt Hollys Hand fest in ihre.

Kapitel 4

Hollys Nacht war unruhig, Albträume quälten sie ohne Unterlass. Früh morgens wurde das Frühstück gebracht. Sie hatte keinen Hunger, hat sich aber dazu gezwungen, etwas zu essen. Sie möchte hier niemanden verärgern. Nachdem sie nochmals kurz eingenickt ist, hat Florian Klopp ihr Zimmer betreten. Holly weiß nicht, woran es liegt, aber heute scheint sie alles klarer zu sehen. Sogar Florian sieht heller aus, jünger und unbeschwerter.

„Guten Morgen Holly", begrüßt er sie wie immer lächelnd.

Holly lächelt zurück. „Guten Morgen Florian."

„Soll ich das Fenster öffnen, es ist ein wunderschöner Tag heute, ein bisschen frische Luft wird dir guttun."

„Ja."

Er öffnet das Fenster, die kühle, frische Luft umarmt Holly liebevoll. Sie schließt die Augen und genießt den Moment.

„Ich will nicht zurück", platzt es aus ihr heraus.

„Du willst nicht zurück zu deinen Eltern?"

„Nein."

Florian ist erleichtert.

„Aber ich will nicht in eine Pflegefamilie."

Allein schon die Bezeichnung macht ihr Angst: Pflegefamilie.

„Es gibt weitere Möglichkeiten.

Erwartungsvoll schaut sie ihn an.

„Zum Beispiel ein betreutes Wohnen mit anderen Jugendlichen

zusammen."
Holly starrt ihn an.
„Du lebst mit anderen Mädchen in deinem Alter in einer Wohnung. Es gibt eine Aufsichtsperson, die jeden Tag vorbeikommt und nach dem Rechten schaut."
Holly versucht, sich ein Bild zu machen, wie es wäre, aber sie kann es sich nicht vorstellen. „Was für Mädchen?"
„Mädchen, die wie du Probleme zuhause haben."
„Sind die nett?" Holly fürchtet sich vor Mädchen und Jungs. Ihre Klassenkameraden sind gemein, lachen sie aus, weil sie klein und stumm ist. Sie spricht nicht so viel wie die anderen, das reicht, um gemein zu sein.
Florian brummt seltsam. „In der Regel schon."
„Und außerhalb der Regel?"
Er grinst. „Na ja, Holly, da müsste man schauen, dass es passt."
„Und wenn es nicht passt?"
„Dann sucht man was anderes."
„Muss ich das jetzt entscheiden?"
„Nein." Er packt ein Notizbuch aus seinem Rucksack. „Aber ich finde es gut, dass du nicht bei deinen Eltern leben willst." Florian schlägt seine Beine übereinander, nimmt einen Stift und betrachtet Holly.
„Gibt es etwas, was du mir erzählen willst?"
Holly schluckt, es ist wie in der Schule, wenn der Lehrer sie etwas fragt und sie die Antwort nicht kennt. Sie fühlt sich unbehaglich, hofft, dass er sie gleich aus der Lage befreit. Sie weiß nicht, was er hören will. „Ich ... ähm, was?", stottert sie.

„Du kannst mir erzählen, was du willst, etwas Schönes, etwas Trauriges, etwas Lustiges, ganz egal."
Holly lächelt begeistert.
„Wissen Sie, dass Tintenfische hochintelligent sind?"
„Ich ... ähm, habe mir noch nie Gedanken darüber gemacht."
„Sie sind hochintelligent und haben drei Herzen."
Holly liebt es, über ihre Lieblingstiere zu erzählen, nur will es meistens keiner hören.
„Wow, das ist interessant."
„Ja, ihr Blut ist blau."
„Ach ja?" Florian ist ehrlich erstaunt.
„Sie sind sehr verspielt und nachts träumen sie."
„Wäre interessant zu wissen, wovon sie träumen."
„Ja, bestimmt von anderen Tintenfischen."
„Wahrscheinlich. Sind Tintenfische deine Lieblingstiere?"
„Ja, ich wäre gerne ein Tintenfisch."
„Warum?" Florian lacht.
„Weil sie intelligent sind, gerne spielen, sie sind fähig zu lieben, sie haben acht Arme, die sie unabhängig voneinander bewegen können." Holly blickt ihn ernst an. „Können Sie sich vorstellen, wie es ist, acht Arme zu haben?"
„Nein." Er lacht wieder und schreibt etwas in seinen Notizblock.
„Was schreiben Sie da?"
„Notizen."
„Was für Notizen?"
„Darüber, was du mir erzählst."
Holly scheint zufrieden über diese Antwort. „Mit acht Armen

können sie sich an acht verschiedenen Stellen kratzen", erzählt sie begeistert. „Das wäre tatsächlich nicht schlecht." Holly lehnt sich lächelnd zurück und betrachtet Florian. Er tut ihr gut, seine Freundlichkeit zieht sie an wie ein Magnet. Ist er hübsch? Sie weiß es nicht, wahrscheinlich ist er hübsch für sein Alter. Er riecht gut, nach Blumen, und sein Lächeln ist ansteckend.

„Was denkst du?"

„Sie riechen gut."

„Ach ja?"

„Ja, nach Blumen, ich liebe Blumen."

„Was liebst du noch?"

„Meine Coladosen, die Natur, Bücher, Schokolade, zu duschen und die Achtzigerjahre."

„Bücher? Du liest gerne?"

„Ja, sehr gerne."

„Was liest du?"

„Mhm, meine Freundin hat mir immer Bücher mitgebracht. Manche Bücher waren von ihr, also Kinderbücher und manche Bücher von ihren Eltern, die sie wegwerfen wollten."

„Und was waren das für Bücher?"

„Mein Lieblingsbuch ist von Stephen King."

Florian reißt die Augen auf. „Stephen King."

„Ja, *Needful Things* heißt das Buch, kennen Sie es?"

„Nein, um was geht es?"

„Ein seltsamer Mann zieht in ein kleines Dorf, dort eröffnet er einen Antiquitätenladen. Er erfüllt den Menschen aus dem Dorf ihre größten Träume, aber der Preis, den sie dafür bezahlen, ist hoch."

Holly sieht ihn verschwörerisch an.
„Das klingt interessant."
Sie nickt heftig. „Und deine Freundin, wer ist sie?"
„Betty, sie ist vor wenigen Monaten weggezogen."
„Oh, das ist schade."
„Ja, sie war meine beste Freundin."
„Hast du noch andere Freunde?"
Traurig schüttelt Holly den Kopf. Wie aus dem Nichts wird sie in den Abgrund gezogen, sie ist willenlos, weiß sich nicht dagegen zu wehren. Holly bricht in Tränen aus.
„Hey." Florians Stimme ist sanft und erfüllt sie mit noch mehr Traurigkeit, sie glaubt es nicht auszuhalten. „Holly." Er klingt besorgt. „Was ist los?"
Sie hebt die Schultern, wenn sie es bloß wüsste. Sie weiß nur, dass diese Traurigkeit bleiern schwer auf ihren Schultern lastet.
„Was fühlst du, Holly?"
Holly versucht zu sprechen, wird aber regelrecht von Weinkrämpfen durchgeschüttelt.
„Lass es raus, es ist gut." Florian lehnt sich zurück, kratzt sich am Kinn. Das Geräusch, das seine Finger auf dem unrasierten Kinn machen, gefällt Holly, sie versucht, sich darauf zu konzentrieren. Langsam beruhigt sie sich. Florian zaubert Taschentücher aus seinem Rucksack und streckt sie ihr entgegen. Dankbar nimmt Holly sie an. Sie schnäuzt sich die Nase und wischt die Tränen weg. In jeder Träne schwimmt ein bisschen ihrer Trauer weg, das will sie glauben. Irgendwann ist sie leer von Trauer und ein glücklicher Mensch.

„Was fühlst du, Holly?”, wiederholt er seine Frage.
„Einsamkeit, Traurigkeit, Schwärze, Dunkelheit.”
„Magst du weitermachen?”
„Ja.” Sie würde den ganzen Tag reden, nur damit er sie nicht alleine lässt.
„Welche Dinge magst du gar nicht?”
Holly ist verunsichert. „Dinge? Also Gegenstände? Oder Gefühle?”
„Egal, alles, was du nicht magst.”
„Gewalt, Kinder, Schreien, Alleinsein, Menschenmassen, reden vor Leuten, Haie.”
„Haie?”
„Sie fressen Tintenfische.”
Florian verbietet sich, zu lachen. „Noch was?”
„Kräuterparfum.”
„Interessant, Holly. Und was macht dir Angst?"
Über diese Antwort muss Holly nicht lange nachdenken.
„Alles”, sagt sie wie aus der Pistole geschossen.
„Alles?”
Sie nickt.
„Ich wage zu fragen, was dir keine Angst macht.”
„Tintenfische.”
„Gut, das ist ein Anfang." Florian lächelt und steckt Holly damit an.
„Hast du Angst vor mir?”
Sie denkt nach. „Nein und ja.”
„Kannst du das erklären?”
„Nein, weil ich Sie nett finde. Sie geben mir das Gefühl, dass Sie mich mögen.”

„Und warum mach ich dir trotzdem Angst?"
„Weil ich nicht weiß, zu was Sie imstande sind zu tun."
Florian schluckt. „Du traust mir nicht."
Erschüttert über die Erkenntnis schüttelt sie den Kopf.
„Das ist okay, mach dir keine Vorwürfe deswegen."
Er blickt sie liebevoll an.
Holly ist erleichtert, denn genau das hat sie getan. Sie hat sich Vorwürfe gemacht. Sie findet, dass sie keine Angst vor ihm haben darf. Er ist nett und möchte helfen und trotzdem ist da diese Stimme in ihrem Kopf, die sie vor Gefahr warnt. Nur dass diese Stimme sie immer warnt, auch wenn keine Gefahr droht. Sie kann stumme Menschen besser einschätzen, weil sie gelernt hat, Menschen zu lesen. Wenn sie sprechen, ist sie von ihren Worten beeinflusst. Ohne Worte ist die Information, die sie erhält, rein und pur. Die beiden schrecken hoch, als die Tür auffliegt.
„Helena Schatz." Hollys Mutter kommt hereingestürmt.
„Holly." Sie starrt ihre Mutter fragend an.
Auch Florian wundert sich über den seltsamen Auftritt von Frau Wouters. Sie setzt sich zu Holly aufs Bett, schafft es aber nicht, sie anzufassen oder anzusehen. Ihre Augen fliegen nervös im Zimmer umher. Florian kneift die Augen zusammen und beobachtet interessiert.
„Helena."
„Holly." Sie atmet tief ein, ist verunsichert. So hat sie ihre Mutter noch nie gesehen.
„Holly, ich ... wir, Dirk und ich, wir möchten, dass du nach Hause kommst."

Holly blickt zu Florian, seine Miene ist versteinert, seine Kiefermuskeln springen auf und ab.
„Wir werden Hilfe suchen und uns ändern. Du gehörst zu uns, wir sind eine Familie."
Holly betrachtet ihre Mutter. Das erste Mal, dass ihre Mutter etwas annähernd Nettes zu ihr gesagt hat. Aber da ist wieder die Stimme, die sie warnt, die sie immer warnt.
„Wir sind nicht perfekt, Schatz, aber wir werden uns ändern, alles wird gut."
Florian schaltet sich ein. „Meinen Sie nicht, dass es dafür etwas zu spät ist." Er kann sich nicht helfen, fühlt nur Abneigung gegen Hollys Mutter.
„Es ist nie zu spät, Herr ... wie war Ihr Name nochmals?"
„Florian Klopp."
„Es ist nie zu spät, Herr Klopp."
„Doch, das ist es."
Beate Wouters wendet sich wieder an Holly, ohne sie anzusehen.
„Was meinst du? Gibst du uns eine Chance?" Flehend blickt sie auf Hollys Hand.
„Darf ich Sie etwas fragen, Frau Wouters?"
Florian blickt sie scharf an.
„Ja."
„Weshalb können Sie Ihrer Tochter nicht in die Augen schauen?"
Ertappt und stumm starrt sie ihn an. Nach einer Weile findet sie die Sprache wieder. „Das geht Sie nichts an, Herr Klopp."
Florian räuspert sich. „Doch, das geht mich sehr wohl etwas an. Ich bin der Psychiater ihrer Tochter und ihr Wohl steht für mich an

erster Stelle."

Holly schaut ihn lächelnd an, seine Worte füllen ihr Herz mit Freude. Sie ist ihm wichtig, diese Erkenntnis erfüllt sie mit reinem Glück.

„Ich mag den Menschen generell nicht in die Augen schauen."

Sie versucht sich herauszureden.

„Das stimmt nicht, sie haben kein Problem damit, mir in die Augen zu sehen. Aber sie haben nicht ein einziges Mal in die Augen ihrer Tochter gesehen."

Frau Wouters sucht nach Worten, nach Erklärungen. „Ich ... ich ... ich muss Ihnen nicht antworten." Herausfordernd blickt sie ihn an.

„Da haben Sie recht." Er geht nicht weiter auf sie ein. „Wir waren mitten in einer Sitzung, ich bitte Sie zu gehen." Florian schaut auf die Uhr. „In einer halben Stunde sind wir fertig."

„Ähm, ja." Beate steht auf, klopft Holly aufs Bein und ohne sie anzusehen, sagt sie: „Denk darüber nach, Schatz. Wir ... wir ... wir lieben dich."

Florian hebt die Augenbrauen. Ihrer Tochter zu sagen, dass sie sie lieben, hätte Beate Wouters um ein Haar das Leben gekostet. Er kann sich kaum bremsen. Angewidert schüttelt er den Kopf.

„Frau Wouters, die Staatsanwaltschaft wird eine Untersuchung anfordern, auch wenn Holly nicht spricht."

„Ich weiß nicht, warum Sie das jetzt sagen?", zischt sie ihn wütend an.

„Nur für den Fall, dass Sie dachten, dass Sie sich damit einer Strafe entziehen können", antwortet er trocken.

Wütend blickt sie ihn an und ohne sich zu verabschieden, verlässt

sie das Krankenzimmer.
Florians Blick ruht auf Holly, auch sie schaut ihn an. Fragend, erwartungsvoll.
„Und?”
Holly denkt nach. „Sie hat gesagt, dass sie mich lieben.” Sie würde es so gerne glauben.
„Ja, was denkst du? Was fühlst du?” Er würde ihr am liebsten verraten, was er wirklich über ihre Mutter denkt, aber das darf er nicht.
„Ich weiß nicht.” Traurig blickt sie auf ihre Hände. „Warum kann sie mich nicht ansehen?” Sie schaut auf, verloren und unendlich traurig.
„Ich weiß es nicht, Holly.” Florian kritzelt etwas in seinen Notizblock. „Willst du zurück nach Hause?"
„Wenn sie sich ändern, dann ja.”
Florian kennt Menschen nur zu gut. Ihre Abgründe, ihre dunklen Seiten. Er weiß auch, dass Veränderung nicht an einem Tag passiert und oft im Sande verläuft, weil Veränderung harte Disziplin und Arbeit verlangt. Er spricht es den Wouters ab, sich für ihre Tochter verändern zu wollen. Warum jetzt? Vierzehn Jahre Qual für das Mädchen und jetzt? Nein, er glaubt es ihr nicht. Mit dieser Frau stimmt etwas nicht, dieser tiefe Hass ihrer Tochter gegenüber. Eine Mutter, die ihr Kind nicht ansehen kann, da steckt viel mehr dahinter. Er möchte Holly den Glauben an die Veränderung nicht rauben, aber kann sie auch nicht einfach so ins offene Messer laufen lassen.
„Holly, auch wenn sich deine Eltern verändern, wahrscheinlich

werdet ihr nie eine glückliche Familie sein.”
Holly kraust die Stirn.
„Veränderung ist schwer, verstehst du?”
„Ja, aber sollte ich ihnen nicht eine Chance geben?”
„Das ist deine Entscheidung. Egal wie du dich entscheidest, ich stehe hinter dir.”
Holly lächelt schief. Warum können nicht alle Menschen wie Florian Klopp sein, er ist der Beste.
„Wenn ich entscheide zurückzugehen, aber es dann nicht klappt, kann ich dann immer noch auf einen anderen Plan zurückgreifen?”
„Klar, du wirst auch nicht alleine gelassen. Einmal in der Woche wird dich jemand besuchen, sich mit dir unterhalten.”
„Sie?” Das eine Wort steckt voller Hoffnung.
„Nein, jemand anderes. Aber wir können unsere Therapie fortsetzen.”
„Das wäre schön.”
„Denk darüber nach, okay? Ob du wirklich zurückwillst?" Ihm ist bewusst, dass Holly ihre Entscheidung bereits getroffen hat. Die Hoffnung, die sie in ihrem Herzen trägt, ist stärker als ihre Angst.

Kapitel 5

Es ist Florian Klopp höchstpersönlich, der Holly nachhause begleitet. An seiner Seite eine ältere Dame vom Jugendamt. Die letzten zwei Wochen verbrachte Holly noch im Krankenhaus. Jetzt steht sie mit wild klopfendem Herzen vor ihrem Elternhaus. Das kleine schmucke Haus am Ende der Straße. Sein Standort ist schon fast symbolisch für die Einsamkeit und Hoffnungslosigkeit, die darin wohnt.

Florian blickt auf Holly hinab. „Bereit?"

„Ja." Sie drückt den Türgriff hinunter und tritt ein.

Beate Wouters kommt ihnen lächelnd entgegen. Holly blickt sich um. Das Haus ist sauber wie noch nie zuvor, es riecht gut und ist hell. Viel heller als sie es in Erinnerung hat. Es fühlt sich an, als sei sie seit einer Ewigkeit nicht mehr hier gewesen. Lächelnd schüttelt ihre Mutter Florians Hand, dann wendet sie sich an die Frau vom Jugendamt, die sich als Anna Bode vorstellt. Sie wird Holly jede Woche besuchen, sich nach ihrem Wohlergehen erkundigen, vermitteln, helfen und eingreifen, wenn es notwendig ist. Misstrauisch beobachtet Florian, Beate Wouters, sie lächelt, ist sichtlich bemüht, einen guten Eindruck zu hinterlassen. Sie widert ihn an.

„Setzen Sie sich doch, ich habe Kaffee gekocht."

Während Anna Bode das Angebot lächelnd annimmt, wendet Florian sich an Holly.
„Darf ich dein Zimmer sehen?"
Holly lacht begeistert. „Klar." Mutig packt sie seine Hand und zieht ihn hinter sich her die Treppen hoch. Wütend schaut Beate den beiden nach, bemüht sich aber gleich wieder um ein Lächeln.
Holly öffnet vorsichtig die Tür, als ob ein Monster im Zimmer auf sie lauert. Der Anblick ihres Bettes ist wie ein Schlag in die Magengrube. Erinnerungen, von denen sie sich in den letzten zwei Wochen etwas entfernen konnte, tanzen aufdringlich vor ihrem inneren Auge. Sie schluckt, ihr Lächeln weicht der gewohnten Traurigkeit.
„Ist das der Tintenfisch, den dir deine Freundin geschenkt hat."
Florian zeigt auf das Plüschtier, welches am Boden liegt und Holly anglotzt, als ob es lebendig wäre.
„Ja." Holly geht in die Knie und hebt das Tier auf. Liebevoll streicht sie über sein Plüschfell.
„Acht Arme", sagt sie lächelnd.
Hollys Wille glücklich zu sein und das Gute im Menschen zu sehen und zu finden, berührt Florian. Er hat schon viele, viel zu viele Kinderschicksale gesehen und miterlebt, aber selten oder noch nie hatte er es mit einem Mädchen mit einem solchen Kampfgeist zu tun gehabt.
Interessiert widmet er sich ihren Büchern, die fein säuberlich der Größe nach im Regal stehen.
„*Needful Things*." Er zeigt auf das Buch. „Dein Lieblingsbuch."
Holly lächelt stolz, er hat ihr zugehört. „Wollen Sie es lesen?"

Florian zieht das Buch aus dem Regal, nicht gerade seine übliche Lektüre. „Ja, sehr gerne."
„Gut, sie dürfen auch Eselsohren reinmachen, das tut der Geschichte nicht weh." Sie lachen. Florian betrachtet das Bett, Wut kommt in ihm auf, er muss sich zwingen, nicht darüber nachzudenken, welche Dramen sich hier abgespielt haben. Er begutachtet das Kissen und die Decke, die auf dem Boden liegen.
„Du schläfst auf dem Boden?"
„Ja."
„Auf dem blanken Boden?"
„Ja."
„Verdammt, Holly", brummt er. Holly ist verunsichert, fragend schaut sie ihn an. „Ich mach mir Sorgen um dich, weißt du das?"
Wieder zaubert sich ein schiefes Lächeln in ihr Gesicht. Er macht sich Sorgen, er könnte ihr nichts Schöneres sagen.
„Warum?"
„Du solltest nicht hier sein."
Er müsste sich zurückhalten mit seiner persönlichen Meinung, aber die Traurigkeit, Angst und Verzweiflung sind beinahe greifbar in diesem Zimmer. Am liebsten würde er sie zwingen, nicht bei ihren Eltern zu leben. Betroffen blickt er sich weiter um, er bemerkt die Strichliste, jedes Jahr bis zum vierzehnten Lebensjahr ist fein säuberlich durchgestrichen, es sind noch 66 Striche übrig.
„Was ist das?", fragt er neugierig.
Holly senkt den Blick, es ist ihr peinlich. „Eine Strichliste."
„Das sehe ich, aber was streichst du ab?"
„Die Jahre, die ich gelebt habe."

Florian schaut auf Holly hinab. „Wie im Gefängnis."
„Ja", antwortet sie leise, ohne ihn anzusehen. Er muss das Bedürfnis, sie zu umarmen, unterdrücken, ihm ist bewusst, wie sie darauf reagieren könnte. Eine seelische Abhängigkeit von ihm ist das Letzte, was sie braucht. Obwohl er sich manchmal fragt, ob es nicht schon längst passiert ist. Holly ist klug. Sie weiß erstaunlich gut Bescheid darüber, was wie bei ihm ankommt. Sie weiß, was sie sagen kann und was nicht. Ihm ist von Anfang an aufgefallen, dass sie nie spricht, ohne zuvor nicht sorgfältig nachzudenken, wie das Gesagte bei ihrem Gegenüber ankommt. Was es ihm manchmal schwer macht, sie zu durchschauen. Frau Bode klopft leise an die Tür, dann tritt sie ein. Sie schaut sich um.„ Das ist dein Zimmer?"
Holly nickt. Frau Wouters erscheint hinter der Jugendamtsmitarbeiterin. Bode betrachtet das Bettzeug, welches auf dem Boden liegt.
„Sie braucht ein neues Bett."
Florians Worte sind an Beate Wouters gerichtet.
„Das Bett ist so gut wie neu."
Könnten Blicke töten, hätte Florians Blick Beate den Todesstoß versetzt.
„Sie braucht ein neues Bett", wiederholt er bestimmt.
„Ja ja, schon gut."
„Ein schönes Zimmer hast du, Helena."
„Holly", brummt Florian. „Mein Gott, ist es so schwer, zu verstehen, dass das Mädchen Holly genannt werden will?" Er ist genervt. Holly schiebt sich unbemerkt in seine Nähe. Hier ist sie sicher, das spürt sie. Florian beschützt sie in dieser großen, kalten Welt.

„Holly”, sagt Frau Bode demonstrativ. „Du magst Nik Kershaw?”
„Ja, er ist der Beste und sieht aus wie ein Meerschweinchen.”
Frau Bode lacht. „Da hast du recht.” Sie betrachtet Holly, dann lächelt sie verschmitzt. „Du trägst die Haare ähnlich, auch wie ein Meerschweinchen?”
Holly senkt ihren Blick und lacht. „Ja.” Sie mag Frau Bode. Sie ist eine seriöse Frau, geradlinig, streng, aber gerecht. Das zumindest glaubt Holly, in ihr zu sehen.
„Weißt du, ich war 1986 auf einem Konzert von Nik Kershaw.”
„Nein!” Hollys Augen kleben an ihr, ihr Mund steht weit offen.
„Doch, das war ein schönes Erlebnis."
„Hat er Sie gesehen?”
„Nein.” Bode lacht. „Ich stand ziemlich weit hinten, sah ihn nur ganz klein.
„Wow.” Holly ist beeindruckt. „Haben Sie noch Poster von ihm?”
„Uh, da müsste ich im Keller bei meinen Eltern nachschauen.”
„Bitte.” Holly schaut sie flehend an.
„Ja klar, wenn ich das nächste Mal zu Besuch bei ihnen bin, schaue ich nach.”
„Toll, danke.” Holly ist glücklich.
„Was ist denn hier los?”, fragt eine Männerstimme. Hollys Vater Dirk taucht an der Tür auf. Sein Anblick löst eine Welle von tiefer Angst in Holly aus, sie zittert. Seit dem Tag, an dem sie versucht hat, ihrem Leben ein Ende zu bereiten, hat sie ihn nicht mehr gesehen. Sie stellt sich nahe neben Florian.
„Helena, da bist du ja wieder.” Er lächelt falsch. Florian würde ihm am liebsten seine Faust ins Gesicht schlagen.

„Holly, verdammt noch mal", flucht er. „Ihre Tochter möchte Holly genannt werden."
„Na schön, Holly, mein Schatz."
Florian dreht es den Magen um.
„Ich freue mich, dass du hier bist."
Holly blickt zu Boden, noch immer zittert sie, kalter Schweiß tropft von ihrer Stirn. Sie bereut bereits jetzt ihre Entscheidung, hierher zurückzukommen. Als ob er ihre Gedanken lesen könnte, lehnt Florian sich zu ihr hinunter und sagt: „Du kannst jederzeit hier weg, okay?"
Holly nickt eifrig, sie will es versuchen. Es ist anders als zuvor. Jetzt hat sie in Florian einen Freund und einen Beschützer. Er ist ihr Held, ihr persönlicher Jesus.
„So, Herr Klopp, wir sollten gehen, die Familie alleine lassen." Frau Bode verlässt zufrieden das Zimmer. Florian folgt ihr mit einem unguten Gefühl.
„Gut, Herr und Frau Wouters, ich besuche sie nächste Woche." Sie denkt nach. „Am 11. Oktober um 18 Uhr, ich bitte sie zuhause zu sein."
Frau Wouters nickt.
„Holly, wir sehen uns auch nächste Woche."
Traurigkeit macht sich in Holly breit, sie will nicht, dass Florian geht, sie braucht ihn. Aber sie weiß, dass es nicht geht. Deshalb bittet sie ihn auch nicht, zu bleiben. Sie nickt und nimmt es hin, so wie es ist, sie kann es sowieso nicht ändern. Florian lebt sein Leben, in seinem Haus, mit seiner Frau, vielleicht hat er auch Kinder. Sie starrt ihn an, ihr wird bewusst, dass er so vieles von ihr weiß und sie

nichts von ihm. Nicht einmal sein Alter.
„Wie alt sind Sie?" Erwartungsvoll schaut sie ihn an.
„Ähm, ich bin 34."
Holly knabbert an ihrer Unterlippe. „Okay."
Er streckt ihr seine Hand entgegen und wehrt sich ein weiteres Mal gegen den Impuls, sie zu umarmen. „Wir sehen uns." Er schaut ihr tief in die Augen, Holly versteht den Blick, er ist kurz, aber intensiv. *Melde dich, wenn es Probleme gibt und pass auf dich auf, ich bin auf deiner Seite.* Das alles hat sie in seinem Blick gelesen. Als die Tür zufällt, bleibt sie wie angewurzelt stehen. Voller ängstlicher Erwartung, was als Nächstes passiert. Ihr Vater verschwindet im Wohnzimmer und ihre Mutter in der Küche. Ohne ein Wort, ohne einen Blick. Holly blickt ins Leere. Dann steigt sie leise die Stufen zu ihrem Zimmer hoch.

Kapitel 6

2 Jahre später

Hollys Vater wurde zu acht Monaten Gefängnis und einer Therapie verurteilt. Er geht ihr seitdem aus dem Weg, vermittelt ihr das Gefühl, dass sie an allem Schuld sei. Des Öfteren kommt er betrunken nach Hause, dann verschwindet Holly sofort in ihrem Zimmer, in dem sie sich sowieso die meiste Zeit aufhält. Von ihrer Mutter wird sie ignoriert, sie schaut sie nach wie vor nicht an. Holly fragt sich, ob sie überhaupt weiß, welche Augenfarbe sie hat. Die Therapie mit Florian Klopp tut ihr gut, aber sie sehen sich nur noch einmal im Monat. Holly braucht ihn, ist abhängig von ihm wie eine Drogensüchtige von ihrem Stoff. Sie weiß es, aber sie kann sich nicht dagegen wehren. Sobald er das Haus verlässt, zählt sie die Stunden, bis er wiederkommt. Frau Bode ist nett, ein bisschen veraltet, sie versteht Holly oft nicht, dann guckt sie wie ein Wellensittich mit großen fragenden Augen, was Holly zum Lachen bringt, weil es so dumm aussieht. Ihr Vater hat sie seit dem Suizidversuch nicht mehr angerührt. Aber in Holly drin sieht es immer noch beängstigend aus. Die Abgründe sind da, warten darauf, sie in die Tiefe zu ziehen. In die Dunkelheit, in die eisige Kälte. Die absolute Hoffnungslosigkeit. Wenn sie nicht mehr weiter weiß, geht sie in den Wald, lehnt sich an einen großen dicken Baum und schließt die Augen. Holly versucht dann, an etwas Schönes zu denken, an Tintenfische oder an Florian Klopp. Sie bemerkt, dass sich ihre Gefühle ihm gegenüber verändert haben. Sie sieht ihn nicht mehr nur als Therapeut und Freund, sondern als Mann. Holly steckt mitten drin in der verflixten Pubertät, als hätte sie nicht schon genug Gefühlschaos. Wenn sie nachts im Bett liegt, stellt sie sich vor, wie er sie küsst, liebevoll und zärtlich. Danach hat sie ein schlechtes Gewissen, weil er ja verheiratet ist. In ein Buch vertieft sitzt sie auf ihrem Bett, es ist schon spät und morgen kommt Florian. Holly bringt kein Auge zu vor lauter Vorfreude. Gestern hat sie sich zum ersten Mal in ihrem Leben geschminkt, hat sich auf YouTube zahlreiche Videos angeschaut, wie man es macht. Dann hat sie sich am Schminkkasten ihrer Mutter bedient. Erschrocken blickt sie hoch, als die Haustür zuknallen hört. *Vater*, denkt sie und beginnt zu zittern. Sie atmet tief ein und wieder aus, wie es Florian ihr beigebracht hat. Holly lauscht, sie hört ihre Mutter schimpfen, dann ihren Vater, er schreit sie an. Sie zieht sich die Decke bis unter die Nase. Ihr Herz rast. Erst als Ruhe einkehrt, beruhigt sie sich ein wenig. Gegen Mitternacht legt sie das Buch weg, knipst das Licht aus und schließt die Augen. In einem richtigen Bett schläft es sich besser als auf dem Boden. Florian und Frau Bode haben dafür gesorgt, dass sie ein neues Bett bekommt. Vater hat sich aufgeregt, weil das Alte fast neu war. Nachdem sie die Augen geschlossen hat, bemerkt sie die Müdigkeit und schläft sofort ein. Sie hört nicht, wie die Tür aufgeht und ihr Vater sich leise zu ihrem Bett schleicht. Er grinst voller Vorfreude, kniet sich aufs Bett und drückt Holly seine Hand auf ihren Mund.

„Sch, sei still", befiehlt er.

Holly reißt entsetzt die Augen auf. Es muss ein Traum sein, ein Albtraum, er darf sie nicht mehr anfassen. Er darf ihr nicht wehtun. Dirk Wouters schaut seiner Tochter tief in die Augen.
„Sei still", wiederholt er.
Holly gehorcht, zu tief sitzt die Angst. Ihr ganzer Körper zittert, ist wie gelähmt. Flehend schaut sie ihn an, aber sie kennt diesen Blick, es gibt kein Entkommen, keine Gnade. Kein flehendes Wort würde ihn von seinem Vorhaben abbringen. Sie schließt die Augen, Tränen strömen über ihr Gesicht. Ihr Vater entkleidet sich, dann reißt er ihr den Pyjama vom Leib.
„Es ist alles deine Schuld", zischt er in ihr Ohr. „Weißt du, wie beschissen es im Knast ist."
Ja, sie weiß es, sie lebt seit sechzehn Jahren in ihrem Gefängnis. Gierig starrt er sie an. „Du bist eine hübsche junge Frau geworden", flüstert er.
Holly wünscht sich, woanders zu sein, in Gedanken öffnet sie eine Tür und geht hindurch in einen dunklen Saal. Es ist kalt, fremde Wesen stehen dort und starren sie an wie ihr Vater. Gierig. Holly schaut sich um.
„Willkommen im Schattenland, kleine Holly", flüstert eines dieser Wesen. Es ist nicht klar definierbar, irgendwie eine Mischung aus Mensch und Tier. Ziege? Schaf? Es könnte auch ein Hase sein. Widerlich, ekelhaft, sie will hier weg. Als sie sich umdreht, knallt die Tür zu. Die Wesen lachen. Ihr Vater ist grob, an Gewalt kaum zu übertreffen. Doch das Grauen nimmt ein schnelles Ende. Er steht auf und zieht sich seine Hose über.
„Holly", sagt er streng. „Holly", wiederholt er.

Holly blickt sich um, die große Tür geht auf. Schnell rennt sie hinaus und hört die Wesen lachen.
„Holly!", wiederholt ihr Vater jetzt fast schreiend.
Zaghaft öffnet sie ihre Augen, ihre Nase blutet, sie weiß nicht, was passiert ist, nur, dass alles wehtut.
Ihr Vater lehnt sich zu ihr hinunter. „Geh duschen, und wehe, du erzählst etwas deinem Psychodoktor, dann bringe ich deine Mutter um." Entsetzt blickt sie ihn an. „Du hättest sie auf dem Gewissen, es wäre deine Schuld. Also halt den Mund."
Holly ist noch nicht ganz zurück in der Realität, sie hört die Stimme ihres Vaters wie aus weiter Ferne. Ist es doch ein Traum? Nein, das Blut, welches jetzt auf die Bettwäsche tropft, ist der Beweis. Ihr Vater verlässt das Zimmer. Mit letzter Kraft kämpft sie sich auf die Beine und torkelt ins Badezimmer, die kalte Dusche holt sie zurück ins Grauen der Wirklichkeit. Ein Blick in den Spiegel reißt ihr den Boden endgültig unter den Füßen weg, sie fällt auf die Knie und weint. Schließlich schläft sie Stunden später auf dem kleinen Teppich im Bad ein. Erst gegen morgen wankt sie zurück in ihr Zimmer, legt sich auf den Boden und schläft ein.
Keiner kam, um nach ihr zu sehen, Holly ist kaum fähig, sich zu bewegen, jeder Atemzug schmerzt. Sie kann sich nicht erinnern, was ihr Vater ihr angetan hat, sie war im Schattenland. Schattenland, wiederholt sie in Gedanken. Sie hat es tatsächlich geschafft, dem Grauen der Realität zu entkommen. Wobei die Wesen im Schattenland nicht besonders vertrauenswürdig waren, aber sie war weg. Immer wieder fallen ihr die Augen zu. Das Klingeln an der Haustür hört sie nicht. Beate Wouters öffnet breit

grinsend. Sie strahlt Florian Klopp an. „Oh, hallo Herr Klopp", sagt sie gut gelaunt.
„Hallo Frau Wouters." Er kneift seine Augen zusammen, als er bemerkt, dass Beate Wouters ihm keinen Einlass gewähren möchte. Fragend schaut er sie an.
„Holly geht es heute nicht gut, sie hat mich gebeten, Sie zu grüßen."
Florian betrachtet Beate misstrauisch, sie lächelt ihn an.
„Ich würde sie gerne sehen." Seine Stimme ist ruhig und kontrolliert.
„Das möchte sie nicht, es ist ihr peinlich." Sie gackert. „Teenager, Sie verstehen."
„Ich möchte zu ihr." Seine Stimme ist strenger, ihr Lächeln verschwindet.
„Nein." Herausfordernd blickt sie ihn an.
Gelassen nimmt er sein Handy hervor.
„Wen rufen Sie an?" In ihrer Stimme schwingt Unsicherheit.
„Die Polizei."
„Warum?"
„Weil Sie mir den Besuch verweigern und ich davon ausgehen muss, dass Holly etwas zugestoßen ist."
„Kommen Sie rein", zischt sie genervt.
Er stürmt an ihr vorbei die Treppen hoch. Mit rasendem Herzen klopft er an der Tür. Als er kein Laut hört, öffnet er. Der Anblick, der sich ihm bietet, lässt sein Herz einen Moment aussetzen. Holly liegt zusammengerollt auf dem Boden, ihren Tintenfisch eng umschlungen.
„Oh Gott", flüstert er und kniet sich neben sie.

„Holly.“ Vorsichtig rüttelt er an ihr. Ihr Auge ist blau-violett unterlaufen, an ihrer Oberlippe und am Kinn klebt getrocknetes Blut. Florian atmet tief durch, er wählt den Notruf und die Polizei.
„Holly“, wiederholt er. Holly öffnet langsam die Augen. Sie lächelt, als sie erkennt, wer neben ihr kniet. „Hast du Schmerzen?"
Holly nickt. „Verdammt.“ Verstohlen wischt er sich eine Träne weg. Holly zittert, ihr Blick ist abwesend. Liebevoll legt er ein Kopfkissen unter ihren Kopf und deckt sie zu. Dann springt er auf und eilt die Treppe hinunter auf der Suche nach Frau Wouters. Er entdeckt sie in der Küche, wie sie in aller Ruhe das Geschirr spült. Florian packt sie an der Schulter und zwingt sie, ihn anzusehen.
„Was hat das Schwein ihr angetan?“, schreit er sie an.
„Hören Sie mal.“
„Hören *Sie* mal ..., ich habe die Polizei verständigt. Sie gehören ins Gefängnis – alle beide. Wo ist Ihr Mann?"
„Auf der Arbeit, wo sonst.“
Er eilt zurück zu Holly, immer wieder fallen ihr die Augen zu. Sie streckt ihre Hand nach ihm aus, er ergreift sie und drückt sie vorsichtig. „Alles wird gut, Holly.“ Florian versucht zu lächeln, es gelingt ihm nicht. Er macht sich furchtbare Vorwürfe, wusste er doch genau, dass es dazu kommen würde. Zu gut kennt er die Abgründe der Menschen. Von draußen vernimmt er das Heulen der Sirenen, er springt auf und eilt zur Haustür. Frau Wouters befindet sich noch immer in der Küche, wo sie seelenruhig ihre Arbeiten erledigt. Die Polizei trifft zuerst ein. Florian klärt sie auf, wer er ist und was er hier tut. In kurzen Sätzen und auf den Punkt gebracht erzählt er Hollys Geschichte. Als der Krankenwagen vorfährt,

widmen sich die beiden Polizeibeamten Beate Wouters.
Florian führt den Notarzt zu Holly. Als sie den Arzt bemerkt, bricht sie in Tränen aus. „Nein", wimmert sie.
„Alles gut, ich werde auf dich aufpassen", sagt der Arzt in ruhigem Ton.
„Er wird Mutter umbringen." In Hollys Stimme schwingt Verzweiflung und Angst.
„Wer?" Doch Florian kennt die Antwort bereits.
„Vater."
„Mach dir keine Sorgen, Holly, okay? Die Polizei wird sich um deinen Vater kümmern. Entspann dich, bald geht es dir besser."
Sie schließt die Augen und weiß, dass er sie nicht belügt.

Florian hat sich seit Ewigkeiten nicht mehr so mies gefühlt. Bedrückt geht er den langen Krankenhauskorridor entlang auf der Suche nach Hollys Krankenzimmer. Als er die Nummer 134 endlich findet, hält er einen Moment inne. Er fühlt sich schuldig für das, was geschehen ist. Er hätte Holly damals überzeugen müssen, die Idee des betreuten Wohnens anzunehmen. Er nimmt einen tiefen Atemzug und tritt ein. Holly hat die Augen geschlossen. Sie sieht winzig aus – gebrochen, verletzt und besiegt. Leise setzt er sich neben sie und blickt sie an. „Es tut mir leid", flüstert er und kämpft gegen die Tränen an. Verstohlen wischt er sie weg, als ein Arzt das Zimmer betritt. Florian steht auf, stellt sich dem Arzt vor.
„Wie geht es ihr?" Er fürchtet sich vor der Antwort.
„Der Täter ist mit großer Brutalität vorgegangen", erklärt der Arzt sichtlich betroffen. „Sie hat zwei gebrochene Rippen, eine

gequetschte Lunge, ihr ganzer Körper ist übersät mit Hämatomen."
Florian wendet seinen Blick ab. „Hat er sie ...?" Die Frage ist überflüssig und er weiß es.
Der Arzt nickt und blickt zu Boden. Langsam schüttelt er den Kopf. „Unverständlich, wie ein Mensch so etwas tun kann."
Die beiden Männer betrachten Holly, wie sie da liegt und rhythmisch atmet, alles scheint in Ordnung zu sein. Das Grauen ist gut verborgen. Eine ganze Welt ist in ihrem kleinen Körper eingesperrt. Doch es ist eher eine Hölle, aus der sie niemals entkommen wird. Der Arzt kratzt sich hinter dem Ohr „Ich komme wieder, wenn sie wach ist." Freundschaftlich klopft er Florian auf die Schulter. Er ist dankbar dafür, er spürt, dass er Trost braucht. Ein Schulterklopfen ist ein guter Anfang. Später wird er nach Hause gehen und seine Gefühle in einer Schublade einsperren. Seine Frau will keine Geschichten von seiner Arbeit hören, es belastet sie zu sehr. Versunken in dichten dunklen Nebel blickt er aus dem Fenster.
„Florian." Die Stimme ist kaum hörbar, aber er hat sie wahrgenommen. Klar und deutlich. Hastig dreht er sich um und blickt in die traurigsten Augen, die er je gesehen hat.
„Holly."
Sie streckt ihre Hand nach ihm aus. Ohne zu zögern, ergreift er sie und setzt sich auf die Bettkante. Verzweifelt sucht er nach Worten. Aber was soll er sagen? Alles wird gut. Das weiß er nicht – nicht mehr. Stumm blicken sie sich an.
„Ich war im Schattenland."
Florian schaut sie fragend an. „Schattenland?"

„Ich weiß nicht, was er mir angetan hat, ich war nicht dabei."
Florian schluckt. Eskapismus nennt man es in der Psychologie, wenn Menschen vor der Realität flüchten – in eine meist bessere Welt.
„Und wie ist die Schattenwelt?"
Wie in Zeitlupe schüttelt sie den Kopf. „Nicht schön."
Er hätte es wissen müssen, der Name verrät es eigentlich schon.
„Willst du darüber reden? Vielleicht ist es besser, du ruhst dich ein bisschen aus."
„Es gibt dort fremde Wesen, eine Mischung aus Tier und Mensch. Es ist dunkel und kalt. Sie haben mich angesehen, wie Vater es tut."
Florian glaubt, an seine Grenzen gekommen zu sein. Erschüttert reibt er sich die Augen.
„Holly, ich werde eine Wohngemeinschaft für dich suchen, mit wunderbaren Mädchen. Okay?" Er will nichts mehr hören aus der Schattenwelt, nicht jetzt. „Wir treffen uns jeden Tag, wenn du willst. Ich werde dir helfen."
Sie lächelt schief, aber nur ihr Mund. Ihre Augen sind leer, sie ist am Ende angekommen. Florian würde alles tun, um ihr zu helfen, aber er fühlt sich machtlos.
„Schlaf ein bisschen."
Holly gehorcht, schließt die Augen und schläft ein.

Kapitel 7

Am nächsten Tag steht Florian bereits früh morgens in Hollys Zimmer. Sie soll auf keinen Fall alleine sein, sie muss wissen, dass jemand an sie denkt. Vorsichtig öffnet er die Tür, Holly knabbert lustlos an einem Brot, sie hat keinen Appetit. Neugierig blickt sie zur Tür und begrüßt ihren Besucher mit einem schwachen Lächeln.
„Guten Morgen, Holly." Er lächelt. „Ich habe dir Schokolade mitgebracht."
„Danke." Sie blickt ihn an, als erwarte sie von ihm, dass er sie erlöst – erlöst von dem Grauen, das in ihr lebt, sie über Jahre geprägt und gefangen hat.
„Ich ... ähm ..." Florian setzt sich und schaut sie genauso verloren an. „Ich weiß nicht, was ich sagen soll, Holly."
„Sag nichts, ich verstehe dich trotzdem."
Er streicht sich die Haare aus der Stirn. Minutenlang schauen sie sich an. Und es fühlt sich richtig an, wie eine Reise in eine unbekannte Welt. Eine Welt, von der er theoretisch eine Menge weiß, praktisch aber kaum etwas. Wofür er dankbar ist. Die Kindheit sollte die Zeit im Leben sein, in der ein Mensch gestärkt wird für die Zukunft. Gewappnet für all die Kämpfe, die einen im Laufe des Lebens herausfordern. Wenn ein Mensch schon als Kind die Hölle erlebt, dann wird das Leben zum Spießrutenlauf. Jahrelange Therapien, Medikamente, Aussetzer, Traumata,

Klinikaufenthalte, Suizid. Das ist die Realität, schon viel zu oft hat er es erlebt, dass das kurze Leben seiner Patienten zu schmerzhaft war und sie ihm ein Ende bereiteten. Holly hat es bereits vor zwei Jahren versucht und er befürchtet, dass sie es wieder versuchen wird. Irgendwann, irgendwo, wenn die Dunkelheit zu allgegenwärtig wird. Das Leben nichts mehr zu bieten hat, jeder Gedanke Schmerzen verursacht.

„Ich hatte einen Traum.” Hollys leise Stimme durchschneidet die Stille.

„Was für einen Traum?”

„Von der Schattenwelt.”

Florian stöhnt leise. „Und was war da, in der Schattenwelt.”

„Sie wollen meine Seele in der Nacht, dann bin ich frei am Tag.” Ihre Stimme bricht.

Florian ist geschockt. „Das ist kein guter Traum.”

„Ich weiß nicht.”

„Was weißt du nicht, Holly?" Er ist überrascht, es ist doch offensichtlich kein guter Traum.

„Wenn ich ihnen die Nacht gebe, dann bin ich am Tag frei.” Sie lächelt. „Frei von Traurigkeit, von Schmerzen."

„Oh Gott, Holly.” Es klingt, als ob sie ihre Seele verkaufen wolle.

„Was?” Holly versteht es nicht, der Vorschlag des Wesens – halb Mensch, halb Hase –, er klingt verlockend.

„Nein, tu es nicht.” Florian glaubt nicht an den Teufel oder an Gott, aber er weiß, wozu die menschliche Psyche fähig ist.

Holly spielt mit ihren Fingern, denkt nach. „Ich finde, es hört sich gut an. Acht oder neun Stunden durch die Hölle gehen, aber den

Rest des Tages wäre ich frei."
„Reden wir darüber, wenn du hier rauskommst, okay?"
„Hm, ja."
„Ich habe übrigens schon ein mögliches Zuhause für dich gefunden."
„Ach ja?" Ein kleiner Hoffnungsschimmer blitzt in ihren Augen.
„Ja, zusammen mit vier Mädchen zwischen vierzehn und siebzehn Jahren."
Holly senkt den Blick. Neue Menschen kennenzulernen, macht ihr Angst. Mädchen in ihrem Alter machen ihr Angst. Sie sind meist größer, weiblicher und hübscher als sie, sie nehmen sie weder wahr noch ernst.
„Was ist?"
„Kennen Sie die Mädchen?"
„Nein, noch nicht." Er beobachtet Holly. „Nicht gut?"
„Doch, es ist einen Versuch wert."
„Du spielst doch nicht mit dem Gedanken, wieder zu deinen Eltern zu wollen?"
„Muss Vater ins Gefängnis?"
„Ja, ganz bestimmt."
„Wie lange?"
„Ich weiß nicht, jedenfalls länger als das letzte Mal, ganz sicher."
„Vielleicht ist Mutter anders, wenn Vater weg ist."
„Das weißt du doch."
„Es war okay, sie hat mir nicht wehgetan." Holly blinzelt ihn an.
Florian lehnt sich vor. „Holly, deine Mutter liebt dich nicht, sie ist es nicht wert, dass du sie liebst." Jetzt ist es raus, er hätte es nicht

sagen dürfen, aber er wird sie nicht noch mal ins Messer laufen lassen. Holly starrt ihn an, scheint in ihn hineinzusehen.

„Ich bin ihre Tochter, ich war neun Monate in ihrem Bauch, es kann nicht sein, dass sie mich nicht liebt."

Florian ist überrascht über die Schärfe in ihrer Stimme. „Es ist deine Entscheidung, Holly, aber was willst du machen, wenn dein Vater aus dem Gefängnis zurückkehrt?"

Holly kraust die Stirn, denkt nach. „Bis dahin werde ich achtzehn sein und mir eine eigene Wohnung suchen."

„Womit willst du die bezahlen?"

„Ich werde arbeiten."

„Willst du nicht studieren oder eine Ausbildung machen?"

Holly schluckt. „Ich will überleben, das ist alles, was ich will."

Ihre Aussage schockt und beruhigt ihn gleichzeitig. Sie will leben, ihr Kampfgeist und ihre Hoffnung sind nicht gebrochen, das ist ein gutes Zeichen. Damit kann er arbeiten.

„Gut, das ist sehr gut." Florian kratzt sich am Kinn, er hat sich seit zwei Tagen nicht rasiert. Das Geräusch verzaubert Holly, es legt sämtliche Schalter in ihr um, beruhigt sie, zieht sie an.

„Lieben Sie mich, Florian?

Die Frage kommt überraschend.

„Sie haben gesagt, Liebe braucht Zeit. Wir kennen uns schon fast drei Jahre, lieben Sie mich?"

Florian wird heiß und kalt, sein Herzschlag erhöht sich, er wird nervös, dann kehrt Ruhe ein. Holly ist kein kleines Kind mehr, sie hat die Wahrheit verdient.

„Ja, Holly, ich liebe dich, wie eine Tochter. Du bist mir wichtig und

ich würde alles für dich tun, damit du ein schönes Leben hast."
Hollys Unterlippe beginnt zu zittern, eine einzelne Träne rollt langsam über ihre Wange, dann noch eine und noch eine. Dann ganze Bäche von Tränen. Florian liebt sie, der wichtigste Mensch in ihrem Leben liebt sie. Er wirft alle Professionalität über Bord, steht auf und umarmt sie. Holly schließt die Augen, fühlt ihn, riecht ihn. Es ist, als ob er in sie hineinschlüpft, Teile von ihr erobert. Voller Kraft drückt sie ihn an sich, will ihn nie mehr loslassen. Sie spürt, wie sein Körper bebt, er weint. Florian Klopp hat ihr Leben geschenkt, er hält sie am Leben, aber das weiß er nicht, muss er auch nicht. Sie liebt ihn von ganzem Herzen, als Frau, als Freundin, als Schwester und als Tochter.

Kapitel 8

2 Jahre später

Vor wenigen Tagen hat Holly ihren 18. Geburtstag gefeiert. Es gab Kuchen, den sie mit den Mädchen aus dem betreuten Wohnen teilte. Hier lebt sie mit ihnen, vier Mädchen, die, so wie sie, von zuhause geflüchtet sind. Aus verschiedensten Gründen. Lisas Eltern sind Alkoholiker und haben sie ihr Leben lang vernachlässigt. Mit ihr kommt Holly am besten klar. Gabriela hat Drogenprobleme, ihre Eltern haben sie vor die Tür gesetzt. Gabriela ist laut und herrisch, Holly geht ihr aus dem Weg. Kerstin ist hoch depressiv und redet kaum, Holly kennt ihre Geschichte nicht. Die vierte in der Gruppe ist Lulu, die Jüngste mit fünfzehn Jahren und komplett durchgedreht. Lulu spricht ununterbrochen, lacht, ohne dass es lustig ist, und bewegt sich in einem Höllentempo. Sie verunsichert Holly. Aber die Entscheidung war richtig, von zuhause wegzugehen. Sie konnte zur Ruhe kommen, was nicht bedeutet, dass es ihr besser geht. Ihr Vater wurde zu fünfzehn Monaten Gefängnis verurteilt. Florian hat sich aufgeregt, er fand es viel zu wenig. Holly trifft sich einmal im Monat mit ihm in seiner Praxis. Er hat immer Wort gehalten und hat sie in den letzten zwei Jahren nie enttäuscht. Er war da, als sie ihn brauchte, er ist ihr Fels in der Brandung, der einzige Grund weiterzumachen. Das Schattenland wurde fester Bestandteil ihrer Nächte und sie fürchtet sich davor. Holly sitzt auf dem Bett und wartet sehnlich darauf, dass es 16.45 Uhr wird, dann nämlich wird sie sich auf den Weg zu Florian machen, ihr monatliches Treffen steht heute an. Sie betrachtet ihr Zimmer, ihre Poster von Nik Kershaw. Frau Bode hatte ihr damals tatsächlich ein Poster von ihm gebracht. Ein Original Konzertposter aus den Achtzigerjahren. Für Holly ist es ein Schatz. Auch ihr Tintenfisch liegt ausgestreckt auf dem Bett. Holly ist sich treu, was sie einmal in ihrem Leben liebt, das hat für immer einen Platz in ihrem Herzen. Ihre Coladosen Sammlung ist gewachsen, Florian hat ihr immer mal wieder welche mitgebracht. Mittlerweile, so schätzt sie, befinden sich an die hundert Dosen in ihrer Sammlung. Ihr Blick fällt auf ihre schmutzigen Fingernägel, entsetzt springt sie auf, eilt ins Bad und holt eine Nagelfeile. Damit popelt sie sorgsam den Schmutz unter den Nägeln hervor. Bald muss sie das betreute

Wohnen verlassen. Schließlich ist sie jetzt erwachsen und muss lernen, auf eigenen Beinen zu stehen. Noch hat sie Schonfrist, aber in zwei Monaten muss sie erwachsen sein. Der Gedanke daran macht ihr Angst. Zu arbeiten, ist nicht das Problem, darauf freut sie sich. Aber was, wenn sie nicht gut genug ist. Wenn keiner sie haben will, was dann? Wenn ihr Chef und die Mitarbeiter sie hassen. Der Wecker klingelt, endlich kann sie los. Holly hat sich geschminkt, dezent ihre blauen Augen hervorgehoben. Wie immer trägt sie ihre Jeans und einen Pullover mit tiefem Ausschnitt, schließlich ist sie jetzt eine Frau. Sie ist noch immer nicht die Größte, das wird sie auch nie sein. Sie kratzt an der 160 Zentimeter-Marke, mit ihren über alles geliebten Buffalos überwindet sie sogar die 160 Zentimeter. Voller Vorfreude stürzt sie aus der Wohnung, vor dem Gebäude ist die Bushaltestelle, da springt sie in den Linienbus 7, der sie bis direkt zu Florians Praxis fährt. Unterwegs betrachtet sie die Menschen, wie sie geschäftig durch die Straßen eilen, keine Zeit haben, für nichts. Dabei fühlt sich Holly wie im Zoo. Als würde sie die wilden Raubtiere aus sicherer Entfernung und hinter Glas beobachten. Der letzte Übergriff von ihrem Vater hat sie in ein tiefes Loch gestürzt. Viel heftiger als die etlichen Male davor. Florian glaubt zu wissen, dass es sie härter getroffen hat, weil sie glaubte und hoffte, dass es vorbei sei. Holly war überzeugt davon, dass ihr Vater sie nicht mehr anrührt. Dass er es trotzdem tat, ließ ihre Welt aufs Neue zusammenfallen. Florian hob die Stücke ihres seelischen Trümmerhaufens auf und fügte es wieder zu einem Ganzen zusammen. Nicht perfekt, aber so, dass sie funktioniert. Lächelnd betritt sie seine Praxis, die er mit einer weiteren Psychologin führt.

Holly hat sie einmal angetroffen, sie ist hübsch. Florian hatte seinen Arm auf ihre Schulter gelegt, das gefiel ihr nicht. Sie ist furchtbar eifersüchtig, sie hasst es, aber es passiert einfach. Florian erwartet sie schon, lächelnd blickt er ihr entgegen.

„Happy Birthday", sagt er gut gelaunt.

Holly grinst. „Danke."

Er öffnet die Tür zum Besprechungszimmer, sie flitzt an ihm vorbei und setzt sich auf das bequeme Ledersofa. Er strahlt, als er an ihr vorbeigeht und auf seinem Sessel Platz nimmt, der nur einen halben Meter vor ihr steht. Erwartungsvoll schaut er sie an. Da! Er hat ihr in den Ausschnitt geschaut, Holly ist sich sicher. Sie grinst verschmitzt.

„Und? Wie fühlt es sich an, erwachsen zu sein?"

Holly denkt nach. „Im Moment merke ich noch keinen Unterschied", antwortet sie nach kurzem Überlegen.

Er lehnt sich vor und blickt sie ernst an. „Das ist unsere letzte Sitzung, Holly."

Hollys Mundwinkel zittern, daran wollte sie nicht denken. Hat es von sich ferngehalten wie stinkenden Müll.

„Darf ich *du* sagen, ich bin doch jetzt erwachsen?"

Florian lächelt und nickt.

„Warum kann ich nicht weiterhin zu dir in Therapie? Kannst du nicht eine Ausnahme machen?"

Florian ist Psychiater für Kinder und Jugendliche, deshalb findet ihr gemeinsamer Weg ein Ende.

„Wenn du möchtest, Holly, können wir uns ab und zu in einer geschützten Umgebung treffen."

Sie verzieht ihr Gesicht – geschützte Umgebung? Was soll das bedeuten? Hat er Angst vor ihr? Er liest die Ratlosigkeit in ihrem Gesicht.

„Damit meine ich in der Wohngemeinschaft oder in der Praxis."

Warum sagt er das nicht gleich? Holly lächelt zufrieden. Florian nicht, Holly hat ihn von Anfang an viel zu sehr berührt. Er war ihr ausgeliefert und ist es noch. Ihr Verhältnis ist viel zu freundschaftlich, Holly ist viel mehr für ihn als eine Patientin. Er weigert sich strikt, zu definieren, was sie für ihn ist.

„Wie war dein Geburtstag? Hast du gefeiert?"

„Ja, mit den Mädchen", antwortet sie knapp.

Florian versteht sie, sie will nicht weiter darüber reden. Er wühlt in seinem Rucksack, denselben, den er schon seit vier Jahren mit sich herumträgt.

„Ich habe was für dich."

„Ein Geschenk?" Holly strahlt.

„Nein, nicht direkt."

Gespannt beobachtet sie ihn. Dann zieht er mit breitem Grinsen ein Buch aus dem Rucksack. *Needful Things* von Stephen King.

„Oh mein Gott", flüstert sie.

„Ich habe es gelesen."

Holly lacht. „Das hoffe ich doch sehr, du hattest schließlich vier Jahre Zeit dazu."

Sie lachen und es geschieht etwas. Die letzten vier Jahre haben sie aneinandergebunden. Für Holly war Florian die Rettung. Für ihn war Holly eine Herausforderung, beruflich und persönlich. Er hat sie viel näher an sich herangelassen, als er es hätte tun sollen. Ihre

Augen finden sich, sie starren sich an. Tief in das Herz des anderen. Sie verstehen sich auch ohne Worte, vielleicht sogar besser. Florian lehnt sich vor, Holly lässt ihn nicht aus den Augen. Auch sie nähert sich ihm, dann treffen ihre Lippen aufeinander. Holly schließt die Augen, Gänsehaut überzieht ihren ganzen Körper. Es fühlt sich an wie kleine Explosionen auf ihrer Haut, einfach wunderbar, das beste Gefühl, das sie je hatte. Es fühlt sich an wie nach Hause zu kommen. Das zumindest glaubt sie, dass es sich genauso anfühlt. Vorsichtig berühren sich ihre Zungen, Holly macht das, was Florian macht. Sie hat noch nie einen Mann geküsst, nicht freiwillig. Sein Atem schmeckt nach Pfefferminze, ihrer mit größter Wahrscheinlichkeit nach Schweizer Schokolade. Sie bereut es, nicht die Zähne geputzt zu haben, bevor sie die Wohnung verlassen hat. Ihr Zungenspiel wird wilder, leidenschaftlicher. Holly öffnet die Augen und sieht, dass Florian seine geschlossen hat. Sie beobachtet ihn. Wie oft hat sie von diesem Moment geträumt. Liebevoll legt er seine Hand in ihren Nacken, Holly schließt die Augen. Er zieht sie an sich. Frech setzt sie sich auf seinen Schoss. Er lächelt, sie küssen sich, als ob sie damit die Welt retten könnten. Aber das können sie nicht, noch nicht einmal Hollys kleine Welt kann mit einem Kuss gerettet werden. Wie auf Knopfdruck löst sich Florian aus dem Feuer der Leidenschaft.

„Nein!" Er schüttelt den Kopf. „Verdammt!"

Verunsichert klettert Holly von seinem Schoss.

„Das dürfen wir nicht, Holly." Er erhebt sich, geht wie ein Tiger im Käfig auf und ab. Holly beobachtet ihn, sie schwitzt, hat Angst, dass er sie jetzt hasst. Endlich bleibt er stehen und kratzt sich am Kinn.

Holly grinst.
„Das dürfen wir nicht, Holly”, wiederholt er. „Es tut mir leid, ich hätte es nicht zulassen dürfen.”
„Warum nicht?”, fragt sie leise.
„Holly. Ich bin dein Therapeut. Ich bin 38 Jahre alt, verdammt.” Er wischt sich hastig eine Strähne aus der Stirn. „Ich könnte dein Vater sein.”
Holly schluckt. „Nein, das könntest du nicht. Niemals.”
Er regt sich über sich selbst auf, über seine unsensible Wortwahl. Holly versteht nicht, weshalb er sich so seltsam benimmt.
„Ich verstehe nicht“, sagt sie voller Angst.
Liebevoll schaut er sie an. „Du bist ein wundervoller Mensch, Holly, eine wunderschöne junge Frau. Du bist herzlich, authentisch und intelligent, du wirst vielen jungen Männern den Kopf verdrehen. Aber wir dürfen nicht zusammen sein.”
Holly wiederholt in Gedanken den Unsinn, den er gerade gesagt hat.
„Das macht keinen Sinn.” Verwirrt schaut sie ihn an.
„Doch, Holly.” Florian setzt sich wieder. „Wir kennen uns sehr gut, ich kenne deine dunkelsten Momente, wir haben kaum Geheimnisse voreinander, keine Grenzen, das hat uns schwach gemacht, verstehst du?”
„Nein.”
„Es gibt kaum noch Distanz zwischen uns, ich habe dich viel zu nahe an mein Herz gelassen.”
Holly zuckt mit den Schultern. Sie findet ihn gerade furchtbar kompliziert.

„Ich bin dein Therapeut, ich bin verheiratet und habe ein Kind. Du hast das alles noch vor dir, ich bin nicht der Richtige für dich."

„Hasst du mich jetzt?"

Florian lacht. „Nein, niemals. Ich liebe dich, Holly, und das ist das Problem."

„Liebe ist nie ein Problem."

Er hält ihre Hand. „Doch, manchmal schon." Florian steht auf und schaut auf die Uhr. „Mein nächster Patient wartet schon."

Traurig blickt Holly zu ihm auf. Fühlt sich betrogen und allein gelassen. „Ist das ein Abschied für immer?"

Florian erträgt ihren Blick nicht, er muss stark sein. „Nein, nicht für immer. Es ist nur ein Abschied von dem, was wir kennen."

Er spricht heute nur in Rätseln. Holly blickt ihn fragend an.

„Ich bin nicht mehr dein Therapeut, wir müssen sehen, wie wir weitermachen."

„Warst du nur das? Vier Jahre lang nur mein Therapeut?"

Florian verdreht die Augen. „Holly, bitte mach es nicht noch komplizierter, als es eh schon ist."

Sie findet nicht, dass sie es komplizierter macht, sie kann es einfach nicht verstehen. Sie steht auf und schleicht zur Tür.

„Dir wurde ein neuer Psychiater empfohlen, richtig?"

„Ja, aber da gehe ich nicht hin", sagt sie trotzig.

„Warum nicht?"

„Weil ich nicht will."

Florian begreift, dass jegliche Diskussion im Moment sinnlos wäre.

„Wir reden später, okay? Ich ruf dich an."

Vorwurfsvoll schaut sie ihn an und erschreckt sich fast zu Tode, als ihr Handy klingelt. Sie fischt es aus ihrer Tasche und blickt auf das Display. Ihr Mund steht offen, als sie zu Florian hochschaut.

„Wer ist es?"

„Mutter", sagt sie ungläubig. Mutter hat sie in den letzten zwei Jahren nicht angerufen, ach was, sie hat sie noch nie angerufen – in ihrem ganzen Leben nicht. Mit zittrigen Fingern nimmt sie den Anruf entgegen.

„Holly, mein Schatz." Ihre Stimme ist weinerlich. Holly starrt Florian an. „Dein Vater, Holly, dein Vater. Er ist tot." Hollys Augen verengen sich zu kleinen Schlitzen. Sollte sie traurig sein? Betroffen? Erschüttert? Ein Lächeln drängt sich in ihr Gesicht.

„Hm", sagt sie nur.

„Ist es dir egal?"

Holly schweigt.

„Kommst du vorbei, ich brauche dich."

Jetzt? Ihre Mutter braucht sie? Ist das ein schlechter Scherz? Heute ist ihr Geburtstag, weiß sie das überhaupt? Träumt sie? Florian schaut sie immer noch neugierig an.

„Wann ist es passiert?" Hollys Stimme ist fest.

„Ich ging heute früh zur Arbeit, als ich nachhause kam, lag er tot am Stufenende und hat aus dem Kopf geblutet."

„Er ist die Treppe hinuntergestürzt?"

„Ja." Hollys Mutter bricht in Tränen aus. Schluchzt hemmungslos.

„Ich, ich komme."

„Danke Schatz."

Holly beendet den Anruf. „Mein Vater ist tot."

„Was? Er ist tot?" Freude breitet sich in Florian aus, er versucht sie

zu unterdrücken, aber es gelingt ihm nicht. „Was ist passiert?"
„Er ist die Stufen runtergefallen."
Florian nickt und betrachtet Holly. „Wie fühlst du dich?"
„Ganz ehrlich?"
„Ja."
„Ich fühle mich erleichtert, frei, glücklich." Florian legt seine Hand auf ihre Schulter. „Darf ich das?"
„Was meinst du?"
„Mich so fühlen, ein Mensch ist gestorben."
„Ja, du darfst, Holly."
Sie steigt in den nächsten Bus und fährt zu ihrer Mutter. Die letzten Meter zu dem abgelegenen Haus geht sie zu Fuß. Tausend Gedanken fliegen wild in ihrem Kopf umher. Erinnerungen an die schlimmsten Momente ihres Lebens. Der Mann, der ihr alles genommen hat, ist tot, weg für immer. Hoffentlich in der Hölle, sollte es eine solche geben. Hoffentlich tun ihm die Dämonen dasselbe an, was er ihr angetan hat. Den ganzen Tag lang, die ganze Nacht. Holly erschreckt an ihren eigenen Gedanken. Keiner kann von ihr verlangen, dass sie ihn liebt, dass sie traurig ist über seinen Tod. Mit rasendem Herzen steht sie vor der Haustür und klingelt. Sie hat einen Schlüssel, aber bevorzugt es zu schellen. Mit roten, verheulten Augen öffnet Beate Wouters die Tür.
„Hallo", sagt sie leise.
„Hi."
Holly tritt ein. Das Haus ist dunkel, es ist gemein und es ist böse. Es hat die Charakterzüge ihrer Eltern. Sie bereut, dass sie gekommen ist. Florian hat ihr abgeraten, aber wie er selber sagt, er ist nicht

mehr ihr Therapeut. Hollys Mutter zeigt auf einen roten Flecken auf dem Boden. „Hier hat er gelegen."

Holly nickt. Es interessiert sie nicht und es ist ihr egal. Was soll sie hier? Es ist lächerlich.

„Wirst du bei mir leben für die nächsten Monate, Holly?"

Mutter schaut sie tatsächlich an. Blickt ihr direkt in die Augen. Holly erstarrt, ihr Blick ist kalt, voller Hass. Sie schaut weg, kann dem Blick ihrer Mutter nicht standhalten.

„Nein, Mutter, das werde ich nicht."

„Aber ich bitte dich darum."

Holly schüttelt vehement den Kopf. Die letzten zwei Jahre waren hart für sie. Es ist ihr gelungen, etwas Distanz zu schaffen, hier einzuziehen würde alles zum Einsturz bringen. Andererseits hätte sie ein Problem weniger, sie müsste sich keine Bleibe suchen. Nein, nicht dieses Mal. „Ich kann einmal in der Woche vorbeikommen."

„Warum willst du nicht hier wohnen? Du musst auch nichts bezahlen?"

Ihre Mutter versteht nicht, was Holly durchgemacht hat, oder will es nicht verstehen. „Nein, Mutter, ich kann nicht."

„Einmal die Woche?" Ihre Stimme ist schwach und weinerlich, sie macht Holly wütend.

„Ja, jeweils am Donnerstag, wenn du willst."

„Besser als nichts." Frau Wouters steht auf und verschwindet in der Küche. War es das jetzt? Holly wundert sich. Sie hört, wie ihre Mutter Geschirr spült. Sie steht auf und stellt sich neben den Blutfleck.

„Das hast du verdient", flüstert sie. Ein Blutfleck ist alles, was von

ihrem Vater übrig bleibt. Sie stellt ihren Fuß darauf und fühlt, dass sie die Schlacht gewonnen hat. Den Krieg nicht, der tobt in ihr, aber die Schlacht hat sie für sich entschieden.
„Ich gehe", ruft sie, doch ihre Mutter scheint sie nicht zu hören. Holly verlässt das Haus. Gemächlich spaziert sie den Weg retour zur Bushaltestelle. Sie blickt zurück zu dem Haus, in dem sie aufgewachsen ist, dem Haus, das alles stumm mit angesehen hat, mitgemacht hat. Es scheint sie auszulachen. Es ist noch lange nicht vorbei, kleine Holly, ruft es ihr zu. Sie weiß, dass das verdammte Haus recht hat. Es ist nie vorbei. Die Gräueltaten ihres Vaters sind fein säuberlich in ihrem Kopf aufbewahrt, mit jedem Detail in Farbe, mit Ton und Geruch. Holly weiß nicht, wie sie ihr Leben meistern soll, der, der ihr die letzten vier Jahre Halt gab, wird nicht mehr lange für sie da sein, sie spürt es und sie hat es in seinen Augen gesehen. Florian wird sie fallen lassen, zu seinem eigenen Schutz. Ihr bleibt die Genugtuung, dass er sie liebt. Aber ob das genug ist, um zu leben? Gedankenverloren steigt sie in den Bus und setzt sich hin. Ein junger Mann hockt sich neben sie. „Hallo." Er grinst sie breit an. Holly muss lächeln, er sieht lustig aus. Seine Haare fallen ihm ins Gesicht, er ist hübsch, hat schöne Augen.
„Hi", antwortet sie.
„Ich bin Mark und du bist ...?"
„Holly."
Mark streckt ihr seine Hand entgegen. „Freut mich, Holly."
Holly blickt wieder zum Fenster hinaus. „Wo fährst du hin?"
„Nach Hause."
„Und wo ist das?"

„Egal."
„Uh, eine geheimnisvolle Frau, ich mag das."
Holly muss lachen, Mark ist süß. Sie schaut ihn an, er ist älter als sie.
„Wie alt bist du?"
„Ich bin 27 und du?"
„18."
Er kratzt sich am Ohr. „Noch ein Baby."
Zum Glück nicht, denkt sie.
„Hey Holly, kommst du heute Abend, was mit mir trinken?"
Holly denkt nach. Ihr Vater ist tot, Florian zieht sich aus ihrem Leben zurück. „Ja, warum nicht."
„Cool. Um 20 Uhr beim *Bitz*? Weißt du, wo das ist?"
„Ja."
„Ich freue mich." Er springt auf. „Ich muss hier raus, bis später."
„Bye." Der Beginn von etwas Neuem? Holly hat nichts zu verlieren. Mit neugieriger Vorfreude bereitet sie sich auf den Abend vor. Jeans, ein Pullover mit tiefem Ausschnitt, eigentlich wie immer. Nur ein bisschen mehr Make-up wagt sie aufzutragen. Die Mädchen sind neugierig, quetschen sie aus. Doch Holly bleibt beharrlich.
„Ich gehe was trinken." Diese Information muss reichen.
„Mit wem?", fragt Lulu zum zehnten Mal.
„Alleine", lügt sie.
Gabriela schaut sie beleidigt an. Ohne weiter auf das Bitten und Flehen nach weiteren Informationen einzugehen, verlässt Holly die Wohnung. Sie ist aufgeregt, neugierig und voller Vorfreude. Das *Bitz* erreicht sie zu Fuß in zehn Minuten, Mark erwartet sie schon.

Gut sieht er aus: ein blaues Poloshirt und dunkle Jeans.
„Hey Holly." Er scheint sich über ihr Erscheinen zu freuen. Holly schenkt ihm ein Lächeln. Mark küsst sie auf die Wange. Holly ist hin- und hergerissen zwischen Angst, Begeisterung und Aufregung. Wie selbstverständlich nimmt er ihre Hand und sie spazieren zusammen in die Bar. Die Musik ist laut, sie hat das Gefühl, dass alle Leute sie anstarren.
„Setz dich, ich hole dir was zu trinken." Holly lächelt und setzt sich. Unsicher schaut sie sich um. Die Leute unterhalten sich, müssen sich aber anschreien, damit sie die Musik übertönen. *Wie dumm*, denkt Holly. Das ist kein Ort, um sich zu unterhalten. Mark kehrt mit zwei Gläsern zurück.
„Ein Malibu für dich, ich hoffe, du magst den", schreit er und stellt das Glas ab. Holly betrachtet es eine Weile. Sie hat noch nie Alkohol getrunken. Trotzdem weiß sie genau, wie es schmeckt, sie hat den Geruch präsent. In ihrem Mund und in ihrer Nase. Brechreiz meldet sich an. Holly schließt die Augen und schluckt.
„Bist du okay?"
Sie nickt und nippt an dem Glas. Sie ist überrascht über den fruchtigen, süßen Geschmack, den Alkohol schmeckt sie kaum. Sie grinst.
„Lecker." Mark nickt zufrieden. Sie unterhalten sich oder besser gesagt, sie schreien sich an. Holly erfährt, dass Mark Webdesigner und seit einem Jahr Single ist und an die große Liebe glaubt. Er muss sich mit weniger Informationen über sie abfinden. Es gibt kaum etwas, was sie berichten kann oder will. Holly erklärt, dass sie Tintenfische mag und Coladosen sammelt. Mark erzählt gerne und

viel, Holly ist dankbar, so muss sie nichts sagen. Im Laufe des Abends trinkt sie drei Malibus. Erst als sie aufsteht, um das Lokal zu verlassen, spürt sie den Alkohol in ihrem Körper. Ihre Schritte sind unsicher. Mark packt sie unterm Arm und lacht.

„Du verträgst nicht viel, hm?"

Ich ertrage mehr, als du erahnen kannst, denkt sie und die Welt dreht sich.

„Gehen wir zu mir?"

„Okay."

Sie spazieren durch die schöne Baumallee, die mitten durch die Stadt führt. Ihre Beine sind schwer, sie hofft, bald bei Marks zuhause anzukommen. Nach wenigen Minuten erreichen sie den finsteren Eingang zu einem baufälligen Haus. Holly schaut sich unsicher um, plötzlich beschleicht sie ein ungutes Gefühl.

„Ich sollte besser nach Hause gehen", lallt sie.

„Nein, warum? Die Wohnung sieht von innen besser aus." Er lacht erfrischend. Holly staunt, der Alkohol scheint spurlos an ihm vorbeigegangen zu sein. Vorsichtig setzt sie einen Fuß vor den anderen und erklimmt die Stufen. Im zweiten Stock schließt er die alte Holztür auf. Holly bereut es, mit ihm gegangen zu sein. Sie kennt ihn kaum, er könnte ein Vergewaltiger, ein Mörder, ein Psychopath sein. Oh Gott, wie dumm sie ist. Rennt von einer Katastrophe in die andere. Mark packt sie an ihrer Hand und zieht sie in die Wohnung. Holly ist überrascht, die Wohnung ist hell, modern eingerichtet und sauber. Sie lächelt. „Schön."

„Habe ich doch gesagt." Mark legt seine Jacke ab. „Willst du einen Kaffee?"

Holly mag Kaffee nicht, sie findet Kaffee ekelhaft, nur erträglich mit fünf Würfelzucker. „Ja, mit vier Stück Zucker bitte."
„Vier?", wiederholt er ungläubig. Sie lächelt nur und lässt sich auf das große, bequeme Sofa fallen. Für einen kurzen Moment schließt sie die Augen und sofort starrt sie in das Antlitz ihres grinsenden Vaters. Erschrocken reißt sie die Augen auf. Sie atmet tief ein, ihr Herz rast. Sie wagt es nicht, ihre Augen nochmals zu schließen. Mark kommt aus der Küche, in seiner Hand eine Tasse mit heißem Kaffee. Vorsichtig stellt er sie auf dem Tisch ab. „Ist noch heiß, warte einen Moment." Er setzt sich neben Holly, legt seine Hand auf ihr Bein. „Wo wohnst du eigentlich? Noch bei deinen Eltern?"
„Nein, ich wohne mit ein paar Mädchen zusammen, *betreutes Wohnen* nennt sich das." Es ist ihr peinlich.
„Oh, hast du Probleme?"
Holly will nicht über ihre Vergangenheit reden und schweigt.
„Drogen?"
„Nein."
„Deine Eltern?"
Sie nickt.
„Hattest du schon viele Freunde?"
Freunde? Wie? Freunde, denkt sie und schaut ihn fragend an.
„Jungs meine ich."
Holly fragt sich verwundert, ob er ihre Gedanken lesen kann. „Nein."
„Wie viele?"
Zählt ein Kuss? „Einer", antwortet sie und sehnt sich nach Florian. Seinem blumigen Duft, seinem Lächeln und die Vertrautheit.

„Hattest du Sex mit ihm?”

Holly starrt ihn entsetzt an, was für eine Frage? „Ähm, hm, nein.”

Mark schaut sie zufrieden an. „Du bist Jungfrau.”

Oh Gott, was für eine beschissene Unterhaltung, denkt Holly und würde am liebsten flüchten. „Nicht wirklich.” Warum fühlt sie sich gezwungen zu antworten? Es nervt sie.

Er kraust seine Stirn. „Nicht?”

„Mark, können wir uns über etwas anderes unterhalten, bitte."

Er rutscht näher. „Klar, wir können auch ...” Er grinst verschlagen. „Gar nicht reden.” Sein Gesicht nähert sich ihrem. Holly starrt ihn mit weit aufgerissenen Augen an. Als seine Lippen ihre berühren, zuckt sie zusammen, kalter Schweiß bildet sich auf ihrer Stirn. Sie verspürt Angst, doch sie wehrt sich nicht, zu sehr fürchtet sie sich vor den Konsequenzen. Die Luft wird knapp, zu ihrer Überraschung lehnt sich Mark zurück, nimmt die Tasse Kaffee in die Hand und gibt sie ihr. „Jetzt kannst du den Kaffee trinken.”

Holly trinkt gierig, in wenigen Schlucken ist der Kaffee weg.

„Du hattest Durst." Mark lacht. Holly fühlt sich gefangen wie eine Maus, keine Chance zur Flucht.

„Du kannst hier schlafen, wenn du willst.”

„Ich sollte lieber gehen.”

„Bist du sicher?”

„Ja.”

„Mein Bett ist groß."

Holly schüttelt den Kopf. „Nein, ich gehe.”

„Und wenn ich dich nicht gehen lasse.”

Hollys Herz bleibt stehen, sie schaut ihn an, sucht nach Anzeichen,

dass er einen Witz gemacht hat. Einen furchtbar unlustigen Witz.
„Entspann dich, Holly, ich schlafe auf dem Sofa." Mark wartet ihre Antwort nicht ab, er steht auf, verschwindet in einem Zimmer und kommt mit Decke und Kopfkissen wieder zurück.
„Ich muss morgen arbeiten, wenn es dir nichts ausmacht, würde ich mich gerne hinlegen."
Holly steht auf, noch immer verwirrt. „Im Schlafzimmer steht ein Fernseher, du kannst ja noch ein bisschen zappen."
„Danke."
„Schläfst du nackt?"
Wieder dieses verschlagene Grinsen, es gefällt ihr nicht. Er schlägt auf sein Kopfkissen ein, Holly betrachtet seine Hand, seine schlagende Hand. Wieder wird sie von purer Angst überrollt.
„Ich gehe ins Bett." Eilig verschwindet sie im Schlafzimmer. Man kann die Tür sogar abschließen, Holly ist erleichtert. Erschöpft legt sie sich ins Bett und blickt an sich herab: die Kleidung. Nein, die Klamotten bleiben an. Mark ist süß, aber nicht so süß wie Florian. Er verwirrt sie, ist nicht greifbar, manchmal traut sie ihm und im nächsten Moment macht er ihr Angst. Die Vertrautheit zwischen ihr und Florian ist so wunderschön und einzigartig. Florian weiß fast alles von ihr, das macht es einfacher und schwieriger zugleich. Oh Gott, ist das Leben kompliziert. Holly fürchtet sich davor, die Augen zu schließen. Doch irgendwann schafft sie es nicht mehr, sie offen zu halten. Die Tür geht auf und sie tritt ein in das Schattenland. Zögernd trottet sie den langen Gang entlang, es riecht muffig, die Luft ist feucht und warm. Holly geht weiter, sie weiß nicht, weshalb, sie muss einfach. Immer weiter, bis sie den großen Raum betritt, in

dem die Wesen sind. Sie starren sie mit ihren hässlichen Augen an, Sabber tropft aus ihren Mündern. Es sind Menschen, trotzdem haben sie tierische Züge. Sie sind riesig, viel größer als normale Menschen. Holly blickt sich um, es sind insgesamt fünf. Eines der Wesen kann sie als Frau identifizieren und ist an Hässlichkeit kaum zu überbieten. Holly will den Raum verlassen, doch ihre Beine gehorchen ihr nicht, sie ist wie gelähmt. Erst jetzt bemerkt sie, dass sie nicht atmet. Laut schnappt sie nach Luft.

„Komm her, kleine Helena", sagt das größte Wesen, das Holly an einen Hasen erinnert. Ein hässlicher, angsteinflößender Hase. Ihre Beine tragen sie trotz ihres Widerstands zu dem hasenähnlichen Etwas. Zitternd vor Angst steht sie vor ihm. Es starrt sie an, lüstern und gierig, Holly kennt diesen Blick nur zu gut. Instinktiv macht sie einen Schritt zurück. Das große Wesen lehnt sich zu ihr hinunter.

„Ich weiß, was du getan hast", flüstert es.

Hollys Zähne klappern, ihre Angst ist greifbar, kalter Schweiß tropft von ihrer Stirn.

„Du gehörst hierher in das Schattenland." Holly schüttelt den Kopf. „Du bist die Saat des Teufels." Sie reißt die Augen auf. Eine Träne löst sich aus ihrem Auge, schnell wischt sie sie weg. „Die Nächte gehören uns, Helena."

„Holly", wimmert sie und findet sich lächerlich.

Das Wesen lacht, die Erde bebt. Die anderen stimmen in das Lachen ein. „Ich schlage dir einen Deal vor." Es glotzt sie an. „Holly." Wieder lacht es. „Nachts gehörst du mir und ich lasse dich tagsüber alleine."

Das ist nur ein Traum, Holly, denkt sie panisch.

„Komm her."
Holly gehorcht. Sie steht nahe vor ihm.
„Du wirst mir nicht entkommen."
„Ich muss gehen." Holly ist schlecht, sie fühlt sich elend.
„Die Nacht ist noch lang."
„Nein, ich will gehen."
„Zieh dich aus."
Holly fällt auf die Knie, alle Kraft weicht aus ihr. „Nein." Sie würde am liebsten sterben – hier und jetzt.
„Zieh dich aus, Holly. Los."
Das Wesen leckt sich die Lippen. Dieser Blick, sie will nicht hinsehen. Es steht auf, packt sie am Hals und stellt sie auf die Beine, das alles mit nur einer Hand. Holly zittert am ganzen Leib. Seine Hand streicht über ihren Körper. Sabber tropft aus seinem Mund. Holly schreit aus Leibeskräften. Das Wesen schlägt sie ins Gesicht, aber sie hört nicht auf, zu schreien, wie von Sinnen schreit, schlägt und tritt sie.
„Holly!"
Hollys Augen sind geschlossen, sie schlägt wild um sich.
„Holly, verdammt." Sie wird geschüttelt und gerüttelt. Endlich wagt sie es, die Augen zu öffnen. Mark schaut sie besorgt an.
„Verdammt, was ist los mit dir?"
Sie springt auf, rennt ins Badezimmer und übergibt sich.
„Du hast nur drei Malibus getrunken." Mark ist fassungslos.
Bleich und geschwächt kommt sie zurück aus dem Bad.
„Es war ein Albtraum."
„Ja, du hast geschrien, als ob dich jemand umbringen möchte."

Schlimmer, denkt sie.
„Kannst du mich bitte in die Arme nehmen."
Mark zögert nicht und legt seine Arme um sie. Holly wimmert leise. Der Traum war grausam und viel zu real.
„Hast du das öfters?"
„Ab und zu."
„Gut zu wissen."
Mark blickt auf die Zimmertür. „Du hast abgeschlossen, ich musste die Tür aufbrechen."
„Es tut mir leid." Holly ist todmüde, fürchtet sich aber einzuschlafen. Immer wieder fallen ihre Augen zu und sofort sieht sie das Wesen, wie es sie lüstern anstarrt. Ihr Leben wird von Mal zu Mal schwieriger statt einfacher. „Ich geh nach Hause."
Mark widerspricht ihr nicht, er lässt sie gehen. Es interessiert ihn auch nicht, wie sie nachts um 4 Uhr nach Hause kommt. Er ist froh, wenn sie weg ist. Eine Verrückte. Holly glaubt zu wissen, was er denkt: ein Freak. Vielleicht ist sie das ja auch. Durchgedreht – ein Fall für die Anstalt. Florian wusste genau, was sie brauchte. Ein Lächeln von ihm war oft schon genug. Holly schnappt sich ihre Jacke und verlässt eilig die Wohnung. Mark beobachtet sie stumm. Sie knallt die Tür hinter sich zu und rennt weinend die Treppen hinunter. Sie weiß nicht weiter, sie weiß nicht, wohin sie geht, noch wo sie wirklich herkommt. Ziellos irrt sie durch die Straßen, vorbei an einigen zwielichtigen Gestalten, die sie anglotzen. Irgendwann setzt sie sich auf ein paar Stufen in einem Hauseingang. In den letzten vier Jahren hat sie sich noch nie so alleine gefühlt. Wusste sie doch, dass Florian immer an ihrer Seite war. Ihr war klar, dass

sie ihn jederzeit anrufen konnte und er sie retten würde. Doch jetzt ist sie sich nicht mehr so sicher. Der Abschied gestern, sie hat es in seinen Augen gesehen. Zum ersten Mal. Er hat gelogen. Als sie ihn fragte, ob es ein Abschied für immer sei. Er sagte Nein. Doch sie hat es gesehen, er kann sie nicht anlügen. Holly hält die Traurigkeit und Hoffnungslosigkeit kaum aus. Sie hat keine Ahnung, wohin ihr Leben sie führt. In welche Richtung sie gehen soll oder muss. Verdammt, wie lebt man überhaupt ein Leben? Sie weiß noch nicht einmal, wie oft man ein Bettlaken wechseln muss. Diese Welt ist nicht der richtige Ort für sie.

„Hey Kleine, hast du Feuer?" Holly schreckt auf.

„Nein."

„Scheiße", flucht der Mann und geht weiter. Sucht er den Sinn des Lebens? Hat er ihn gefunden? Oder verloren? *Sie* hat ihn verloren, da ist sie sicher. Florian war ihr Sinn des Lebens in den letzten vier Jahren. Aber er zieht sich zurück, hat Angst, dass sein Leben durcheinander kommt. Seine Frau, sein Kind, sein gewohntes, bequemes Leben. Er war doch nur Gast in ihrem Leben. Sie kann es ihm nicht übel nehmen. Wahrscheinlich würde sie dasselbe tun. Nein, würde sie nicht. Holly ist sich sicher, dass, wenn sie tatsächlich liebt, durchs Feuer gehen würde. Alles aufgeben würde, für den Menschen, der ihr Herz erobert. Erwartet sie zu viel vom Leben? Sie will doch nur von jemandem geliebt werden, mehr nicht. Sie braucht nicht reich zu sein, sie braucht auch keine Luxusgüter, nur jemanden, der sie liebt. Ist es tatsächlich zu viel verlangt? Wie es wohl wäre, ein Tintenfisch zu sein? Sie könnte kochen, essen, trinken, schreiben und zeichnen im selben Moment. Aber ob das

Leben als Tintenfisch wirklich so erstrebenswert ist? Sie wagt es, trotz allem zu bezweifeln. Das Schattenland, was zur Hölle ist das? Das Wesen hat ihr Angst gemacht. Es ist real und es weiß, wovor sie sich fürchtet, es kennt sie. Holly spürt es. Müde reibt sie sich die Augen und kramt ihr Handy aus der Jackentasche. Es ist 5 Uhr 30. Jetzt ein liebes Wort von Florian, ein Händedruck, eine Umarmung, ein Kuss?

„Verdammt noch mal, vergiss ihn, Holly", schimpft sie mit sich selbst. Sie scrollt durch ihre Kontaktliste. Viele Kontakte hat sie nicht. Mutter, die Mädchen aus der Wohngruppe, der neue Psychiater und der alte. Florian. Ihr Zeigefinger schwebt über dem grünen Knopf. Nein, doch, nein, doch. *Lass ihn in Ruhe*, denkt sie. Er kann dich nicht einfach so fallen lassen. Zack, ihr Finger berührt den grünen Knopf und führt den ihm gegebenen Befehl gewissenhaft aus. Hollys Herz rast, er wird sie hassen, sie anschnauzen. Sie ist im Begriff, den Anruf zu beenden, da hört sie seine Stimme.

„Holly." Er klingt verschlafen. Wenigstens einer, der schlafen kann.

„Was ist los?"

Holly denkt nach, sie hat sich gar keine Gedanken gemacht, was sie ihm sagen will.

„Ähm, ich ... ach, vergiss es. Es tut mir leid." Hastig drückt sie den roten Knopf. Sie starrt das Handy an. Keine zehn Sekunden später singt Nik Kershaw *Wouldn't it be good*. Florian, verrät das Display. Holly nimmt den Anruf entgegen und hat ein schlechtes Gewissen.

„Wo bist du?"

„Ähm, ich weiß nicht."

„Du weißt es nicht?"
Holly schaut sich um. „Ähm, bei Edeka an der Ecke."
„Ich bin in fünfzehn Minuten bei dir." Florian beendet den Anruf.
Holly starrt das Handy an. Sie hat gar nichts gesagt. Das war ja einfach. Florian kann ihre Gedanken lesen, das hat sie schon öfters bemerkt. Er hatte recht gestern, sie haben sich gegenseitig geöffnet, ihre Schwächen präsentiert, das macht verletzlich und bindet aneinander. Florian weiß fast alles von ihr, er hat ihre Geschichte viel zu nahe an sich herangelassen. Das war nicht sehr professionell von ihm. Aber auch er ist nur ein Mensch. Ihre Tränen trocknen langsam, wahrscheinlich sieht sie furchtbar aus, ihr Make-up verschmiert. Egal. Sie lehnt sich an die Wand und wartet. Immer wieder fallen ihre Augen zu und jedes Mal erscheint das Wesen und starrt sie an. Sie darf nicht schlafen, nie mehr. Florian hält sein Wort, so wie immer. In weniger als fünfzehn Minuten steht er vor ihr und blickt auf sie herab. Holly schaut zu ihm hoch. Sie hat das Gefühl, ihn Monate nicht gesehen zu haben, dabei war es erst gestern. Es war gestern, als sie sich geküsst haben.
„Hi." Sie ist unsicher, hat Angst, dass er sie anschreit, ihr Vorwürfe macht. Verdammte Angst, es gibt nichts, wovor sie sich nicht fürchtet. Er reibt sich die Augen, sieht furchtbar müde aus.
„Was tust du hier?" Seine Stimme ist wie Samt, so weich und liebevoll. „Ich ... ich war aus."
„Du warst aus? Mit wem?"
Holly runzelt die Stirn. Geht ihn das was an?
„Mit Mark."
„Wer ist Mark?"

Ist er etwa eifersüchtig? Holly grinst. „Ein Mann."

Florian verdreht die Augen. „Ja, Holly, davon gehe ich aus, wo hast du ihn kennengelernt?"

„Im Bus."

„Im Bus?"

„Ja." Dämliche Unterhaltung. Holly presst ihre Lippen aufeinander.

„Und dann?"

„Dann gingen wir in eine Bar."

Florian reibt sich über das Kinn. Holly gefällt es.

„Und danach?" Er klingt genervt.

„Gingen wir zu ihm nach Hause."

„Oh Gott, Holly, hat er dich angefasst?"

Geht ihn das wirklich was an? „Wir haben uns geküsst."

„Mehr nicht?"

Er klingt wie ihr Vater, also ein Vater, wie sie ihn sich vorstellt. Ein Vater, der sich um seine Tochter sorgt.

„Mehr nicht."

„Und was machst du hier?"

„Ich hatte einen Albtraum."

Florian versteht den Zusammenhang nicht. Holly sieht es ihm an.

„Ich bin ein bisschen durchgedreht."

„Das heißt –?"

„Der Traum war so schlimm, ich habe geschrien, bis Mark ins Zimmer kam, ich hatte aber die Tür abgeschlossen, er musste sie eintreten."

„Ihr habt nicht im selben Bett geschlafen?"

Was denkt er von ihr? „Nein", sagt sie genervt.

Er sieht erleichtert aus. „Und dann?"
„Dann bin ich gegangen."
„Und er?"
„Er was –?"
„Es ist mitten in der Nacht."
„Es war ihm egal." Sie schnieft. „Ich bin ein Freak", fügt sie hinzu.
Florian setzt sich neben sie. „Nein, das bist du nicht."
„Doch, natürlich bin ich das, nur siehst du das nicht, weil du anders bist und mich kennst. Außerdem sind Verrückte dein Beruf, du lebst von ihnen."
„Du bist nicht verrückt. Was war das für ein Traum?"
Holly braucht einen Moment, zu schrecklich ist der Ort, an den ihre Träume sie entführen. „Ich war im Schattenland."
Florian findet allein den Namen schon schrecklich, unheilvoll.
Holly schaut ihn an. „Das Wesen hat mir ein Angebot gemacht."
Er blickt sie erwartungsvoll an.
„Wenn ich ihm die Nächte schenke, dann lässt er mich tagsüber in Ruhe."
Florian erschaudert. Er erinnert sich, dass sie ihm dasselbe vor zwei Jahren erzählt hat. „Was bedeutet das, Holly? Was will das Wesen von dir?"
Holly blickt zu Boden, es ist ihr peinlich. „Ich glaube ..." Sie hält inne und nimmt einen tiefen Atemzug. „Es will mich, es will mich quälen."
„Quälen?"
Sie nickt.
Florian kratzt sich wieder am Kinn, er ist wie der Rattenfänger von

Hameln, statt auf der zu Flöte zu spielen, kratzt er sich am Kinn und Holly ist die Ratte. Sie muss grinsen. Er schaut sie an, mit diesem Blick, der ihr zu verstehen gibt, dass alles in Ordnung ist. Alles nicht so schlimm. Dann legt er seinen Arm um ihre Schulter. Holly wird es warm ums Herz, sie schmiegt sich an ihn und genießt jede Sekunde.

„Ich bring dich nach Hause."

„Ich habe kein Zuhause.

Er dreht sich zu ihr. „Die Wohngruppe?"

„Da lebe ich, aber es ist nicht mein Zuhause."

Florian blickt sie an und glaubt zu verstehen, was sie meint.

„Du wirst dein Zuhause finden. Hab ein bisschen Geduld." Er lächelt sie an. Holly lehnt sich an seine Schulter. Die Vertrautheit umhüllt sie wie eine warme Decke.

Kapitel 9

Die letzten vier Wochen waren schlimm. Seit Hollys Vater tot ist, scheint er ihr näher, als je zuvor zu sein. Jede Nacht geht sie im Schattenland durch die Hölle, sie schläft kaum noch aus Angst vor den Wesen. Davor, was sie mit ihr anstellen könnten. Aber nicht nur das, auch tagsüber sieht sie, hört sie und riecht sie ihren Vater. Im Bus, im Bad, im Zimmer – überall. Holly glaubt durchzudrehen. Florian weiß nichts davon, dass sie ihrem Vater überall begegnet.

Sie fürchtet sich davor, dass auch er glaubt, dass sie verrückt geworden sei, ein Freak. Holly ist so verzweifelt, dass sie mit dem Gedanken spielt, sich auf das Angebot des Wesens einzulassen. Ihm die Nächte zu schenken, damit sie wenigstens tagsüber Ruhe hat. Aber ... es ist doch nur ein Traum, redet sie sich ein, glaubt es aber schon lange nicht mehr. Seit einer Woche arbeitet sie in einem kleinen Buchladen. Florian hat ihr den Job verschafft, er hat ihr auch ein Zimmer in einer WG mit zwei weiteren Mädchen organisiert. Zu Beginn waren sie nett, bis sie jede Nacht aus ihrem Schlaf gerissen wurden: durch Hollys Schreie. Die ersten Male waren sie noch besorgt, als sie nachts ins Badezimmer rannte und sich übergab. Aber mittlerweile sind sie nur noch genervt, fühlen sich um ihren Schlaf geraubt. Holly ist ein Freak. Nächtelang sitzt sie wach, liest und schreibt Gedichte über den Tod. Sie sieht Florian alle zwei Wochen in seiner Praxis, er ist bemüht, Distanz zwischen ihnen zu bewahren. Holly versteht ihn, aber es schmerzt. Das Leben ist unfair, aber das kennt sie nur zu gut. Ihr Leben war noch nie fair. Ihr Chef im Buchladen ist nett, geduldig und ein Lichtblick in Hollys Dunkelheit. Er hat Verständnis für alles. Er scheint nicht von dieser Welt zu sein. Holly nimmt ihre Arbeit ernst, sie möchte gefallen, alles richtig machen. Aber manchmal rächt sich der Schlafmangel und sie ist unkonzentriert und begeht dumme Fehler. Mark hat nichts mehr von sich hören lassen, das kümmert sie nicht, sie war sich sowieso nicht sicher, ob sie ihn mag oder nicht. Holly räumt gerade Neuheiten ins Büchergestell ein, als ein Geruch sie erstarren lässt. Es ist der Geruch ihres Vaters, diese fiese Mischung aus Kräutern, Schweiß und noch etwas anderem, was sie nicht

definieren kann. Mit weit aufgerissenen Augen schaut sie sich um. Da ist niemand außer einem alten Mann, der nach einem Geschenk für seine Tochter sucht.
„Vater", flüstert Holly. Sie macht zwei Schritte zurück und fällt fast hin, als er plötzlich vor ihr steht. Er grinst schmierig, legt seinen Kopf schief und starrt Holly an. Er beißt sich auf die Unterlippe.
„Mmh, Holly", sagt er lüstern.
„Du bist nicht wirklich hier."
Er lacht laut und schrill. „Du musst es ja wissen", brummt er.
„Geh weg, du bist nur in meinem Kopf."
„Vielleicht, vielleicht auch nicht. Ich werde dich zerstören, Holly."
Holly schließt die Augen. Als das Wesen in ihrem inneren Auge erscheint und sie an sein Angebot erinnert, reißt sie die Augen wieder auf.
„Alles klar, Holly?", ruft Martin, ihr Chef.
„Ja." Ihr Vater ist verschwunden. Holly weiß, was sie heute Nacht tun wird.

Voller Angst sitzt sie auf dem Bett. Angst – immer und überall – sie ist die wandelnde Angst. Doch sie ist sich sicher, dass es der einzige Weg zu einem normalen Leben ist. Sie legt sich hin, schlingt ihre Arme fest um den Tintenfisch und schließt die Augen. Ihr Körper sehnt sich nach Schlaf.
„Da bist du ja, meine kleine Holly."
Sie hat den Eindruck, dass das Wesen von Tag zu Tag größer wird.
„Na, hast du über mein Angebot nachgedacht?"
Holly nickt.

„Wirst du annehmen?"
Wieder nickt sie.
Das Wesen grinst, Speichel tropft aus seinem Mund. Es lächelt schief. „Hier sind die Regeln."
Sie blickt zu ihm hoch.
„In den Nächten gehörst du mir, ich kann mit dir machen, was ich will. Es gibt keinen Ausweg, jede Nacht."
Holly schließt die Augen, sie zweifelt.
„Du schließt die Augen und kommst zu mir."
Tränen rinnen über ihr Gesicht. Sie fühlt sich verletzlich und ausgeliefert.
„Dafür werde ich dich tagsüber in Ruhe lassen."
Daran muss sie sich festhalten.
„Komm her, kleine Holly." Es leckt sich die Lippen. Holly geht zwei Schritte auf ihn zu. „Mmh, Holly", stöhnt es. Es erhebt sich und geht auf sie zu. Mit wenigen schnellen Bewegungen reißt es ihre Kleider vom Leib. Die anderen Anwesenden lachen. Holly wimmert, sie will nicht hier sein. Wird sie dem Grauen jemals entkommen können. Es ist doch nur ein Traum, wie kann es sich so verdammt real anfühlen? Das hasenähnliche Wesen legt seine Hand in ihren Nacken, beugt sich zu ihr hinunter – und küsst sie. Holly glaubt sich zu übergeben, kann es aber gerade noch so verhindern. Sie schließt die Augen und lässt es geschehen. Als das Wesen mit ihr fertig ist, schaut es sie an. „Ich habe mich gar nicht vorgestellt", sagt es grinsend. „Ich bin Papa, dein geliebter Vater, hast du mich nicht erkannt."
Holly reißt die Augen auf, klar, jetzt erkennt sie ihn, sie riecht ihn

sogar, sie wollte es nicht sehen, doch jetzt steht er vor ihr.
„Du kannst mir nicht entkommen", zischt er und lacht. Holly springt auf, sie schreit, poltert panisch an die Tür, ihr ist schlecht, sie muss hier raus.
„Verdammt noch mal", hört sie eine Frauenstimme rufen. Sie reißt die Augen auf. Karola und Tamara stehen an ihrer Zimmertür und schauen sie wütend an.
„Das geht so nicht weiter, verdammt, wir werden jede Nacht wegen dir aus dem Schlaf gerissen."
„Tut mir leid", stammelt Holly. Sie springt auf, rennt an den beiden vorbei ins Bad und übergibt sich. Ihr Vater, – das Wesen – es ist ihr Vater. Wieder hat er sie in seinen Fängen und die Kontrolle über ihr Leben.
„Holly." Tamara versucht, verständnisvoll zu klingen. „Du musst hier raus, dir was anderes suchen. Wir trauen uns ja nicht mal mehr, irgendwelche Jungs einzuladen, was sollen die auch denken, wenn du so rumschreist."
Holly spritzt kaltes Wasser in ihr Gesicht. Traurig schaut sie die beiden an. „Okay, ich verstehe das. Ich suche mir was Neues."
„So schnell wie möglich, okay?"
Holly nickt und wankt zurück in ihr Zimmer. Sie nimmt das Kissen, die Decke und legt sich auf den Boden. Keiner will sie, aber sie versteht es, sie hat immer Verständnis für jeden und alles. Aber keiner für sie.
Am nächsten Morgen ruft sie Florian an, informiert ihn darüber, dass sie die WG verlassen muss. Er regt sich fürchterlich über die beiden Mädchen auf.

„Ich brauche etwas, weit weg von der Zivilisation."
„Du willst alleine wohnen?"
„Alleine und weit weg von der Zivilisation", wiederholt sie.
„Ich glaube nicht, dass das eine gute Idee ist."
„Keiner hält mich aus, Florian, und ich verstehe es."
„Aber du schreist doch nicht jede Nacht?"
Jede verdammte Nacht. Holly antwortet nicht.
„Wann musst du raus?"
„So schnell wie möglich."
„Scheiße."
„Ich wollte dich nur informieren, ich kann mir auch selber was suchen, schließlich verdiene ich jetzt genug Geld.
„Ich werde dir helfen."
„Nur, wenn du willst."
„Natürlich will ich." Er macht eine Pause. „Hast du heute Zeit?"
„Wofür?"
„Um in die Praxis zu kommen, ich würde mich gerne mit dir über deine Albträume unterhalten."
„Hm, nach der Arbeit."
„19 Uhr?"
„Ja, das müsste drin sein."
„Gut, ich warte auf dich."
„Bis dann." Holly beendet den Anruf. Müde macht sie sich für den Arbeitstag fertig.
Zwei Minuten vor der vereinbarten Zeit klingelt sie an Florians Praxis. Er öffnet die Tür höchstpersönlich und schließt sie hinter sich ab.

„Es ist keiner mehr hier."

Klar, er schließt eigentlich um 17 Uhr, denkt Holly. Sie begibt sich ins Behandlungszimmer und lässt sich aufs Sofa fallen.

Florian setzt sich auf den großen ledernen Bürostuhl hinter den klobigen Schreibtisch, weit weg von Holly.

„Du siehst müde aus", bemerkt er.

„Bin ich auch."

„Erzähl mir von deinen Albträumen."

Holly denkt nach, wie viel muss er wissen?

„Weißt du noch, der Deal, von dem ich dir erzählt habe."

„Im Schattenland?"

„Ja."

„Dass das Wesen dich in der Nacht haben will." Es fällt ihm schwer, es auszusprechen.

„Hm."

„Ja, ich erinnere mich."

„Ich bin auf den Deal eingegangen."

„Warum?"

„Weil ich nicht mehr konnte, Florian, ich habe meinen Vater überall gesehen, gerochen und gehört. Als ob er real wäre, er kam sogar in den Buchladen."

„Und jetzt."

Sie presst die Lippen zusammen und sucht nach Fassung. „Es ist die Hölle."

Er atmet laut aus. „Verdammt." Mitfühlend schaut er sie an. „Es ist nur ein Traum, Holly."

„Nein, ist es nicht. Es ist real – und das Wesen ..." Holly leckt über

ihre Lippen, die vollkommen trocken sind. „Es ist mein Vater.”
Wie vom Schlag getroffen, lehnt Florian sich im Stuhl zurück.
„Missbraucht er dich in deinen Träumen?”
„Hast du nicht zugehört? Es sind keine Träume, und ja, er missbraucht mich, so schlimm, dass ich nicht darüber reden werde. Niemals, mit niemandem.”
„Oh Gott, Holly." Florian reibt sich die Augen, Holly bringt ihn an seine Grenzen, die berufliche und die persönliche.
„Und der Deal?”
„Und der Deal, was?”
„Wie lautet er genau?”
„Er lässt mich tagsüber in Ruhe, dafür gehöre ich ihm nachts.”
Florian hat viele Patienten, die Alpträume haben, aber selten so real, dass sie von der Wirklichkeit kaum zu unterscheiden sind.
„Wann musst du aus der Wohnung?"
Holly hebt die Schulter. „So schnell wie möglich.”
„Ist es so schlimm?”
„Was?”
„Deine ...” Er sucht nach dem richtigen Wort. „Anfälle.”
„Ich vermute es.” Sie blickt ihn herausfordernd an. „Meist muss ich mich nach dem Traum erbrechen.”
Da ist er wieder, dieser Blick. Sein Blick, der sie zu herzen scheint. Der so viel Wärme, Mitgefühl und Liebe versprüht, dass sie am liebsten aufstehen würde, um ihn zu umarmen. Zu berühren, ihm nahe zu sein. Aber sie respektiert seinen Wunsch nach Distanz. Holly will nicht schuld sein an einer Ehekrise. Sie hält seinem Blick stand.

„Holly." Florian hebt einen Stift auf und lässt ihn durch seine langen Finger gleiten. „Es ist ein Traum."
Noch immer kleben ihre Augen an seinen, langsam schüttelt sie den Kopf. „Nein, es ist real." Holly schluckt, blinzelt sich die Tränen weg, die sich vordrängen.
Florian steht auf, geht langsam auf sie zu und setzt sich neben sie auf das lederne Sofa. Sein Blick ist bohrend, als ob er in sie eindringen wolle. Holly atmet tief ein, seinen Duft, seine Nähe. „Wenn Menschen traumatische Erlebnisse haben, flüchten sie oft in eine Scheinwelt, die sie sich ausdenken." Seine Zunge fährt über seine trockene Lippe. „Aus irgendeinem Grund hast du dir eine Scheinwelt ausgedacht, die schlimmer ist als die Realität."
Holly fühlt sich missverstanden, nicht ernst genommen. Beleidigt blickt sie zu Boden.
„Dein Vater ist tot", fährt Florian mit sanfter Stimme fort. Holly blickt auf. „Es ist ein Traum, Holly, ein sehr realistischer Traum, aber letztendlich nur ein Traum."
„Er ist mein Vater, er hat Macht über mich." Holly sehnt sich nach einer Umarmung, nach Florians Umarmung.
„Nur so viel Macht, wie du ihm gibst." Tröstend legt er seine Hand auf ihre Schulter. „Du glaubst, er hat Macht über dich, nur weil er dein Vater ist?"
„Er hatte schon immer Macht über mich, das hat sich auch mit seinem Tod nicht geändert."
Florian lehnt sich vor. „Es ist ein Traum, keine Realität. Dein Traum." Er nimmt seine Hand von Hollys Schulter. „Das Schattenland ist die dunkelste Ecke in dir drin, deine Erlebnisse,

deine Ängste, dein Abgrund, das ist das Schattenland, es ist dein Land, Holly, du hast ihm diese Macht gegeben."
Eine Träne rutscht über Hollys Wange. „Aber warum?"
„Ich weiß es nicht, vielleicht weil du nicht darüber sprichst und das Geschehene in dir eingeschlossen hast, oder weil du glaubst, dass es so sein muss."
„Was kann ich dagegen tun?" Hollys Stimme ist gebrochen, die Angst vor ihren eigenen Träumen steht ihr ins Gesicht geschrieben.
„Du könntest über das, was geschehen ist, reden, vielleicht hilft es."
Holly schluckt. „Mit dir?"
„Mit mir oder jemand anderem, egal mit wem."
Holly denkt nach. „Nein, ich kann nicht." Solange die Geschichte in ihr verschlossen ist, hat sie keine Macht. Wenn sie die Tür aufmacht und ihre Geschichte in die Welt hinauslässt, ist sie verloren. Davon ist Holly überzeugt.
„Was könnte ich sonst noch machen?"
Florian hebt die Schultern. „Du könntest versuchen, aktiv in deine Träume einzugreifen, das ist aber sehr schwer."
Mit jedem weiteren Wort verliert Holly die Hoffnung.
„Ich könnte dir etwas verschreiben, aber ich weiß nicht, ob es gegen die Albträume hilft."
Es ist die einfachste Lösung und zumindest einen Versuch wert.
„Ich könnte es ausprobieren."
Florian atmet geräuschvoll aus, steht auf und setzt sich an seinen Tisch. Aus einer Schublade zieht er einen Zettel hervor, auf den er etwas kritzelt. „Probieren wir es für eine Woche, wenn es nicht hilft, dann nimm die Tabletten nicht mehr." Wieder dieser Blick, nicht

mitleidig, nur mitfühlend und liebevoll. Holly fühlt sich einsam und verlassen, sie ist müde, nicht nur weil sie nachts kaum schläft, sie ist müde vom Leben, von den Kämpfen gegen ihre Vergangenheit, ihre Erinnerungen. Während sie Florian anschaut, fällt es ihr immer schwerer, ihre Augen offen zu halten. Schließlich lehnt sie sich zurück und schläft ein.

„Was soll das?", donnert seine Stimme durch den kalten, kahlen Raum. Es ist ihr Vater, das Wesen, die verdammt hässliche Mischung aus Hase und Mensch. Er ist wütend. Holly steht in der Ecke und wimmert. „Du nimmst das Zeug nicht, ich will dich bei Sinnen, nicht unter Drogen. Du sollst die Schmerzen spüren."
Holly sinkt auf den Boden. Das Wesen erhebt sich von seinem thronähnlichen Stuhl und geht auf sie zu. Es ist riesig, die anderen Wesen, die im Raum sind, lachen und amüsieren sich. Er neigt sich zu ihr hinunter. „Du wirst keine Tabletten nehmen und auch nicht reden, hast du verstanden. Ich habe dir einen Deal angeboten und du hast angenommen."
Holly nickt, sie verbirgt ihr Gesicht hinter ihren Armen, hofft, dass er weggeht. Als er mit seiner riesigen Hand über ihren Kopf fährt, bebt ihr ganzer Körper.
„Zieh dich aus", befiehlt er.
Holly wimmert. Es ist nur ein Traum. Ihr Vater holt mit seiner rechten Hand aus und schlägt ihr ins Gesicht.
„Es ist nicht nur ein Traum, Helena, ich habe Macht über dich, ich bin dein Vater und du gehörst mir." Er packt sie grob an ihren kurzen Haaren und zwingt sie, ihn anzusehen. „Du gehörst mir",

zischt er. Speichel tropft von seinem Kinn, es ekelt Holly an, sie will wegsehen, doch er hält sie fest. Sein Riesenkopf nähert sich ihr, Holly schließt die Augen. Gierig steckt er seine Zunge in ihren Mund. Würgereiz meldet sich, verzweifelt versucht sie, sich dagegen zu wehren. Seine Hand greift unter ihren Pullover, er berührt sie grob und fordernd. Holly schluchzt, sie kennt es und trotzdem hat sie das Gefühl, dass sie in tausend Teile zerbricht.

„Holly."

Ihr Vater knurrt, während er mit Holly beschäftigt ist.

„Holly!"

Sie wagt es, die Augen zu öffnen und blickt in Florians besorgtes Gesicht. Holly bricht in Tränen aus, sie schlingt ihre Arme dankbar um seinen Hals. Florian drückt sie fest an sich. „Warst du da?"

Holly nickt und schluchzt. Mit Mühe kann sie ihre Augen offen halten, sie ist so schrecklich müde, doch die Angst verbietet es ihr zu schlafen. Sie will nicht zurück. Doch ihr Körper holt sich, was er braucht, noch während sie in Florians Armen liegt, schläft sie erneut ein.

Langsam öffnet sie ihre Augen, Florian grinst sie an.

„Habe ich geschlafen?"

„Ich glaube schon." Seine Hand ist fest mit ihrer verschlungen. Holly starrt seine Hand an, auf den Ehering. „Wie viel Uhr ist es?"

„Es ist ..." Ein Blick an die Wand verrät es ihm. „Es ist halb elf."

Holly reißt erstaunt die Augen auf. „Was?"

„Du hast drei Stunden geschlafen." Er lächelt.

Verwirrt blickt sie sich um. „Ich, ich hatte keinen Albtraum.

„Jedes Mal, wenn du unruhig wurdest, habe ich deine Hand gedrückt.”
Holly starrt ihn an. „Du hast drei Stunden lang meine Hand gehalten.”
Seine Augenbrauen schießen in die Höhe. „Ja.”
„Danke”, sagt sie leise, berührt davon, was er getan hat. Sie braucht jemanden, der ihre Hand hält. Funktioniert das mit jedem? Oder nur mit Florian?
„Ich freue mich, dass du ein bisschen geschlafen hast.” Er steht auf, stöhnt und streckt seine Glieder. „Ich muss gehen, meine Frau ...”
„Ja klar, du hättest mich wecken sollen.”
Florian ignoriert sie und zieht sich seine Jacke über.
„Ich fahr dich nach Hause."
„Ich kann auch den Bus nehmen, du hast schon genug für mich getan.”
„Keine Einwände, ich fahr dich.”
Nachdenklich geht Holly hinter Florian her zum Wagen. Unterwegs blickt sie gedankenverloren aus dem Fenster.
„Vielleicht würde es helfen, wenn du deine Träume verstehen würdest.”
Holly wendet ihren Kopf zu Florian. „Wie meinst du das?”
„Die Wesen, die in deinem Traum vorkommen, wer sind sie? Dein Vater, warum ist er halb Mensch, halb Hase?”
„Glaubst du, das hat eine Bedeutung?”
„Natürlich, hier ist dein Unterbewusstsein am Werk. Es versucht, Dinge zu verarbeiten.”
Holly denkt nach.

„Was kommt noch vor in deinem Traum?"

Holly schweigt eine Weile, er drängt sie nicht. „Die Wesen, die immerzu lachen und sich zu amüsieren scheinen." Florian nickt.

„Der kahle Raum, mein Vater als Mensch-Hase, was auch immer."

„Wie sehen die anderen aus? Auch wie dein Vater?"

Sie überlegt. „Nein, wie andere Tiere."

„Welche Tiere?"

„Hm, ein Vogel, ein Hund, vielleicht auch ein Wolf, eine Maus oder Ratte und ein Pferd."

„Hast du Erinnerungen an Erlebnisse mit einem Hund, einer Ratte, einem Vogel oder einem Pferd?"

Das hat Holly, aber darüber will sie nicht reden. „Nein", lügt sie.

Florian schaut sie an. „Du willst nicht darüber reden."

Betrübt blickt sie wieder aus dem Fenster.

„Die Lösung, Holly, liegt in dir, nur du kannst dich von deinem Vater befreien."

Sie hat keine Ahnung, wie das gehen sollte, im Moment erscheint es ihr unmöglich.

„Der Moment wird kommen, wenn du dazu bereit bist. Ich werde dir helfen, aber du musst den ersten Schritt tun."

Stumm nickt sie. Florian hat ihr das Rezept für die Tabletten gegeben. Sie ist hin- und hergerissen und hat Angst davor, was ihr Vater tun wird, wenn sie das Medikament einnimmt. Aber was kann er ihr schon antun? Es ist doch nur ein Traum. Florian bringt den Wagen zum Stillstand, er dreht seinen Kopf zu Holly.

„Wann sollen wir uns treffen?"

Holly will nicht, dass er geht, er soll bei ihr bleiben und ihre Hand festhalten. Innerlich schreit alles, sie ist in einem Ausnahmezustand, in Panik, aber äußerlich scheint man es ihr nicht anzumerken.

„Ich weiß nicht, wann hast du denn Zeit?" Sie ist Meisterin darin, Gefühle zu unterdrücken und anderen vorzumachen, dass es ihr gut geht.

Florian denkt nach. „Donnerstag um 19 Uhr."

Heute ist Montag, denkt Holly betrübt.

„Okay."

„Kommst du zurecht?"

„Ja." Hat sie eine Wahl?

„Wenn es heftig wird, ruf mich an."

Holly unterdrückt ein Lachen. Heftig, es ist immer heftig.

„Danke", sagt sie leise und steigt aus dem Wagen. Langsam geht sie die Treppen hoch und schließt die Tür auf. Die beiden jungen Frauen sitzen am Esszimmertisch und starren sie an.

„Hi." Holly lächelt verlegen, sie fühlt sich wie ein Eindringling, unerwünscht.

„Hi, hast du schon eine neue Bleibe?"

„Nein, aber keine Angst, morgen bin ich hier weg."

Die beiden lächeln sie erleichtert an. Holly verschwindet in ihrem Zimmer. Wie früher auch ... ab ins Zimmer. Es gaukelt ihr vor, dass sie in Sicherheit ist. Traurig nimmt sie ihren Plüschtintenfisch und setzt sich aufs Bett. Ihre Kehle brennt, sie versucht, die Tränen zu unterdrücken. Diese verdammte Traurigkeit, immer wieder gewinnt sie die Oberhand. Morgen wird sie die WG verlassen, Holly weiß nicht, wo sie hingehen wird, aber sie will den Mädchen keine Last sein. Die drei Stunden Schlaf haben ihr gutgetan. Schon lange hat sie nicht mehr so gut geschlafen. Florian verwirrt sie. Nimmt er seine Arbeit einfach nur sehr ernst oder empfindet er mehr für sie? Egal, er ist verheiratet und viel zu alt. Gelangweilt scrollt sie durch Facebook und schaut sich Instagram Reels an. Alle scheinen glücklich zu sein – hübsch, glücklich und sorglos. Dass es nicht so ist, ist ihr klar, die Leute zeigen nur, was sie von sich preisgeben möchten, nicht mehr und nicht weniger. Immer wieder kommt es vor, dass sogenannte Influencer Suizid begehen, dann geht ein Aufschrei durch die sozialen Medien. Keiner hat es erwartet, denn der- oder diejenige war doch so glücklich. Eben nicht. Man kann nicht in die Menschen hineinsehen. Und oft sind es die, die am meisten lachen, die am traurigsten sind. Holly atmet tief ein, sie denkt über die Worte Florians nach. Die Bedeutung ihres Traums. Warum ein Hase? Ihr wird bewusst, dass sie kaum Erinnerungen an ihre Kindheit hat, nur an die Gräueltaten ihres Vaters. Hat sie jemals gespielt? Hatte sie überhaupt Spielsachen? Sie kann sich nicht erinnern. „Hase", sagt sie leise. „Schattenland." Holly schließt die Augen, nicht um zu schlafen, sondern um sich vorzustellen, wie es wäre, nicht mehr hier zu sein. Einfach weg, eine schöne Vorstellung. Florian würde sich Vorwürfe machen. Wahrscheinlich wäre er der Einzige auf ihrer Beerdigung. Irgendetwas hält sie von diesem endgültigen Schritt ab – eine Stimme, ein Gefühl, Hoffnung. Als Holly ihre Augen wieder öffnet, schreit sie laut auf, ihre Hände sind voller Blut. Entsetzt presst sie sich an die Wand. Ihr Herz rast, sie atmet hastig. Die Tür fliegt auf, Lisa und Gabriela spähen neugierig ins Zimmer. Holly streckt ihnen ihre Hände entgegen.

„Was ist?", fragt Gabriela genervt.
„Meine Hände."
„Was ist mit deinen Händen."
Holly kneift die Augen zusammen, können sie es nicht sehen? Müde reibt sie sich übers Gesicht. Als sie wieder auf ihre Hände blickt, ist das Blut weg. „Nichts."
Gabriela schließt die Tür. Sie hört Lisa sagen: „Voll der Freak, es wird Zeit, dass die auszieht."
Holly starrt ihre Hände an. Nichts – kein Tropfen Blut. Dreht sie jetzt vollkommen durch? Vielleicht sollte sie wirklich anfangen zu reden, Florian alles erzählen. Er untersteht der Schweigepflicht, er darf es niemandem weitererzählen, es wäre ihr Geheimnis. Ein Blick auf den Wecker verrät ihr, dass es bereits 3.40 Uhr ist. Sie lässt sich aus dem Bett gleiten und nimmt ihren Rucksack aus dem großen Kleiderschrank. Sie hat nicht viel, die Möbel waren schon im Zimmer, sie gehören ihr nicht. Müde packt sie ein paar Kleider, das Buch *Needful Things* und ihren Tintenfisch in ihren Rucksack, dann lauscht sie an der Tür. Die Mädchen sind im Bett, schlafen wahrscheinlich tief und fest. Leise öffnet sie die Zimmertür, schleicht durchs Esszimmer und verlässt die Wohnung.
Ratlos blickt sie die Straße hoch. So viele Menschen und doch kein Ort, wo sie hingehen könnte. Der Einzige, der sie aufnehmen würde, ist Florian, da ist sie sich sicher. Aber sie will ihm keinen Ärger machen, seine Frau wäre sicherlich wütend. Und sein Sohn, wie heißt er eigentlich? Sie reden nie über sein Familienleben, wozu auch. Mutlos schlurft sie in den Park, da setzt sie sich auf eine Bank. Betty, ihre ehemals beste Freundin, würde sie auch aufnehmen,

aber sie wohnt jetzt in Berlin, ungefähr dreihundert Kilometer von hier entfernt. Seit sie vor ein paar Jahren weggezogen ist, haben sie sich nicht wiedergesehen. Ab und zu chatten sie auf Facebook, aber der Zauber ist verschwunden. Das Gefühl der Zusammengehörigkeit ist weg. Diese Welt ist viel zu groß, um alleine zu sein. Sie könnte zu ihrer Mutter, aber das wäre verrückt. Bis 8 Uhr morgens fehlen noch vier Stunden. Die wird sie im Park verbringen und morgen sehen, wie es weitergeht.

Kapitel 10

Holly war heute todmüde bei der Arbeit, ihr Chef hat sie mehrere Male nach ihrem Wohlbefinden gefragt, doch Holly hat gelächelt und versichert, dass alles in Ordnung sei. In ihrer Mittagspause hat sie Wohnungsinserate studiert. Sie kann sich eine Wohnung oder ein kleines Häuschen außerhalb der Stadt leisten. Einzige Voraussetzung: keine Nachbarn weit und breit. Das schmälert die Auswahl beinahe auf null. Ein Häuschen am Waldrand hat sie magisch angezogen. Keine Nachbarn und nicht renoviert. Sie müsste Wände streichen, Böden auswechseln, einiges reparieren, aber das wäre okay für sie. Dafür ist es sehr günstig. Leider kann sie die Immobilie erst am Samstag begutachten. Es ist bereits Ende des Monats und sie hat den ganzen Monat über auswärts gegessen, nur um den Mitbewohnern nicht in die Quere zu kommen. Mit ihrem letzten Geld kauft sie sich nach Feierabend ein Happy Meal®

bei McDonald‘s. Mutlos setzt sie sich auf die Bank im Park, auf der sie gestern schon gesessen hat, und genießt ihr Nachtessen. Holly blickt umher. Soll sie bis Samstag im Park leben? Oder noch länger? Wer weiß, ob es mit dem Häuschen klappt. Sie denkt über Florians Worte nach, dass ihre Träume aus ihr selbst entstehen, dass sie es ist, die ihrem Vater diese Macht über ihr Leben gibt. Seit sie den Deal mit dem Wesen – ihrem Vater – eingegangen ist, sieht und hört sie ihn tagsüber tatsächlich nicht mehr. Aber das ist doch verrückt, weshalb sollte sie das tun? Ihm Macht geben. Das würde ja bedeuten, dass sie selbst ihr schlimmster Feind ist. Aber wenn es nicht so ist, dann wären ihre Träume keine Träume, sondern Realität. Das wäre noch schlimmer. Vielleicht ist auch alles ein Traum und bald wacht sie auf, streckt sich und lacht darüber. Frühstückt mit ihren Eltern, die sie lieben und freut sich des Lebens. Holly steckt sich die letzte Fritte in den Mund, dann kneift sie sich in den Arm. Nein, kein Traum, alles real. Ziellos spaziert sie durch den Park, beobachtet die Menschen, die gehetzt und mit ernster Miene über die Wege eilen. Verrückt, dass jeder einzelne Mensch, der an ihr vorbeizieht, in seiner eigenen kleinen Welt lebt. Mit seinen Problemen, seiner Freude, seiner Familie. Wir leben gemeinsam, doch jeder für sich auf dieser Welt. Es ist bereits halb zwei in der Nacht, als sie zu ihrer Parkbank zurückkehrt. Holly ist müde, aber sie fürchtet sich davor, ihre Augen zu schließen und ins Schattenland einzutreten.

„Willst du einen Schluck, Kleine?" Ein Obdachloser setzt sich neben sie. Er stinkt nach Alkohol und Schweiß. Ohne sie anzusehen, streckt er ihr seine Weinflasche entgegen.

„Nein, danke", antwortet sie und rückt ein bisschen zur Seite.

„Was machst du um diese Zeit hier?" Seine kleinen Augen blicken unruhig im Park umher.

„Nichts."

Erst jetzt schaut er ihr in die Augen. „Das hier ist kein Ort für dich."

Holly könnte auf der Stelle losheulen, nicht einmal hier will man sie haben. „Das Leben auf der Straße ist gefährlich." Holly zuckt mit den Schultern. „Du hast bestimmt ein Zuhause?"

„Nein."

„So eine hübsche junge Frau hat kein Zuhause?

„So ist es."

Er starrt sie unentwegt an, langsam wird ihr unwohl.

„Willst du reden?"

„Nein."

„Darf ich reden?"

Holly schaut ihn an. „Ja."

„Ich war glücklich verheiratet und hatte einen guten Job." Er lächelt. „Wir hatten eine Tochter." Er hat jetzt Hollys ganze Aufmerksamkeit. „Wie alt bist du?"

„Neunzehn."

„Sarah wäre dieses Jahr zwanzig geworden."

Wäre, denkt Holly, fragt ihn aber nicht, sondern lässt ihm Zeit.

„Sie hat sich mit sechzehn das Leben genommen."

Hollys Herz rast, jetzt erkennt sie den Schmerz in seinen Augen.

Eine Träne löst sich und rutscht unbemerkt über seine Wange.

„Wir haben es nicht bemerkt, dachten, sie sei glücklich." Der Mann schüttelt den Kopf. „Sie war immer fröhlich, lachte ständig."

Holly ist überfordert, fühlt sich unwohl. „Unsere Ehe hat den Schicksalsschlag nicht überstanden."
Verdammt, das ist traurig. Der Vater des Mädchens konnte mit ihrem Suizid nicht umgehen.
„Das tut mir leid."
„Das Leben geht weiter, immer weiter, egal ob man da ist oder nicht. Heute bin ich hier, morgen da, es geht immer weiter und weiter. Ich lebe noch, weil ich die Hoffnung habe, dass ich irgendwann genug Kraft habe, mich zurück ins Leben zu kämpfen."
Holly lächelt schüchtern. „Das habe ich auch."
„Hoffnung?"
„Hm."
„Das ist was Gutes, verlier sie nie." Er klopft Holly freundschaftlich auf die Schulter. „Was ist deine Geschichte?"
„Ich ähm, mein Vater war, er war nicht gut zu mir." Holly starrt auf den Boden.
„Armes Mädchen. Und deine Mama?"
Mama ist ein viel zu liebevolles Wort für ihre Mutter.
„Sie war auch nicht wirklich gut zu mir."
„Scheiße. Und jetzt?"
„Ich weiß nicht."
„Hast du niemanden, zu dem du gehen könntest?"
„Nein."
„Niemanden? Das kann nicht sein."
„Mein Psychiater."
„Dein Psychiater?"
„Ja, er hilft mir seit fünf Jahren."

„Gut und warum bist du hier und nicht bei ihm?"
„Ich will ihm keinen Ärger machen."
„Mädchen, er wird sich mehr Vorwürfe machen, wenn du dir etwas antust, als wenn du in der Not bei ihm Hilfe suchst."
„Hm."
„Weißt du, wo er wohnt?"
„Ja."
„Ist es weit?"
„Eine halbe Stunde zu Fuß."
„Soll ich dich begleiten?"
„Nein."
Der obdachlose Mann steht auf und lächelt sie an.
„Welche Richtung?"
„Ich kann alleine gehen."
„Welche Richtung?", wiederholt er und dreht sich im Kreis.
Holly lächelt. „Da lang." Sie zeigt nach Norden, steht auf und macht sich voller Zweifel auf den Weg zu Florian. Stumm gehen sie nebeneinander.
„Was denkst du?"
„Dass er mich hassen wird."
„Wer?"
„Florian."
„Dein Psychiater?"
„Ja."
„Niemals."
„Wir haben uns geküsst."
Der Mann schaut sie mit großen Augen an. „Scheiße."

„Ja, nur einmal."
„Das darf er nicht."
„Es ist okay, ich mag ihn."
„Aber es ist nicht professionell, als Psychiater darf er das nicht, das könnte ihn seinen Beruf kosten."
„Wirklich?"
„Ja, natürlich, du bist seine Schutzbefohlene, er muss dich beschützen, nicht küssen."
„Hm."
„Übrigens, ich heiße Raul." Er streckt ihr seine schmutzige Hand entgegen, Holly greift danach. „Ich bin Holly, freut mich."
Holly fühlt sich wohl in Rauls Gesellschaft, sie wünscht ihm, dass er sein Leben wieder in den Griff bekommt. Wortlos schlendern sie durch die Straßen und die Hügel hinauf. Mit jedem Schritt, den sie machen, pocht Hollys Herz schneller. Sie fürchtet sich vor Florians Reaktion. Als sie endlich vor seinem Haus stehen, ist sie voller Zweifel.
„Los, klingel", befiehlt Raul.
Holly starrt das schmucke Häuschen an. Hier wohnt er mit seiner Frau und seinem Sohn. Ein friedliches Leben als Vater und Ehemann. Hollys Magen verkrampft sich. Sie hat das Gefühl, dass sie feindliches Land betritt.
„Soll ich?", fragt Raul.
„Nein, nein, ich mach schon." Zögernd öffnet sie die Gartentür und stellt sich vor die Tür. Sie blickt zurück zu Raul.
„Mach schon", ruft er ihr leise zu.
Holly nimmt allen Mut zusammen und klingelt. Ihr wird übel vor

lauter Aufregung. Es dauert eine Weile, bis das Licht im Flur angeknipst wird. Sie lauscht, hört leise Schritte, dann wird der Schlüssel im Schloss herumgedreht. Die Pfanne in Florians Hand verrät, dass er auf alles gefasst war. „Holly", sagt er überrascht, sein Blick fällt auf den Mann, der lächelnd am Gartentor steht.

„Sie braucht ihre Hilfe, Herr Psychiater, und reißen sie sich zusammen", ruft er ihm zu. „Mach‘s gut, Holly, vielleicht sehen wir uns mal wieder."

„Danke, Raul", antwortet sie ihm. Dann wendet sie sich an Florian und blickt ihn schuldbewusst an. „Es tut mir leid, ich wusste nicht, wohin ich gehen soll."

„Und dein Zimmer in der WG?"

„Sie haben mich rausgeworfen."

„Komm rein." Holly betritt das Haus. Eine Frau mit kurzen dunkelblonden Haaren erscheint auf der Treppe.

„Flo?"

„Alles gut, Lisa, leg dich wieder hin, ich erkläre es dir morgen."

Lisa bleibt einen Moment stehen und begutachtet Holly, dann verschwindet sie wieder.

„Es tut mir leid." Holly würde am liebsten wieder gehen, sie fühlt sich elend.

„Es ist richtig, dass du gekommen bist."

Erstaunt blickt sie zu ihm hoch. „Wirklich?"

„Ja natürlich." Florian verschwindet kurz und kehrt mit Kissen und Decke zurück. „Du kannst auf dem Sofa schlafen, morgen besprechen wir alles."

„Ich, ich werde nicht schlafen."

Er schaut sie ernst an. „Leg dich hin, Holly."
Sie gehorcht, keine fünf Minuten später ist sie eingeschlafen.
„Flo."
Florian dreht sich zu seiner Frau um, die ihn fragend anblickt.
„Ich erkläre dir alles morgen, vertrau mir bitte."
Sie schauen sich eine Weile an, ohne Worte. Dann dreht sie ab und verschwindet im Schlafzimmer.
„Verlasse sofort dieses Haus", schreit Hollys Vater sie an, seine Augen funkeln wütend. Holly steht mit dem Rücken an die Wand gelehnt. Alle Wesen glotzen sie ernst an.
„Ich will nicht, dass du bei diesem Psychiater lebst, hast du verstanden?"
Holly ist unfähig, etwas zu sagen, die Worte stecken in ihrem Hals fest. Sie hat Angst, wie immer in der Schattenwelt. Was wird er ihr heute antun? Er nimmt sich, was er will, beherrscht sie und wirft sie danach weg wie einen ausgekauten Kaugummi. Zitternd steht sie da, starrt ihren Vater an. Seine Augen, kalt wie immer, vergeblich hofft sie auf Gnade, einen Funken Liebe oder Mitgefühl. Diese Mischung aus Hase und Mensch ist beunruhigend. Wie aus einem Horrorfilm. Holly mag keine Horrorfilme, der wahre Horror lebt in ihr.
„Pssst."
Holly schaut sich um, auch ihr Vater und die Wesen blicken um sich.
„Alles ist gut."
Hollys Angst weicht, ihr wird warm ums Herz.
„Verdammt noch mal", flucht ihr Vater.

Langsam öffnet sie die Augen, Florian sitzt neben ihr und lächelt sie an.
„Schlaf weiter", befiehlt er ihr und sie gehorcht.

Kapitel 11

„Papa, wer ist das?" Florians zehnjähriger Sohn starrt Holly neugierig an.
„Pssst, Leo, das ist Holly."
Leo hält seinen Kopf schief. „Ist sie tot?"
„Nein, sie schläft."
Holly stöhnt und jammert.
„Leg deine Hand auf ihre Hand", ruft Florian aus der Küche.
Der Junge gehorcht, Holly verstummt sofort. Er schürzt die Lippen.
„Bleibt sie hier?"
Lisa kommt die Treppe hinunter, ihr Blick fällt auf Holly, ihren Sohn und dann auf Florian.
„Hast du hier unten geschlafen?", fragt sie ihren Mann dezent vorwurfsvoll.
„Ich habe nicht mehr geschlafen." Sie starren sich an. Die Stimmung ist angespannt. Ohne weiteren Kommentar gesellt sie sich zu Florian in die Küche und ohne ihn zu beachten, bereitet sie das Frühstück für ihren Sohn zu.
„Setz dich, Leo."

Er gehorcht, spürt die seltsame Spannung zwischen seinen Eltern. Leo tut, was er immer tut, wenn Papa und Mama eigenartig sind, er schweigt und beobachtet. Stumm nehmen sie das Frühstück zu sich. Nachdem Leo das Haus verlassen hat, um sich mit seinen Freunden auf den Weg zur Schule zu machen, blickt Lisa Florian gespannt an. Florian liebt die unkomplizierte Art seiner Frau, sie hat ihm noch nie eine Szene gemacht, man kann mit ihr über alles reden. Sie ist so gut wie nie schlechter Laune, doch wenn sie es mal ist, dann sollte man sich in acht nehmen. Sie hat eine große Kapazität, sich in andere hineinzufühlen und die Dinge aus verschiedenen Blickwinkeln zu betrachten. Von Florian erwartet sie, dass er seine Arbeit vor der Haustür ablegt, um die Familie damit nicht zu belasten. Manchmal wünschte er sich, mit ihr über das eine oder andere sprechen zu können, Ballast abzuwerfen, aber er respektiert ihren Wunsch.

„Das ist Holly, ich arbeite seit fünf Jahren mit ihr."

„Und warum ist sie hier?"

„Weil man sie aus der WG geworfen hat und sie keinen Ort hat, wo sie hingehen kann."

Lisa liest ihren Mann, eine weitere Fähigkeit, die ihm manchmal Angst macht.

„Was ist mit ihren Eltern?"

„Sie wurde missbraucht, ihr Vater ist tot."

Lisas Mauern stürzen allmählich ein. Ihr Blick ruht auf Holly.

„Wie alt ist sie?"

„Neunzehn."

„Sie sieht jünger aus."

Holly wirft sich von einer Seite auf die andere, stöhnt und schluchzt.
„Moment." Florian springt von seinem Stuhl auf, eilt zum Sofa und hält Hollys Hand fest. Lisa beobachtet ihn.
„Alles gut, ich bin hier." Sofort beruhigt sie sich und schläft ruhig weiter. Florian steht auf und setzt sich wieder auf seinen Stuhl am Esstisch. Lisa starrt ihn wortlos an. Erst nach einer Weile scheint sie ihre Sprache wiedergefunden zu haben.
„Was war das gerade?"
„Sie hat Albträume."
Lisa nickt, als ob sie verstehen würde.
„Und jetzt?"
„Ich werde ihr helfen, eine neue Bleibe zu finden."
Lisa studiert ihn. Florian wird unruhig. „Pass auf, Flo."
„Was meinst du?"
„Ich glaube, du bist weiter gegangen, als dein Beruf es von dir verlangt. Zu weit."
Florian schluckt, manchmal hasst er die Scharfsinnigkeit seiner Frau. „Ich habe alles im Griff."
Sie schüttelt den Kopf und steht auf. „Das wage ich zu bezweifeln."
Stumm blickt er ihr nach, er kann nicht widersprechen.

Vorsichtig öffnet Holly ihre Augen und blickt in das überraschte Gesicht eines kleinen Jungen.
„Sie lebt!", ruft er erfreut.
Es dauert einen Moment, bis Holly ihre Gedanken beisammen hat und sich erinnert, wo sie ist. *Das muss Florians Sohn sein*, denkt sie und blinzelt ihn an. Florian erscheint und stellt sich neben seinen

Sohn. Dieser blickt ihn stolz an, als ob er Holly zum Leben erweckt hätte.

„Wie geht es dir?"

„Gut." Geruch nach leckerem Essen steigt in Hollys Nase. „Wie spät ist es?

Florian blickt auf die Uhr. „Viertel nach zwölf."

„Scheiße, ich muss zur Arbeit."

„*Scheiße* sagt man nicht", wendet Leo mit ernstem Gesicht ein.

„Keine Sorge, ich habe deinen Chef informiert."

Holly Augen ruhen auf Florian. „Danke."

Lisa erscheint an Florians Seite. Um keine Zweifel offenzulassen, legt sie ihren Arm um die Hüfte ihres Mannes. „Du bist also Holly." Sie nickt. „Ich bin Lisa, Florians Frau." Sie zeigt auf Leo. „Und das ist Leo, unser Sohn."

Holly nickt und fühlt sich plötzlich schrecklich traurig. Sie setzt sich auf. „Ich muss gehen."

„Wohin?" Lisa schaut sie ernst an. Ernst und trotzdem liebevoll.

„Ich, ich weiß nicht." Es war nicht richtig herzukommen, davon ist sie jetzt überzeugt. Es war falsch, in diese kleine Familie einzubrechen.

„Hast du Hunger?"

Holly müsste leugnen, um zu verneinen.

„Ich habe für alle gekocht. Dusch dich, ich habe bereits frische Kleider ins Bad gelegt." Lisa zeigt zur Tür am Anfang des langen Korridors.

Holly ist überfordert und versteht nicht, warum sie so nett zu ihr ist. „Ich, ähm, danke." Sie schwingt sich aus dem Sofa und

verschwindet im Bad.
„Bleibt sie für immer?” Leos Augen funkeln. „Ich mag sie.”
„Nein, nur heute.”
Florian betrachtet seine Frau. „Oder ein paar Tage.”
„Cool.” Gut gelaunt eilt Leo zum Esstisch und setzt sich.
„Danke”, flüstert Florian seiner Frau zu. Sie lächelt ihn an.
Holly passt perfekt in die Kleider, die ihr Lisa bereitgelegt hat. Nach der Dusche fühlt sie sich fast wie neugeboren. Schon lange hat sie nicht mehr so lange und gut geschlafen. Warum hatte sie kaum Albträume? Sie waren kurz und nicht wirklich schlimm. Lisa, Leo und Florian sitzen bereits am Tisch, als Holly sich zu ihnen gesellt.
„Magst du Omeletts?"
Holly hatte noch nie Omeletts in ihrem Leben, aber sie ist sich sicher, dass sie es mag. Sie nickt. Lisa legt ihr zwei auf den Teller und schöpft Gehacktes dazu.
„Danke.” Holly hat einen Bärenhunger, genüsslich schaufelt sie das Essen in ihren Mund. „Köstlich.”
Lisa ist zufrieden. Florian ist seltsam still. Holly fragt sich verwundert, ob es wegen ihr ist. Sie fühlt sich als Eindringling. Auch wenn Lisa sich Mühe gibt und unheimlich nett zu ihr ist, fühlt Holly sich schuldig.
„Wie geht es weiter, Holly? Was sind deine Pläne?” Lisa schaut sie gespannt an.
„Ich ...“ Sie sucht nach den richtigen Worten. „Am Samstag kann ich mir ein kleines Haus anschauen. Ich hoffe, dass es mir gefällt und ich es haben kann.”
„Ein Haus?”, wiederholt Florian.

„Ja, am Waldrand, ohne Nachbarn.” Holly lächelt.

„Darf ich bei ihr wohnen?” Leo blickt seine Eltern flehend an.

„Nein.” Florian schüttelt den Kopf. „Am Waldrand?”

„Ja, ich bin mir sicher, dass es mir da gefallen würde.”

„Hast du keine Angst alleine am Waldrand – in einem verlassenen Haus?” Lisa meint die Frage ernst.

„Nein, ich habe keine Angst vor dem Wald.” Es gibt nichts, vor was sich Holly mehr fürchtet als vor sich selbst.

Florian erinnert sich daran, dass Holly nach ihrem Suizidversuch durch Zufall im Wald gefunden wurde.

Sie rollt das letzte Stück Omelett auf ihre Gabel.

„Du kannst hier wohnen, bis du etwas gefunden hast.”

Florian schaut Lisa überrascht an.

„Ich richte das Gästezimmer her, es dient im Moment als Malatelier.” Sie lächelt entschuldigend.

„Ich, ich kann nicht hierbleiben.” Holly schaut Florian hilfesuchend an, hofft, dass er ihren Blick versteht.

Er kneift die Augen zusammen.

„Es wäre keine gute Idee”, fährt sie fort.

„Warum?”

Florian kommt Holly zu Hilfe. „Holly hat Albträume, sie schreit nachts.”

Lisa hebt die Augenbrauen, blickt ihren Mann an. „Deshalb hast du ihre Hand gehalten?”

Er nickt.

Ihr Blick ruht jetzt auf Holly. „Dann schläft Florian im Gästezimmer und du bei mir, ich werde deine Hand halten, wenn es nötig ist.”

Florian hat es die Sprache verschlagen, seine Frau schafft es immer wieder, ihn zu überraschen.
Hollys Blick huscht zwischen den beiden hin und her. „Das, das kann ich nicht annehmen."
„Und warum nicht?"
Eine Träne rollt über Hollys Wange, sie kann mit Hass umgehen, mit Abneigung und Ablehnung, aber nicht mit Zuneigung und Liebe. Hastig steht sie auf und verschwindet im Bad.
„Mein Gott, Florian." Lisa legt ihre Hand auf sein Bein. „Das Mädchen ist total kaputt."
Er nickt traurig.
„Was für eine Tragödie, diese Augen." Lisa holt tief Luft. „Wie kannst du damit umgehen? Du kennst ihre Geschichte, ich will sie auf keinen Fall kennen."
„Es ist mein Beruf."
Lisa betrachtet ihn. „Ich kenne dich, Flo, dieses Mädchen ist dir näher, als es sein sollte."
Er räuspert sich verlegen. „Nein, ich kenne sie einfach schon seit fünf Jahren, ich kenne sie gut." *Zu gut*, denkt er und vermeidet jeden Blickkontakt. Natürlich hat Lisa recht und er weiß es.
Sie lehnt sich vor und flüstert in sein Ohr. „Enttäusch sie nicht." Dann erhebt sich Lisa und stellt ihren schmutzigen Teller in die Küche.
„Ich muss los, komme erst abends wieder. Sie kann doch alleine sein, oder?"
„Ja klar, ist ja kein kleines Kind."
Sie zwinkert ihm zu. „Ich brauche mir keine Sorgen zu machen um

euch beide?"
Florian reißt die Augen auf. „Bitte?"
„Ich weiß nicht, ich frage lieber."
„Natürlich nicht."
„Gut." Sie küsst ihn flüchtig auf den Mund und verlässt das Haus. Nach einer Weile kommt Holly aus dem Bad.
„Alles gut?", fragt Florian.
„Ja, sorry, ich war ... ich bin ein bisschen überfordert."
Florian wirft einen Blick auf seine Uhr. „Ich muss los, Holly, fühl dich wie zuhause."
„Oh, ja, okay." Mit hinter dem Rücken verschränkten Armen steht sie da und betrachtet die Fotos, die an der weißen Wand hängen. Familienbilder – voller Liebe und Zuneigung. Florian beobachtet sie.
„Eines Tages wirst du deine eigene kleine Familie haben, die dich liebt und die du liebst."
Die Vorstellung zaubert ein schüchternes Lächeln in ihr Gesicht, aber gleichzeitig macht es ihr Angst. Ob sie jemals den Ansprüchen eines Mannes genügen wird?
„Hast du ein Fahrrad, das ich benutzen dürfte?"
„Wo willst du hin?" Florian zieht sich seine Schuhe über.
„Zu meiner Mutter."
Er erstarrt. „Zu deiner Mutter?"
„Ja, jeden Donnerstag."
„Das hast du mir nie erzählt."
„Ich dachte, du fändest es blöd."
„Ja, da hast du recht."

„Ich habe es ihr versprochen."
Er setzt sich. „Und wie ist es für dich?"
Holly blickt zu Boden. „Schlimm."
„Um Himmels willen, Holly, du brauchst deine Mutter nicht zu besuchen, du schuldest ihr nichts."
„Sie ist alleine."
„Du warst dein Leben lang alleine, hat es sie jemals gekümmert?"
Sie schüttelt den Kopf.
„Und was macht ihr?"
„Wir essen."
„Und was redet ihr?"
„Sie erzählt von Dirk, was für ein toller Ehemann er war und wie sehr sie ihn vermisst."
Florian verdreht angewidert die Augen. „Willst du meinen Rat?"
Sie kennt seinen Rat, trotzdem nickt sie.
„Geh da nicht hin."
Verloren hebt sie den Blick. „Noch einmal."
Am liebsten würde er es ihr verbieten, aber er atmet tief durch.
„Das Fahrrad steht in der Garage, das blaue. Die Garage ist nicht abgeschlossen. In der Schublade befindet sich ein Wohnungsschlüssel. Wenn du Hunger hast, iss, wenn du Durst hast, trink, und wenn du ein Problem hast, ruf mich an." Er wirft einen Blick auf die Uhr, flucht und eilt zur Tür.
„Bis später."
„Bis später und danke."
Holly bleibt alleine zurück. Langsam geht sie durchs Haus, betritt jeden Raum, nimmt die verschiedenen Düfte wahr, die Liebe zum

Detail. Wahrscheinlich ist es Lisa, die das Haus eingerichtet und dekoriert hat. Holly ist begeistert, so viel Liebe steckt in jedem Detail. Langsam öffnet sie die Tür zu Leos Zimmer. Auf dem Boden liegt Spielzeug: Autos, Lego und Playmobil. An der Decke kleben Sterne, die wahrscheinlich nachts leuchten. Sie betritt das Zimmer, betrachtet Leos Bücher. Kinderbücher, wie es sich gehört. Die Liebe steckt in jedem Zentimeter, Holly kann es kaum ertragen. Das hätte sie auch gerne gehabt. Aber es war zu viel verlangt. Ihre Eltern konnten sie nicht lieben. Sie setzt sich auf den Boden, nimmt eine Playmobil-Figur in die Hand. „Ich hasse dich, Holly", sagt sie mit kindlicher Stimme. „Ich hasse dich auch", antwortet sie gleichgültig und wirft die Figur in die Ecke. „Du kannst mich nicht wegwerfen, ich bin dein Vater, ich bin überall." Ihre Kinderstimme überrascht sie und entsetzt sie zugleich. „Lass mich in Ruhe, wir haben einen Deal."

Holly widmet sich den Legosteinen, vorsichtig steckt sie sie zusammen und findet Spaß daran. Konzentriert baut sie eine kleine Burg. Nach einer Weile steht sie auf und widmet sich den Zeichnungen, die auf dem Schreibtisch liegen. Hunde. Leo scheint Hunde zu mögen. Hunde in allen Größen, Formen und Farben. Sie betrachtet den Bleistift und das Papier. Holly hat seit der Schulzeit nicht mehr gezeichnet, damals hasste sie es. Sie hätte gerne gezeichnet, was sie fühlte, stattdessen musste sie Blumen und Bäume zeichnen. Zaghaft nimmt sie den Stift in die Hand und setzt sich auf den Stuhl. Wie zeichnet man Gefühle? Sie kritzelt drauf los – ohne nachzudenken. Was herauskommt, ist ein beängstigendes, hasenähnliches Wesen mit großen Zähnen und riesigen runden roten Augen. Sie presst die Lippen zusammen, zerknüllt das Papier und befördert es in den Abfall. Leise, als ob sie jemanden aufwecken könnte, schleicht sie aus dem Zimmer und betritt das Schlafzimmer. Das Heiligtum jedes Ehepaars. Hier lieben sie sich, leidenschaftlich und voller Zuneigung. Bilder erscheinen in ihrem Kopf. Ihr Vater, wie er auf ihr liegt, er ist grob, grausam und gierig. Holly blinzelt die Erinnerung weg. Wird sie es jemals erleben? Wird sie es zulassen können? Genießen? Es macht ihr Angst. Betrübt verlässt sie das Schlafzimmer und setzt sich auf das Sofa. Gegen drei Uhr verlässt sie das Haus und radelt zu ihrer Mutter. Das Fahrradfahren macht ihr Spaß, sie fährt sogar einen kleinen Umweg, um mehr Zeit auf dem Drahtesel zu verbringen. Mit trockenem Mund steht sie vor der Haustür ihres ehemaligen Zuhauses. Nein, nicht Zuhause, ihrer Hölle. Holly klingelt, obwohl sie einen Schlüssel hat. Sie hört Florians Worte in ihrem Kopf. Es ist nicht gut, dass du deine Mutter besuchst. Er hat recht und sie weiß es. Heute wird es das letzte Mal sein, dass sie sie besucht.

„Hallo Helena, schön, dass du da bist." Ihre Mutter öffnet die Tür, ohne sie anzusehen, das schafft sie immer noch nicht. Wird sie wohl auch nie.

„Holly", flüstert Holly, sofort schlüpft sie in die Rolle des kleinen Mädchens. Unsicher, ängstlich und ausgeliefert.

„Ich habe einen Kuchen gebacken", verkündet Beate gut gelaunt.

„Schön." Holly setzt sich an den Esstisch.

„Es war Dirks Lieblingskuchen. Schoko-Kirsch."

Holly ist der Appetit vergangen. Was ist nur los mit ihrer Mutter? Ist ihr nicht bewusst, was Vater ihr angetan hat? Will sie es nicht

sehen? Oder empfindet sie es sogar als richtig? Lebt sie in ihrer eigenen kranken Welt? Beate setzt sich zu Holly.
„Dirk konnte den ganzen Kuchen alleine essen."
Holly hat diesen Kuchen noch nie gesehen, offensichtlich hat er den Kuchen tatsächlich immer alleine gegessen. Beate schneidet ein großes Stück ab und legt es auf Hollys Teller.
„Ich vermisse ihn so sehr." Beate schnieft. Florian hat recht, Holly sollte nicht hier sein, es ist nicht gut für sie. Die Dunkelheit legt sich wie ein Schatten über sie. *Schattenland,* denkt sie und friert, obwohl es unerträglich heiß ist in dem Haus des Grauens.
„Iss!", befiehlt Beate.
Holly betrachtet ihre Mutter. „Ich hasse dich", sagt sie leise.
Beate schaut sie entsetzt an. „Was?"
„Ich hasse dich, Mutter." Hollys Augen blicken sie kalt an.
Beates Blick wandelt sich von entsetzt zu dämonisch überheblich.
„Ich hasse dich mehr als alles andere in der Welt, Helena."
Holly stockt der Atem.
„Ich dachte, dass ich dich lieben könnte, aber ich konnte nicht, du bist des Teufels Tochter", zischt sie giftig.
Holly ist unfähig, sich zu äußern. Zitternd sitzt sie auf dem Stuhl und starrt auf ihren Kuchen.
„Ich habe jede Sekunde, in der dich Dirk gequält hat, genossen." Beate steht auf, bedrohlich geht sie auf Holly zu.
„Du hast mein Leben zerstört, ich hasse dich von ganzem Herzen."
Endlich schafft es Holly, sich aus der Starre zu lösen, sie springt auf und rennt zur Tür. „Ich komme nicht mehr, Mutter. Nie mehr!"
„Das wagst du nicht, du kannst mich nicht alleine lassen", ruft sie

verzweifelt. Holly hat Angst – ihre Mutter ist verrückt.
„Such dir Hilfe." Ihre Stimme bebt.
„So wie du mit dem arroganten Scheißpsychiater? Ich brauche keine Hilfe", schreit sie vollkommen außer sich. Beate blickt auf den Tisch, greift in den Kuchen und wirft ihn nach Holly.
Holly reißt die Tür auf, schnappt sich das Fahrrad und radelt davon.
„Ich krieg dich schon noch, du kannst dich nicht einfach so aus dem Staub machen", schreit ihre Mutter ihr hinterher. Holly trampelt, als ob der Leibhaftige hinter ihr her wäre – ist er das nicht auch? Sie ist des Teufels Tochter, dann wäre ja Dirk der Teufel. Beates Worte machen keinen Sinn. Holly rast bei Rot über die Ampel und wird nur durch Glück nicht von einem Auto überfahren. Die Autofahrer hupen wütend. Doch Holly ist es egal, alles ist ihr egal, sie will weg von hier, von diesem Haus, dieser Stadt, diesem Land, dieser Welt.

Außer Atem erreicht sie das Haus der Familie Klopp. Sie stellt das Fahrrad in die Garage und stürzt in die Wohnung. Sie steht kurz vor einem Zusammenbruch, Übelkeit kriecht in ihr hoch. Mit letzter Kraft setzt sie sich aufs Sofa und zieht sich die kuschelige Wolldecke bis zur Nase hoch. Nie mehr wieder will sie ihre Mutter sehen. Nein, sie ist nicht die Tochter des Teufels. Sie sind die Teufel. Oder? Holly zweifelt, dann geht die Tür auf.
„Hallo Holly", ruft die fröhliche Stimme von Leo. An der Hand seiner Mutter betritt er die Wohnung. Er reißt sich von ihr los und rennt zu Holly hin.
„Ich habe dir ein Bild gemalt", verkündet er stolz. Holly, die die Decke noch immer bis zur Nase hochgezogen hat, setzt sich

neugierig auf. „Wirklich?"
„Ja." Aufgeregt kramt er in seiner Schultasche herum. „Hier."
Holly starrt auf das Bild. Es zeigt vier Personen, zwei Erwachsene, ein Kind und jemand dazwischen. „Bin ich das?" Holly zeigt auf die mittelgroße Person.
„Ja, das ist Papa, Mama, ich und du."
Holly schluckt. „Das ist wunderschön."
„Gefällt es dir?"
Mehr als das, es ist das Schönste, was sie je geschenkt bekommen hat.
„Darf ich es behalten?"
„Natürlich." Leo lächelt zufrieden, dasselbe Lächeln wie sein Vater. Für einen kurzen Moment spürt sie schmerzhafte Eifersucht.
„Komm Leo, hilf mir mal mit den Einkäufen." Lisa verschwindet in der Küche.
„Warst du weg, Holly?", ruft sie.
„Ja."
„Ich habe es gesehen, das Fahrrad lag mitten in der Garage."
„Scheiße", murmelt Holly. „Oh, es tut mir leid." Holly sollte aufstehen und ihre Hilfe anbieten, aber sie fürchtet sich davor. Sie fürchtet sich davor, ihre Hilfe anzubieten. Was, wenn Lisa wütend wird, sie ablehnt, sie auslacht oder sogar rauswirft. Warum sollte sie mich rauswerfen, wenn ich meine Hilfe anbiete? Holly führt Selbstgespräche, wie so oft. Außerdem hat Florian sicher auch noch ein Wörtchen mitzureden, wer wen rauswirft. Es kostet sie alle Überwindung, aufzustehen und zu Lisa in die Küche zu gehen. Auch wenn Lisa nett zu ihr ist, fühlt sie eine gewisse Distanz. Ob diese

von ihr ausgeht oder von Lisa, kann sie nicht erörtern.
„Kann ich helfen?"
„Mama hat Schokolade gekauft, aber du darfst es Papa nicht sagen, sonst isst er sie alleine auf."
Holly grinst. Er mag auch Schokolade. „Keine Angst, ich werde das Geheimnis hüten."
„Geh in dein Zimmer spielen, Leo."
Leo schaut seine Mutter erstaunt an. „Ich muss nicht helfen?"
„Ausnahmsweise nicht."
„Yeah." Leo rennt aus der Küche.
„Setz dich, Holly."
Sie gehorcht.
„Hast du einen Freund?"
„Nein."
Lisa verstaut Teigwaren, Gewürze, Milch, Eier und zuletzt die Schokolade in einer kleinen, unauffälligen Schublade. Dabei grinst sie verschwörerisch. Aus dem Kühlschrank nimmt sie zwei Dosen Cola light, stellt sie auf den kleinen Küchentisch und setzt sich zu Holly.
„Du kennst Flo schon seit fünf Jahren."
Es ist keine Frage, sondern eine Feststellung. Holly nickt.
„Was bedeutet er für dich?"
Holly gefällt die Unterhaltung gar nicht, sie fühlt sich ausgehorcht wie in einer Quizshow, wenn sie die falsche Antwort gibt, fliegt sie raus. „Er, er ist mein Psychiater."
„Ja, das weiß ich. Sonst noch was?"
„Ein Freund", antwortet Holly zögerlich.

„Ein Freund", wiederholt Lisa.
Schweiß sammelt sich auf Hollys Stirn.
„Ist er ein guter Freund?"
Holly runzelt die Stirn.
„Ja." *Der beste und der Einzige*, denkt sie, behält es aber für sich.
„Das ist schön." Sie öffnet ihre Coladose, die dabei laut zischt. Holly liebt diesen Klang, er macht sie glücklich.
„Wie war es bei deiner Mutter?"
Woher weiß sie das? Sie hat es nur Florian erzählt.
„Ähm, es war nicht so schön."
„Das tut mir leid."
Diese Unterhaltung ist wie ein Eiertanz, schrecklich anstrengend. Holly spürt, dass Lisa gerne mehr über sie erfahren würde, schließlich teilt sie ihr Haus mit ihr.
„Mein Vater hat mich missbraucht, seit ich zwölf bin. Mit vierzehn wollte ich meinem Leben ein Ende machen, es klappte aber nicht." Holly lächelt schief. „Da kam Florian ins Spiel."
Lisa blinzelt Holly an, die Härte ist aus ihrem Gesicht gewichen, ihre Augen ruhen ruhig und liebevoll auf ihr.
„Das ist schlimm."
„Florian hat meinem Leben einen Sinn gegeben, war immer da, als ich ihn brauchte. Er ist mein Fels in der Brandung. Ohne ihn wäre ich wahrscheinlich nicht mehr da." Holly ist sich bewusst, dass es in den Ohren der Ehefrau vielleicht nicht so schön klingt. Lisa ist überfordert, zu viel Informationen, die sie erst filtern muss.
„Ich liebe ihn nicht, wenn es das ist, was dir angst macht." Holly erkennt sich selbst kaum wieder. Sie spricht fließend, stark und

selbstsicher, das Gegenteil davon, wie sie sich fühlt.
„Ich, ähm, nein.” Lisa lacht verlegen. „Es ist nur, ich glaube, dass er dich sehr mag.” Sie trinkt einen weiteren Schluck ihrer Cola. „Das ist okay, ich hatte nur Angst, dass du seine Zuneigung falsch verstehen könntest.”
„Keine Angst, er ist ein Profi und macht alles richtig.” Fast alles, von dem Kuss muss sie ja nichts wissen.
„Da habe ich auch keine Zweifel daran."
Doch, hat sie, Holly sieht es ihr an.
Die Haustür geht auf und Florian kommt gut gelaunt hereinspaziert.
„Hallo die Damen.”
Lisa steht auf, geht ihm entgegen und küsst ihn auf den Mund. Zweifellos eine Demonstration ihres Besitzes vor Hollys Augen. Holly schaut weg, erträgt es nicht. Sie weiß schon lange nicht mehr, was sie wirklich für ihn empfindet. Ist er wie ein Vater für sie? Ein Bruder? Ein Freund? Ein Geliebter?
Florian ist es sichtlich unangenehm, er befreit sich von Lisa, die ihn beleidigt anblickt.
„Holly, Holly, hast du das gezeichnet?” Leo erscheint in der Küche mit dem Bild, welches Holly gezeichnet und zerknüllt in den Müll geworfen hat. Leo hat es herausgefischt.
„Oh, ja. Wirf es weg, es ist hässlich.” Holly wird rot, niemand sollte das Bild sehen.
„Nein, ist es nicht”, entgegnet Leo.
Doch, ist es, denkt Florian und kann seine Augen nicht von dem hässlichen Wesen auf dem weißen Blatt abwenden.

„Es ist schön." Leo besteht darauf. „Ich werde es in meinem Zimmer aufhängen."
„Nein, das wirst du nicht", wirft Lisa ein.
„Warum nicht, Mama?"
Holly und Florian blicken Lisa gespannt an.
„Es ist ... es ist beängstigend, du könntest Albträume davon bekommen."
„Mama, sei nicht dumm. Das ist eine Zeichnung, dieses Ding lebt nicht und hat keine Macht. Wie sollte es mir Albträume machen?"
Holly hebt die Augenbrauen, ganz eindeutig der Sohn eines Psychiaters. Amüsiert blickt sie ihn an. Auch Florian unterdrückt ein Grinsen, nur Lisa ist nicht zum Lachen zumute. „Ich möchte nicht, dass du es aufhängst."
„Aber ich lege es in die Schublade."
„Ja, das darfst du." Zufrieden kehrt Leo zurück in sein Zimmer.
„Wie war es bei deiner Mutter, Holly?" Florian macht sich einen Kaffee und fragt sie beiläufig.
„Nicht so schön."
„Du hättest auf mich hören sollen."
Lisa verdreht die Augen, so kennt er seine Frau nicht, sie ist eifersüchtig und kann es nicht verbergen.
„Ich werde sie nicht mehr besuchen."
„Das finde ich gut." Er setzt sich mit der Kaffeetasse und nippt daran. „Hast du es ihr gesagt?"
„Ja."
„Wie hat sie reagiert?"
„Sie war wütend." Holly blickt zu Boden. „Sie hat gesagt, dass ich

die Tochter des Teufels bin."
Florian atmet tief ein, er sieht Holly an, dass sie die Worte ihrer Mutter schwer treffen.
Holly blickt auf. „Was meint sie damit? Sie liebte Dirk, wenn ich die Tochter des Teufels bin, dann war er doch der Teufel? Oder etwa nicht?"
Florian kratzt sich am Kinn, Holly ist hin und weg.
„Oder sie selbst", fügt Lisa hinzu.
„Oder sie selbst", wiederholt Florian.

Holly ist todmüde, zu dritt sitzen sie auf dem Sofa, Lisa in der Mitte.
„Darf ich mich schon ins Bett legen?", fragt sie Lisa, die heftig nickend bejaht. „Natürlich, ich komme auch gleich."
„Gute Nacht."
„Gute Nacht, Holly." Florian lächelt ihr zu, das schönste *Gute Nacht*, dass sie je bekommen hat. Mit schweren Beinen schlurft sie die Stufen hoch, putzt sich schnell die Zähne, springt in ihren Pyjama und legt sich ins Bett. Das Ehebett von Florian und Lisa. Es ist riesig, Holly könnte sich auch quer reinlegen. Die Bettwäsche riecht frisch, das Kissen ist bequem, Holly lächelt. Ein kleiner Anflug von Glück. Das Treffen mit ihrer Mutter hat an ihr gezehrt. Noch während sie darüber nachdenkt, fallen ihre Augen zu.
„Was habe ich dir gesagt, du kleines Miststück?" Ihr Vater tobt vor Wut, Speichel tropft aus seinem Mund, seine Nasenflügel blähen sich bedrohlich auf.
„Ich, ich weiß nicht." Holly drückt sich an die Wand, sie friert.
„Du sollst aus diesem Haus verschwinden." Mit großen Schritten

kommt ihr Vater auf Holly zu, sie wagt es kaum zu atmen. „Und was hast du deiner Mutter angetan? Sie hat dir Kuchen gebacken und du drehst ihr den Rücken zu? Du undankbares kleines Flittchen."
Er schlägt zu, mitten ins Gesicht. Holly fällt zu Boden, Blut tropft aus ihrer Nase und der Lippe.
Ihr Vater blickt sich um, die anderen sind amüsiert.
„Los, Bruno, zeig ihr, was wir von ihrem Verhalten halten."
„Nein, nicht", stammelt Holly, sie hat Angst vor Bruno, er ist gemein und brutal, er kennt keine Grenzen. Holly setzt sich auf, kauert in der Ecke, weinend, blutend und verloren. Bruno schreitet langsam auf sie zu, in seinem Gesicht zeichnet sich sein typisches fieses Grinsen ab. Bruno erinnert sie an eine Ziege, seine Augen glänzen, er freut sich auf Holly und die Vorstellung, was er mit ihr tun wird. Grob packt er sie an den Haaren und zieht sie auf die Beine. Holly wagt es nicht, ihn anzusehen, sie schluchzt und zittert unkontrolliert. Er legt seine Riesenhand an ihren Hals und drückt zu, Holly wird panisch. Die Luft wird knapp. „Böses Mädchen", zischt er und drückt noch weiter zu. Holly keucht, jetzt bekommt sie keine Luft mehr. Verzweifelt versucht sie zu schreien.
„Holly, Holly." Florian schüttelt sie. Er bemerkt sofort, dass sie nicht mehr atmet, hastig dreht er sie auf den Rücken und beginnt, ohne zu zögern, mit einer Herzdruckmassage und beatmet sie. Lisa steht geschockt im Türrahmen und beobachtet das Drama. Nach wenigen Sekunden kommen endlich der erlösende Husten und ein tiefer Atemzug. Holly ist sichtlich geschockt, hilfesuchend blickt sie Florian in die Augen. Er legt seine Arme um sie und drückt sie fest an sich.

„Alles ist gut, du bist in Sicherheit", flüstert er ihr ins Ohr.
„Bruno", murmelt Holly heiser. Florian lässt sie aus der Umarmung los.
„Wer ist Bruno?"
Hollys Mundwinkel zittern, ihre Augen füllen sich mit Tränen. Florian dreht sich zu seiner Frau um. „Schatz, kannst du uns einen Moment alleine lassen?"
Lisa ist intelligent genug, um zu sehen, dass dies kein romantischer Moment ist. „Natürlich." Leise schließt sie die Schlafzimmertür und lässt die beiden alleine.
„Wer ist Bruno, Holly?"
Sie wischt die Tränen weg, greift an ihre Nase, der Traum war real, zu real. „Einer der Männer." Ihre Stimme ist leise. Ihre Träume nehmen an Gewalt und Intensität zu, das beunruhigt sie zutiefst.
„Welche Männer?"
Sie schweigt.
„Holly, du hast nicht geatmet, als wir ins Schlafzimmer kamen."
„Was?" Geschockt schaut sie ihn an.
„Wir haben dich schreien gehört, worauf wir sofort die Treppen hochgerannt sind. Als wir das Schlafzimmer betraten, hast du nicht mehr geatmet, ich musste eine Herzdruckmassage anwenden und dich kurz beatmen."
Er hat mich geküsst. Das ist alles, was sie denken kann. „Oh."
„Was hast du geträumt?"
„Von Bruno."
„Was hat Bruno getan?"
„Er hat mich gewürgt."

Gänsehaut überzieht Florians gesamten Körper. Hat sie geträumt, dass dieser Bruno sie gewürgt hat und hatte daraufhin einen Atemstillstand? Oder hatte sie einen Atemstillstand und deshalb diesen Traum?

„Gab es Bruno in deinem wahren Leben?"

Sie nickt, noch mehr Tränen rutschen über ihre Wangen.

„Willst du mir von Bruno erzählen?"

Holly starrt vor sich hin.

„Hat er ... hat er dich missbraucht?"

Wieder nickt sie.

„Gab es noch mehr Männer, die dir wehgetan haben?"

Wieder ein Nicken. Florian schließt die Augen und atmet tief ein. Er würde am liebsten jedem Einzelnen dieser perversen Schweine eine Kugel in den Kopf jagen.

„Willst du darüber reden?"

„Nein."

„Vielleicht wäre es befreiend?"

„Nein, nicht jetzt, nicht heute."

Liebevoll streicht er ihr über den Kopf. „Ich bringe dich ins Krankenhaus."

„Warum?" Sie blickt ihn flehend an.

„Holly, du hattest einen Atemstillstand, das ist lebensbedrohlich."

„Ich will nicht ins Krankenhaus.

„Na schön, aber morgen früh fahre ich dich zum Arzt, er soll dich untersuchen."

„Okay."

„Geht es einigermaßen?

„Ja."
Florian zieht sie an sich und drückt ihr einen Kuss auf den Kopf.
„Du hast mir einen Riesenschrecken eingejagt."
„Entschuldige."
Er steht auf und öffnet die Schlafzimmertür. Lisa wartet direkt davor, ihr schuldiger Blick verrät ihm, dass sie mit dem Ohr an der Tür geklebt hat.
„Wir dürfen sie nicht alleine lassen."
„Ja, ich gehe jetzt ins Bett."
„Gut." Florian küsst Lisa auf die Stirn. „Gute Nacht ihr beiden."
„Nacht", flüstert Holly und legt ihren Kopf auf das bequeme Kissen.
Lisa lächelt sie aufmunternd an. „Ich werde auf dich aufpassen."
Holly lächelt und fragt sich, wie ihr Leben weitergehen soll, wenn sie nicht einmal alleine schlafen kann.

Kapitel 12

Am Freitag war sie mit Lisa beim Arzt, er konnte nichts Außergewöhnliches feststellen und sich den Atemstillstand nicht erklären. Am Samstag war sie mit Lisa und Florian bei der Hausbesichtigung, Holly hat sich sofort in das abgelegene Haus verliebt. Bruchbude, nannte es Florian. Aber Holly fühlte sich von dem Häuschen angezogen. Eine Bruchbude, genauso wie sie. Bis jemand kommt und ein bisschen Ordnung macht. Holly hat zugesagt und noch am selben Tag den Vertrag unterschrieben. Einziehen kann sie in einer Woche, bis dahin darf sie bei den Klopps bleiben. Am Sonntag gab es einen handfesten Ehestreit, weil Lisa sich beklagte, dass sie jeden Tag müde sei, da Holly sie nachts mehrere Male aus dem Schlaf reiße. Florian hat angeboten, bei Holly zu schlafen, woraufhin Lisa explodierte. Holly fürchtete, dass sie ihren Mann umbringen würde und verschwand zu Leo ins Kinderzimmer. Es wird Zeit, dass sie in ihr Haus ziehen kann, ihre Anwesenheit ist eine Belastungsprobe für Florians Ehe, Holly spürt es und sieht es. Lisa ist Tag für Tag gestresster und dünnhäutiger, vielleicht hat sie auch nur ihre Tage, wer weiß. Holly hat um zwei Wochen Urlaub gebeten und ihn bekommen. Ihr Chef ist unbezahlbar, viel zu gut für diese Welt. Es ist Tagesbeginn, doch anstatt frisch und munter nach einem entspannten Wochenende in die neue Woche zu starten, sitzen alle angespannt und erschöpft am Tisch. Nur Leo quatscht ohne Punkt und Komma. Als er das Haus verlässt, kehrt unangenehme Stille ein.

„Ich gehe noch ein paar Sachen einkaufen." Lisa steht auf, stellt ihren Teller in das Spülbecken. „Ich möchte heute das Gästezimmer streichen. Holly, hilfst du mir dabei?"

„Selbstverständlich." Holly ist dankbar für jede Minute, in der sie sich nützlich machen kann. Lisa blickt auf die Uhr. „Ich bin in ungefähr einer Stunde zurück, du kannst ja schon mal die Möbel zusammenstellen.

„Ja, das werde ich tun." Holly lächelt, aber Lisa schaut sie nicht an. Ein Schmerz wie ein Messerstich durchfährt ihren Körper.

„Und du, Flo? Arbeitest du heute nicht?"

Florian ist von null auf hundert und staunt, wie sich in einer kurzen, unscheinbaren Frage so viel Unausgesprochenes verbergen kann. Vorwurf, Warnung, Drohung, Ablehnung. „Doch klar, aber wie immer verlasse ich das Haus um viertel nach neun, falls du das vergessen hast."

Holly lehnt sich zurück und wünscht sich, unsichtbar zu sein.

Lisa zieht sich ihre Jacke über. „Also, Holly, ungefähr eine Stunde."

„Ist gut." Wieder lächelt sie, wieder wird sie ignoriert. Nachdem Lisa das Haus verlassen hat, atmet Florian laut aus.

„Die ist ganz schön anstrengend", meckert er. Holly kann sich ein Lächeln nicht verkneifen. „Warum müssen Frauen so kompliziert sein?" Er blickt Holly erwartungsvoll an. Sie ist sich nicht sicher, ob er eine Antwort von ihr erwartet. Sie räuspert sich.

„Ich finde nicht, dass ich kompliziert bin."

„Nein, du nicht. Aber vielleicht kommt das noch mit den Jahren."

Er ist trotzig und genervt. Holly ist beleidigt, was will er damit sagen? Dass sie noch keine Frau sei? Sieht er sie noch als Kind? Und ob sie eine Frau ist, sie könnte es ihm beweisen, hier und jetzt. In Holly lodert eine Fackel, sie fühlt sich mutig und weiblich. Und fast unerträglich zu Florian hingezogen. Sie lässt ihn nicht aus den Augen, endlich bemerkt er ihren Blick und starrt sie genauso an. Ernst, fragend und willig, sich auf ein Abenteuer einzulassen. Holly schluckt, ihr Herz rast, will sie es wirklich? Plötzlich hat sie Angst vor ihm, hastig wendet sie den Blick ab. Zu spät. Die kleine Flamme, die in Florian züngelte, ist zu einem ernst zu nehmenden Buschbrand herangewachsen. Langsam steht er auf, nähert sich Holly, stellt sich hinter sie und legt seine Hände auf ihre Schultern.

Sie schließt die Augen, versucht es zu genießen, sie würde und sie könnte es auch, wenn nicht die Angst in ihr schreien würde, die Angst davor, wie weit er bereit ist zu gehen, die Angst davor, dass er ihr wehtut, ihre Grenzen überschreitet, seine Grenzen überschreitet. Liebevoll massiert er ihren Nacken. Sie hört seinen Atem, Holly versucht, sich zu entspannen. Er strahlt etwas Seltsames aus, anders als das, was sie von ihm kennt. Etwas Bedrohliches, Beunruhigendes. Sie sollte aufstehen, Nein sagen. Seine Hand tastet sich unter ihr T-Shirt, berührt ihre Brust. Holly beißt sich auf die Zähne. „Du bist wunderschön, Holly."
Holly befürchtet, dass ihr Herz jeden Moment aus ihrer Brust springt. Vorsichtig legt sie ihre Hand auf seine und hofft, dass er die unausgesprochene Nachricht versteht. Florian macht jedoch weiter, jetzt beugt er sich zu ihr, küsst sie auf den Nacken. Dann stellt er sich vor sie, sie sieht sofort, dass er erregt ist. Panik macht sich in ihr breit. Er beugt sich zu ihr, küsst sie forsch. Holly macht mit, will ihn nicht ablehnen. Plötzlich stockt ihr Atem, sie kriegt kaum noch Luft. Panisch stößt sie Florian von sich weg, springt auf, stellt sich in die Ecke und lässt sich auf die Knie sinken. Schützend schlingt sie ihre Arme um ihre Beine, sie rechnet mit allem, am ehesten damit, dass er sich jetzt auf sie stürzt. Tränen rollen über ihre Wangen, sammeln sich an ihrem Kinn und tropfen zu Boden.
„Holly, oh Gott." Entsetzt über sich selbst, hält er seine Hand vor seinen Mund. „Es tut mir so leid."
Holly schluchzt, kann sich kaum noch kontrollieren. Er eilt zu ihr und hält sie fest. Er ist wieder der Alte, der Freund, der Bruder, ihr Begleiter. Sie schlingt ihre Arme um seinen Hals und weint

hemmungslos. Florian drückt sie an sich. „Es tut mir so leid, oh Gott.” Auch er weint, sie hat noch nie einen Mann weinen gesehen. Es ist befremdlich, verwirrend. Minutenlang knien sie eng umschlungen auf dem Küchenboden. „Ich muss gehen.” Seine Stimme ist leise. Holly nickt. Er schaut sie an, streicht ihr über ihre blonden kurzen Haare. „Verzeih mir bitte.”

Holly flüstert: „Ja”.

Florian steht auf, zieht Holly auf die Beine. Er schaut ihr tief in die Augen, wischt mit seinen Daumen ihre Tränen weg.

„Es tut mir unendlich leid.”

Holly lächelt verlegen. Florian verschwindet im Bad, nach wenigen Minuten steht er gekämmt und gewaschen vor ihr.

„Bis heute Abend."

„Bis heute Abend", wiederholt sie.

„Viel Spaß beim Wändestreichen.”

„Danke.”

Er knallt die Tür hinter sich zu. Holly fühlt sich schmutzig und missbraucht. Furchtbar alleine, leer, aber es ist ja nichts passiert. Eilig steht sie auf und verschwindet im Gästezimmer, sie will Lisa nicht enttäuschen und beginnt damit, die Möbel in die Mitte des Zimmers zu rücken. Nach wenigen Minuten klingelt es an der Haustür. Holly hält inne. Hat Florian seinen Schlüssel vergessen. Sie eilt die Treppen hinunter und öffnet ahnungslos. Ihr Herz bleibt einen kleinen Moment stehen, als sie ihre Mutter vor der Tür entdeckt. Ein dämonisches Grinsen ziert ihr Gesicht. Ihre Augen sind zu kleinen Schlitzen verformt. Holly kann es nicht fassen, ihre Mutter schaut sie an, direkt in die Augen. Blitzschnell hebt Beate einen Stock hoch und schlägt ihn mit voller Kraft auf Hollys Kopf. Sie fällt benommen hin, hält sie sich ihre Hand an die Stirn, Blut tropft über ihr ganzes Gesicht. Sie sieht überall Sterne. Hübsch irgendwie. *Was für ein Morgen*, denkt sie, dann blickt sie zu ihrer Mutter hoch, die wie ein Raubtier über ihrer Beute steht. Der Wahnsinn blitzt aus ihren Augen.

„Die einzige Möglichkeit, wie ich den Teufel aus meinem Leben vertreiben kann, ist, dich zu töten."

„Was? Wer? Der Teufel?" Holly ist unfähig, einen sinnvollen Satz zu formulieren, ihr Kopf droht zu explodieren. Besorgt schaut sie ihrer Mutter zu, wie sie ein Messer aus dem Hosenbund zieht. Sie beugt sich zu Holly hinunter. „Ich habe dem Teufel in die Augen gesehen. Sie hebt ihren rechten Arm mit dem Messer in der Hand weit über ihre Schulter. „Und tu es jedes Mal, wenn ich dich sehe."

„Ich ...", stammelt Holly, ihre Welt wird immer dunkler, sie kann nur noch schemenhafte Umrisse erkennen, dann sticht ihre Mutter zu, wieder und wieder rammt sie das Messer tief in ihren Körper. Schreiend und außer sich vor Wut, wie im Wahn. Holly ist schon längst an einem anderen Ort.

Das nicht geschlossene Gartentor lässt Lisa einen Moment innehalten. Sie blickt zur Haustür, auch sie steht einen Spalt offen. Mit mulmigem Gefühl nähert sie sich der Tür und schiebt sie vorsichtig auf. Der Anblick raubt ihr für einen Moment den Verstand. Holly liegt reglos am Boden, überall ist Blut. Lisa konzentriert sich darauf, zu denken, zu helfen, irgendetwas Sinnvolles zu tun. Wie immer, wenn sie nicht weiter weiß, ruft sie Florian an.

„Ja", sagt er nichts ahnend, die Stille am anderen Ende und das schwere Atmen lässt ihn Schlimmes erahnen.
„Lisa? Was ist los?"
„Holly", stammelt Lisa.
„Was ist mit ihr?"
„Sie ... Blut, überall Blut."
„Hast du den Krankenwagen gerufen?"
Stille am Telefon.
„Lisa, verdammt, hast du den Krankenwagen gerufen?"
„Ich glaube, sie ist tot."
„Versuch, dich zu beruhigen, ich rufe den Krankenwagen und die Polizei, ich bin in zehn Minuten bei dir."
Lisa starrt auf die leblose Holly. Unfähig sich zu bewegen, konzentriert sie sich wenigstens darauf, nicht in Ohnmacht zu fallen. Wenige Minuten später fährt die Polizei mit Blaulicht vor und kurz darauf der Krankenwagen. Die Polizei befragt Lisa, die unter Schock steht, während der Notarzt um Hollys Leben kämpft.
„Was ist los?" Florian stürzt zur Tür herein, sein Blick fällt auf Holly, die noch immer am Boden liegt. Sanitäter und der Notarzt sind mit ihr beschäftigt. Er sieht das ganze Blut und muss sich setzen.
„Was ist passiert?", flüstert er.
Ein Polizist gesellt sich zu ihm. „Es sieht nach einem Überfall aus."
Überrascht schaut Florian zu dem Polizisten hoch. „Überfall? Kein Suizid?"
Der Polizist kraust die Stirn. „Hm, nein, sie hat sich die Verletzungen unmöglich selbst zugefügt."

Florian reibt sich die Stirn, er war sich sicher, dass Holly sich seinetwegen das Leben nehmen wollte. Jetzt kreisen seine Gedanken wild umher, formieren sich neu, bis sie sich zu einer Frage verbinden. „Wer?"
„Das wissen wir nicht, wir haben Ihre Frau befragt, ob etwas gestohlen wurde, aber sie ist nicht in der Verfassung, uns Auskunft zu geben." Florian hebt seinen Blick, schaut zu Lisa. Sie zittert, ist kreideweiß, Tränen fließen über ihr Gesicht, ihr Mascara zieht schwarze Streifen auf ihren Wangen. Er müsste sie trösten, aber er hat ein schlechtes Gewissen. Natürlich ahnt sie nicht, was heute Morgen vorgefallen ist, aber er weiß es und das genügt.
„Sie sind Frau Wouters' Psychiater, habe ich das richtig verstanden?", fragt der Polizist freundlich.
„Ja."
„Warum lebt sie in Ihrem Haus?"
„Sie hatte keine Bleibe, wir haben sie aufgenommen. Sie hat ein Haus, in das sie nächste Woche einziehen kann ... könnte." Verstohlen wischt er sich eine Träne weg.
„Hat Frau Wouters Feinde?"
„Feinde? Sie glauben, es war ein gezielter Anschlag?"
Der Polizist hebt die Schultern. „Wir ziehen alle Möglichkeiten in Betracht."
Diese Information setzt eine neue Gedankenflut in Florian frei.
„Ihre Mutter, befragen Sie ihre Mutter. Beate Wouters."
Der Polizist tippt die Information in sein Handy. „Kleinen Moment." Er verschwindet und flüstert seinen Kollegen etwas zu.
In diesem Moment verlassen die Ärzte mit Holly auf der Trage das

Haus. Blut tropft aus ihrem Mund. Florian schluckt, er weiß, was das bedeutet: innere Verletzungen. „Scheiße", murmelt er verzweifelt.
Der Polizist kommt zurück. „Ich habe gerade eine Streife zu Beate Wouters Wohnadresse geschickt. Haben Sie Wertsachen im Haus?"
„Nein."
„Bargeld?"
„Nein."
„Ist es okay, wenn wir uns noch etwas umsehen?"
Florian nickt. Wieder wandert sein Blick zu Lisa. Sie sieht erbärmlich aus. Mühsam erhebt er sich und setzt sich neben sie. Mit tränenerstickter Stimme sagt sie. „Wäre ich doch nur früher nach Hause gekommen, ich habe noch mit Tina einen Kaffee getrunken." Sie legt ihren Kopf an seine Brust. Liebevoll legt Florian seine Arme um sie. „Es ist nicht deine Schuld, Lisa." Florian kennt dieses Phänomen von vielen seiner Patienten. Menschen müssen immer Schuld verteilen, auf sich oder auf andere, irgendeiner muss immer schuld sein. Sie glauben, wenn sie früher oder später gekommen wären, hätten sie dies und das verhindern können – wenn sie das nicht gesagt hätten oder dies eben doch gesagt hätten, hätten sie es verhindern können. Fakt ist, das Leben fragt nicht um Erlaubnis. Dinge geschehen einfach. Zufall? Bestimmung? Darüber hat er sich schon nächtelang den Kopf zerbrochen. Menschen treffen Entscheidungen, auf die man kaum oder keinen Einfluss hat. Suizide, Morde, alles zuerst ein Gedanke, dann folgt die Tat. Wie hier und heute in seinem Haus. Ein Einbrecher, der glaubte, in diesem schmucken Häuschen gäbe es fette Beute? Oder tatsächlich

Hollys Mutter, die ihrer Tochter das Leben aushauchen wollte.
Erst Stunden später, nachdem die Polizei das Haus verlassen hat, ruft Florian im Krankenhaus an, wo ihm mitgeteilt wird, dass Holly gerade operiert wird.
Stumm sitzen er und Lisa am Esstisch.
„Liebst du sie, Flo?"
Florian schließt die Augen, atmet laut durch die Nase ein. „Nicht jetzt, Lisa, nicht jetzt." Eine Diskussion mit seiner Frau ist das Letzte, was er jetzt braucht. Das Klingeln seines Handys schreckt ihn auf. Unbekannter Anrufer. „Ja?"
„Herr Klopp?"
„Ja."
„Inspektor Patrick Lehner am Apparat, ich wollte sie nur informieren, dass Frau Wouters, also Beate Wouters, den Anschlag auf ihre Tochter gestanden hat."
„Was?" Auch wenn er damit gerechnet hat, entsetzt es ihn zutiefst.
„Ja, sie wollte ihre Tochter umbringen."
Stumm starrt Florian auf den Esstisch.
„Das war alles, wenn wir noch Fragen haben, melde ich mich wieder."
„Ja, danke für die Information."
Florian muss sich erst sammeln, bevor er das soeben Gehörte Lisa weiterleiten kann. Auch sie ist entsetzt, als Mutter kann sie nicht verstehen, was eine Mutter zu so einer Tat treiben kann.
„Ich bin fast gewillt zu sagen, dass es vielleicht besser für Holly wäre, wenn sie den Anschlag nicht überlebt."
Florian kann nicht glauben, was seine Frau gerade gesagt hat.

„Was?” Entsetzt springt er auf, schaut sie voller Ablehnung an.
„Was soll denn das arme Mädchen noch alles durchmachen?”
„Spinnst du?” Das hat er Lisa noch nie an den Kopf geworfen, aber im Moment zweifelt er tatsächlich an ihrem Verstand.
„Ja, Florian, ich weiß, das passt dir nicht.” Auch Lisa wird jetzt lauter. „Aber es gibt Dinge, die man nicht wieder geradebiegen kann, weder mit Therapie noch mit Tabletten.”
„Was weißt du schon?"
„Schau sie dir doch an, wie lange ist sie schon bei dir in Therapie? Fünf Jahre? Hast du ihr geholfen? Sie kann nicht einmal alleine schlafen, nennst du das eine erfolgreiche Therapie.”
Damit hat sie ihn mitten ins Herz getroffen. Voller Wut presst er seinen Kiefer zusammen und starrt seine Frau an. „Das ist es also, was du wirklich denkst, dass meine Arbeit umsonst ist?”
„Nicht immer, aber in manchen Fällen schon." Er beißt sich auf die Zunge, atmet tief ein. „Du bist auch nur ein Mensch und kannst keine Wunder vollbringen.”
Florian nickt, aber nur, um seiner Frau nicht an die Gurgel zu springen. „Ich gehe.”
„Ja klar, hau ab, wie immer, wenn es unbequem wird, lass mich alleine, geh in eine Bar, trink zu viel. Und bitte mich danach um Verzeihung, wie du es immer tust.”
Florian erkennt Lisa nicht wieder, was tut sie nur. Wie kann sie ihm all das an den Kopf werfen? Plötzlich glaubt er zu verstehen. „Du bist doch nur eifersüchtig.”
„Auf wen?”
„Auf Holly.”

„Sollte ich?"
„Siehst du, die ganze Zeit machst du diese unterschwelligen Bemerkungen, du vertraust mir nicht. Holly ist liebenswert, authentisch, du glaubst, dass sie mir besser gefallen könnte als du."
„Tut sie das?"
Eine Antwort erübrigt sich. Florian zieht sich wütend seine Jacke über.
„Du hast Angst vor der Antwort, weil du weißt, dass es nicht richtig ist."
„Ich bin gegen Abend zurück.
„Lass dir Zeit."
Florian verlässt das Haus und knallt die Tür hinter sich zu. Er bebt vor Wut, während er sich in seinen dunkelblauen Mercedes setzt.
„Blöde Kuh", flucht er und startet seinen Wagen. Aggressiv pilotiert er das Gefährt durch die Stadt Richtung Krankenhaus. Noch immer schlägt sein Herz wild in seiner Brust, er ist so wütend, dass er schnaubt wie ein Walross. Im Krankenhaus angekommen, informiert er sich über Hollys Zustand. Da er ihr Psychiater ist, wird er freundlich darüber informiert, dass sie noch immer im Operationssaal ist. Also setzt er sich in den Wartesaal. Was für ein beschissener Tag, schlimmer ist kaum möglich. Er denkt über Lisas Worte nach, allmählich beruhigt er sich und muss einsehen, dass sie nicht ganz falschliegt, mit allem, was sie ihm an den Kopf geworfen hat.
Betrübt sitzt er da, badet in Sorge und Selbstmitleid. Holly darf nicht sterben, auf keinen Fall. Sie hat es verdient, auch die schönen Seiten des Lebens zu erfahren, zu lieben, zu lachen und vor allem

geliebt zu werden. Florian seufzt laut, dem Leben ist es leider ziemlich gleichgültig, was gerecht wäre und was nicht. Hollys Überleben liegt alleine an der Schwere ihrer Verletzungen und der Fähigkeit der Ärzte, an keinem Gott, keinem Karma, keinem Zufall. Die Zeit kommt ihm ewig vor. Nach zwei Stunden steht plötzlich Lisa vor ihm und blickt auf ihn herab. Stumm schauen sie sich an.

„Wie geht es ihr?", fragt Lisa schließlich.

„Ich weiß es nicht."

Lisa setzt sich neben ihren Mann und legt ihm ihren Arm um die Schultern, er ist dankbar für diese kleine Geste, dieses Friedensangebot.

„Wo ist Leo?"

„Bei Christina." Christina ist Lisas große Schwester, sie springt immer ein, wenn Leo einen Aufpasser braucht. Christina ist die einzige Person, der sie hundertprozentig vertrauen. Florian legt seine Hand auf Lisas Bein.

Es wird bereits dunkel, als endlich ein Arzt auf sie zukommt. Nur, weil er Hollys Psychiater ist, gibt er Florian bereitwillig Auskunft.

„Frau Wouters hat großes Glück gehabt. Das Messer hat die Lunge und die Milz nur gestreift, trotzdem hat sie große Mengen an Blut verloren, außerdem hat sie ein Schädel-Hirn-Trauma von dem Schlag auf den Kopf. Sie braucht Zeit, wird aber durchkommen.

„Danke Doktor." Florians Beine sind weich, er ist glücklich und traurig zugleich. Glücklich, weil sie überlebt, und traurig, weil Lisa recht hat. Wie soll Holly nur mit allem zurechtkommen? Dazu noch sein Ausrutscher am Morgen, er wünschte, er könnte es ungeschehen machen. Wie dumm und egoistisch er war, er hasst

sich dafür.
„Gehen wir nach Hause?"
„Ich möchte gerne hierbleiben."
„Du wirst ihr nichts nützen, wenn sie nicht bei Bewusstsein ist."
Was, wenn sie die ganze Zeit im Schattenland eingesperrt ist. Florian darf nicht daran denken. Er schiebt den Gedanken von sich weg. Wortlos erhebt er sich. Hand in Hand spazieren sie in die Tiefgarage und fahren nach Hause, jeder in seinem Wagen und in seiner eigenen Welt gefangen.

Kapitel 13

3 Tage später

Jeden Tag hat Florian Holly besucht und gehofft, dass sie endlich aufwacht. Ihr Anblick erschüttert ihn, der Verband um den Kopf, die ganzen Geräte und Schläuche.

Ihr Vater lacht laut, schrill, dröhnt in Hollys Ohren.
„Das hast du verdient!" Alle lachen. „Du bist die Tochter des Teufels."
„Du bist der Teufel", murmelt Holly, wie immer steht sie in der Ecke, als ob die Ecke ihr helfen würde.
„Ich? Nein, ich bin nicht der Teufel." Er blickt sie fragend an. „Du verstehst nicht?"

Sie schüttelt den Kopf. Ihr Vater beugt sich zu ihr hinunter, er ist riesig und Holly hat das Gefühl, dass er von Mal zu Mal größer wird. „Ich wiederhole es nur für dich.” Er streckt sich, schaut sich um und lacht. Die anderen stimmen in das Gelächter ein. „Du, Helena, bist die Tochter des Teufels, ich bin nicht der Teufel. Was bedeutet das?”

Holly kraust die Stirn. „Dass du nicht mein Vater bist.” Ein Raunen geht durch den Raum.

„Wie bitte?” Das Wesen schaut sie wütend an, er bläht seine Nasenflügel. „Wie bitte?” Er holt aus und schlägt sie mit seiner Riesenhand ins Gesicht. Holly fällt zu Boden. „Nein, nicht.”

Sie schreit, fleht um Gnade, um Liebe, nur um ein kleines bisschen Zuneigung.

„Holly, hey, Holly.”

Holly schaut sich um, auch die Wesen blicken fragend umher, sie sehen dumm aus.

„Holly, alles wird gut.”

„Verdammt noch mal, schon wieder dieser Seelenfutzi”, brüllt Dirk Wouters außer sich vor Wut.

„Florian”, flüstert Holly, langsam öffnet sie die Augen. Florian lächelt sie an, hält ihre Hand fest und drückt sie. Sie verzieht ihren Mund zu einem Lächeln. Erleichtert darüber, dass sie endlich zurück ist, küsst er sie auf die Wange. „Ich bin so froh, dass du endlich aufgewacht bist, Holly."

„Wirklich?” Ihre Stimme ist rau, ihr Hals trocken.

„Willst du was zu trinken?”

„Bitte.”

Florian steht auf, verlässt das Zimmer und kehrt mit einer Flasche Mineralwasser und einem Arzt im Schlepptau zurück.
„Frau Wouters, wie schön, dass Sie wach sind."
„Wie lange war ich ..." Sie denkt nach. „Nicht wach?"
„Drei Tage."
„Oh."
„Haben Sie Schmerzen?" Der Arzt schaut sie erwartungsvoll an, er sieht wie eine Handpuppe aus, die Marionettenfalten um seinen Mund sind tief und verleihen ihm einen hölzernen Ausdruck. Die kleine runde Brille sorgt für den perfekten Marionettenlook.
„Nein."
„Das ist gut, wenn Sie etwas brauchen, dann drücken Sie den kleinen Knopf über sich, okay?"
„Ja, danke."
Der Arzt nickt Florian freundlich zu und verlässt das Zimmer.
„Es war Mutter." Hollys Blick bohrt sich tief in Florians Herz.
„Ich weiß, sie ist im Gefängnis.
„Woher weißt du das?"
„Ich habe bei der Polizei den Verdacht geäußert, sie hat es zugegeben."
Florian kann in Hollys Augen lesen wie in einem offenen Buch. Die Fragen nach dem *Warum*, der Schmerz, selbst wenn ihre Mutter ihr nie Liebe oder Zuneigung entgegengebracht hat, der Tatsache ins Auge zu sehen, dass die eigene Mutter sie mit dem Messer angreift und töten will, ist kaum zu ertragen.
„Werde ich das alles jemals vergessen können?"
„Nein, das wirst du nicht, aber du wirst lernen, damit umzugehen."

Es klopft leise an der Tür, dann geht sie langsam auf. Martin Seibert, ihr Chef, betritt lächelnd das Zimmer, in seiner Hand ein riesiger Blumenstrauß.

„Geht es meiner Lieblingsmitarbeiterin besser?", fragt er und gibt sich Mühe, gut gelaunt zu klingen.

Holly ist gerührt über diese freundliche Geste. Martin und Florian stellen sich gegenseitig vor.

„Ah, Sie sind der berühmte Florian. Holly hat mir schon viel von Ihnen erzählt."

„Hat sie das?"

„Ja natürlich."

„Ich hoffe nur Gutes."

„Vielleicht." Er lächelt verschmitzt.

„Wann lassen sie dich gehen, Holly?"

„Ich weiß nicht."

„Noch lange nicht, du wirst mindestens noch zwei Wochen hierbleiben müssen", wendet Florian ein.

„Oh."

Holly macht sich Sorgen über ihren Arbeitsplatz, sie darf ihn auf keinen Fall verlieren. Als ob Martin ihre Gedanken lesen könnte, sagt er: „Mach dir keine Sorgen um deinen Arbeitsplatz, du kannst dein Leben lang bei mir arbeiten, wenn du das willst."

Die drei unterhalten sich oder besser gesagt unterhalten sich Florian und Martin, Holly fallen immer wieder die Augen zu. Sie hat das Gefühl, nicht in ihrem Körper zu sein, das kann an den Medikamenten, kann aber auch am Erlebten liegen.

„Dann gehe ich mal wieder." Martin klopft Holly aufs Bein. „Lass dir Zeit, Holly. Deine Gesundheit ist jetzt am wichtigsten."

Sie lächelt ihn an, ist aber zu müde, um den Mund zu öffnen.

Nachdem er das Zimmer verlassen hat, schiebt Florian seinen Stuhl wieder näher zu ihr. „Warst du im Schattenland?"

„Ja."

„Die ganze Zeit über?"

„Nein, nur kurz bevor ich aufgewacht bin."

Er ist erleichtert.

„Florian."

„Ja?"

„Ich glaube, dass Dirk nicht mein richtiger Vater war."

Diesen Gedanken hatte er auch schon. „Warum meinst du?"

„Im Schattenland hat mein Vater gesagt ..." Holly konzentriert sich, will es genauso wiedergeben, wie er es gesagt hat. *„Du bist die Tochter des Teufels, ich bin nicht der Teufel, was bedeutet das?"*

„Er ist nicht dein Vater."

„Hm."

„Hast du es ihm gesagt?"

„Ja."

„Was hat er geantwortet?"

„Er hat mich geschlagen."

Er streicht ihr über das Bein. „Ich werde deiner Mutter einen Besuch abstatten."

„Meinst du, sie lassen dich zu ihr?"

„Vielleicht, ich werde mich als ihr Psychiater ausgeben." Er lächelt triumphierend.

„Merken die das nicht?"

„Ein Versuch ist es wert."
Holly kämpft gegen die Müdigkeit an, verzweifelt versucht sie, ihre Augen offen zu halten.
„Ich bleibe noch eine Weile, schlaf nur." Florian legt seine Hand auf ihre. Sie schafft es gerade noch, ihre Mundwinkel zu einem leichten Lächeln zu verziehen, dann schläft Holly ein.

Kapitel 14

Wie Florian es vorhergesagt hatte, verbrachte Holly fast drei Wochen im Krankenhaus. Es war die Hölle, sie war dem Schattenland hilflos ausgeliefert. Zu Beginn kamen noch Pfleger herbeigeeilt, doch bald wurde es ihnen zu viel und sie überließen Holly den Wesen der Nacht. Florian hat tatsächlich erreicht, dass er sich mit Beate Wouters unterhalten darf. Aber die Unterhaltung war einseitig, sie hat ihn nur mit ihren grauen, kalten Augen angestarrt. Er war erstaunt und fasziniert von dem Zustand ihrer psychischen Gesundheit. Kein Wort konnte er ihr entlocken. Florian hat günstige Möbel für Hollys kleines Häuschen am Waldrand gekauft und bereits zusammengebaut. Wenigstens das, was sie zum Leben braucht. Ein Bett, ein Sofa, TV, Tisch mit Stühlen, Geschirr, Pfannen, Tücher, Bettwäsche und ein paar Kleinigkeiten zu essen. Lisa hat er nichts davon erzählt, er vermeidet es, Holly ihr gegenüber zu erwähnen. Ab und zu fragt sie nach ihr und natürlich ist ihr klar, dass Florian sie jeden Tag im Krankenhaus besucht hat. Florians Meinung nach erkundigte sie sich nur nach Hollys Wohlbefinden, weil sie ihm demonstrieren wollte, dass sie kein Problem mit ihr hat. Was natürlich gelogen ist.

„Du musst die Wände streichen." Florian und Holly stehen in ihrem neuen Heim im Wohnzimmer. Sie lächelt, ist tatsächlich glücklich. Ihr kleines Zuhause, hier kann sie heilen, sich entfalten, wachsen oder ganz zerbrechen.

„Danke." Sie dreht sich zu Florian um und umarmt ihn.

„Ich wünsche dir nur das Beste, Holly, und wenn du etwas brauchst, dann ruf mich an."

Sie nickt. Florians letzter Kuss hat sie verunsichert und lässt sie daran zweifeln, dass sie jemals eine Beziehung zu einem Mann führen kann. Wenn sie nicht einmal ihm vertrauen kann, wem sonst?

„Bist du sicher, dass du alleine sein kannst?" Es ist ihm sichtlich unangenehm, Holly alleine zu lassen.

„Ja, kein Problem." Es war noch nie ein Problem, alleine zu sein. Außerdem ist sie nie wirklich alleine.

„Ach, Holly." Florian hält an der Tür inne.

„Ja?"

„Ich habe dir das Fahrrad in den kleinen Abstellraum gestellt, damit du mobil bist." Er zwinkert ihr zu.

„Danke."

„Bis bald."

Holly winkt, er verlässt das Haus. Jetzt fühlt es sich doch seltsam an. Die Stille ist ungewohnt, es ist viel zu still. Sie hört sogar ihr Blut im Kopf rauschen. Die Ärzte haben gesagt, dass sie sich nicht überanstrengen darf, ihr Körper sei noch immer in der Heilphase, vor allem ihr Kopf. Kein Sport oder sonstige anstrengende Aktivitäten. Lange Spaziergänge wurden empfohlen. Darauf freut sie sich, ihren kleinen Wald zu erkunden und die Waldtiere zu beobachten. *Es wird gut, alles wird gut*, denkt sie und hört lautes Gelächter. Es kommt aus den Tiefen ihres Seins. Wer ein Leben lang missbraucht, ausgelacht, benutzt und enttäuscht wurde, fällt es schwer, an das Gute zu glauben. Aber es ist alles, was sie hat. Der Glaube daran, dass alles gut wird, dass das Leben sie mit einem Strauß farbiger, wohlriechender Blumen überrascht. Holly setzt sich auf das Sofa. Lächelnd klopft sie auf die Kissen. Florian hat Geschmack, er hat schöne Möbel ausgesucht. Nachdenklich sitzt sie da, denkt an ihre Mutter und daran, dass sie sicher ist, dass Dirk Wouters nicht ihr leiblicher Vater ist. Florian hat nichts herausgefunden, Mutter wollte ihm nichts sagen. Holly spürt, dass die Wahrheit sie freimachen würde. Wenigstens ein bisschen. Aber wie kann sie an die nötige Information kommen. Sie braucht jemanden, der ihr dabei hilft, jemand, der Erfahrung damit hat, Dinge ans Tageslicht zu bringen. Es fällt ihr wie Schuppen von den Augen: ein Privatdetektiv. Günstig muss er sein und gut. Motiviert nimmt sie ihr Handy hervor und füttert Google mit dem Wort *Privatdetektiv*. Drei mögliche Kandidaten erscheinen, Holly besucht deren Websites. Eine ist wenig vielversprechend: '*Under Construction - Rufen Sie mich an*' – steht dort geschrieben. *Nein, keine Lust*, denkt Holly und öffnet die nächste Seite: '*Toni Bertel*'.

Sie klickt die Seite '*Über mich*' an: Toni Bertel ist so alt, dass er als Mumie durchgehen könnte. Er sieht aus wie sein eigener Tod. Holly braucht was Lebendiges, keinen Halbtoten. Sie öffnet die letzte Website: '*Cedric Franke*'. Ein Foto zeigt den Privatdetektiv in einem Anzug im Stil von James Bond. Holly grinst, Cedric gefällt ihr, er sieht gut aus, was ja eigentlich egal ist, es fällt ihr einfach auf. In seinem Gesicht glaubt sie, Schmerz zu lesen, aber auch etwas Verschmitztes. Ein bisschen erinnert er sie an Florian, die dunkelblonden gewellten Haare, die Gesichtsform, aber Cedric ist jünger, scheint größer und kräftiger zu sein. Ein weiteres Foto zeigt ihn im T-Shirt, auf dem rechten Arm prangt ein großes Tattoo. Soweit es Holly erkennen kann, ist es ein Auge, aus dem drei Tränen tropfen. Sie hält ihren Kopf schief, was hat er wohl für eine Geschichte zu erzählen? Sie scrollt weiter, Cedric Franke war Polizist beim Morddezernat. Wow, Holly ist beeindruckt, das ist ihr Mann. Wahrscheinlich ist er teuer, aber wenn er gut ist, wird sie seine Dienste nicht zu lange in Anspruch nehmen brauchen. Aufgeregt gibt sie seine Nummer in die Tastatur ein. Ein Summton brummt in ihren Ohren. Nach dem dritten Mal nimmt er ab.

„Franke." Seine Stimme ist tief, männlich und ernst.

„Ähm, hallo, ich bin Holly Wouters."

„Hm", brummt er.

„Ich, ähm, ich brauche einen Privatdetektiv.

„Schön."

Cedric Franke verunsichert sie jetzt schon, vielleicht sollte sie einfach den Anruf beenden.

„Das sind Sie doch oder?"

„Ja."
„Was müssen Sie wissen, um einen Fall anzunehmen?"
„Muss ich Ihren Freund beschatten?"
„Nein." Holly runzelt die Stirn.
„Ihren Hund wiederfinden?"
„Nein."
„Kommen Sie vorbei, dann sehen wir weiter."
„Gut, wann?"
„Wann Sie wollen."
Oh Gott, sie zweifelt plötzlich an seinen Fähigkeiten. „Heute?"
„Wann Sie wollen", wiederholt er gelangweilt.
„18 Uhr?"
„Schön. Meine Adresse steht auf meiner Website, bis dann." Er beendet den Anruf. Holly starrt auf die Bilder auf seiner Website. Sie hat ihn anders eingeschätzt: lebhafter, redseliger, freundlicher. Sie ist ein bisschen enttäuscht, entscheidet sich aber, ihm eine Chance zu geben. Schließlich braucht sie ihn. Bestens gelaunt arbeitet sie weiter in ihrem Haus, ist abgelenkt und kommt gut voran. Bevor sie zu Cedric Franke geht, möchte sie das Haus so weit vorbereitet haben, dass sie morgen mit dem Streichen beginnen kann. Holly hat noch nie Wände gestrichen, hat sich aber Youtube-Videos angesehen, so schwer kann es ja nicht sein. Florian hat Farbe besorgt. Im Wohnzimmer soll eine Wand knallpink werden, der Rest weiß. Im Schlafzimmer eine Wand violett. Die anderen Räume können warten. Das Häuschen hat drei Zimmer, sie hat keine Ahnung, was sie damit anstellen soll. Vielleicht ein Gästezimmer, man weiß ja nie. Sie will ihre Coladosen aus Mutters

Haus holen, da hat sie sie untergestellt, nachdem sie aus der WG geflogen ist. Aber allein der Gedanke daran lässt sie erschaudern. Vielleicht kann Florian ihr helfen. Kaum hat sie den Gedanken fertig gedacht, klingelt ihr Handy. Holly zuckt zusammen und blickt auf das Display. Florian steht da geschrieben, sie drückt den grünen Button.

„Hallo."

„Hey Holly, wie gehts? Alles klar?"

„Ja, alles gut." Was will er?

„Ich hätte heute Abend einen Termin frei, falls du kommen willst, aber wahrscheinlich willst du dich ausruhen."

Er fragt und antwortet gleich selbst. „Ähm, ich bin bereits unterwegs heute Abend."

Stille am anderen Ende. „Wo bist du?"

Sie will Florian verheimlichen, dass sie einen Privatdetektiv anstellen möchte, um ihren Vater aufzuspüren, sie weiß, dass er es blöde finden würde. „Ich, ähm, geh in die Stadt ein paar Dinge für das Haus kaufen."

„Ah." Er glaubt ihr nicht, sie spürt es. „Okay, dann nächste Woche, wenn du willst."

„Ja, sehr gerne, am Dienstag?"

„Dienstag habe ich bereits alle Termine vergeben, aber du könntest um 18 Uhr kommen."

Wenn sie alleine sind. „Super, danke."

„Bis dann."

Holly beendet den Anruf. Sie hat ein schlechtes Gewissen, Florian anzulügen ist nicht okay. Aber sie will auch eigene Entscheidungen treffen, nicht immer auf ihn hören. Wenn es gut läuft mit Cedric Franke, dann wird sie Florian von ihm erzählen. Ein Blick auf die Uhr verrät ihr, dass sie langsam losmuss, wenn sie pünktlich bei Franke sein will. Und so wie er am Telefon klang, wäre er über eine Verspätung nicht begeistert. Eilig wäscht sie sich die Haare und schminkt sich ein bisschen. Die Verletzung an der Stirn ist noch gut sichtbar, wahrscheinlich wird eine Narbe zurückbleiben. Holly seufzt, möchte nicht an die Tat ihrer Mutter denken. Doch sie sieht sie vor sich, dieser Blick: verrückt, besessen, beängstigend. Holly schiebt das Fahrrad aus der Garage und radelt, so schnell ihr Körper es erlaubt, den Schotterweg hinunter bis zur Hauptstraße. Die verletzte Lunge macht sich bemerkbar. Kein Sport, hat der Arzt gesagt. Holly verlangsamt, versucht nicht zu tief zu atmen, weil jeder Atemzug wie ein Messerstich schmerzt. Endlich erreicht sie das Gebäude, in dem sich das Büro von Franke befindet. Es ist ein altes Bürogebäude, das die besten Zeiten längst hinter sich hat, traurig steht es da. Einige Fenster haben keine Scheiben, andere sind kaputt. „Oh Gott", murmelt Holly, hält aber an ihrem Plan fest, diesem Mann eine Chance zu geben. Im Treppenhaus riecht es muffig, der Aufzug ist außer Betrieb. Gemächlich geht sie die Treppen hoch, macht immer wieder kurze Pausen und erreicht zehn Minuten zu spät das 5. Stockwerk. *Cedric Franke - Privatermittler* steht an der Tür. Privatermittler, liest Holly interessiert. Das klingt besser als Detektiv. Sie klopft zurückhaltend, kurz darauf schnurrt die Tür, sie tritt ein. Neugierig schaut sie sich um, in der Mitte des Raumes steht ein verlassener Schreibtisch, dahinter ein verstaubter Stuhl. Es scheint, als hätte er mal eine Rezeptionistin gehabt ... vor

Jahren. Die Glastür hinter dem Schreibtisch wird geöffnet.
„Sie sind zehn Minuten spät." Cedric Franke schaut sie vorwurfsvoll an.
„Entschuldigung." Holly geht unter, fällt in gewohnte Verhaltensmuster. Menschen machen ihr Angst und sie unterwirft sich ihnen in der Hoffnung, dass sie ihr nichts antun. Er kneift die Augen zusammen. Franke ist groß, größer als sie erwartet hat, er trägt eine schwarze Hose und ein blaues Hemd, welches Schweißflecken unter den Achseln zum Besten gibt. Die Ärmel hochgekrempelt. Hollys Blick fällt auf das Tattoo, welches sie schon auf dem Foto im Internet magisch angezogen hatte. Seine Augen schauen sie durchdringlich an. Er versucht sie zu lesen, genau wie sie es mit ihm tut. Seine gewellten, dunkelblonden Haare liegen kreuz und quer auf seinem Kopf, sie verleihen ihm ein verwegenes Aussehen. Der Dreitagebart schmeichelt ihm nicht. Alles in allem würde sie behaupten, er braucht eine Dusche.
„Kommen Sie rein", befiehlt er und verschwindet in dem Zimmer. Holly gehorcht und betritt das kleine, dunkle Büro. Wie kann man so arbeiten, fragt sie sich verwundert und ist fasziniert davon, wie viele gestapelte Schachteln herumstehen. Das Fenster ist schmutzig, weswegen es so dunkel ist. Auf seinem Schreibtisch liegen lose Blätter, auf denen ein für Holly unleserliches Gekritzel zu sehen ist. Er setzt sich und schaut sie erwartungsvoll an. Sein Blick wandert auf eines der Blätter.
„Holly Wouters."
„Ja."
„Wie alt sind sie, Holly?"

„Neunzehn, bald zwanzig.

„Gut."

Die beiden starren sich an, Holly schluckt. Er macht ihr Angst, gleichzeitig fühlt sie sich von ihm angezogen. Seine Augen passen nicht zu seinem Verhalten. Sie sind verletzlich, vorsichtig, ängstlich. Sein Verhalten ist selbstsicher, großspurig und ein bisschen arrogant. Alles nur Show?

„Was wollen Sie von mir?"

„Ähm, ich, ich suche meinen Vater."

Franke schaut sie an, dann rollt er mit den Augen. „Okay", sagt er gelangweilt.

„Ich ..." Sie findet sein Verhalten unmöglich, würde am liebsten aufstehen und gehen.

„Warum?"

„Ich bin mit einem Vater aufgewachsen, aber ich vermute, dass er nicht mein leiblicher Vater ist."

Wieder starrt er sie eine Weile an. „Können Sie nicht Ihre Mutter fragen."

„Nein, sie wird es mir nicht sagen."

„Und Ihr Vater, also der, den sie für Ihren Vater hielten."

„Der ist tot."

Ein leichtes Zucken zeigt sich in seinem linken Auge. „Aha." Franke kritzelt irgendetwas auf das Papier, wahrscheinlich ein alter Einkaufszettel. Holly ist genervt. „Wer könnte wissen, wer Ihr Vater ist, außer Ihrer Mutter?"

„Mein Vater", antwortet Holly verwirrt.

„Ich dachte, der ist tot."

„Nein, mein richtiger Vater natürlich."
„Ach so, ja, aber den kennen Sie ja nicht."
„Nein, deshalb bin ich hier."
„Schön."
Holly kneift ihre Augen zusammen. „Können Sie mir helfen oder nicht?" Die Frage kommt patziger daher, als sie es geplant hatte.
„Ich bin nicht billig."
„Das geht schon."
„Wo lebt Ihre Mutter? Ich werde sie besuchen."
„Das wird nicht einfach, sie ist im Gefängnis."
Jetzt scheint sein Interesse geweckt, er setzt sich gerade auf den Stuhl hin. „Warum?"
„Sie hat versucht, mich umzubringen."
Leben kehrt in sein Gesicht zurück, seine Augen öffnen sich. Er fixiert Holly. „Helena Wouters", sagt er und nickt.
„Holly."
„Ich habe über Sie in den Nachrichten gelesen."
Holly nickt.
„Sie hatten großes Glück.
„Ja."
Er reibt sich die Stirn. „Die Verletzung? Von dem Anschlag?"
„Ja."
Er niest und erschreckt Holly fast zu Tode. „Entschuldigung." Noch einmal und ein weiteres Mal niest er. Holly beobachtet ihn.
„Helfen Sie mir?"
Er grinst und sein Gesicht sieht plötzlich ganz anders aus. Weich, offen, nett. „Ich bin Cedric." Er streckt seine Hand nach ihr aus.

„Holly." Sie greift nach seiner Hand, er hat einen festen Händedruck und zerquetscht ihre fast. Dann setzt er sich wieder.

„Also, deine Mutter ist im Knast."

„Ja."

„Sie ist die Einzige, die weiß, wer dein Vater ist."

„Ja."

„Gut, dann werde ich sie besuchen."

„Geht das?"

Wieder grinst er. „Ich war Polizist, ich habe meine Verbindungen." Er zwinkert. Holly mag es nicht, wenn man ihr zuzwinkert, es verunsichert sie zutiefst.

„Name?"

„Von wem?"

„Deiner Mutter."

„Beate Wouters."

„Gut, ich werde ihr morgen einen Besuch abstatten."

Ein Lächeln breitet sich in Hollys Gesicht aus, er scheint motiviert zu sein. „1 000 Euro Vorauszahlung."

Holly wird kreideweiß im Gesicht. „1 000 Euro?"

Er nickt.

Das ist das ganze Geld für einen Monat, welches sie zur Verfügung hat. „Ähm, okay."

„PayPal, Banküberweisung oder am liebsten Bar."

„Kann ich es dir morgen bringen?"

„Bevor ich deine Mutter besuche."

„Okay, gegen zehn Uhr?"

„Einverstanden."

Cedric steht auf, öffnet die Tür. „Dann sehen wir uns morgen."
„Ja, danke."
Mit gemischten Gefühlen fährt Holly nach Hause, 1 000 Euro im Voraus sind eine Menge Geld. Sie wird sich von Brot und Teigwaren ernähren müssen. Wenn er gut ist, wird er schnell herausfinden, ob sie einen anderen Vater hat und wer es ist. Zuhause angekommen, arbeitet sie im Haus weiter, bis sie kurz vor Mitternacht kaum noch aufrecht gehen kann. Sie ist müde und hat Angst vor der Nacht. Im Krankenhaus waren die Nächte schlimm, aber bei Weitem nicht so schlimm wie vor dem Anschlag auf ihr Leben. Als ob ihr Vater sich in der Klinik nicht getraut hätte, aufs Ganze zu gehen. Sie hört Florians Worte in ihrem Kopf. "Er hat nur so viel Macht, wie du ihm gibst." Während sie darüber nachdenkt, setzt sie sich aufs Sofa und schläft sofort ein.

„Mal sie schwarz an."
Holly schreckt auf und blickt dem hasenähnlichen Wesen – ihrem Vater – ins Gesicht.
„Ich will, dass du die Wand im Schlafzimmer schwarz anstreichst."
Holly schüttelt zaghaft den Kopf.
Er packt sie am Hals, drückt sie an die Wand, Holly japst nach Luft.
„Die Wand wird schwarz, dein Schlafzimmer wird dein Schattenland."
„Ja", krächzt sie.
Er zieht seine Hand weg und sie fällt unsanft zu Boden. „Und niemand wird in das Schattenland eintreten, hast du verstanden?"
Wieder nickt sie. Er starrt sie lüstern an. „Wo warst du heute, kleine

Holly?”
Holly runzelt die Stirn, weiß er das etwa nicht?
„In der Stadt.” Es ist nicht gelogen.
„Was hast du in der Stadt gemacht?"
„Dinge fürs Haus gekauft.” Dieselbe Lüge, die sie Florian aufgetischt hat. Er scheint ihr zu glauben. Ihr Vater setzt sich auf seinen thronähnlichen Stuhl und glotzt sie an. Holly blickt umher, sie erkennt Bruno, der fies grinst, doch wer sind die anderen. Sie fixiert die Frau und denkt nach. Plötzlich ist sie zurück im Klassenzimmer, Holly ist ungefähr zwölf Jahre alt. Frau Annabell Bruder ist ihre Klassenlehrerin. Immer schlecht gelaunt und genervt. Sie hat es ganz besonders auf Holly abgesehen, die Schwächste. Frau Bruder lacht sie vor allen anderen aus, wenn sie eine Frage falsch beantwortet. Es hat sie nie interessiert, wenn Holly mit einem blauen Auge oder sonstigen sichtbaren Verletzungen zur Schule kam. Manchmal hat sie sich gefragt, ob sie und ihr Vater unter einer Decke stecken würden.
„Helena!!!”
Holly schreckt auf, ihr Vater schaut sie wütend an. Sein Gesicht zu einer ekligen Fratze verzogen. „Zieh dich aus.”
Sie drückt sich wie immer in die Ecke – die Ecke, die ihr noch nie geholfen hat.
„Wir wollen uns ein bisschen amüsieren.“
Um fünf Uhr morgens wacht Holly schweißgebadet und zitternd aus ihrem Traum auf. Es war schlimm, grausam, wie schon lange nicht mehr. Sie schwingt die Beine aus dem Bett und verschwindet im Bad. Das eiskalte Wasser in ihrem Gesicht tut ihr gut. Erschöpft

setzt sie sich an den kleinen Tisch in der Küche und trinkt eine Cola light.

Sie wird das Schlafzimmer schwarz streichen müssen. Wie viel Macht hat er noch über sie? Wird das jemals enden? Tränen kullern über ihre Wangen, sie sehnt sich nach Florian, nach einem lieben Wort, einem Lächeln. Gestern war das erste Mal, dass sie eine Sitzung mit ihm abgelehnt hat. Wegen Cedric Franke. Sie muss wissen, wer ihr Vater ist. Vielleicht würde dieses Wissen Veränderung bringen. Sie denkt über den Privatermittler nach. Ein seltsamer Mann, interessant und geheimnisvoll. Holly steht auf und blickt aus dem Fenster, es ist dunkel draußen, die Nacht ist schwarz wie ihre Träume, wie das Schattenland und wie bald auch ihr Schlafzimmer. Sie zieht sich Sneakers über und öffnet die Haustür. Es riecht nach feuchter Erde, Fichte und Tannenbäumen. Der Wald, vor dem so viele in der Nacht Angst haben, ist für sie ihr bester Freund. Im Dunkeln spaziert sie vorsichtig über Äste, Steine und Tannenzapfen. Hier ist die Welt in Ordnung, hier folgt das Leben dem einfachen Gesetz der Natur. Kein Missbrauch, keine bösen Worte, keine Lügen und kein Betrug. Fressen und gefressen werden, so einfach und effektiv. Sie muss keine Angst haben, in diesem Wald hat sie keine Feinde – und keine Freunde. Für die Tiere ist sie eine Gefahr, sie werden sie meiden, vor ihr flüchten. Holly spaziert immer tiefer in den Wald hinein und fühlt sich Schritt für Schritt freier, als ob auch ihr Vater hier draußen Angst hätte und sie in Ruhe lässt. Nach einer Weile setzt sie sich auf den feuchten Boden und lehnt sich an einen dicken Baum. Ihre Augen haben sich an die Dunkelheit gewöhnt und sie sieht von Sekunde zu

Sekunde mehr. Hin und wieder erblickt sie Tiere, die durch das Dickicht eilen, sie glaubt, einen Fuchs gesehen zu haben und ein Reh. Überall raschelt es, genussvoll atmet sie die frische Waldluft ein. Als der Tag erwacht und sich erste Sonnenstrahlen durch die Baumwipfel kämpfen, steht sie auf und geht langsam zurück. Sie muss zur Bank und zu Cedric, ihm die tausend Euro überbringen.

Kapitel 15

Holly ist unheimlich dankbar für das Fahrrad, welches Florian ihr überlassen hat. Müsste sie zu Fuß gehen, würde sie Stunden brauchen. So dauert es gerade mal fünfzehn Minuten bei ruhiger Fahrt in die Stadt. Sie hebt eintausend Euro ab und fährt zu Cedrics Büro. Er erwartet sie schon und begrüßt sie freundlich, wesentlich freundlicher als gestern. Seine Haare sind gewaschen, der Dreitagebart ist ab, er trägt eine dunkle Jeans und ein sauberes schwarzes Hemd. Holly schaut zu ihm auf, er sieht gut aus, verdammt gut. Er grinst, als ob er ihre Gedanken lesen könnte.
„Ich war mir nicht sicher, ob du kommen würdest, wie ernst es dir tatsächlich ist."
„Es ist mir sehr ernst." Sie setzt sich auf den Stuhl und übergibt ihm den Umschlag, in dem sich die 1 000 Euro befinden. Geld, welches sie zum Leben bräuchte, aber das ist es ihr wert. Stumm öffnet er das Briefkuvert, zählt die 50-Euro-Scheine durch, dann blickt er sie an, presst die Lippen aufeinander, steckt ein paar Scheine zurück in

den Umschlag und hält ihn ihr wieder entgegen. Holly blickt ihn fragend an.
„500 Euro sollten reichen." Er lächelt. Wenn er lächelt, geht die Sonne auf. Holly fühlt sich wohl, er ist anders als gestern, hatte vielleicht einen schlechten Tag.
„Gibt es Dinge, die ich über deine Mutter wissen muss?"
Holly denkt nach. „Sie liebte ihren Mann sehr."
„Der Mann, der dich missbraucht hat?"
Holly schluckt und fragt sich, woher er das weiß. „Woher ...?" Ihre Stimme stockt.
„Ich habe die Polizeiakten durchgelesen."
Holly schämt sich, sie wollte nicht, dass er es weiß. Jetzt fühlt sie sich nackt und bloßgestellt.
„Ich bin froh, dass er tot ist."
Cedric lächelt schief. „Also sie liebte ihren Mann, was noch?"
„Sie hat ihm Schoko-Kirsch-Kuchen gebacken."
„Aha, noch was?"
„Sie achtet sehr auf ihr Äußeres und mag es, wenn Männer ihr Komplimente machen."
„Sehr gut." Er kritzelt auf das Blatt Papier, das vor ihm liegt. Er blinzelt dreimal kräftig. *Ein Tick*, denkt Holly. „Ich werde dich nach dem Besuch bei deiner Mutter bei dir zuhause aufsuchen, dann besprechen wir alles weitere."
„Ähm, ich ... mein Haus ist unordentlich, ich bin gerade erst eingezogen."
„Das stört mich nicht, Adresse?"
Er lässt Holly keine Wahl. Widerwillig gibt sie ihm ihre Adresse.

„Gut, dann sehen wir uns heute Abend." Er denkt nach. „18 Uhr? Bist du zuhause?"
„Ja."
„Soll ich Pizza mitbringen?"
Holly runzelt die Stirn. „Ähm ja."
„Was magst du?"
„Hawaii."
Er blickt sie vorwurfsvoll an. „Wirklich?"
„Ja."
„Zum Glück bin ich kein Italiener", sagt er leise und kritzelt wieder etwas auf das Papier.
„Bis dann, Holly." Er lächelt und begleitet sie zur Tür.
„Bis später." Holly verlässt das Büro und ist verwirrt, Cedric Franke war heute ein ganz anderer Mensch.

Beate Wouters sitzt bereits im Besucherraum, als Cedric zu ihr stößt. Mit einem breiten Grinsen setzt er sich zu ihr.
„Hallo Frau Wouters."
Sie starrt ihn an. Cedric begutachtet sie, wie sie dort sitzt, ihre kleinen, kalten Augen zu Schlitzen geformt, mit ihren kurzen fettigen Haaren, die Wangen eingefallen. Er schluckt. „Frau Wouters, Sie sehen umwerfend aus."
Ihre Augenbrauen schnellen in die Höhe.
„Ich bin Polizist." Er wirft einen verstohlenen Blick zu dem Beamten, der an der Tür steht, doch er hat ihm nicht zugehört. „Und habe ein paar Fragen." Sie bleibt stumm. „Ich bin ein bisschen überrascht, ich habe eine Frau erwartet, die ... na ja, eine Frau, die

nicht so gut aussieht wie Sie."

Sie öffnet ihre Augen, ein Mundwinkel zuckt. *Gut, weiter so*, denkt Cedric. „Ihr Mann kann sich glücklich schätzen, mit so einer hübschen Frau zusammen zu sein."

„Mein Mann ist tot."

„Oh." Er legt seine Hand an die Stirn. „Entschuldigung, das habe ich vergessen. Dann sind Sie noch zu haben."

Sie lächelt – jetzt hat er sie.

„Na ja."

„Ihre Tochter behauptet, dass Ihr Mann ... Wie hieß er noch mal?"

„Dirk."

„Ja genau, dass Dirk Sie gar nicht liebte, sie behauptet, dass Dirk Sie hasste."

Beate Wouters reißt die Augen auf. „Was?", schreit sie entsetzt. „Dirk hat mich geliebt, mehr als alles andere."

„Sie erzählt überall herum, dass er Sie gehasst hat."

„Dieses Monster." Frau Wouters lehnt sich vor. „Sie ist die Tochter des Teufels."

Auch Cedric lehnt sich vor. „Dann war Dirk der Teufel?"

„Nein, Dirk war ein Engel."

Cedric gibt sich alle Mühe, nett zu bleiben.

„Wer war dann der Teufel?", flüstert er geheimnisvoll.

„Helenas Vater."

„Dann ist Dirk nicht Helenas Vater?"

„Mögen Sie Kuchen?"

Cedric ist überrascht über den abrupten Themenwechsel.

„Ja sehr, Schoko-Kirsch-Kuchen ist mein Lieblingskuchen."

Beate lehnt sich zurück, starrt ihn an. „Das war Dirks Lieblingskuchen.”
„Nein?”
„Doch.” Sie lächelt. „Haben Sie Helena getroffen?”
„Ja, ein bisschen hysterisch dieses Mädchen.”
„Ja, ich hasse sie.”
Cedric schluckt.
„Ich wollte sie töten, nur so kann ich von dem Teufel befreit werden.”
„Wer ist der Teufel, Frau Wouters?”
Sie blickt gedankenverloren umher, Cedric erschaudert, diese Frau ist vollkommen verrückt.
„Das kann ich Ihnen nicht sagen.”
„Warum nicht?”
„Weil er mich umbringen wird, wenn ich es jemandem sage.”
„Ich sage es nicht weiter.”
„Nein.” Sie schreit ihn an. „Ich kann nicht.”
„Gut, das verstehe ich, der Teufel ist gefährlich."
Frau Wouters nickt, sie ist froh, dass Cedric sie versteht.
„Aber dann stimmt es, Dirk ist nicht Hollys, also Helenas Vater?”
Wieder blickt sie wild umher, lehnt sich zu ihm über den Tisch. „Nein, ist er nicht. Der Teufel ist Hollys Vater.”
„Und Sie können mir keinen darauf Hinweis geben, wer er ist?”
„Nein!” Beate reißt panisch die Augen auf. „Das habe ich doch gesagt, er wird mich umbringen, wenn ich es sage.”
„Schade, ich hätte ihn aus dem Weg geräumt, dann hätten Sie auch ihre Ruhe.”

Sie starrt Cedric an. Sie denkt nach, wiegt ab, braucht womöglich nur noch einen kleinen Schubs. „Dann würde der Teufel Sie nie mehr belästigen."

Noch immer starren ihn die kleinen grauen, kalten Augen an.

„Ich kann nicht", flüstert sie. „Helena hat seine Augen."

Cedric hebt die Augenbrauen, das wird ihm nicht weiterhelfen.

„Suchen Sie in meinem Haus, vielleicht finden Sie dort etwas."

„Was könnte ich da finden?"

„Das müssen Sie selbst herausbekommen, finden Sie den Teufel und töten Sie ihn."

Cedric schürzt die Lippen und nickt. Dann steht er auf und verlässt ohne ein weiteres Wort den Besucherraum. Mit offenem Mund schaut Beate Wouters ihm nach.

Holly ist aufgeregt, sie hatte noch nie Besuch, außer von Florian, der sie mal in der WG besuchen kam. Sie hat die Wand im Wohnzimmer gestrichen, leuchtendes Pink. Es riecht nach Farbe und es sieht chaotisch aus, aber Cedric Franke hat ihr versichert, dass es ihm nichts ausmacht. Sie hat ein hübsches Tischtuch über den Esstisch geworfen und ein paar Kerzen darauf gestellt. Jetzt zweifelt sie daran, ob die Kerzen passen oder zu romantisch sind. Sie stellt sie weg und schließlich wieder hin. Was, wenn Franke es falsch versteht und sich über sie hermacht. Der alleinige Gedanke daran lässt sie in Schweiß ausbrechen. Vielleicht sollte sie Florian anrufen, um nicht mit dem Mann, den sie nicht kennt, alleine in einem abgelegenen Haus am Waldrand zu sein. Holly greift sich an den Kopf, wie dumm und naiv sie doch ist. Jetzt ist es zu spät, sie hört wie ein Wagen auf dem Schotter vorfährt. „Scheiße", murmelt sie. Sie könnte so tun, als sei sie nicht zuhause. Aber er war bei ihrer Mutter, sie will wissen, ob er erfolgreich war. Eilig geht sie in die Küche und steckt sich ein Messer in die Hosentasche. Ein kleines Messer, wahrscheinlich zu klein, um einen so großen Mann wie Franke zu töten, aber um sich Zeit zu verschaffen, reicht es allemal. Sie zuckt zusammen, als es klingelt. Holly hat sich geduscht, geschminkt und hübsch angezogen. Eigentlich wie immer, sie trägt Jeans und ein Pullover mit V-Ausschnitt, auf genau diesen V-Ausschnitt starrt sie jetzt und bereut es. Ist der Pullover zu sexy? Eine Einladung für mehr? Es klingelt ein zweites Mal. Franke scheint ein ungeduldiger Geselle zu sein. Sie geht zur Tür und öffnet. Er steht da und grinst sie schief an. Hollys Angst verfliegt, sie lässt ihn eintreten. Gut gelaunt spaziert er in ihr Haus, legt die Pizza auf dem Esstisch ab und schaut sich um. Er starrt die Kerzen an und pustet sie, zu Hollys Erstaunen, aus.

„Aha."

„Aha was?"

„Aha, warum lebt ein so junges Mädchen in so einer Hütte weit ab von der Zivilisation?"

Geht ihn das was an? Holly überlegt sich eine Antwort. Noch während sie nachdenkt, setzt er sich an den Tisch.

„Ich habe einen Bärenhunger." Er öffnet einen Pizzakarton, wirft den Deckel zur anderen Seite. „Hawaii, die gehört dir, die will ich nicht", brummt er, öffnet seinen Karton, strahlt seine Pizza an, hebt ein Stück hoch und beißt genüsslich rein. Verunsichert setzt sie sich, nicht ohne ihn aus den Augen zu lassen. Die Kerzen hat er

ausgepustet und den Ausschnitt ihres Pullovers ignoriert. „Iss, du bist viel zu dürr", sagt er mit vollem Mund.
Er hat recht, im Krankenhaus hat sie abgenommen, aber mit Schokolade und Pizza kommen die Kilos schneller zurück, als ihr lieb ist. Er lehnt sich zu ihr und öffnet ihren Pizzakarton ebenfalls. „Schrecklich, wie langsam du bist."
Sie muss lachen, nimmt die vor Fett triefende Pizza und beißt hinein. „Mhmm."
„Lecker, nicht wahr? Die beste Pizza in ganz Deutschland, vielleicht sogar ganz Europa oder der Welt."
Holly würde sich am liebsten in die Pizza reinlegen, sie ist unglaublich gut. Brummend und grunzend essen sie die Pizzen.
„Hast du Kaffee?", fragt Cedric, nachdem Holly die Kartons in der Küche entsorgt hat.
„Nein, ich trinke keinen Kaffee."
„Um Himmels willen", schreit er. Holly schaut ihn erschrocken an.
„Was ist los mit dir?"
„Warum?"
„Kein Kaffee?"
„Ich mag keinen Kaffee."
„Wenn ich das vorher gewusst hätte." Er guckt sie streng an.
„Dann was?" Holly ist kurz davor, innerlich zusammenzufallen.
„Dann hätte ich deinen Fall nicht angenommen."
Wirklich? Wie dumm ist das denn, denkt sie und kämpft mit ihren Emotionen.
„Ich mach nur Spaß."
Sie versucht zu lächeln, seltsamer Humor.

„Ich habe nur Cola light."

„Oh Gott", sagt er leise. „Ja okay, dann bitte eine Cola."

Holly stellt das Getränk vor ihn hin und wartet gespannt darauf, was er zu erzählen hat. Er nimmt einen großen Schluck, verzieht sein Gesicht, dann blickt er sie an. Wieder dieser Blick, er versucht sie zu lesen, mehr zu sehen, als mit bloßem Auge sichtbar ist. Holly wird unwohl, sie senkt den Blick, nippt an ihrer Cola.

„Ich war bei deiner Mutter."

Endlich, Holly ist jetzt ganz bei ihm.

„Dirk Wouters ist nicht dein Vater."

Holly schließt die Augen und atmet erleichtert aus. Sie wusste es.

„Aber ich befürchte, dass dein richtiger Vater nicht wirklich eine Verbesserung ist."

„Wie meinst du das?"

„Deine Mutter nennt ihn Teufel, behauptet, dass er sie umbringt, falls sie jemandem erzählt, wer dein Vater ist."

„Oh." Schlimmer als Dirk? Ist das möglich? „Sie hat nicht gesagt, wer es ist?"

„Nein, aber sie hat gesagt, dass ich in ihrem Haus Hinweise finden kann."

„Echt?" Holly ist erstaunt, denkt nach, um was für Hinweise es sich handeln könnte.

„Hast du eine Idee? Ein Foto vielleicht?"

„Nein, ich weiß nicht, ich habe nie etwas Persönliches von meiner Mutter gesehen."

„Gibt es kein Fotoalbum?

„Nein, nicht dass ich wüsste."

„Wie komme ich in das Haus?”

„Ich habe einen Schlüssel."

„Kommst du mit?”

„Lieber nicht.”

„Okay, ich gehe morgen zum Haus, kannst du mir die Adresse schicken?”

„Klar.”

Cedric klopft auf den Tisch und steht auf. „Dann geh ich wieder und lass dich in Onkel Tom Hütte alleine.”

„Onkel Toms Hütte?

„Dafür bist du zu jung.” Er lacht. Holly liebt es, wenn er lacht. Sie findet es schade, dass er schon wieder geht, seltsamerweise fühlt sie sich in seiner Gegenwart sicher und geborgen. Cedric geht zur Tür, dann dreht sich noch mal zu ihr um. „Ich melde mich morgen bei dir.”

„Okay.”

„Übrigens, hübscher Pullover.” Er zwinkert ihr zu und verlässt das Haus. Holly grinst, rennt zum Fenster und beobachtet, wie er davonfährt. Kaum wendet sie sich ab, hört sie, wie er zurückkommt. Sie rennt zur Tür, geht ihm entgegen.

„Ich brauche den Schlüssel für das Haus deiner Mutter.”

„Ach so, ja klar.” Sie eilt zurück in die Wohnung und kramt den Schlüssel aus der Schublade. Sie rennt wieder hinaus und übergibt ihm den Schlüssel, doch das bisschen Rennen hat sie außer Atem gebracht, Holly schnauft. Er guckt sie mit großen Augen an.

„Rauchst du?”

„Nein.” Sie schaut ihn fragend an.

„Du schnaufst wie ne Dampflok."
Es ist Holly peinlich, über Dinge zu reden, die man ihr angetan hat.
„Meine Lunge wurde verletzt."
„Oh Shit, von deiner Mutter?"
Holly nickt. Sie spürt, wie sein Blick auf ihr ruht. Sie will nicht, dass er Mitleid hat, sie will nicht, dass er sie als Opfer sieht, sie will, dass er sie als Frau sieht. Erstaunt über diese Erkenntnis hebt sie den Blick. Ihre Blicke treffen sich und es ist wie ein Blitzeinschlag mitten in ihrem Herzen. Er ist ein Magier und verzaubert sie gerade und Holly ist willig, sich verzaubern zu lassen.
„Wir sehen uns morgen." Er grinst und braust davon. Sie atmet laut aus, was ist nur los mit ihr, in ihrem Inneren herrscht das blanke Chaos. Sie geht zurück in die Wohnung, es ist schon fast 20 Uhr, betrübt geht sie ins Schlafzimmer und macht sich an die Arbeit. Die Wände müssen schwarz sein. Holly denkt nach, Dirk ist nicht ihr Vater, jetzt ist sie sich sicher. Er hat keine Macht über sie, kein Recht, er ist ein Fremder. Bis 2 Uhr morgens hat sie die Wände hässlich schwarz gestrichen. Sie wollte ein Paradies aus ihrem Schlafzimmer zaubern, jetzt ist es die Hölle. Müde legt sie sich aufs Bett und kämpft erfolglos gegen den Schlaf.
„Braves Mädchen", donnert die Stimme des Wesens. „Dein Schlafzimmer gefällt mir."
Holly steht wie immer in der Ecke, winzig klein und schwach.
„Du bist nicht mein Vater." Die Worte bleiben beinahe in ihrem Hals stecken.
„Was war das?" Seine kleinen fiesen Augen funkeln böse.
„Du bist nicht mein Vater", wiederholt Holly ein bisschen lauter.

Ein Raunen geht durch die Wesen.

„Aha, bist du dir sicher?” Er bleibt ruhig, aber sein Gesicht spricht Bände.

„Ja.”

„Woher weißt du das.” Er steht jetzt vor ihr, blickt auf sie herab.

„Von Mutter.”

Er neigt sich zu ihr. „Hat sie es dir gesagt?”

„Nein.”

„Wem hat sie es gesagt?”

Holly schüttelt den Kopf.

Ihr Vater holt aus und schlägt sie einmal, zweimal, dreimal. Holly sitzt blutend und weinend auf dem Boden. Die Wesen lachen amüsiert. „Es ist nur ein Traum.” Sie blickt ihm starr in die Augen. Er reißt sie auf die Beine. „Was ist los mit dir? Du wirst frech!” Er schreit, seine Stimme überschlägt sich. Er kniet sich neben sie.

„Selbst, wenn ich nicht dein Vater bin, so war ich es, der dir beim Wachsen zugesehen hat. Der dich ertragen hat, der sich von dir alles geholt hat. Ich habe dich zerstört, du gehörst mir.”

Holly schluchzt. Er wendet sich ab. „Theodor, sie gehört dir.”

Entsetzt blickt sie hoch, Theodor klettert von seinem Stuhl. Er ist groß, schlaksig, trägt eine runde Brille und sieht eigentlich aus wie der nette Nachbar, den sich jeder wünscht. Doch in Theodor schlummert der Teufel. Er ist brutal, gemein und sadistisch.

„Mit Vergnügen." Er singt die Worte beinahe und spaziert in lockerem Schritt auf Holly zu.

„Es ist nur ein Traum", murmelt sie. Theodor lehnt sich zu ihr hinunter. „Nein, ist es nicht.” Er leckt sich die Lippen, Holly schreit,

doch keiner wird sie hören, nicht im Schattenland und nicht im Wald. Wie hat Cedric ihr Zuhause genannt? Onkel Toms Hütte.
Sie ergibt sich ihrem Schicksal.

Holly wacht schreiend und weinend auf, verwirrt versucht sie zu erkennen, wo sie ist, denn sie spürt, dass sie nicht im Bett ist. Ihr Kopf dröhnt. Besorgt fasst sie sich an die Stirn: Blut. Unsicher tastet sie sich zum Lichtschalter und blickt sich um. Sie muss nachtgewandelt und dabei gegen die geschlossene Tür gerannt sein. Jetzt auch noch Nachtwandeln, was denn noch alles? Theodor, schießt es ihr durch den Kopf. Das Horrorkabinett wird langsam komplett: Theodor, Bruno und Annabell. Die Erinnerungen kommen schmerzhaft zurück.
„Schweine", murmelt Holly. Sie wirft im Badezimmer einen Blick auf ihre Verletzung. „Autsch." Kein Grund zur Sorge, nur eine kleine Beule und ein bisschen Blut. Sie hat schon Schlimmeres überlebt. Holly muss sich ablenken, will den Traum vergessen, er war so grausam und real. Sie zieht sich eine warme Jacke über, schlüpft in ihre Sneakers und verlässt das Haus. Eiligen Schrittes stapft sie in den Wald, in die Dunkelheit, in den Schutz der Bäume. Holly geht ziellos vorwärts, immer weiter, ohne zurückzuschauen, nur nach vorne. Sie atmet heftig und erst als der Schmerz in ihrer Lunge unerträglich wird, setzt sie sich an einen Baumstamm und weint – weint um die Seele dieses verlorenen Kindes: ihrer Seele. Sie muss an Florians Lieblingssatz denken: *Lebe in der Gegenwart, schau in die Zukunft und vergiss die Vergangenheit.* Wenn es doch nur so einfach wäre. Wie kann sie vergessen, was und wer sie ist? Sie lebt

in und mit der Vergangenheit, Holly hat keine Zukunft. Alles, was sie denkt und fühlt, basiert auf ihrer Vergangenheit, wie soll sie das vergessen können. Florian ist auf Rosen gebettet aufgewachsen, er kennt die Dunkelheit nur aus Büchern, er hat keine Ahnung, wie es in ihr aussieht. Er gibt sich Mühe, dass rechnet sie ihm hoch an. Aber er kennt die Hölle nicht, daher kann er auch nicht wissen, wie er sie da rausbekommen kann. Wissen allein löst keine Probleme. Wer wohl ihr Vater ist? Holly macht sich nichts vor, wenn ihre Mutter ihn Teufel nennt, dann wird er kein netter Geselle sein. Wie auch Cedric die Vermutung geäußert hat, dass er schlimmer sei als Dirk. Aber Cedric weiß nicht, wie schlimm und grausam Dirk war. Ein Lächeln schleicht sich in ihr Gesicht, während sie an Cedric denkt. Er ist nett, speziell, ganz anders als Florian. Cedric hat Ecken und Kanten, Florian nicht. Florian ist einfach zu lesen, Cedric macht es ihr schwer. Jeder, der nett zu Holly ist, ergattert sich sofort einen Platz in ihrem Herzen. Sie lehnt ihren Kopf zurück, lauscht den raschelnden Blättern, die im Wind leise rauschen. Ruhe kehrt ein. Sie schließt die Augen, erlaubt es sich aber nicht einzuschlafen. Erst als es langsam Tag wird, spaziert sie zurück zu ihrem Haus. Sie setzt sich an den Esstisch und googelt in ihrem Smartphone nach Onkel Toms Hütte, sie ist erschüttert. Sklaven, Missbrauch, Gewalt und Dunkelheit. Wie passend. Cedric hat ins Schwarze getroffen.

Kapitel 16

Voller Tatendrang fährt Cedric vor Beate Wouters Haus vor. Er schließt die Tür auf und tritt ein, es riecht irgendwie holzig. Das Haus ist altmodisch eingerichtet, wie das einer alten Frau, dabei ist Beate Wouters noch recht jung. Er hat in den Akten nachgesehen, sie ist 42 Jahre alt, also nur zehn Jahre älter als er. Wie kann man so einen beschissenen Geschmack mit 42 Jahren haben? Er schaut sich verwundert um, streift durchs Haus und macht sich einen ersten Eindruck. Schlafzimmer, Esszimmer, Wohnzimmer, Küche und Kinderzimmer. Das Kinderzimmer ist das erste, welches er betritt. Das Bett ist ungemacht, er registriert getrocknete Blutflecken, die sich wie Länder auf einer Weltkarte auf dem ganzen Laken präsentieren. Sie sind stumme Zeugen abscheulicher Taten. Cedric kann nicht fassen, dass das Zimmer nicht gereinigt wurde. Der Teppich ist schmutzig. An den Wänden hängen Bilder von Tintenfischen. Cedric verzieht das Gesicht. Welches Kind hängt sich Tintenfischbilder übers Bett? Er betrachtet die Bücher, die im Regal stehen. Es sind keine Kinderbücher, stellt er überrascht fest. Er hat genug gesehen und verlässt das Zimmer, trabt die Treppen hinab und durchsucht die Schränke und Schubladen im Wohnzimmer. Er freut sich, als er tatsächlich einen Ordner findet, der mit Helena beschriftet ist. Mit wild klopfendem Herzen öffnet er ihn. Die Geburtsurkunde. Er liest sie durch, Enttäuschung macht sich breit.

Dirk Wouters ist ihr Vater. Dort steht es schwarz auf weiß. Er blättert weiter, Hollys Zeugnisse und ärztliche Befunde. Er liest sie durch und es wird ihm schlecht dabei. Nasenbeinbruch, Rippenbrüche, Hämatome, gequetschte Niere und ein gebrochenes Handgelenk. Wut steigt in ihm hoch, hat denn keiner was bemerkt? Waren alle blind? Wollten sie es nicht sehen? Und haben das kleine Mädchen dem Teufel überlassen. In einer weiteren Schublade entdeckt er verschiedene Fotoalben, gespannt blättert er sie durch. Bilder von Dirk und Beate, von Autos und Blumen. Aber kein einziges Bild von Holly. Als hätte sie nie existiert. Sein Herz schmerzt im Angesicht der Tragödie, die Holly Wouters ertragen musste, weil Erwachsene nicht hinsehen wollten. Wieder einmal hasst er die gesamte Menschheit. Er kann sich nicht helfen, immer wieder geben sie ihm Gründe, sie zu hassen. Cedric macht sich nichts vor, er weiß, dass auch er nicht perfekt ist. Manchmal ein richtiges Arschloch sein kann und Probleme hat. Aber er bemüht sich, zu netten Menschen stets nett zu sein und die, die nicht nett sind, haben es auch nicht anders verdient. In seiner Zeit beim Morddezernat hat er so viel Dunkelheit gesehen, dass er es nicht mehr aushalten konnte. Die Seele einiger Menschen ist schwarz und ihre Taten mit dem Verstand nicht fassbar. Cedric verbringt den ganzen Nachmittag im Haus der Wouters und findet keinen Hinweis auf Hollys leiblichen Vater. Frustriert verlässt er es und fährt nach Hause, wo er sich hinlegt.

Holly trifft um Punkt 18 Uhr bei Florian ein.
„Hallo", sagt er gut gelaunt.

„Hi." Auch Holly lächelt. Florian zu sehen, ist wie nach Hause zu kommen, wenn sie eins hätte. Sie mag ihr Haus am Waldrand. Onkel Toms Hütte, wie Cedric es nennt. Aber noch ist es nicht ihr Zuhause.
„Setz dich." Holly gehorcht. „Wie geht es dir?"
Sie zuckt mit der Schulter, eine einfache Frage, eine schwierige Antwort.
„Was machen die Träume?"
„Schlimm."
Er zeigt auf ihre Stirn. „Was ist passiert?"
„Ich bin nachtgewandelt."
„Du bist nachtgewandelt?"
„Ja."
„Und bist an die Wand gelaufen?"
„Ja, vor die Tür, glaube ich."
Florian atmet tief ein und wieder aus. „Warum willst du es nicht mit den Tabletten versuchen, Holly?"
Sie schüttelt vehement den Kopf. Dirk hat sie davor gewarnt.
„Ein Versuch?"
„Nein", sagt sie laut und bestimmt.
„Na schön." Florian kratzt sich am Kinn, Holly lächelt.
„Wie ist es im Haus?"
„Gut."
„Gut?"
„Ja."
„Hast du Angst?"
„Wovor?"

„Alleine im Haus zu sein."

„Nein."

Holly sieht es ihm an, er würde sie gerne etwas fragen, er windet sich. Dann endlich. „Wo warst du am Freitag?"

„Ich, ähm, in der Stadt."

„Mit wem?"

Holly kann es nicht fassen, ist er etwa eifersüchtig?

„Mit Cedric." Sie will es wissen.

„Wer ist Cedric?"

„Ein Mann."

Florian hebt die Augenbrauen. „Davon gehe ich aus."

Holly findet Gefallen an dem kleinen Spielchen und schaut ihn herausfordernd an. „Ist er dein Freund?"

„Noch nicht."

„Wo hast du ihn kennengelernt."

Holly denkt nach. „Im Internet."

„Im Internet?" Florian ist entsetzt.

„Mhm." Sie grinst frech.

„Wie alt ist er?"

„Ich weiß es nicht."

„Holly, du gehst mit einem Mann, den du im Internet kennengelernt hast, aus und weißt nicht, wie alt er ist?"

„Hm." Sie nickt.

„In deinem Alter?

„Nein."

„Älter?"

„Ja."

„Wie alt?"

„Ich weiß nicht, vielleicht dreißig oder einunddreißig, möglicherweise zweiunddreißig oder dreiunddreißig, vielleicht auch vierunddreißig, ich bin schlecht im Raten. Er könnte auch bereits vierzig sein."

Florian lehnt sich zurück, reibt sich die Stirn. Holly bringt ihr Grinsen nicht mehr aus ihrem Gesicht, sie versteht nicht, warum es sie so amüsiert.

Er blickt sie an, mit Verzweiflung und Sorge in seinen Augen.

„Pass bitte auf, Holly."

„Ja, mach dir keine Sorgen." Sie grinst breit. Sie könnte Florian erzählen, wer Cedric wirklich ist, aber damit möchte sie noch warten, bis sie weiß, wer ihr Vater ist.

Florian ist unkonzentriert, versucht die Therapie fortzusetzen.

„Habt ihr ..., seid ihr ...?" Er glotzt sie an.

„Habt ihr, seid ihr? Was willst du fragen?" Holly weiß genau, was er fragen will.

„Habt ihr euch geküsst?"

Du meinst, so wie du mich?, denkt sie. „Nein."

Er scheint erleichtert zu sein. „Okay, also Holly, wir sollten unsere ganze Kraft darauf lenken, deine Träume zu bekämpfen."

„Ja, das wäre schön."

„Es sind nur Träume, du bist ihnen nicht ausgeliefert."

„Doch, bin ich."

„Nein, diese Wesen haben keine Macht über dich."

„Doch, haben sie."

„Es ist die Macht, die du ihnen gibst."

„Das hast du schon mal gesagt."Antwortet Holly trotzig und fragt sich, weshalb er sie nervt.
„Ja, weil es so ist. Du gibst ihnen Macht."
„Meinst du, es gefällt mir, diese Träume zu haben?"
„Natürlich nicht, seit wann hat dein Vater so viel Macht über dich in deinen Träumen. Das war zu Beginn, als ich dich kennenlernte, noch nicht so. Was ist passiert?"
Holly weiß genau, was passiert ist. „Seit Vater tot ist."
Florian schüttelt den Kopf. „Das ist nicht logisch."
Entschuldige bitte, dass ich nicht deinen Lehrbüchern entspreche, denkt sie genervt.
„Normalerweise ist der Tod einer Person, von der mal gequält und missbraucht wird, etwas Befreiendes, bei dir ist es das Gegenteil, sein Tod hat dich noch mehr im Schattenland gefangen genommen."
„Hm."
Sie schrecken beide auf, als Nik Kershaw *Wouldn't it be good* zum Besten gibt. „Sorry, darf ich?"
„Klar." Florian lehnt sich zurück und beobachtet Holly gespannt.
„Hallo."
„Nein, ich bin nicht zuhause."
„Ähm, in zwanzig Minuten?"
„Pizza? Schon wieder?"
„Okay, ja, Hawaii."
„Bis gleich." Holly beendet den Anruf und grinst Florian an.
„Cedric?"
„Ja, ich muss gehen."

„Wir haben doch gerade erst angefangen."
Holly springt auf. „Sorry, ich muss, es ist wichtig."
„Soll ich dich fahren?"
„Nein, ich bin mit dem Fahrrad hier."
„Willst du diese Woche noch mal kommen?"
„Hast du noch einen Termin frei?"
„Am Donnerstag um 16 Uhr."
„Okay, bis dann." Holly lächelt und eilt aus der Praxis. Aufgeregt klettert sie auf das Mountainbike, welches ihr eigentlich viel zu groß ist, aber einmal im Sattel macht es ihr keine Probleme mehr. Hat Cedric was gefunden? Wird sich ihr Leben heute für immer ändern? Wird sie frei werden? Schwer atmend und mit brennender Lunge erreicht Holly ihr Haus. Cedric ist noch nicht eingetroffen, sie hat Zeit, sich umzuziehen und – sie will es wissen – die Kerzen anzuzünden. Wird er sie wieder auspusten? Gerade als sie das Streichholz ablegt, klingelt es an der Tür. Holly streicht sich durch die Haare, die in alle Richtungen stehen, zupft ein letztes Mal an ihrem Pullover und öffnet die Tür. Cedric streckt ihr die beiden Pizzakartons entgegen und tritt ein. Sie setzen sich.
„Und?" Holly zerreißt es fast vor Spannung.
„Ich habe nichts gefunden", sagt er beiläufig und pustet die Kerzen aus.
Enttäuscht lässt sie ihren Kopf hängen.
„Gibt es irgendeinen Raum, den ich übersehen habe?"
Ihr wird kalt, Schweiß bildet sich auf Hollys Stirn. Cedric betrachtet sie aufmerksam.
„Ich habe es ganz vergessen", flüstert sie.

„Was?"
Hollys Mund wird trocken, ihr wird übel, schnell beißt sie ein Stück der fettigen, aber leckeren Pizza ab und hofft, dass die Übelkeit damit verschwindet.
„Was hast du vergessen?"
„Das Gefängnis", sagt sie traurig und möchte sich am liebsten in Luft auflösen.
„Das Gefängnis?" Cedric atmet laut ein und befürchtet zu wissen, wessen Gefängnis sie vergessen hat.
„Im Wohnzimmer unter dem Teppich gibt es einen unauffälligen Eingang, eine Bodenluke."
„Mir ist nichts aufgefallen."
„Vielleicht ist dort was versteckt."
„Ich fahre noch mal hin." Cedric blickt hoch. „Kommst du mit?"
Mit großen Augen starrt sie ihn an. „Ich, ähm ..." Sie hätte Lust, mit ihm zu fahren, hat aber kein Verlangen, das Haus zu betreten.
Als ob er ihre Gedanken lesen könnte, erwidert er: „Du kannst im Wagen warten."
Holly denkt kurz nach. „Ja, ich komme mit." Sie muss sich ihrer Vergangenheit stellen, kann nicht vor allem davonlaufen und die Augen verschließen, es ist Zeit, erwachsen zu werden, Holly Wouters. Ganz gentlemanlike hält Cedric ihr die Beifahrertür auf, Holly setzt sich in den dunkelblauen Cupra. Holly hat nie etwas von dieser Marke gehört. Das Auto muss neu sein, es hat den typischen Geruch, den nur ein Neuwagen hat. Sie schaut sich um, es ist erstaunlich sauber. Anhand dessen, wie sein Büro aussah, hätte sie gedacht, dass in seinem Wagen dasselbe Chaos herrscht. Er setzt

sich zu ihr und startet den Motor. „Auf gehts“, sagt er gut gelaunt. Vor dem Haus angekommen, ist es Holly mulmig zumute. Erinnerungen tanzen vor ihrem inneren Auge und sie fragt sich, warum es keinen Knopf gibt, den sie drücken kann, um die Erinnerungen aufzuhalten, abzustellen oder zu löschen?

„Wartest du?”

„Nein”, sagt sie überzeugt und steigt aus. Er grinst schief, geht zur Haustür und schließt auf. Hollys Beine sind schwach, ihre Unterlippe zittert. Cedric schaut sie an. „Bist du okay?”

„Hm.”

„Es droht dir keine Gefahr hier drinnen.” Seine Augen blicken tief in ihr Inneres, dann macht er etwas, was sie völlig aus der Bahn wirft, Cedric nimmt sie in seine Arme. „Keiner wird dir jemals wieder wehtun.” Hollys Hals schnürt sich zu, sie wehrt sich verzweifelt gegen die aufkommenden Tränen, verliert den Kampf aber und weint hemmungslos an seiner Schulter. Cedric hält sie fest, ohne ein weiteres Wort zu sagen. Nach einer Weile lässt er sie los, legt beide Händen auf ihre Schultern und schaut sie an. „Bereit?”

„Ja.”

Gemeinsam betreten sie das Haus, er zeigt auf den Wohnzimmertisch.

„Hier drunter?”

Holly nickt, sie muss sich setzen, ihre Beine wollen sie nicht mehr tragen. Cedric schiebt den Tisch weg, dann hebt er den Teppich hoch, darunter kommt die unauffällige Falltür zum Vorschein. Mit einem heftigen Ruck zieht er sie auf und verschwindet im *Gefängnis*.

„Kein Licht?", ruft er.

„Moment." Holly betätigt einen Lichtschalter im Wohnzimmer.

„Danke." Cedric schaut sich um, er hat schon vieles gesehen, aber das hier raubt ihm den Atem. Ein winziger Raum, zwei auf zwei Meter, schätzt er, der Boden und die Wände kahl und kalt. In der Ecke stehen einige gestapelte Kisten. Doch was ihm den Magen zuschnürt, sind die Kratzspuren an den Wänden. Er nähert sich, fühlt die Spuren der Verzweiflung, der Angst. Holly wurde hier eingesperrt. Er schließt die Augen, versucht die Bilder, die sich ihm aufdrängen, wegzuscheuchen. Zwischen den Kratzspuren findet er Zeichnungen, die in die Wand eingeritzt wurden. Zeichnungen von Tintenfischen und ein Satz, der ihn zutiefst erschüttert. "Holly war böse", steht dort in kindlicher Schrift geschrieben. Eingeritzt mit ihren blanken Fingernägeln. Vielleicht auch mit einem Metallstück, er hofft es. Cedric widmet sich den Kisten, er reißt die erste auf. Papiere, Unterlagen, nichts, was ihn interessieren könnte, dann reißt er die Zweite auf, Bücher. Er nimmt eines hinaus: Tagebücher. „Das ist es", murmelt er begeistert, schnappt sich den Karton und schiebt ihn hinauf ins Wohnzimmer.

Holly beobachtet ihn. „Was ist das?"

„Die Tagebücher deiner Mutter."

„Ich will sie nicht lesen."

„Du brauchst sie auch nicht zu lesen, das mache ich."

„Gut." Holly fällt fast vom Stuhl, als ihr Handy klingelt. Es ist Florian. „Hallo?"

„Hallo Holly, ich, ähm, wollte nur fragen, ob es dir gut geht."

„Ja, es geht mir gut."

„Bist du zuhause?"
„Nein."
„Wo bist du?"
Allmählich nervt er sie. „Unterwegs."
„Alleine?"
„Nein."
„Alles in Ordnung?"
„Florian, ich bin wirklich dankbar, dass du dir Sorgen um mich machst, aber ich bin eine erwachsene Frau." Es fühlt sich gut an, das zu sagen.
Cedric beobachtet sie verstohlen.
„Ja, ja klar, ich wollte nur. Ach nichts, dann viel Spaß." Er beendet den Anruf. Holly betrachtet das Handy, war sie jetzt gemein zu ihm? Schließlich hat er sich die letzten fünf, bald sechs Jahre um sie gekümmert.
„Ärger mit dem Freund?" Cedric steht mit der Kiste in seinen Armen vor ihr. „Nein, mein Psychiater."
Er hebt die Augenbrauen. „Dein Psychiater?"
„Ja, wir haben, hm, wir haben ein spezielles Verhältnis."
„Scheint so."
„Die Tagebücher deiner Mutter." Cedric kann es kaum abwarten, darin zu stöbern.
Holly erstarrt. Sie ist sich nicht sicher, ob das gut oder schlecht ist.
„Sind die Tagebücher von jetzt oder von früher?"
Cedric stellt die Kiste ab, nimmt eines der Tagebücher in die Hand und blättert darin. „Dieses hier ist aus dem Jahr 2000."
„Hm."

„Wann bist du geboren?"

„2002."

Er legt das Tagebuch zurück in die Kiste und nimmt ein anderes zur Hand. „Dieses ist aus 2001." Er verzieht den Mund. „Hier müssten wir Antworten finden."

„Ich will nicht wissen, was drin steht."

„Okay, ich werde dir nur mitteilen, falls ich den Namen deines Vaters finden sollte."

„Gut." Holly blickt in dem Haus umher. „Gehen wir?"

„Ja klar, ich fahre dich nach Hause."

Holly ist dankbar, dass sie das Haus wieder verlassen kann. Es hat sich nichts geändert, noch immer hat sie das Gefühl, dass dieses Haus Mittäter ist, sie auslacht, stumm zugeschaut hat.

Cedric lädt Holly zuhause ab und fährt zu sich, in sein bescheidenes Apartment. Er nimmt eine Flasche Bier aus dem Kühlschrank, das Tagebuch aus 2001 in die Hand und legt sich aufs Sofa. Gespannt beginnt er zu lesen. Die ersten Seiten sind belanglos, Beate schreibt über ihre Freundin Luisa, wie wichtig sie für sie ist und was sie tolles erleben. Sie schreibt über ihre Probleme an der Uni und dass sie ihren Lehrer hasst. Gelangweilt liest Cedric Seite um Seite, bis er glaubt, auf etwas Interessantes gestoßen zu sein.

TAGEBUCH von Beate Degenhardt 2001/2002

22. Juli 2001

Liebes Tagebuch, Luisa hat mich zu einer Party eingeladen! Das wird toll! Eine Party ihres Bruders Markus. Markus ist Anwalt und schon über 30 Jahre alt.

Das bedeutet, es kommen Anwälte zur Party. Das wird heiß, ich spüre es.

24. Juli 2001

Hallo Tagebuch, ich bin soeben nach Hause gekommen, kann sein, dass ich ein bisschen beschwipst bin. Die Party war der Hammer und ich glaube, ich habe mich verliebt. Ein Bild von einem Mann, Rechtsanwalt, 36 Jahre alt, er heißt ----------. Was ich nicht wusste, ist, dass Dirk Wouters auch da war, der nervt. Er kapiert einfach nicht, dass ich nichts von ihm will. Den ganzen Abend war er hinter mir her. Dabei hatte ich nur Augen für ----------. Er war soooo süß und … wir haben geknutscht. Ich habe noch nie mit einem 15 Jahre älteren Mann rumgemacht. Er kommt morgen zu mir, nach der Arbeit. Zum Glück lebe ich alleine. Ich bin so aufgeregt.

26. Juli 2001

Ich bin am Ende. Was ist nur passiert? Ich habe den ganzen Tag nur geheult. ---------- kam gestern zu mir, wie abgesprochen. Zu Beginn war alles schön, wir haben uns unterhalten und gelacht. Seine Augen haben mich fasziniert, tiefblau, sensibel, traurig und doch irgendwie beängstigend und kalt. Kurz vor Mitternacht setzten wir uns aufs Sofa und knutschten. Er wurde immer wilder, forscher. Ich wollte es nicht, verdammt noch mal. Er ignorierte mich. Ich sagte ihm, ich will, dass er nach Hause geht, da packte er mich und schleuderte mich zu Boden. Da wurde mir klar, dass ich in Gefahr war. Ich schrie, doch er packte mich und hielt mir ein Messer an die Kehle. Ich weiß nicht, wo er das her hatte. Er drohte mir, dass, wenn ich jemandem etwas erzähle, ich tot sei. Ich glaubte ihm, seine Augen sprachen Bände.

Liebes Tagebuch, ich schreibe es nur dir, ich habe Angst, zur Polizei zu gehen. Er hat mich vergewaltigt, grob nahm er sich von mir, was er wollte. Als er fertig war, lächelte er und sah aus wie der Teufel höchstpersönlich. Er erinnerte mich daran, zu schweigen, er sagte, er sei einflussreich und er hätte kein Problem damit, mich aus dem Weg zu schaffen. Ich habe Schmerzen, mein Kopf und mein Unterleib tun furchtbar weh. Was, wenn ich schwanger bin? Ich sollte einen Test kaufen, aber ich habe Angst.

28. Juli 2001

Ich habe Angst. Gerade war ---------- hier und hat es wieder getan. Ich dumme Kuh öffnete die Tür, dachte, dass er sich entschuldigen möchte. Er tat es wieder, noch viel grober als das letzte Mal, er ist ein Tier. Als er endlich von mir abließ, flüsterte er in mein Ohr: „Du gehörst mir, für immer." Was soll ich nur tun? Ich habe Angst, fühle mich elend. Die letzten Tage verbrachte ich zuhause, ich getraue mich nicht mehr auf die Straße zu gehen. Ich bräuchte einen Arzt, aber was soll ich dem erzählen?

2. September 2001

Ich spiele mit dem Gedanken, mich von einer Brücke zu stürzen, dem Ganzen ein Ende zu bereiten. ---------- hat mich fast jeden Tag vergewaltigt. Ich musste ihn hereinlassen, er hat gedroht, dass er auch Luisa umbringen wird. Ich bin nur noch eine Hülle, er hat mich gebrochen, es ist nichts mehr von mir übrig. Ich fühle mich schmutzig und wertlos. Dirk hat fast jeden Tag angerufen, er war süß, wollte vorbeikommen, aber ich will nicht, dass er mich so sieht. Niemand soll mich so sehen.

13. September 2001

Ich bin schwanger. Lässt er mich jetzt endlich in Ruhe? Jeden Tag quält er mich bis aufs Blut, lässt seine kranken Fantasien an mir aus. Luisa macht sich Sorgen um mich, lange kann ich sie nicht mehr von mir fernhalten. Ich habe ---------- gesagt, dass ich abtreiben möchte, ich will kein Kind des Teufels. Er hat mich geschlagen und machte mir klar, dass er möchte, dass ich dieses Kind auf die Welt bringe. Er möchte, dass ich ihn nie vergesse und jeden Tag, wenn ich das Kind ansehe, an ihn denke. Was ist das für ein krankes Arschloch? Ich kann nicht mehr, ich will kein Kind und noch weniger seins. Ich will nicht mehr leben, aber ich habe Angst, dass er Luisa etwas antut. Er ist der Teufel, da bin ich mir sicher. Was soll ich Mutter sagen, wer der Vater ist? Sie wird enttäuscht sein von mir, mich hassen.

Scheiß Leben.

17. September 2001

---------- hat mich, seit er weiß, dass ich schwanger bin, in Ruhe gelassen. Dirk war heute hier, er macht sich Sorgen um mich. Ich habe ihm nicht erzählt, was passiert ist. Ich will das Kind nicht, das Kind des Teufels.

10. Oktober 2001

Ich bin mit Dirk zusammen und er glaubt, dass ich von ihm schwanger bin. Ich lasse ihn in dem Glauben. ---------- hat angerufen, um mich daran zu erinnern, dass ich das Kind auf keinen Fall abtreibe. Ich weiß nicht, wie es weitergehen soll, mein Leben ist für mich nicht mehr lebenswert.

Cedric legt das Tagebuch zur Seite und nippt an seinem Bier. Der Name des Täters wurde mit Kugelschreiber geschwärzt, jemand hat den Namen fein säuberlich durchgestrichen, und zwar so, dass man nur noch einen schwarzen Balken sieht. Wahrscheinlich Beate selbst. Sie wurde vergewaltigt und sah zu, wie ihre Tochter von ihrem Mann vergewaltigt und missbraucht wurde. Wie pervers ist das? Sie wollte das Kind nicht, das Kind des Teufels. Holly ist alles andere als ein Teufel, da ist er sich sicher. Er nimmt das Tagebuch wieder zur Hand und liest weiter. Die nächsten Monate wurden wenig dokumentiert, im letzten Beitrag im Dezember 2002 wird es nochmals interessant.

20. Dezember 2002

Gestern hatte ich Streit mit Dirk, er meinte, ich sei eine schlechte Mutter, behandle das Baby schlecht. Dann bin ich explodiert und habe ihm alles erzählt, er war schockiert. Ich weiß nicht, wie es jetzt weitergeht, er hat den ganzen Tag nicht mit mir gesprochen. Ich hasse das Kind, kann es nicht ansehen, es hat seine Augen, des Teufels Augen.

Hier endet das Tagebuch. So wie es scheint, hat ebenfalls Dirk einen tiefen Hass auf Holly entwickelt. Möglicherweise sogar den Wunsch, sie für das Verhalten ihres Vaters zu bestrafen. Kranke Welt. Dirk kann ihm nicht weiterhelfen, aber er wird Beate nochmals besuchen. Vielleicht rückt sie mit seinem Namen raus, jetzt, wo er die Geschichte kennt. Er verspürt Mitleid mit Holly, sie wusste, dass Dirk Wouters nicht ihr leiblicher Vater war, bestimmt hat sie die Hoffnung, dass ihr richtiger Vater ein lieber, fürsorglicher Mensch ist, der vielleicht gar nicht weiß, dass er eine Tochter hat. Stattdessen ist ihr leiblicher Vater ein Monster, hat ihre Mutter vergewaltigt und bedroht. Cedric blickt auf die Uhr, es ist zwei Uhr morgens. Er ist müde, aber ihm ist bewusst, dass er höchstens zwei Stunden schlafen wird. Wie immer. Er könnte die Tabletten nehmen, aber dann ist er am nächsten Tag schlecht gelaunt und zu nichts zu gebrauchen. Tiefe Traurigkeit hüllt ihn plötzlich ein, Erinnerungen an die Nacht, die sein Leben für immer veränderte. Es war seine Schuld und nur er weiß es. Die Schuld wiegt schwer auf seinen Schultern. Er schließt die Augen, versucht verzweifelt, an etwas anderes zu denken.
„Scheiße!", flucht er, steht auf und geht zum Kühlschrank. Es gibt nur einen Weg, wie er seinen Gedanken entkommen kann: Alkohol. Cedric hat alles probiert, Therapie, Tabletten, sogar Yoga. Er trinkt

den Wodka direkt aus der Flasche, schon bald verfliegen die dunklen Gedanken, sein Kopf wird leicht, bis er gar nichts mehr denken kann und auf dem Sofa einschläft.

Kapitel 17

Holly ist seit fünf Uhr morgens auf den Beinen, sie hat gerade mal vier Stunden geschlafen, ihr Vater lässt sie nicht ruhen. Kein einziger Tag, an dem er sie nicht quält oder einen der anderen an sie ranlässt. Holly weiß nicht, wie lange sie das aushalten kann. Sie muss mit Florian sprechen, aber was kann er schon tun? Ja, es stimmt, er hat ihr in den letzten fünf Jahren Halt gegeben und den Willen zu leben und zu kämpfen reaktiviert, aber ihr Leben ist nicht leichter geworden, im Gegenteil, es scheint immer komplizierter zu werden. Gegen Mittag wird sie langsam unruhig und fragt sich, warum Cedric nicht anruft. War nichts Aufschlussreiches in den Tagebüchern zu finden? Holly sitzt auf dem Sofa und starrt ihr Handy an. Bis sie das Warten nicht mehr aushält und Cedric anruft. Nach einer gefühlten Ewigkeit hebt endlich jemand ab.

„Hm”, brummt er in sein Handy.

„Ähm, Cedric?”

„Ja, hallo.”

Holly ist verwirrt, er klingt seltsam verschlafen. „Hab ich dich geweckt?”

„Nein, schön wärs."

Was meint er damit? „Geht es dir gut?"

„Vielleicht."

Holly kraust die Stirn, sie erinnert sich an ihr erstes Telefonat mit ihm, damals hat er sich genauso angehört. „Hast du die Tagebücher gelesen?"

„Ja."

Allmählich verliert sie ihre Geduld. „Und? Stand was Interessantes drin?"

„Hm, ja."

„Was?" Sie würde ihn am liebsten würgen.

„Du wolltest nicht wissen, was drin steht."

„Stand kein Name drin?"

„Doch."

„Welcher?" Holly platzt fast vor Aufregung.

„Er ist durchgestrichen."

„Was?"

„Der Name deines richtigen Vaters ist durchgestrichen."

„Wer, wer hat das getan?"

„Wahrscheinlich deine Mutter."

„Und jetzt?"

„Hör mal, Holly, ich brauche noch ein paar Stunden, ich komme später zu dir, wenn das okay ist."

„Ja klar, aber keine Pizza."

„Chinesisch?"

„Okay, Hühnchen süßsauer bitte."

„Bis dann."

Cedric beendet den Anruf, Holly bleibt mit tausend unbeantworteten Fragen zurück. Was ist los mit Cedric? Wer hat den Namen ihres Vaters im Tagebuch ihrer Mutter durchgestrichen und weshalb? Was stand im Tagebuch? Ihre Neugierde ist größer als die Angst davor, was das Tagebuch ans Licht bringen könnte.

Gegen Abend deckt Holly den Tisch und zündet die Kerzen an. Cedric hat nicht gesagt, um welche Zeit er kommt, also setzt sie sich aufs Sofa und wartet gelangweilt. Endlich klingelt es, Holly springt auf und öffnet. Sie weicht einen Schritt zurück, Cedric sieht schlimm aus, müde, zerzaust und unrasiert.
„Ähm, komm rein."
Stumm betritt er das Haus, stellt das Essen auf dem Tisch ab, pustet die Kerzen aus und setzt sich. Holly beobachtet ihn. Sie wird ihn nicht fragen, was los ist, er wird schon alleine mit der Sprache rausrücken, wenn der Moment gekommen ist. Mit fahrigen Bewegungen kippt er den Reis und das Hühnchen auf seinen Teller. Ohne ein einziges Mal aufzusehen, isst er. Holly lässt ihn nicht aus den Augen, sie versucht herauszufinden, was mit ihm los ist. Endlich schaut er auf und blickt sie an. Sein Blick durchbohrt sie, seine Augen sprechen direkt zu ihrem Herzen. Sie fühlt die Traurigkeit, spürt seine Verzweiflung und die Schuld. Holly versteht diese Sprache besser als jeder andere. Cedric schluckt. „Wenigstens habe ich geduscht", sagt er leise und schiebt Reis auf seine Gabel. Holly hebt die Augenbrauen, nett von ihm. Anerkennend nickt sie ihm zu, aber irgendetwas erschüttert ihn und sie würde gerne wissen, was. Nach weiteren stummen Minuten legt er das Besteck

ab, räuspert sich und blickt Holly an. „Was willst du wissen?"
„Was steht im Tagebuch meiner Mutter?"
Cedric knabbert an seiner Unterlippe und lässt Holly nicht aus den Augen. „Vielleicht sollte dein Psychiater dabei sein."
„Was? Warum?"
„Weil es ziemlich ..." Er atmet tief ein. „... hart für dich ist, Holly."
Holly überlegt, was so schlimm sein könnte. „Erzähl, ich bin bereit."
Cedric wischt sich über die Stirn, er windet sich, es fällt ihm schwer, Holly zu erzählen, was im Tagebuch stand.
„Dirk Wouters ist nicht dein Vater."
„Ja, davon ging ich aus." Sie blinzelt ihn an.
„Dein Vater." Cedric wendet den Blick ab. „Dein leiblicher Vater, er ... er hat deine Mutter vergewaltigt."
Holly schaut Cedric starr an. Sie hat sich so viele Möglichkeiten ausgedacht, wer und wie ihr Vater sein könnte, aber diese war keine davon. „Er hat sie vergewaltigt?"
Cedric nickt, er blinzelt dreimal schnell und heftig.
„War es ein Überfall? Hat er sie auf der Straße überfallen?"
„Nein, Holly, er hat sie bei sich zuhause vergewaltigt, wieder und wieder, er hat ihr gedroht, sie umzubringen, wenn sie es jemandem erzählt."
Holly versucht das, was sie hört zu verarbeiten, in irgendeine Schublade in ihrem Kopf zu packen.
„Sie hat gesagt, er sei der Teufel."
Holly senkt den Blick, deshalb ist sie die Tochter des Teufels.
Holly kratzt sich mit der linken Hand die rechte Handfläche, das macht sie immer, wenn sie gestresst ist, sich in die Enge getrieben

fühlt und nicht mehr weiter weiß. Die Brust wird eng, die Luft knapp, ihr Herz rast.

„Bist du okay, Holly?" Cedric steht auf und geht zu ihr hin.

„Ich ... ich muss mich ... ich will mich aufs Sofa setzen."

Er hilft ihr auf die Beine und stützt sie bis zum Sofa.

„Wer war er?"

„Sie hat ihn auf einer Feier des Bruders ihrer besten Freundin kennengelernt, ein Rechtsanwalt."

Holly kämpft mit den Tränen. Die Enttäuschung ist groß, sie träumte davon, wie ihr Vater sein könnte. Ein Mann, der nicht wusste, dass er eine Tochter hat. In ihrer Vorstellung hat ihre Mutter ihrem leiblichen Vater verschwiegen, dass sie schwanger war. Sie würde ihn finden und er würde sie in die Arme nehmen. Die verlorene Tochter, die nach knapp zwanzig Jahren nach Hause kommt. Verstohlen wischt sie sich eine Träne weg. Es ist also wahr, sie ist die Tochter des Teufels. Jetzt bleibt nur noch eine Frage offen: Wer ist der Teufel?

„Es tut mir leid, Holly."

„Es ist nicht deine Schuld."

„Ich weiß. Ich hoffte so sehr, dass er ein liebevoller Mann ist. Dass ich doch noch erfahren kann, wie es ist, einen Vater zu haben, der mich liebt." Sie kann die Tränen nicht mehr zurückhalten. „Ich hätte es wissen müssen."

„Willst du immer noch wissen, wer er ist?"

Sie denkt nach. „Ja, ich will wissen, wer mein Vater ist."

„Ich werde mich nochmals mit deiner Mutter unterhalten, vielleicht sagt sie mir jetzt, wer er ist. Wenn ich ihr sage, dass wir ihre

Tagebücher gefunden haben."
„Warum hat sie mich nicht ..." Holly schnieft. „... weggemacht?"
Cedrics Magen krampft sich zusammen. „Er ließ es nicht zu."
Sie kneift die Augen zusammen. „Er wollte, dass ich lebe?"
Cedric senkt seinen Blick. „Er wollte sie quälen, Holly, er wollte, dass sie sich jedes Mal, wenn sie dich ansieht, an ihn erinnert."
Ihre Unterlippe zittert unkontrolliert. „Deshalb hat sie mich nie angesehen."
„Sie hat dich nie angesehen?"
„Nein, nie."
Cedric beginnt langsam zu verstehen, wie kaputt Hollys Seele ist.
„Hast du Geschwister, Holly?"
„Nein."
Vorsichtig legt er seine Hand auf ihr Bein, eine freundschaftliche Geste, die Holly auch als solche aufnimmt. „Es ist vorbei, Holly." Cedric lächelt sie aufmunternd an. „Was sie dir angetan haben, es ist vorbei, schau nach vorne, deine Zukunft ist offen, du hast sie in der Hand."
„Wenn es so einfach wäre."
Ihm ist klar, wie schwer das ist, er schafft es ja auch nicht. „Du bist eine unglaublich starke Frau, du kannst es schaffen."
Holly schaut ihn erstaunt an. „Ich bin nicht stark."
„Oh doch, das bist du. Du kämpfst jeden Tag für dich und dein Leben und du bist noch am Leben, das ist wahre Stärke. Du hast Hoffnung und ein großes Herz." Er lächelt sie an. „Du hast ein reines Herz. Trotz allem lässt du Menschen an dich heran, vertraust ihnen und öffnest dich. Das ist wunderbar, bitte verlier das nie, aber

pass auf dich auf. Es gibt Menschen da draußen, die wollen nicht immer das Beste – wie du selber weißt. Ich bewundere dich für deine Stärke." Er hält inne. „Ich wünschte, ich wäre wie du."

Holly reißt die Augen auf, blickt ihn an, kann nicht glauben, was er gerade gesagt hat. „Du, warum du? Du bist ein gestandener Mann."

„Du siehst nur das, was du sehen willst."

„Und was will ich sehen?"

„Jemanden, der dir hilft, aus der Finsternis zu entkommen, einen Prinzen."

Holly kann ihm nicht widersprechen.

Cedric schüttelt den Kopf, Holly glaubt, Tränen in seinen Augen zu sehen. „Ich brauche selbst jemanden, der mich da rausholt."

„Wo rausholt?"

„Aus der Dunkelheit, aus diesem schwarzen Loch, das alles verschlingt und nichts mehr übrig lässt."

Holly ist überfordert und weiß nicht, wie sie mit dieser Situation umgehen soll. Gedankenverloren nippt sie an ihrer Cola.

„Habe ich dich heute geweckt?" Sie muss mehr über ihn erfahren, um ihn besser zu verstehen.

„Nein."

„Was war los?"

„Ich habe zu viel getrunken."

„Bist du Alkoholiker?

„Ich würde gerne Nein sagen."

„Was ist es, was du vergessen willst und dich nachts nicht schlafen lässt?"

Er schaut sie überrascht an. „Woher weißt du das?"

„Dass du nicht schlafen kannst?"
„Ja."
„Ein Blick genügt." Sie lachen und die schwere Stimmung löst sich ein bisschen. Schweigend sitzen sie auf dem Sofa und starren auf den Fernseher, der ausgeschaltet ist.
„Holly, ich habe die Akten deines Falls gelesen." Cedric dreht sich zu Holly. „Hast du jemals jemandem erzählt, was genau passiert ist?"
Holly schaut weg, versucht, seinen Augen zu entfliehen. „Nein", antwortet sie schließlich.
„Es kann sehr befreiend sein, mit jemandem darüber zu reden."
Jetzt dreht sie sich zu ihm, schaut ihm tief in die Augen. „Hat es dich frei gemacht?"
Cedric räuspert sich, lehnt sich zurück. „Nein."
Wieder schweigen sie. „Haben sie dich in diesem kleinen Raum unter dem Wohnzimmer eingesperrt?" Cedric blinzelt dreimal, schnell und stark. *Ein Tick*, denkt Holly. „Ja, haben sie."
„Wie lange?"
„Manchmal tagelang." Holly schaut verloren zum Fenster „Nackt, ohne Essen und Trinken."
Cedric schließt die Augen, er würde gerne seinen Arm um Hollys Schultern legen, aber er zögert. Hollys Herz rast, wie immer, wenn sie über die Vergangenheit spricht, Cedric verwirrt sie. Sie fühlt sich zu ihm hingezogen, er vermittelt ihr Sicherheit und Vertrauen. Dieses Gefühl hatte sie bisher nur bei Florian und selbst Florian hat sie noch nie von dem kleinen Raum unter dem Wohnzimmer erzählt. Cedric scheint Zugang zu ihr zu haben, etwas verbindet sie.

Er ist nicht wie Florian, der sie aus beruflichen Gründen versteht, Cedric versteht sie, weil er da war, in der Dunkelheit, am Abgrund.
„Was hat es mit dem Tintenfisch auf sich?”
Holly lächelt. „Tintenfische sind meine Lieblingstiere."
„Echt?” Cedric grinst, Holly staunt jedes Mal, wie sehr sich sein Gesicht verändert, wenn er lacht, es ist, als ob die Sonne aufginge.
„Ja.”
„Sehr speziell.”
„Hast du gewusst, dass Tintenfische hochintelligent sind?”
„Mhm, schon mal gehört.”
„Sie können ihre acht Arme unabhängig voneinander bewegen.” Holly strahlt, die Schwere, die auf ihrer Brust lag, verschwindet langsam.
„Das wäre gar nicht schlecht.”
„Stell dir vor, was man damit alles tun könnte.” Jetzt ist Holly in ihrem Element. Cedric denkt nach. „Ich könnte Autofahren, E-Mails schreiben, telefonieren, mich an der Stirn kratzen, Kaffeetrinken, mich rasieren und ein Buch lesen.”
„Nein, das könntest du nicht.”
„Warum nicht?” Cedric scheint beleidigt.
„Weil du Auto fährst."
Gelächter füllt den Raum und noch nie war Lachen so befreiend. Sie hat das Bedürfnis, Cedric zu berühren. Nur eine kurze Berührung, um zu spüren, wie es sich anfühlt. Sie schauen sich an, während sie lachen und es geschieht etwas: Ihre Herzen öffnen sich – wie zwei Magnete ziehen sie sich gegenseitig an. Das Gelächter verstummt allmählich.

„Findest du wirklich, dass ich stark bin?"
„Unheimlich stark, Holly, ich bewundere dich."
Holly nimmt einen tiefen Atemzug, sie hat sich selbst immer als schwach angesehen. Als Opfer, welches alleine nicht zurechtkommt. Cedrics Worte öffnen ganz neue Türen. Sie betrachtet seine Hände, kein Ehering. „Bist du verheiratet?"
Cedric scheint überrascht über die Frage. „Ich, ähm, ich bin geschieden."
„Oh." Was wohl passiert ist? „Warum?"
„Warum ich geschieden bin?"
„Ja."
Cedric windet sich. „Das ist eine lange Geschichte, aber es war wohl meine Schuld."
„Wegen des Alkohols?"
„Unter anderem."
„Warum bist du nicht mehr Polizist?"
Cedric wischt sich über die Stirn. „Aus demselben Grund, warum ich nicht mehr verheiratet bin."
Was auch immer ihm zugestoßen ist oder was man ihm angetan hat, es hat sein ganzes Leben zerstört.
„Ich dachte, es wird besser mit den Jahren." Holly blinzelt ihn an.
„Was meinst du? Ich weiß nicht, was dir zugestoßen ist, aber du scheinst noch immer damit zu kämpfen."
Cedric schluckt. „Es frisst mich auf", sagt er leise.
„Ist es schon lange her?"
„Ich war neun Jahre alt."
„Hast du je darüber gesprochen?"

„Hm."
„Ist das ein Ja?"
„Ja, aber um ehrlich zu sein, gibt es etwas, was ich noch niemandem erzählt habe."
Holly schaut ihn erwartungsvoll an.
„Und ich werde es auch niemandem erzählen."
Es macht Holly Angst, so zu enden wie er. Florian hat ihr immer gesagt, dass sie lernen wird, damit zu leben, aber was, wenn nicht? Wenn die Dunkelheit für immer bleibt? Die Albträume? Die kurzen Nächte?
„Falls du irgendwann das Bedürfnis hast, darüber zu reden, dann höre ich dir gerne zu."
„Danke Holly, dasselbe sage ich zu dir." Cedric legt seine Hand auf ihr Bein, Holly legt ihre Hand darüber. Sie lächelt, es fühlt sich wunderbar an, ihn zu spüren. Ihr Herz schlägt schnell. Cedric wirft einen Blick auf die Wanduhr. „Ich sollte gehen, du möchtest bestimmt schlafen."
„Nein, ich kann nicht schlafen."
„Du kannst auch nicht schlafen?"
„Ich kann schon schlafen, aber ich habe Albträume und wache nach wenigen Stunden wieder auf."
„Nimmst du Schlafmittel?"
„Darf ich nicht."
Cedric schaut sie prüfend an. „Bist du allergisch?"
„Nein." Holly wird nervös. „Ich, ich träume von meinem Vater, er hat es mir verboten."
Cedrics linke Augenbraue schießt in die Höhe, er blinzelt schnell.

„Dein Vater im Traum, hat er es dir verboten?"
Sie nickt und weiß genau, wie dumm es sich anhört. Plötzlich wird sein Blick weich. „Holly, es ist nur ein Traum, auch wenn er unglaublich realistisch ist, es ist nur ein Traum."
„Ich glaube nicht."
„Natürlich ist es nur ein Traum, schlag ihm die Fresse ein."
Holly grinst. „Er ist nicht alleine."
„Da sind noch andere ... Männer?"
„Ja und eine Frau."
„Was tun sie?"
Holly schämt sich so sehr. „Sie tun mir weh, quälen mich."
„Sind das reale Personen aus deinem Leben?"
„Ja."
Wieder ist er erschüttert über das, was er glaubt, dass Holly angetan wurde. Er kniet sich vor sie hin und hält sie mit beiden Händen an den Schultern fest. Holly erstarrt. „Hör zu, Holly, diese Leute haben kein Anrecht auf dich, verstehst du? Sie sind nicht echt, es ist vorbei." Er blickt ihr tief in die Augen. „Schick sie zum Teufel."
Holly denkt an ihren Vater, den Teufel. „Ich bin alleine." Tränen rutschen über ihre Wangen.
„Nein, Holly, du bist nicht alleine, du hast deinen Psychiater, du hast mich und du hast deine Tintenfische." Er lächelt. „Hör zu, Holly, alles, was in deinen Träumen passiert, kommt aus dir. Du setzt die Spielregeln fest. Lass es nicht zu, dass dein Vater dir das antut."
„Ich weiß nicht, wie ich dagegen angehen kann."
Cedric lehnt sich vor und umarmt sie, Holly schluchzt an seiner

Schulter. „Ich werde mir was ausdenken", flüstert er ihr ins Ohr. Nach einer Weile lösen sie sich aus der innigen Umarmung.
„Ich gehe und hoffe, dass ich schlafen kann."
„Wovon träumst du?"
„Ich komme nicht dazu zu träumen, ich wache in den ersten zwei Sekunden meines Traums auf."
„Und dann kannst du nicht mehr schlafen."
„Richtig."
„Ich kann nach dem Traum auch nicht mehr schlafen, aber immerhin komme ich doch auf ein paar Stunden Schlaf, wenn auch nicht genug."
„Ich besuche morgen deine Mutter, soll ich am Abend wieder vorbeikommen?"
„Ja gerne."
„Mit Essen?"
„Ja."
„Mal sehen, was ich finde." Sie lachen. Er küsst Holly zum Abschied auf die Wange. Sie ist glücklich. Lächelnd sitzt sie auf dem Sofa. Was geschieht mit ihr? In ihrem Bauch kribbelt es und sie fühlt sich frei und leicht. Hat sie sich verliebt? Holly kichert albern. Nichts überstürzen. Einen Schritt nach dem anderen. Solange sie die Augen offen halten kann, vermeidet sie es, in den Schlaf zu fallen und erst als sie nicht mehr kann, schlurft sie ins Bad, wäscht sich und zieht sich ihren Pyjama über. Es dauert nicht lange und sie schläft ein.
„Helena, wer ist dieser Mann?"
Holly schaut sich um. „Ein Freund", antwortet sie, ohne zu ihrem

Vater hochzusehen. „Ein Freund?”, donnert seine Stimme durch den höhlenähnlichen Raum. Holly hebt ihren Blick. „DU bist nur ein Traum”, sagt sie zögerlich.

„Selbst, wenn das so ist, kleine Helena, so habe ich die Kontrolle über deinen Traum.”

Holly schließt die Augen. „Der Traum gehört mir, ich will, dass du gehst.”

Das Gesicht ihres Vaters läuft rot an, die anderen blicken Holly entsetzt an.

„Bruno, los, zeig ihr, dass sie keine Kontrolle über ihren Traum hat.”

Nein, nicht Bruno, denkt Holly. Sie schließt die Augen. „Es ist nur ein Traum.”

Als Bruno sie berührt, zuckt sie zusammen. „Es ist nur ein Traum.” Tränen strömen über ihr Gesicht.

„Lass uns ein bisschen Spaß haben.”

Kapitel 18

Beate sitzt bereits im Besucherraum. Als Cedric sie sieht, runzelt er die Stirn, nervös knabbert sie an ihren Fingernägeln, ihre Augen blicken unruhig im Raum umher.

„Frau Wouters. Hallo.” Cedric setzt sich und lächelt sie freundlich an.

„Vergessen Sie, was ich gesagt habe”, sagt sie leise.

„Was meinen Sie?"

„Dass Sie einen Hinweis finden, es gibt keinen Hinweis, nichts."
Cedric räuspert sich. „Ich habe den Hinweis bereits gefunden."
Beate starrt ihn mit offenem Mund an.
„Haben Sie den Namen durchgestrichen?"
Beate schaukelt vor und zurück, sie schwitzt und atmet schwer. Cedric beobachtet sie. „Was ist los, Frau Wouters?"
„Es gibt keinen Hinweis."
Cedric schaut sich um. „Hat er Kontakt zu Ihnen?"
„Gehen Sie und lassen Sie mich in Ruhe."
Er kann sich die Frage sparen, trotzdem wagt er es. „Wer war der Mann, der Sie vergewaltigt hat?"
Tränen strömen über ihr Gesicht. „Ich weiß nicht, wovon Sie sprechen." Hektisch wischt sie sich die Nase.
Cedric lehnt sich zu ihr vor. „Ich werde ihn finden, er wird dafür bezahlen, was er Ihnen angetan hat."
„Nein." Sie schüttelt den Kopf. „Er hat nichts getan, gehen Sie weg. Vergessen Sie alles, lassen Sie mich in Ruhe."
„Sie haben Angst vor ihm."
Beate hebt den Blick, schaut Cedric direkt in die Augen. Er weicht zurück, ihr Blick ist beunruhigend. „Er ist der Teufel, spielen Sie nicht mit ihm."
Sekundenlang schauen sie sich an, ihre Augen sind kalt und voller Angst.
„Ich habe keine Angst vor dem Teufel", erwidert Cedric flüsternd und steht auf. „Ich werde ihn finden, auch ohne Ihre Hilfe."
Beate zittert am ganzen Leib. Cedric nickt dem Wärter zu.
„Auf Wiedersehen, Frau Wouters."

Beate schaut ihm stumm nach.

Er setzt sich in seinen Wagen und denkt über das Gespräch nach. Die Frau hat Angst, richtige Angst. Hat der *Teufel* sie kontaktiert? Hat er ihr gedroht? Mit wem haben sie es zu tun? Wer ist der Teufel? Cedric ist todmüde, letzte Nacht hat er gerade mal zwei Stunden geschlafen. Er nimmt sein Handy und sendet Holly eine Nachricht.

Bist du zuhause?

Ja.

Ich komme.

Okay.

Cedric lächelt, er mag Holly. Sie ist anders, echt, ihr Lächeln macht ihn glücklich, ihre Stärke und ihr Wille zu leben, beeindrucken ihn, sie ist hübsch, herzlich und viel zu jung. Er wischt sich eine Haarsträhne aus der Stirn und fährt los. Zehn Minuten später fährt er bei Holly vor, wo er schon mit einem breiten, herzlichen Lächeln erwartet wird. Mühsam schält er sich aus dem Wagen.

„Hi."

„Hallo." Sie strahlt ihn an. „Komm rein." Holly will ihm Zeit lassen, doch ihre Neugierde hat keine Geduld. „Wie war das Treffen mit meiner Mutter?"

„Nicht sehr aufschlussreich." Cedric setzt sich und reibt sich seine müden Augen.

„Oh." Hollys Enttäuschung ist hör- und sichtbar.

„Sie hat Angst ... Todesangst."

Holly hält ihren Kopf schief. „Sie ist im Gefängnis."

„Ja, ich weiß. Ich habe keine Ahnung, mit wem wir es zu tun haben,

Holly, aber allmählich mache ich mir Sorgen."

„Warum?"

„Er scheint tatsächlich der Teufel zu sein."

Holly starrt ihn an. „Das glaubst du nicht wirklich, oder?"

„Natürlich nicht, aber es muss sich um einen sehr skrupellosen Menschen handeln, wir sollten vorsichtig sein. Wenn es so ist, dass er ihr gedroht hat, dann weiß er Bescheid, dass wir nach ihm suchen."

Holly denkt nach. „Woher sollte er es wissen?"

Darüber denkt Cedric lieber nicht nach, weil es bedeuten würde, dass jemand bei der Polizei ein Spitzel ist. Jemand, der den Teufel kennt.

„Ich habe keine Ahnung."

Holly wendet sich ab, verschwindet in der Küche und kommt mit frischem Toast, Butter und Nutella zurück. „Du siehst müde aus", bemerkt sie. „Bin ich auch."

Holly schiebt ihm einen Teller hin. „Iss." Sie grinst und beobachtet ihn, wie er konzentriert den Toast mit Nutella bestreicht.

„Was hält dich vom Schlafen ab?", fragt sie vorsichtig.

Cedric verspürt das Verlangen, ihr alles zu erzählen, doch es macht ihm Angst. Angst davor, dass sie ihn richtet, seine Handlung egoistisch findet und ihn dafür hasst. Er will nicht, dass Holly ihn hasst, er mag sie und es passiert selten genug, dass er eine Frau auf Anhieb mag.

„Bist du sicher, dass du es hören willst?"

Holly zuckt mit den Schultern. „Ja." Schlimmer als ihre Geschichte wird es wohl kaum sein.

Vor 22 Jahren

Was gibt es Schöneres als verschneite Weihnachten? Cedrics Nase klebt am Fenster, mit strahlendem Gesichtsausdruck beobachtet er die Schneeflocken, die langsam vom Himmel fallen und die Welt mit einer weißen Decke verzaubern. „Gehen wir raus spielen?", fragt sein älterer Bruder Georg. „Au ja." Begeistert zieht sich Cedric Stiefel und die warme Jacke über, dann verlässt er das Haus. Dieses kleine Holzhaus im Nirgendwo, das ihnen ein so schönes Zuhause bietet. Cedric ist ein glücklicher kleiner Junge, er wird von seinen Eltern geliebt und versteht sich blendend mit seinem Bruder. Ausgelassen werfen sie sich Schneebälle an den Kopf, legen sich in den Schnee und beobachten, wie die Schneeflocken sie bedecken.

„Jungs, es gibt Nachtisch" hören sie ihre Mutter rufen. Gut gelaunt kehren sie zurück ins Haus. Mutter backt den allerbesten Schokokuchen. Cedric ist sich sicher, dass es auf der ganzen Welt keinen besseren Kuchen als ihren gibt. Lachend sitzen sie am Tisch, erzählen Geschichten und kleine Anekdoten. Seine Mutter liebt es, aus der Vergangenheit zu erzählen, von ihrer Mama und wie es damals war. Nur einer ist heute unruhig: Peter, der Schäferhund der Familie Franke. Immer wieder bellt er ohne Grund, so scheint es zumindest. Sie schimpfen mit ihm, befehlen ihm, still zu sein. Peter ist ein guter Hund, ein Beschützer, aufmerksam und schlau. Es ist unüblich für ihn, grundlos herumzukläffen. Es ist jedoch unmöglich, dass er bereits wusste, was an diesem Weihnachtstag noch geschehen wird. Cedric hat ein ferngesteuertes Auto geschenkt

bekommen, ein Polizeiauto. Er ist stolz darauf, wenn er groß ist, will er Polizist werden, wie sein Papa. Es ist schon nach Mitternacht, als Mutter und Vater zu Bett gehen, ausnahmsweise lassen sie ihre Söhne noch aufbleiben.
„Vergesst nicht, die Kerzen auszupusten."
„Nein, keine Angst", ruft Cedric mit vollem Mund. Er hat sich über den Baumschmuck hergemacht und stopft sich eine Schokokugel nach der anderen in seinen Mund. Georg liegt auf dem Boden und liest in seinem Buch, welches er geschenkt bekommen hat: *Die unendliche Geschichte*. Peter schläft im Schlafzimmer der Eltern, langsam trottet er hinter ihnen her, dreht seinen Kopf noch einmal zu Cedric. Ein letztes Mal. „Peter benimmt sich heute seltsam", sagt er und blickt dem Hund nach. „Er wird alt" ist alles, was Georg darauf erwidert. Die Zeit vergeht, doch Cedric ist nicht müde. Georg hingegen kämpft damit, seine Augen offen zu halten.
„Ich geh ins Bett", verkündet er schließlich, klappt sein Buch zusammen und steht auf. „Gehst du auch?"
„Ich bleib noch ein bisschen." Cedric nutzt die Gunst der Stunde, um alleine aufzubleiben, das darf er sonst nie.
„Okay, gute Nacht, Kleiner."
„Gute Nacht."
Cedric befindet sich in seiner eigenen kleinen Welt, in der er ein wichtiger und geschätzter Polizist ist. Er rast mit seinem Wagen durch das Wohnzimmer, verhaftet Diebe und Räuber. Erst als er kaum noch aus den Augen sehen kann, entscheidet er sich, ins Bett zu gehen. Sein Zimmer befindet sich im oberen Stockwerk, neben dem Büro seines Vaters und dem Hobbyraum seiner Mutter. Erst

als er die Treppen hochgeht, bemerkt er, wie schwer seine Beine sind, die Müdigkeit hat seinen ganzen Körper erfasst, ohne seine Zähne zu putzen und sein Gesicht zu waschen, legt er sich ins Bett und schläft sofort ein. Erst als dicke Rauchschwaden sich durch den Türschlitz wie stumme Diebe in sein Zimmer schleichen, wacht er auf. Sofort ist er hellwach, starrt den Rauch an, versucht einen klaren Gedanken zu fassen.

„Mama!", ruft Cedric verzweifelt. Er lauscht, aber er kann nichts hören, nur ein bedrohliches Rauschen. „Papa?" Wieder lauscht er, Panik macht sich in ihm breit. „Georg?" Keine Antwort. „Peter?"

Seine Augen sind weit aufgerissen. „Bitte", wimmert er. Langsam geht er zur Tür, Cedric muss husten, der Rauch beißt und dringt tief in seine Lungen. Mit Schwung öffnet er die Tür, eine Flamme scheint ihn anzugreifen, Cedric fällt rücklings auf den Po. Es ist zu spät, hier kann er nicht raus. „Mama!", ruft er noch einmal, das Feuer bahnt sich seinen Weg in sein Zimmer. Der Boden, die Wände, alles ist aus Holz, in Sekunden stillt sich das Feuer seinen Hunger. Cedric sieht nur einen Ausweg, das Fenster. Hustend reißt er das Verlängerungskabel aus der Steckdose, wickelt es um den Heizkörper, dann öffnet er das Fenster. Sofort tanzen die Flammen, aggressiv, angriffslustig, sie scheinen wütend zu sein und bewegen sich unaufhörlich auf ihn zu. Cedric nimmt das Polizeiauto, welches er geschenkt bekommen hat und wirft es voraus in die stille Nacht. Dann seilt er sich ab, die letzten zwei Meter springt er in den weichen, kalten Neuschnee. Erst jetzt sieht er das gesamte Ausmaß der Katastrophe, das ganze Haus steht in Flammen. „Mama", flüstert er. Sie sind sicherlich in den Wald gelaufen, runter auf die

Hauptstraße, um Hilfe zu holen. Cedric rennt los, barfuß und im Pyjama. Er steht unter Schock und spürt die Kälte überhaupt nicht, nur die furchtbare Angst um seine Familie. Er läuft und läuft, seine Lunge brennt, sein Hals kratzt. Endlich erreicht er das Haus der Nachbarn, er klingelt Sturm. Die nette Frau Thoma schaut ihn überrascht an. „Cedric, was ist los?"

Cedric atmet schwer, sein rechter Arm hat schwere Brandverletzungen, er dreht sich um, zeigt in die Richtung seines Zuhauses. „Es brennt", stammelt er aufgeregt. Frau Thoma erhebt ihren Blick, erst jetzt bemerkt sie die Rauchwolken. „Oh Gott, komm herein, Junge." Cedric schafft es gerade noch, die Wohnung zu betreten, dann fällt er bewusstlos zusammen.

Erst Stunden später kommt er im Krankenhaus wieder zu sich. Vor ihm sitzt ein unbekannter Mann und Karl, sein Onkel. Er versucht zu lächeln, doch seine roten verheulten Augen sprechen eine eigene Sprache. Cedric blickt auf seinen Arm, er ist dick eingebunden in einen schneeweißen Verband.

„Wo sind Mama, Papa, Georg und Peter?", fragt er leise und fürchtet sich vor der Antwort. „Sind sie in den Wald gelaufen?"

Der unbekannte Mann legt seine Hand auf Cedrics Bein. „Cedric, mein Junge, du bist der Einzige, der überlebt hat."

Cedric starrt den Mann an, versucht zu verarbeiten, was er gerade gehört hat, aber es ist eine Tatsache, die viel zu schwer ist für einen neunjährigen Jungen. „Nein, das stimmt nicht."

Er sieht, wie Tränen über das Gesicht seines Onkels fließen.

„Sie leben noch, ich bin mir ganz sicher."

Ein weiterer Mann betritt das Zimmer, seinem weißen Kittel

zufolge, vermutet Cedric, dass er ein Arzt ist.
„Sie leben noch, richtig?" Er blickt den Arzt flehend an, Tränen strömen über sein Gesicht. Es ist Weihnachten, sie können ihn doch nicht einfach so zurücklassen an Weihnachten. „Haben Sie im Wald nachgesehen?" Er blickt zwischen den drei Männern hin und her, keiner wagt es, etwas zu sagen. „Bitte", wimmert er. „Sie sind nicht tot."
„Ich weiß, es ist schwer für dich, Cedric, aber mit der Zeit wird es besser werden."
Wer ist dieser Mann?, denkt Cedric wütend. „Was wollen sie von mir?", schreit er ihn an.
„Ich bin dein Psychiater und werde dir helfen, das was geschehen ist, zu verarbeiten."
„Es ist nichts passiert, Mama ist nicht tot." Wieder blickt er zwischen den Männern hin und her, er hofft auf ein Zeichen, ein Lächeln, darauf, dass sie sich geirrt haben. Aber sie haben sich nicht geirrt, Cedrics Mutter, sein Vater, Georg und Peter hatten keine Chance, den Flammen zu entkommen. Cedric hält sich mit beiden Händen die Ohren zu. Der Psychiater wirft dem Arzt einen Blick zu. Cedric schreit, er schreit sich seinen Schmerz und die Verzweiflung aus der Lunge. Den kleinen Piks in seinem Arm spürt er kaum. Nach wenigen Sekunden wird er von den Schmerzen befreit und darf in eine andere Welt eintauchen.

Holly wischt sich Tränen aus dem Gesicht. „Das tut mir leid", flüstert sie betroffen. Auch Cedric wischt sich eine Träne weg.

„Es wurde nie besser, nachts wenn ich meine Augen schließe, rieche ich das Feuer, ich höre meine Eltern schreien, Georg, wie er meinen Namen ruft und Peter, der hysterisch bellt."

„Darum kannst du nicht schlafen."

Er nickt. „Ich habe alles ausprobiert, Psychologen, Psychiater, Yoga, Therapien, Tabletten ...

„Nichts hat geholfen?"

„Nur Alkohol."

„Scheiße."

„Aber auch nur für kurze Zeit."

Holly betrachtet ihn, er sieht aus wie ein Mann nach einer verlorenen Schlacht. Besiegt und am Ende.

„Danke."

„Wofür?"

„Dass du mir das erzählt hast."

Er lächelt gequält. „Ich weiß nicht, warum ich dir das erzählt habe."

„Manchmal ist es gut, darüber zu reden."

Er blickt auf. „Wie oft redest du über das, was dir angetan wurde."

Volltreffer. „Nicht oft genug" gibt sie zu. „Das Tattoo auf deinem Arm? Hat es was damit zu tun?"

Er blickt auf seinen Arm, der vom Ärmel verdeckt ist.

„Ja, ich hatte eine Brandverletzung, eine Narbe ist geblieben, daraus wurde ein Auge mit drei Tränen." Er hält inne. „Mama, Papa und Georg."

Holly atmet tief ein, sie kann seine Last spüren und es ist kaum zu ertragen. „Unter der letzten Träne ist eine kleine Hundepfote."

Das war zu viel, Holly weint jetzt hemmungslos, die Hundepfote hat ihr den Rest gegeben.

„Ich habe vergessen, die Kerzen auszupusten”. Cedric verzieht sein Gesicht. „Wie soll ich damit leben? Ich habe meine Familie auf dem Gewissen.” Schnell wischt er sich eine Träne weg.

Holly schnieft, wischt sie die Nase. „Du warst neun Jahre alt.”

„Ja, ich war neun Jahre alt und habe vergessen, die Kerzen auszupusten.”

Sie ist sich sicher, dass er schon tausendmal gehört hat, dass ihn keine Schuld trifft, sie erspart ihm die Tausend und erste Wiederholung.

„So, jetzt weißt du das auch und ich frage mich noch immer, weshalb ich dir das erzählt habe.” Er lächelt gequält.

„Ich danke dir dafür.” Holly schreckt auf, als ihr Telefon klingelt. Florian, verrät das Display. „Hallo."

„Hallo Holly, wie geht es dir?”

„Gut”, antwortet sie und fragt sich, ob es ihr wirklich gut geht.

„Ähm, wir haben morgen einen Termin, könntest du stattdessen heute kommen?”

Holly blickt zu Cedric, der sie gespannt anschaut. „Ich glaube schon, um achtzehn Uhr?"

„Ja, perfekt, ich erwarte dich.”

„Okay, bye.”

Holly grinst Cedric an. „Dein Psycho-Doc?”

„Ja.”

„Du hast einen Termin?"

„Ja.”

„Um achtzehn Uhr?”

„Ja." Holly grinst, er ist neugierig.
„Wie lange arbeitet der? Machen die normalerweise nicht um 17 Uhr Schluss?"
„Ja."
„Ja und?" Cedric muss alles verstehen.
„Ich bin eine spezielle Patientin." Holly grinst frech.
Cedric versucht, sie zu lesen. „Das heißt?"
„Wir haben ein gutes Verhältnis."
„Wie gut?"
Sie wird rot. „Er ist ein guter Freund."
„Freund, Freund oder Freund."
Holly verzieht ihr Gesicht. „Was?"
„Nur ein Freund oder ein Freund?"
„Du bist ganz schön neugierig."
Cedric senkt seinen Blick. „Ich mag dich, das ist alles."
Holly wird warm ums Herz, er mag sie, etwas Schöneres hätte er ihr nicht sagen können. „Ich mag dich auch." Sie lächelt ihn an.
Cedric blickt auf die Wanduhr. „Ich gehe, Holly, ich werde versuchen, ein bisschen zu schlafen. Danach mache ich einen Plan, wie ich weiter vorgehe, wenn du das willst."
„Ja, sehr gerne."
„Gut." Cedric steht auf, auch Holly erhebt sich. Stumm stehen sie voreinander. „Ähm, okay, ich ... also, dann rufe ich morgen an."
„Okay." Cedric beugt sich zu ihr hinunter, er scheint riesig zu sein. Sanft küsst er sie auf die Wange. „Bis morgen", flüstert er und verlässt das Haus. Holly wandelt wie auf Wolken, alles ist ein bisschen leichter. Die Farben intensiver, es ist nicht mehr alles

schwarz und dunkel. Ein kleiner Lichtstrahl hat sich in die Dunkelheit hervorgewagt, für den Moment genügt es Holly, dieses bisschen Grau ... alles ist besser als tiefes Schwarz. Sie räumt das Geschirr weg, danach zieht sie sich eine Jacke und die Schuhe über und spaziert in den Wald. Hier sind ihre Gedanken am klarsten, rein und nicht geprägt von Angst, hier ist sie einfach nur Holly. Sie setzt sich mitten ins Dickicht und lehnt sich an ihren Lieblingsbaum. Cedrics Geschichte lässt sie nicht los. Armer kleiner Junge. Der Verlust seiner Familie und das Schuldgefühl. Man könnte der Mutter und dem Vater einen Vorwurf machen, dass sie die Kerzen nicht ausgepustet haben, als sie zu Bett gingen. Man könnte Georg, seinem älteren Bruder, einen Vorwurf machen, er hätte die Kerzen auspusten müssen. Man kann es drehen und wenden, wie man will, eine Tatsache bleibt ... sie sind alle tot. Cedric muss damit klarkommen und so wie es scheint, schafft er es nicht. Holly überlegt, ob sie gerne mit ihm tauschen würde und ist sich unsicher. Er hat drei Menschen, die er liebt, verloren, was gibt es Schlimmeres? Sie hat gehasst, er hat geliebt, da liegt der große Unterschied. Holly kommt zum Schluss, dass beides beschissen ist. Cedric findet, dass sie stark ist, Holly hat sich noch nie als jemand Starkes empfunden. Sie hat sich immer nur als Opfer gesehen, ein Opfer, das durchs Leben kriecht und versucht, irgendwie zu überleben. Seine Worte füllen sie mit Zuversicht und dem Glauben, dass sie es schaffen kann. Veränderung ist im Anmarsch, sie fühlt es. Ein kühler Luftzug weht plötzlich durch die Baumwipfel. Holly glaubt, Regentropfen auf ihrem Kopf zu spüren. Erwartungsvoll starrt sie nach oben, tatsächlich wird aus den zaghaften Tropfen ein ernst zu nehmender Regen. Eilig steht sie auf, blickt in den Himmel und streckt die Arme aus. Sie hat das Bedürfnis zu fühlen, egal was, egal wie, sie muss fühlen. Der Regen klatscht ihr ins Gesicht, Wasser tropft von ihrem Kinn, es fühlt sich grandios an. Wunderbar, einmalig, sie könnte den ganzen Tag im Regen stehen. Doch er ist nur von kurzer Dauer. So schnell wie er gekommen ist, verschwindet er wieder. Tropfnass spaziert Holly nach Hause.

Punkt achtzehn Uhr fährt sie bei Florian vor, er erwartet sie mit breitem Grinsen und hält ihr die Tür auf.
„Hi", sagt sie außer Atem.
„Hallo."
Holly geht in die Praxis, rein ins Besprechungszimmer und setzt sich aufs Sofa. Florian nimmt auf seinen Stuhl hinter dem Schreibtisch Platz und glotzt sie an. Holly glotzt zurück. Schließlich wendet Florian seinen Blick ab. „Wie geht es dir?"
„Gut."
„Das ist schön." Wieder starrt er sie an, Holly spürt, dass er sie etwas fragen will, doch er zögert.
„Was willst du wissen, Florian?"
Er ist überrascht über ihre Frage, fühlt sich ertappt. „Ist, ähm, ist dieser Mann dein Freund."
„Nein, hab ich dir doch schon gesagt." Holly blinzelt ihn an, Florian hat die Wahrheit verdient. „Er ist Privatermittler."
„Aha", sagt er, kann mit der Information aber nicht allzu viel anfangen.
„Ich habe ihn angeheuert, um meinen leiblichen Vater zu finden."

Florian reißt die Augen auf, öffnet den Mund und sieht aus wie ein Fisch. „Aha." Mehr scheint nicht mehr aus ihm herauszukommen.

„Er hat herausgefunden, dass Dirk Wouters nicht mein Vater war."

„Das haben wir ja schon vermutet."

„Ja, aber jetzt habe ich Gewissheit."

„Wie hat er das rausbekommen?"

„Durch meine Mutter."

Wieder ein erstaunter Gesichtsausdruck. „Sie hat mit ihm gesprochen?"

„Ja, er ist Profi." Holly grinst stolz.

„Wow, und wer ist dein Vater?"

„Das hat er noch nicht herausbekommen."

Florian fixiert Holly mit seinen Augen, sie blinzelt nervös. „Ist er nur Privatermittler oder noch mehr?"

„Wir sind Freunde."

Florian schluckt. „Weißt du jetzt, wie alt er ist?"

„Jünger als du", antwortet Holly schlagfertig.

„Er scheint dir gutzutun."

Diese Bemerkung überrascht sie. „Warum meinst du das?"

„Ich kenn dich gut genug, Holly." Jetzt ist er es, der grinst. „Ich spüre das."

Stimmt, keiner kennt sie so gut wie Florian, sie hat es beinahe vergessen. „Ich mag ihn."

„Ist er gut zu dir?"

„Ja."

„Versprich mir etwas, Holly."

„Was?"

„Wenn du Probleme hast, mit ihm oder etwas anderem, zweifle niemals mich um Hilfe zu bitten, okay?"
Holly würde ihm am liebsten um den Hals fallen, seine Zuneigung tut ihr gut. „Ich verspreche es."
„Gut." Florian streckt seinen Rücken durch. „Wie sieht es mit den Träumen aus?"
„Alles noch beim alten."
„Du solltest die Tabletten ausprobieren."
Holly hört Cedrics Worte in ihrem Kopf, die Tabletten, die er nimmt und die ihn am nächsten Tag aus dem Verkehr ziehen. „Nein, will ich nicht."
Florian kratzt sich am Kinn, Holly grinst, sie liebt es, wenn er das macht. „Was würdest du von einer stationären Therapie halten?"
„Was bedeutet das?"
„Du wärst einen Monat in den Bergen in einem Therapiezentrum."
Holly schürzt die Lippen. „Nein, das will ich auch nicht."
„Wir müssen etwas Neues ausprobieren, Holly, es geht so nicht weiter, wir drehen uns im Kreis."
Wir?, denkt sie, *ich drehe mich im Kreis*. „Ja, aber das will ich nicht."
„Was willst du, Holly?" Sie überhört den vorwurfsvollen Ton seiner Frage nicht. „Ich will glücklich sein." Das war nicht, was er hören wollte, das ist ihr klar.
„Und wie glaubst du, wirst du glücklich?"
Sie schaut im Zimmer umher. „Ich denke herauszufinden, wer mein Vater ist, ist ein Schritt in die richtige Richtung."
Er nickt, atmet laut ein. „Das könnte sein." Wieder räuspert er sich.

„Holly, Menschen wie du sind sehr anfällig für Zuneigung und ein nettes Wort.” Er versucht zu lächeln. „Es ist leicht, jemanden wie dich um den Finger zu wickeln.”

Holly starrt ihn an, was glaubt er eigentlich, wer er ist. Sie wird rot, sie spürt Hitze in sich brodeln, doch ihr fehlen die Worte. Verzweifelt versucht sie etwas zu sagen, stumm schaut sie ihn an und muss sich eingestehen, dass Florian recht hat. Betrübt senkt sie den Kopf.

„Ich wünsche dir das Beste, ich wünsche dir, dass du einen wunderbaren Mann kennenlernst, der dir zeigt, wie es ist, geliebt zu werden und den du lieben kannst, aber ich bezweifle, dass dieser Privatermittler der Richtige ist.”

Holly setzt sich im Sofa auf, jetzt ist er zu weit gegangen. „Du kennst ihn doch gar nicht.”

„Ich kann mir vorstellen, wie er tickt.”

Holly kneift die Augen zusammen. „Aha, woran machst du das fest?”

„An seinem Beruf.”

„Oh, bist du ein Magier oder so was? Du kannst anhand des Berufes die Absichten eines Mannes erkennen?”

Florian verdreht die Augen, was Holly noch wütender macht. „Er ist zumindest nicht verheiratet und küsst mich, obwohl er weiß, dass es nie etwas Ernstes zwischen uns geben wird.” Ihre Augen fixieren Florian. Mit diesem Satz hat sie ihn getroffen, Florian wird klein in seinem Stuhl, wendet den Blick ab. „Was, wenn er Polizist wäre?”

Florian zuckt mit den Schultern, er hat sich selbst ins Aus manövriert. „Das wäre was anderes.” Holly kann es nicht fassen, wie

oberflächlich er ist. „Und was, wenn ich dir sage, dass er Polizist war? Beim Morddezernat."
Florian Blick ist wach, er bereitet einen Schachzug vor. „Dann würde ich fragen, weshalb er nicht mehr bei der Polizei ist, ich würde vermuten, dass er Alkohol- oder Drogenprobleme hat und im Dienst nicht mehr tragbar war." Holly schürzt die Lippen. *Schachmatt*, denkt sie. Sie findet die Unterhaltung kindisch und dumm, steht auf und zieht sich ihre Jacke über. „Das wars, oder?"
Florians Blick ist nicht mehr überheblich, sondern besorgt. „Ich will nur, dass es dir gut geht."
Sie setzt sich wieder. „Ich mag ihn, Florian, das ist alles, er tut mir gut."
Florian nickt. „Das ist schön, Holly, nimm dich einfach in acht, lass dich nicht zu Dingen hinreißen, die du nicht willst."
„Das werde ich nicht." Sie lächeln sich an, der Ärger ist verflogen.
„Wie geht es Leo?", fragt Holly und wechselt damit abrupt das Thema.
„Es geht ihm gut, er fragt ab und zu nach dir."
„Wirklich?" Sie strahlt.
„Ja, er mag dich sehr gerne."
Sie würde ihn gerne wiedersehen, *Hallo* sagen, aber sie bezweifelt, dass sie bei Florian zuhause willkommen wäre. Hollys Handy spielt Nik Kershaws *Wouldn't it be good.* Holly schaut entschuldigend zu Florian und nimmt den Anruf entgegen.
„Hallo?"
„Was?"
„Wann?"

„Wie?"
„Ja, danke." Leichenblass beendet sie den Anruf.
„Was ist?" Florian schaut sie besorgt an.
„Mutter ist tot."
„Was? Warum?"
„Vergiftet", sagt Holly kaum hörbar.
„Wie konnte sie sich vergiften?"
Holly schüttelt den Kopf. „Das war nicht sie, das war der Teufel."
Florian kneift seine Augen zusammen, „Der Teufel? Dein Vater?"
Sie nickt.
„Warum?"
„Er hat sie gewarnt."
„Wovor?"
„Jemanden von meinem Vater zu erzählen, Florian, mein Vater ist der Teufel."
„Ach was, Holly, hör auf, er ist nicht der Teufel. Es steht auch gar nicht fest, dass er es war." Florian denkt nach, dann klingelt Hollys Handy erneut. „Hallo."
„Ja, ich weiß."
„Jetzt?"
„Ja, ich bin in fünfzehn Minuten zuhause."
„Bis gleich."
Florians Miene versteinert sich. „Der Ermittler?"
„Ja, Cedric, er weiß es auch schon, dass meine Mutter nicht mehr lebt." Holly steht auf.
„Rufst du an, wegen eines neuen Termins?"
„Ja, mach ich."

Er begleitet Holly zur Tür. „Pass bitte auf."

„Mach ich." Sie lächelt, eilt zum Fahrrad und winkt ihm zum Abschied. Viel zu schnell rast sie mit dem Rad nach Hause und bereut es. Ihr Atem pfeift, die Lunge schreit. Kaum hat sie das Fahrrad im kleinen Abstellraum abgestellt, fährt Cedric vor. Hastig steigt er aus dem Wagen und geht auf Holly zu. Für einen Moment macht er ihr Angst und sie macht einen großen Schritt zurück. Cedric bleibt stehen. „Was ist?", fragt er verunsichert.

Holly entspannt sich. „Nichts, gehen wir rein."

Sie betreten die Wohnung und setzen sich an den Esstisch.

„Vielleicht sollte ich die Nachforschungen einstellen, Holly."

„Nein, warum?"

Er blickt sie eindringlich an. „Deine Mutter wurde umgebracht, wahrscheinlich weil sie mit mir geredet hat."

„Vielleicht hat sie sich selbst vergiftet?"

„Unmöglich, sie hatte keinen Besuch außer mir."

„Vielleicht wurde sie gar nicht vergiftet, ich nehme nicht an, dass sie schon untersucht wurde."

„Mein Freund bei der Polizei erzählte mir, dass sie aus dem Mund schäumte wie ein tollwütiger Fuchs."

Holly knabbert an ihrer Unterlippe. „Er hat meine Mutter getötet, weil er nicht will, dass wir wissen, wer er ist", fügt sie die Fakten zusammen.

„Ja, so sieht es aus."

Holly blickt zu Cedric auf. „Wer zur Hölle ist mein Vater?"

„Wir sollten die Finger davon lassen."

„Hast du Angst?" Sie blickt ihn herausfordernd an.

„Nein, ich habe keine Angst um mich, ich habe Angst um dich."
Das gefällt Holly, sie lächelt zufrieden. Ihr ist der Ernst der Situation nicht bewusst. „Ich will aber wissen, wer mein Vater ist."
„Bist du sicher?"
„Hundertprozentig."
„Na schön, wie du willst. Ich habe die Adresse der besten Freundin deiner Mutter herausbekommen, ich werde dieser Luisa einen Besuch abstatten und sie fragen, ob sie sich an diese Party ihres Bruders erinnern kann."
„Ich komme mit." Holly grinst übers ganze Gesicht, es ist aufregend, ein Abenteuer.
Cedric blickt auf die Uhr. „Fahren wir morgen, Luisa Benk ist umgezogen, wohnt über eine Stunde von hier entfernt, für einen unangemeldeten Besuch wird es zu spät."
„Du bist der Profi." Holly springt auf. „Willst du was zu trinken?"
„Lass mich raten, du hast nur Cola light."
„Richtig geraten."
„Ja, dann eine Cola light."
Holly holt zwei Cola light aus dem Kühlschrank und Kekse. Cedric leert die Dose in drei Schlucken. „Wie wars beim Psycho?"
„Ganz okay."
„Ganz okay?", wiederholt er.
„Ach, er nervt ein bisschen."
„Warum?"
„Er hat mich vor dir gewarnt."
Cedric hebt die Augenbrauen. „Er kennt mich doch gar nicht."
„Na ja." Holly blickt zu Boden, es ist ihr peinlich. „Er fragt sich,

warum du die Polizei verlassen hast, und folgert daraus, dass du wahrscheinlich Alkohol- und Drogenprobleme hast."
„Uhhh, netter Kerl."
„Sorry."
„Ganz unrecht hat er nicht." Er schiebt die Coladose weg. „Er sorgt sich um dich, ich behaupte mal, dass er dich in sehr dunklen Momenten begleitet hat, er wäre ein schlechter Psychiater, würde er sich nicht um dich sorgen."
Holly schaut auf. „Er war mein Fels in der Brandung, die kompletten letzten fünf Jahre."
„Siehst du, du darfst ihm nicht böse sein. Er will nur, dass dir nichts Schlimmes passiert." Er lächelt versöhnlich.
Holly hat ein schlechtes Gewissen Florian gegenüber. „Du hast recht." Sie schiebt sich einen Keks in den Mund. „Ich bin müde."
Holly steht auf, setzt sich auf das Sofa und stellt den Fernseher an. Cedric folgt ihr und setzt sich neben sie. Ihre Schultern berühren sich, Holly lächelt, er riecht gut, nach Wiese und gutem Wetter. Sie zappt durch die Sender und bleibt bei einer Dokumentation über das Leben im Meer hängen.
Als ein Tintenfisch auf dem Bildschirm erscheint, quiekt sie begeistert, Cedric kann sich ein Grinsen nicht verkneifen.
„Sind sie nicht wunderschön?"
Er hebt die Augenbrauen. „Hm, *wunderschön* ist jetzt nicht gerade das passende Wort."
Holly sitzt schon lange nicht mehr aufrecht, mittlerweile liegt sie fast auf dem bequemen Sofa, ihr Kopf an Cedrics Schulter gelehnt.
„Ich finde sie wunderschön", flüstert sie. Cedric blickt zu ihr und

bemerkt, wie ihr die Augen zufallen.

„Du hast sie umgebracht!", schreit ihr Vater, sein Gesicht ist rot angelaufen, die Adern am Hals stehen dick hervor, die roten Augen drohen herauszufallen, seine langen Hasenohren hängen verstörend von seinem Kopf.
„Nein."
„Natürlich hast du sie umgebracht, ich bin dein Vater!"
„Nein, das bist du nicht." Wie immer steht Holly in der Ecke. Ihr Vater steigt von seinem thronähnlichen Stuhl. Zitternd beobachtet sie ihn, die Mischung aus Hase und Mensch ist ein furchterregender Anblick. Jetzt steht er dicht vor ihr, starrt sie von oben herab an. „Du hast die Liebe meines Lebens getötet."
Holly schüttelt langsam den Kopf. Ihr Blick schwenkt nach links, einer der Männer filmt sie. Holly kneift die Augen zusammen und beobachtet ihn. Er geht im Raum auf und ab, ein Auge an den Sucher der Kamera gepresst, das andere geschlossen, seine Zunge hängt aus seinem Mund. Er ekelt Holly an, sie schaut weg.
„Dafür wirst du bezahlen", zischt Dirk Wouters. Sie schließt die Augen, der Tritt in den Bauch reißt sie von den Beinen. Verzweifelt versucht sie Luft zu bekommen, sie hustet und stöhnt, doch Dirk hat noch nicht genug, er hat nie genug. Er tritt sie gegen den Kopf, dann reißt er ihr das T-Shirt vom Körper, Holly bedeckt ihre Brüste mit ihren Armen. Er glotzt sie gierig an, Sabber tropft aus seinem Mund. „Du bist eine hübsche junge Frau geworden." Er beugt sich zu ihr hinunter, packt sie grob an den Haaren und stellt sie auf die Füße. Holly ist zu schwach, um zu stehen, immer wieder knicken

ihre Knie ein. Er drückt sie an die Wand, atmet heftig, dann öffnet er seine Hose. Holly schreit verzweifelt.
„Holly."
„Holly."
Langsam öffnet sie die Augen und blickt in das besorgte Gesicht von Cedric. „Bist du okay?"
Hollys Magen zieht sich zusammen, ihr ist schlecht, schnell springt sie auf und rennt ins Badezimmer, wo sie gerade noch rechtzeitig die Kloschüssel erreicht. Kreideweiß kommt sie nach einer Weile aus dem Bad und setzt sich neben Cedric. Sie wollte nicht einschlafen, weil sie nicht wollte, dass er miterlebt, was ihr Nacht für Nacht zustößt. Holly ist sich sicher, dass sie ihn erschreckt hat, dass er sie abschreckend findet.
„Was war los?"
„Ein Traum." Sie wischt sich ein paar Tränen weg.
„Dein Vater?"
Holly nickt.
„Kannst du mich nicht mitnehmen?"
Fragend schaut sie ihn an. „Wohin?"
„In deinen Traum, ich würde ihm gerne das Leben aus dem Körper prügeln."
Sie hebt die Augenbrauen. „Ich glaube nicht, dass das geht."
Er schaut ihr tief in die Augen. „Ich glaube schon, Holly, es ist ein Traum, dein Traum. Dein Vater ist tot, richtig?"
„Ja."
„Und trotzdem ist er da, in deinem Traum, denn du machst es möglich. Dann ist es auch möglich, dass ich mitkomme, es ist sogar

möglich, dass du einen Tintenfisch zu deiner Verteidigung mitnimmst. Du könntest den Tintenfisch sogar dazu bringen, alle diese Leute mit seinen acht Beinen zu erwürgen."

Holly muss lachen.

„Verstehst du? Alles ist möglich, deine Träume sind nicht an die Realität gebunden, die Möglichkeiten sind grenzenlos." Cedric scheint begeistert darüber, was er ihr erzählt. Aber er hat recht, es ist ihr Traum, ihre Realität. Liebevoll legt er seinen Arm um ihre Schulter, sie atmet tief ein und wieder aus. Er läuft nicht davon, nicht Cedric.

„Ich habe einen weiteren der Männer erkannt."

„Ah, du kennst sie nicht alle? Oder erinnerst dich nicht an sie?"

„Am Anfang kannte ich nur meinen Vater, aber nach und nach konnte ich mich an sie erinnern."

„Und gerade eben hast du einen Weiteren dieser Männer erkannt?"

„Ja." Sie schaut auf. „Seit einer Weile habe ich das Verlangen, dass diese Männer dafür, was sie getan haben, bestraft werden sollten."

„Wurden sie das nie?"

„Nein, weil ich nie davon geredet habe, was sie mir angetan haben."
Sie hält inne. „An vieles wollte ich mich nicht mehr erinnern."

„Das verstehe ich."

„Aber jetzt, wo ich weiß, was sie getan haben, wünschte ich, dass sie für ihre Taten bezahlen müssen."

„Das wäre gerecht."

„Cedric." Holly zieht ihre Füße auf das Sofa, setzt sich im Schneidersitz vor ihn und fixiert ihn. Gespannt schaut er sie an. „Sie haben ihre Taten gefilmt."

„Oh Gott, Holly."
„Ich bin mir sicher, dass sie diese Videos noch haben, meinst du nicht?"
„Es ist sehr wahrscheinlich." *Es ist sehr wahrscheinlich, dass sie sich heute noch daran aufgeilen, diese perversen Schweine*, denkt Cedric angeekelt. Er hat viel zu viele solcher Videos gesehen, solchen Männern ins Gesicht geschaut.
„Meinst du nicht, dass man sie dafür bestrafen kann?"
Cedric reibt sich die Stirn. „Du müsstest eine Anzeige erstatten und darüber reden."
Das will Holly nicht. „Gibt es keinen anderen Weg?"
Cedric denkt nach. „Es gibt immer einen anderen Weg." Er lächelt verschwörerisch. „Ich denke darüber nach, okay?" Sie nickt zufrieden. „Ich fahre nach Hause, wir sehen uns morgen. Ich denke, gegen Abend werden wir am ehesten Erfolg haben, Luisa Benk zuhause anzutreffen."
„Okay." Holly hätte nichts dagegen, wenn er noch ein bisschen länger bei ihr bleiben würde, sie genießt seine Gegenwart. Wieder küsst er sie zum Abschied sanft auf die Wange, sie grinst.

Kapitel 19

Unangemeldet fahren Cedric und Holly zu Luisa Benk, Beate Wouters' damalige beste Freundin.

„Hast du Hobbys, Cedric Franke?" Holly ist gut gelaunt, sie fühlt sich lebendig, was vielleicht auch an der Aufmerksamkeit liegt, die Cedric ihr zukommen lässt. Er presst die Lippen aufeinander und brummt. „Ich gehe ab und zu zum Krafttraining." Holly hebt die Augenbrauen, das hat sie sich schon gedacht. „Aber nicht, weil ich es gerne mache, ich will fit bleiben, nur deshalb."

„Und hast du ein Hobby, das du gerne machst?"

„Ich schieße gerne und bin oft auf dem Schießstand."

„Oh."

Er grinst. „Ich bin auf alles vorbereitet." Verträumt blickt sie aus dem Fenster.

„Hast du Lieblingstiere?

„Hunde", sagt er wie aus der Pistole geschossen. Holly denkt an Peter, seinen Schäferhund, der im Feuer den Tod fand. „Hunde mag ich auch."

„Und Tintenfische", fügt er hinzu.

„Ja, Tintenfische sind wunderbar, wusstest du, dass sie aktiv versuchen, Schmerzen zu vermeiden."

„Wow."

„Sie haben drei Herzen und neun Gehirne." Holly schaut Cedric mit großen Augen an.

„Ich bin beeindruckt, stell dir vor, dein Tintenfisch hat in allen neun Gehirnen Kopfschmerzen."

Holly lacht herzhaft. „Ziemlich übel, aber ich glaube nicht, dass das möglich ist."

Nach einer Stunde Autofahrt mit kurzer Rast zum Tanken, fahren sie bei Luisa Benk vor. Ein dunkelgrauer Audi steht auf dem

Parkplatz vor dem kleinen schmucken Häuschen. Cedric eilt mit großen Schritten zur Haustür, Holly versucht mitzuhalten. Gespannt klingelt er und nach wenigen Sekunden hören sie Schritte aus dem Inneren des Hauses. Er hebt die Augenbrauen und nickt Holly zu, erwartungsvoll starren sie auf die Tür, der Schlüssel wird im Schloss gedreht und einen kleinen Spalt geöffnet. Die blonde Frau Anfang vierzig betrachtet die beiden neugierig, sie versucht sich zu erinnern, ob sie ihre Gäste kennt oder nicht.
„Hallo", sagt sie unsicher.
„Guten Tag Frau Benk, ich bin Cedric Kaufmann von der Kripo und das ist meine Kollegin Tina Kurz." Holly blickt fragend zu Cedric hoch, er ignoriert sie.
„Bauer, mein Name ist Bauer, Benk war mein Geburtsname. Polizei?" Luisa Bauer bekommt es mit der Angst zu tun. „Kripo? Ist Heinrich etwas zugestoßen?"
Holly blickt zwischen Frau Bauer und Cedric hin und her.
„Nein, keine Angst, ihm geht es gut, wir haben Fragen bezüglich eines Ereignisses, welches vor zwanzig Jahren stattgefunden hat."
Man sieht Luisa die Erleichterung an. „Oh, Sie haben mir einen richtigen Schrecken eingejagt."
Das war Cedrics Absicht. „Dürfen wir reinkommen." Sie haben Glück gehabt, dass Frau Bauer in der Aufregung keine Identifizierung sehen wollte. „Ja, natürlich." Lächelnd öffnet sie die Tür und bittet die beiden herein. „Darf ich Ihnen etwas zu trinken anbieten?"
„Ein Kaffee wäre super."
Luisa blickt zu Holly. „Und für Sie?"

„Ähm, eine Cola bitte?"
„Ich habe Fanta."
„Auch gut." Holly lächelt und setzt sich neben Cedric an den Esszimmertisch. Nach einer Weile kommt Luisa aus der Küche, stellt die Getränke ab und starrt Holly an. „Sie sind noch sehr jung?" Die tatsächlich gemeinte Frage hat sie hinter dieser harmlosen Variante versteckt. Was sie eigentlich sagen wollte ist: ‚Sie sind doch viel zu jung, um Polizistin zu sein und dann noch bei der Kripo.'
Holly wird heiß, ihre Handflächen schwitzen.
„Sie ist Praktikantin und älter, als sie scheint." Cedric kommt ihr zu Hilfe. Holly grinst dumm.
„Gute Gene." Luisa lacht. Holly schluckt, sie fühlt sich nicht wohl. Mit zittrigen Händen hält sie ihr Glas fest und nippt immer wieder daran.
„Frau Bauer, sagt ihnen der Name Beate Wouters etwas."
Luisa wird kreideweiß. Sie reibt ihre Hände auf dem Schoß. „Ja."
„Sie waren beste Freundinnen?"
„Ja, vor vielen Jahren."
„Sie ist tot."
Luisa blickt auf. „Ich habe es gelesen." Sie kratzt sich über der linken Augenbraue. „Ich weiß nicht, was in Beate gefahren ist, warum sie ihrer Tochter das angetan hat." Luisa schüttelt den Kopf. „Ich kann es nicht verstehen."
Holly knabbert an ihrer Unterlippe.
„Wie war Frau Wouters damals?"
„Damals hieß sie Degenhardt." Luisa schwelgt in Erinnerungen. „Sie

war fröhlich, lebenslustig, ein bisschen naiv. Wir waren jede freie Minute zusammen."
„Erinnern sie sich an eine Party ihres Bruders, zu der Sie Beate eingeladen haben?"
„Ja klar, Markus' Geburtstag. Ziemlich schräge Party." Sie lächelt entschuldigend.
„Inwiefern?"
„Drogen, Alkohol, Sex, ich wusste das nicht. Mein Bruder war zehn Jahre älter als ich und feierte mit seinen Arbeitskollegen, fast alles Anwälte."
„War?", bemerkt Holly leise.
Luisa atmet laut ein, wischt sich eine Träne weg. „Markus starb vor neunzehn Jahren, ganz unerwartet."
Cedric kneift seine Augen zusammen. „Er war noch sehr jung, hatte er gesundheitliche Probleme?"
„Nein, nicht dass ich wüsste."
„Er starb ungefähr ein Jahr nach dieser Party."
„Ja."
„Erinnern Sie sich an einen Mann, mit dem Ihre Freundin Beate geflirtet hat?"
Sie stößt einen schrillen Lacher aus. „Beate hat mit allen Männern rumgemacht an diesem Abend."
„Da war einer, der ihr speziell gefiel."
„Tut mir leid, ich kannte die alle nicht, ich war mit mir beschäftigt."
Cedric blinzelt schnell.
„Kannten Sie einige der Männer?", fragt Holly.
„Nein, wie gesagt, mein Bruder war zehn Jahre älter, seine Welt war

nicht meine Welt. Ich erinnere mich an einen Boris, mehr nicht."
„Können Sie uns sagen, wo Ihr Bruder gearbeitet hat? Bei welcher Kanzlei?" Cedric blickt stolz zu Holly.
„Ähm, Moment." Luisa denkt nach, geht zurück in die Vergangenheit, öffnet Türen, die über Jahre verschlossen blieben. „Ähm, die hieß, ähm, Wolf und H..., irgendetwas mit H. Wolf und ..." Sie hebt den Zeigefinger und reißt die Augen auf. „Wolf und Holmes."
„Wolf und Holmes?"
„Ja, ich bin ganz sicher."
„Wo?"
„Die Kanzlei war in einem der Vororte, glaube ich. Ich weiß nicht, ob die noch existiert."
„Wir werden nachschauen."
Luisa blickt zwischen den beiden hin und her. „Warum möchten Sie das wissen, nach so vielen Jahren?"
Cedric wiegt ab, was er ihr erzählen kann und was sie nicht zu wissen braucht. „Wir müssen mit einer bestimmten Person von damals sprechen."
„Warum?"
„Weil er Beate getötet hat." Holly hält sich die Hand vor den Mund, selbst überrascht, dass sie das soeben gesagt hat.
„Was? Einer der Gäste? Einer der Anwälte?"
Cedric nickt.
„Oh Gott." Luisa lehnt sich zurück. Plötzlich verändert sich ihr Blick, als hätte sie die Entdeckung des Jahrhunderts gemacht. „Bevor Markus starb, zwei Monate zuvor, wurde er seltsam."

„Wie meinen Sie das? Inwiefern seltsam?"
„Er konnte nicht mehr schlafen, fühlte sich verfolgt."
Holly blickt Cedric mit großen Augen an, denkt er dasselbe wie sie?
„Hat er mit Ihnen darüber geredet?"
„Nein, aber mir ist seine Veränderung aufgefallen. Einmal kam er zum Essen, Mutter fragte, was los sei."
„Was antwortete er?"
„Ich weiß es nicht mehr, ich glaube, er schob es auf die Arbeit."
„Vielen Dank, Frau Bauer, Sie haben uns sehr geholfen."
„Ist das sicher, dass er Beate getötet hat?"
„Nein, nur eine Vermutung."
Sie nickt, in ihrem Kopf dreht sich alles. Cedric und Holly verabschieden sich und steigen in den Wagen.
„Er hat Markus Benk auch auf dem Gewissen", platzt es aus Holly heraus.
„Kann sein, vielleicht hat er etwas herausgefunden."
„Scheiße."
Cedric blickt Holly überrascht an. „Was ist?"
„Alle sind tot, wir können niemanden mehr fragen."
„Wir haben den Namen der Kanzlei."
Aufgeregt nimmt Holly ihr Handy hervor und füttert Google mit *Kanzlei Holmes und Wolf*. Verschiedene Informationen erscheinen.
„Die gibt es nicht mehr."
Cedric brummt.
„Aber Moment." Holly liest leise, ihre Augen werden immer größer. Cedric wartet geduldig, bis sie ihn über das soeben Gelesene informiert.

„Der ehemalige Inhaber von Holmes und Wolf, Alexander Holmes, ist heute Bürgermeister."
Cedric formt seinen Mund zu einem großen O. „Gibt es Bilder?"
Holly googelt nach Bildern und erstarrt, es ist, als schaue sie in den Spiegel.
Sie ist kreidebleich und kann ihren Blick nicht von dem Mann auf dem Foto abwenden. „Was ist?"
„Er, er ..." Sie schafft es nicht, einen anständigen Satz zu bilden und hält Cedric das Handy unter die Nase.
„Scheiße", murmelt er.
Stumm sitzen sie eine Weile im Wagen. „Und jetzt, Holly?"
Holly schüttelt den Kopf. „Ich weiß nicht, er ..." Sie blickt verloren aus dem Fenster. „Ist er der Teufel?"
Cedric atmet tief ein und streicht sich eine Strähne aus der Stirn. „Keiner kann es bezeugen, aber ..." Er schaut sie an. „Die Ähnlichkeit ist frappierend."
Holly blickt zu ihm „Ich will ihn kennenlernen."
Cedric hebt die Augenbrauen. „Das halte ich für keine gute Idee."
„Er ist mein Vater."
„Holly, wenn er wirklich dein Vater ist, dann ist er laut deiner Mutter der Teufel und hat bereits einige Menschen auf dem Gewissen. Wer weiß, vielleicht hat er sogar Dirk Wouters getötet."
Holly schüttelt den Kopf. „Das glaube ich nicht." Cedric kneift die Augen zusammen. „Holly, dein Vater ist kein guter Mann, er wird dich nicht mit offenen Armen in Empfang nehmen."
Holly blickt aus dem Fenster und wischt sich eine Träne weg. „Meine Mutter ist verrückt, vielleicht hat sie sich das alles

ausgedacht.”
Cedric schließt die Augen, lehnt seinen Kopf an die Kopfstütze.
„Holly, nein, bitte.”
„Was?” Das kam schärfer, als sie es vorhatte.
Er blickt sie eindringlich an. „Du baust dir gerade deine eigene kleine rosarote Welt."
„Es gibt keine Beweise, dass er ein Teufel ist. Er ist Bürgermeister.” Ihre Stimme überschlägt sich.
„Ja und?”
„Er, er ...” Sie lässt die Schultern sinken. „Ich will ihn kennenlernen."
„Lass mich erst ein paar Nachforschungen anstellen, okay?”
Holly nickt. Ohne ein weiteres Wort zu verlieren, fahren sie zurück. Cedric hält vor Hollys Haus und steigt ebenfalls aus dem Wagen, wie selbstverständlich begleitet er sie hinein. Müde setzt er sich an den Esstisch. Holly betrachtet ihn. „Nicht geschlafen?”, fragt sie mitfühlend.
„Nein.”
Cedric reibt sich die Augen. Es ist grausam, müde zu sein und nicht schlafen zu können. „Cola?”
„Ja.”
Holly setzt sich zu ihm an den Esstisch.
„Sag mal, dein Vater, also Dirk Wouters, wurde verurteilt, richtig?"
„Ja, zwei Jahre hat er bekommen.”
„Wurde sein Computer untersucht?”
Holly denkt nach. „Das weiß ich nicht.” Sie schaut ihn an. „Warum fragst du? Wegen des Videos?”

„Ja, wenn diese Taten ...” Cedric schluckt. „... gefilmt wurden, dann hat garantiert jeder der teilnehmenden Männer ein Video davon.”
„Ich glaube nicht, dass sie was gefunden haben, sonst hätten sie die Männer auf dem Video bestimmt identifiziert.”
„Ganz bestimmt sogar, ich gehe davon aus, dass nichts gefunden wurde.”
„Das bedeutet, dass Dirk kein Video hatte oder es verschwinden ließ.”
Holly denkt nach. „Sollte das Video auftauchen, werden dann die Männer verurteilt?”
Cedric nickt.
„Müsste ich aussagen?”
„Es wäre sicherlich von Vorteil, aber nicht notwendig."
Holly ist erleichtert. Es liegt tiefe Traurigkeit in der Luft und Holly ist sich nicht sicher, warum. Cedrics Anblick trifft sie tief in ihrem Herzen, so viele Jahre sind vergangen und doch kann er mit seiner Vergangenheit nicht abschließen. Sie frisst ihn auf wie ein hungriges Monster. Ihr Blick fällt auf seinen Arm. „Darf ich es sehen?”
Cedric schaut sie fragend an. „Was willst du sehen?”
„Dein Tattoo." Für einen Moment hält ihr Blick ihn gefangen, dann gelingt es Cedric, sich zu lösen. Er rollt den Hemdsärmel hoch und streckt Holly seinen rechten Arm entgegen. Sie steht auf und betrachtet das stumme Werk, das viel zu laut in seiner Seele schreit. Holly betrachtet das Auge, sein Auge, und die drei Tränen, Mama, Papa und Georg, darunter die kleine Hundepfote. Sie wischt sich eine Träne weg.
„Dein Vater wäre sicher stolz auf dich”, flüstert sie und streicht mit

ihrer Hand sanft über das Kunstwerk.
„Das glaube ich nicht." Cedric beobachtet Holly.
„Du bist Polizist geworden – wie dein Papa."
Er lächelt bitter. „Ich war Polizist."
„Es ist nicht deine Schuld." Sie schaut ihm tief in die Augen. „Es ist deine Vergangenheit, die dich in die Knie zwingt."
Sie blicken sich an und dringen tief in die Seele des anderen ein. Beide wissen, wie es ist, in der Dunkelheit gefangen zu sein, dem Abgrund Schritt für Schritt näherzukommen. Sie wissen, wie es ist, wenn das Monster sie packt und nicht mehr loslässt, wenn es nichts mehr auf der Welt gibt, nur noch die eigene Hölle. Cedric nähert sich Holly, sie weicht nicht weg. Liebevoll legt er seine Hand an ihre Wange, beugt sich noch weiter vor und küsst sie sanft und zärtlich. Dann lehnt er sich wieder zurück, mit seinem Daumen wischt er ihr eine Träne weg und lächelt sie an. „Du bist ein wunderbarer Mensch, Holly."
Sie lächelt schief, ihr ist warm, sie fühlt sich geborgen und geliebt. Es ist ein wunderbares Gefühl, als ob die Sonne nur für sie scheint, die Welt sich allein um sie dreht. Die Vögel pfeifen, die Farben sind intensiv wie nie zuvor und der Geruch nach Liebe durchdringt sie. Holly lächelt verklärt. Der schönste Kuss ihres Lebens. Das muss Liebe sein, sie hat schon so oft davon gelesen, es in Filmen gesehen, es ist machtvoll und sie kann jetzt schon nicht genug davon kriegen.
Cedric steht auf. „Ich sollte gehen, Holly." Er hustet. Holly legt die Stirn in Falten. Hat sie etwas falsch gemacht? Warum will er so plötzlich gehen? „Ich werde sehen, was ich über Alexander Holmes herausfinden kann, dann ruf ich dich an, okay?"

Holly nickt. Sie ist verwirrt. Er lächelt ihr zu, dann verlässt er das Haus. Holly steht mitten im Esszimmer und starrt die Tür an. Traurig lauscht sie, wie er den Motor seines Cupra startet, dann fährt er davon. Niedergeschlagen lässt sie sich auf den Stuhl sinken.

Kapitel 20

Holly hat eine schlimme Nacht hinter sich. Sie fühlt sich niedergeschlagen, die Träume zehren an ihrer Kraft. Wie soll sie von ihrer Vergangenheit loskommen, wenn sie jeden Abend darin untergeht? Und Alexander Holmes, der Bürgermeister, kann unmöglich der Teufel sein. Ist er überhaupt ihr Vater? Die Ähnlichkeit lässt eigentlich keinen Zweifel offen. Oder hat sich ihre Mutter alles nur ausgedacht? Wenn ja, wozu? Es macht keinen Sinn, nichts macht einen Sinn. Aus Cedric wird sie auch nicht schlau, der Kuss gestern war wunderschön, dann steht er auf und geht. Da sagt man, Frauen seien kompliziert. Holly arbeitet im Haus, verschiebt Möbel, hängt ein paar Bilder auf, stellt ihre Bücher ins Regal. Das Nik Kershaw-Konzertposter bekommt einen Ehrenplatz über dem Sofa, lächelnd betrachtet sie es. Dann überkommt sie eine Traurigkeit und ein schlechtes Gewissen breitet sich in ihr aus. Florian ist so gut zu ihr. Und sie? Er hat ihr so viel gegeben und sie ihm nichts, sie war in letzter Zeit nicht einmal sonderlich nett zu ihm. Ihr Handy klingelt, es ist Cedric, er klingt

müde, seine Zunge ist schwer.
„Hi, hast du einen Moment Zeit."
Was für eine Frage. „Ja klar."
„Alexander Holmes ist 56 Jahre alt verwitwet."
„Verwitwet?"
„Seine Frau und sein Sohn stürzten bei einer Bergwanderung in den Tod."
Holly reißt die Augen auf. „Das ist schrecklich. Wann war das?"
„Vor zehn Jahren."
„Wie alt war sein Sohn?"
„Er war sieben."
Holly schweigt einen Moment. „Sonst noch was?"
„Er ist sehr beliebt, jeder mag ihn."
„Glaubst du, dass er mein Vater ist?"
„Du hast seine Augen."
Die Augen des Teufels, denkt Holly traurig. „Vielleicht hat sich meine Mutter alles nur ausgedacht."
„Wozu, Holly? Wozu sollte sie ihr Tagebuch belügen?"
Ja, es ist absurd, das ist ihr klar. Sie will es nicht glauben, dass Alexander Holmes der Teufel ist, der ihre Mutter gequält hat.
„Und jetzt?"
„Was willst du von ihm, Holly?"
Das ist eine gute Frage. Sie denkt nach.
„Lass es sein, du weißt jetzt, wer dein Vater ist, das reicht doch. Er wird dich kaum mit offenen Armen empfangen."
Warum nicht?
Cedric spürt ihre Zweifel. „Bitte sag mir nicht, dass du glaubst, dass

er sich freuen wird, dich zu sehen."

„Ich weiß nicht."

„Ich aber, Holly, ich weiß es. Selbst wenn er nicht der Teufel ist, selbst wenn deine Mutter sich alles ausgedacht hat, ist er Politiker, ein uneheliches Kind kommt nicht gut an. Außerdem ist die Frage nach dem Mörder deiner Mutter noch nicht geklärt."

„Ja."

„Ja, was?" Cedric klingt genervt.

„Ja, du hast recht."

„Gut."

„Kommst du heute noch vorbei?"

„Nein, ich fühl mich nicht so gut."

„Was ist los?"

„Nichts, morgen geht's wieder."

Er hat getrunken, da ist sie sich sicher. „Okay."

Ohne einen weiteren Kommentar beendet er den Anruf. Eine Weile starrt sie das Handy an, dann googelt sie die Adresse von Alexander Holmes, natürlich steht da nur seine Büroadresse. Das Bürgermeisteramt. Ein Blick auf die Uhr verrät ihr, dass es kurz nach zwölf Uhr mittags ist. Ein Plan schleicht sich in ihren Kopf, sie grinst. Aber wie kommt sie dorthin? Eine halbe Stunde mit dem Auto. Mit dem Fahrrad? Holly berechnet die Route: 96 Minuten mit dem Fahrrad, sie wäre gegen 14 Uhr im Gemeindehaus. „Ja", sagt sie laut, packt sich zwei Dosen Cola light in den Rucksack und macht sich auf den Weg. Nach den ersten zehn Kilometern bereut sie ihre Entscheidung, flucht lauthals über sich selbst, radelt aber tapfer weiter. Ihre Lungen brennen. Ihrem Arzt würden die Haare zu Berge stehen, wenn er wüsste, was sie gerade tut. Das Bürgermeisteramt liegt auf einem Scheiß Hügel, die letzten Meter geht sie zu Fuß und fürchtet, dass ihre Lunge kollabiert. Sollte sich herausstellen, dass Alexander Holmes nicht im Büro ist, wird sie ihn eigenhändig umbringen. Außer Atem erreicht sie endlich das Gebäude und fühlt sie sich, als hätte sie den Mount Everest bestiegen. Mit wenigen Schlucken trinkt sie eine Cola light, wirft die leere Dose in den Müll und betritt das Foyer. Sie zupft ihre Haare zurecht und begibt sich an den Empfangstresen.

„Hallo."

Die Dame lächelt sie an. „Guten Tag."

„Ich, ähm, ich möchte mit Alexander Holmes sprechen."

„Haben Sie einen Termin?"

Holly blinzelt die Dame an. „Ähm, nein."

„Sie brauchen aber einen Termin."

„Es ist wichtig."

„Tut mir leid."

„Bitte."

„Worum geht es?"

Holly denkt nach. „Um das Fischsterben."

Die Frau kraust die Stirn. „Fischsterben?"

„Ja, im See."

„Im Egelsee?"

„Ja." Holly grinst.

„Fischsterben, ich habe noch nichts davon gehört."

„Es ist neu."

„Ich weiß nicht, besprechen sie das mit ..." Die Dame schaut auf

ihren Bildschirm.
„Nein, es muss Alexander Holmes sein oder ich mache einen Skandal daraus." Holly schaut sie ernst an. „Auf meinen Social-Media-Kanälen. Ich bin Influencerin."
Die Dame verdreht ihre Augen, nimmt den Hörer in die Hand und wartet. „Ja, Alexander, eine junge Dame muss mit Ihnen sprechen."
Holly platzt fast vor Aufregung.
„Es geht um Fischsterben." Die Dame schaut zu Holly hoch, sie grinst schief.
„Gut." Sie legt den Hörer auf. „Sie dürfen zu ihm hochgehen, er erwartet Sie."
Hollys Herz droht ihr aus der Brust zu springen, aufgeregt geht sie die Treppen hoch. In wenigen Sekunden wird sie ihn treffen. Alexander Holmes, ihren Vater? Den Teufel? Sie klopft zögerlich an der Tür. „Herein" ertönt es von innen. Langsam öffnet sie die Tür. Alexander Holmes steht auf und glotzt sie an. Auch Holly starrt ihn an, diese Augen – ihre Augen. Die Gesichtsform. Die Sekunden scheinen ewig, endlich räuspert er sich. „Sie sind ...?"
„Ähm, Miriam Kurz." Holly lächelt.
„Und was wollen Sie von mir, Frau Kurz."
„Ich, ähm, Fischsterben."
Er hebt die Augenbrauen. „Fischsterben?"
„Ja."
„Setzen Sie sich doch." Mit weichen Knien begibt sich Holly zum Stuhl, der so unheimlich bequem aussieht und nimmt Platz. Erst jetzt bemerkt sie, wie erschöpft sie ist. Auch Holmes setzt sich und betrachtet Holly.

„Was ist los mit den Fischen im Egelsee?"

„Sie sind tot."

„Aha." Er grinst. „Alle?"

„Ja ... fast alle, ein paar leben noch." Holly stellt sich vor, wie dieser Mann ihre Mutter vergewaltigt und quält. Nein, das kann nicht sein. Alexander Holmes ist sympathisch, sein Lächeln ist niedlich. Holly grinst.

„Warum sind Sie wirklich hier?" Holmes hebt seinen Kopf, amüsiert blickt er Holly an.

Schweißperlen sammeln sich auf ihrer Stirn. Oh Gott, wie konnte sie nur so unvorbereitet hierherkommen?

„Ich, ähm, ich suche ein Praktikum." *Scheiße*, denkt Holly und wischt sich eine hartnäckige Haarsträhne aus der Stirn.

„Ein Praktikum?"

Sie nickt und grinst ein wenig dümmlich.

Er kneift seine Augen zusammen und starrt sie an. „Kenne ich Sie?"

„Nein." Am liebsten würde sie ihn fragen, ob er ihr Vater ist, er scheint so nett zu sein. So in sich ruhend. Doch etwas hält sie davon ab.

„Nun, wir haben keine freien Praktikumsplätze im Moment."

„Oh."

„Aber mir gefallen ihr Dickkopf und ihr Mut."

Holly hebt die Augenbrauen und schluckt leer.

„Meine Assistentin ist für zwei Wochen weg, das könnten sie übernehmen."

„Zwei Wochen?"

„Ja, besser als nichts." Er grinst.

„Was hätte ich zu tun?"

Er schürzt die Lippen. „Mich bei Treffen begleiten, wir würden zusammen Essen gehen und Sie würden sich Notizen machen über das, was ich Ihnen erzähle."

„Hm." Ist das gut, ist das schlecht? Holly ist verwirrt, ihre Gefühle fahren Achterbahn. „Okay."

„Gut, können Sie morgen anfangen?"

„Ja, aber ich habe kein Auto und wohne eine halbe Stunde Autofahrt von hier entfernt."

„Wie sind Sie hergekommen?"

„Mit dem Fahrrad."

„Respekt."

Holly schiebt sich die Strähne weg, die schon den ganzen Nachmittag rebelliert.

„Ich glaube, es fährt ein Bus."

Bus, daran hat sie keine Sekunde lang gedacht. „Oh."

„Ich könnte Sie auch morgen früh um halb neun mitnehmen."

„Ähm, ich, ähm, ja."

„Gut, sagen Sie mir, wo ich Sie abholen soll."

Holly gibt ihm die Adresse von Edeka, nicht weit von ihrem Haus entfernt. Sie wird nicht so dumm sein und ihm ihre Wohnadresse geben.

„Ich brauche dann noch Ihre Anschrift, Name, Telefon und so weiter."

„Bringe ich morgen mit."

„Gut, sehr schön." Holmes steht auf. Er ist groß, sieht gut aus, ein Gewinnertyp, ein Mann, der bekommt, was er will. Holly hätte

gerne nur ein kleines bisschen seines Selbstbewusstseins.
Auch sie steht auf, er geht auf sie zu, legt seine Hand auf ihre Schulter. Holly blinzelt schnell, glaubt zu platzen. „Dann sehen wir uns morgen, Frau ...”
Shit, sie kann sich nicht mehr an ihren Namen erinnern.
„Frau ... ähm, Frau Kurz?”
Er lacht. „War das eine Frage?”
„Nein, natürlich nicht.” Sie quält sich zu einem Lächeln.
„Bis morgen, Frau Kurz.”
„Bis morgen.” Holly stürmt aus dem Büro, rast die Treppen hinunter, rennt aus dem Gebäude, schließt das Schloss von ihrem Fahrrad auf und radelt weg. Was hat sie sich nur dabei gedacht? Sie muss es Cedric sagen, er wird mit ihr schimpfen, wütend sein, er war doch sowieso nicht gut drauf heute. Mist, sie bereut es zutiefst. Sie könnte anrufen und absagen, aber ist es nicht eine einmalige Möglichkeit, ihn kennenzulernen und ihn im richtigen Moment mit der Wahrheit zu konfrontieren. Jetzt, nachdem sie ihn live gesehen hat, ist Holly sich sicher, dass ihre Mutter sich alles ausgedacht hat. Sie war verrückt, vielleicht schizophren. Holmes ist kein Teufel, niemals. Vielleicht weiß er gar nichts von ihr? Vielleicht hat ihre Mutter ihm gegenüber verheimlicht, dass er Vater wird. Vielleicht hätte er sich gefreut? Hätte Holly geliebt? Lächelnd fährt Holly nach Hause. Der Rückweg ist viel angenehmer als der Weg hinwärts. Zurück in ihren vier Wänden, legt sie sich aufs Sofa und versucht, mit aller Kraft nicht einzuschlafen, doch sie verliert den Kampf.

„Helena.” Seine Stimme ist ruhig, aber vorwurfsvoll. „Dummes

Mädchen.” Langsam geht er auf Holly zu, seine Augen kalt wie immer. Holly zittert, warum hat er solche Macht über sie.
„Ich bin dein Vater.”
„Nein.”
„Ich war immer da, sonst keiner.”
„Du bist nicht mein Vater.” Holly starrt auf den Boden.
„Du hast die Pforten der Hölle geöffnet.”
„Ich lebe schon lange in der Hölle.” Jetzt schaut sie ihn herausfordernd an.
„Du hast keine Ahnung.” Er stellt sich vor sie, blickt auf Holly herab. Ihre Knie werden schwach, sie lässt sich auf den Boden gleiten. Sie weint, weil sie weiß, was jetzt kommt. Gleichzeitig macht sich Wut in ihr breit. Sie ist seine Marionette, er hat alle Fäden in der Hand und kontrolliert ihr Leben. Das darf nicht sein.
„Du bist tot.” Holly wagt es, ihn anzuschauen. In sein hasenähnliches, hässliches Gesicht. Sie sieht das Zucken seiner Mundwinkel. „Das musst du ja wissen”, zischt er sie an.
Sie denkt an Cedrics Worte, das hier ist nicht die Realität, sie könnte ihren Traum jederzeit in einen verdammten Zirkus verwandeln, alles ist möglich.
„Geh weg”, sagt sie mutig. Ihr Vater macht einen Schritt zurück, ein Raunen geht durch die anderen Wesen. Langsam stemmt sie sich auf die Beine. „Das ist ein Traum, du bist nicht echt.”
„Ohhhh.” Dirk Wouters lacht schief, aber Holly sieht seine Unsicherheit. „Nur Fantasie", murmelt sie.
„Glaubst du?”
„Ich weiß es.”

Sekundenlang starren sie sich in die Augen.
„Du hast seine Augen”, flüstert Dirk, dann schlägt er zu, wieder und wieder. Wie er es so oft getan hat, so lange, bis sie sich nicht mehr rührte. Holly liegt zusammengerollt auf dem Boden, erträgt die Schläge, die Rage, in der Wouters sich befindet. Er ist außer sich, die anderen lachen. Keiner kommt, um sie zu retten, hier ist sie alleine. „Cedric”, wispert sie. „Hilfe.”
„Ich bin hier”, flüstert er in ihr Ohr. Holly schaut auf, tatsächlich kniet er neben ihr, streicht ihr über die Haare. „Alles ist möglich, Holly.” Er lächelt sie an. Holly blickt zu ihrem Vater hoch. Sein Gesicht ist schrecklich verzerrt, als ob er schmelzen würde, sein Mund steht offen, aber kein Ton gelangt nach außen. Cedric hilft ihr auf die Beine, Holly blickt sich um. Alles starren sie an, stumm, ihre Gesichter verzogen, in Schmerz und voller Schrecken.
Schwer atmend wacht Holly aus ihrem Traum auf. „Was, was war das?” Aufgeregt setzt sie sich auf. Es war das erste Mal, dass sie Kontrolle hatte. Cedric hat recht, alles ist möglich. Sie lacht, ist voller Hoffnung. Sie muss Cedric anrufen. Übermütig nimmt sie ihr Handy hervor und ruft Cedric an. Nach dem fünften Klingeln nimmt er ab.
„Holly”, brummt er.
„Cedric.”
„Was?”
„Du hattest recht”
„Womit?”
„Mein Traum, alles ist möglich.”
„Hast du ihm die Fresse poliert?” Seine Stimme ist heiser und leise.

„Nein, noch nicht. Du warst da und hast mich beschützt."

„Oh."

Erst jetzt wirft Holly einen Blick auf die Uhr. Es ist drei Uhr morgens.

„Habe ich dich geweckt?"

„Ähm, ich bin wohl gerade erst eingeschlafen."

„Das tut mir leid."

„Macht nichts, ich wäre sowieso bald aufgewacht."

„Okay, dann versuch weiterzuschlafen, es tut mir leid." Holly war nicht klar, dass sie so lange geschlafen hat. „Bis dann."

„Hm."

Sie beendet den Anruf.

Cedric starrt an die Decke, er freut sich für Holly, aber im Moment geht er selber durch die Hölle. Seit Jahren hat er mit niemandem darüber geredet, was in seiner Vergangenheit passiert ist. Dass er mit Holly darüber gesprochen hat, hat alte Wunden aufgerissen. Die Sehnsucht nach seiner Familie frisst ihn auf, ist kaum zu ertragen. Er würde so gerne sonntags zu seinen Eltern zum Essen gehen, ihnen von seinem Leben erzählen und ihnen zuhören, wie sie ihm aus ihrem Leben erzählen. Mit seinem Bruder Tennis spielen oder ins Kino gehen. Georg wäre sicherlich schon längst verheiratet, hätte Kinder, Cedric wäre Onkel. Der coole Onkel, der nur Blödsinn mit ihnen macht. Mit zittrigen Händen wischt er sich die Tränen weg. Alle fort, wegen eines einzigen Fehlers. Weil er die verdammten Kerzen nicht ausgepustet hat. Cedric schreit seinen Schmerz hinaus in die Welt, wo keiner ihn hört. Er springt aus dem Bett, wirft alles, was sich ihm in den Weg stellt, um, reißt Bilder von den Wänden, Bücher aus den Regalen. Er weiß nicht, wohin mit seinen Gefühlen. Warum hat das Feuer ihn nicht auch verschlungen? Dann müsste er das alles nicht ertragen. Verzweifelt lässt er sich auf die Knie fallen, schluchzend fällt er innerlich zusammen.

„Ich kann es nicht ertragen." Seine Stimme überschlägt sich. Es muss doch einen Weg geben, dieser Hölle zu entkommen. Er braucht Vergebung, er muss einfach wissen, dass es nicht seine Schuld war. Aber die, die ihm vergeben könnten, sind tot. Und es wäre eine Lüge, zu behaupten, dass es nicht seine Schuld war. Und diese Schuld droht ihn zu erdrücken, sie hat ihm alles geraubt, seine Freude, seine Frau, seinen Job, seine Hoffnung. Er denkt an Holly, sie ist ein kleiner Lichtschimmer in seiner dunklen Welt, aber er hat Angst – Angst davor, ihr wehzutun, er weiß nicht, wie er mit ihr umgehen soll, er zweifelt, dass sie fähig ist, sich auf eine Beziehung einzulassen. Er weiß nicht im Detail, was ihr angetan wurde, aber er braucht kein Psychiater sein, um zu wissen, dass sie schwer traumatisiert ist und jede Berührung sie triggern kann. Er muss sie sehen, jetzt. Hastig nimmt er sein Handy und wählt Hollys Nummer.

„Ja?", fragt sie erstaunt.

„Holly, kann ich kommen?"

„Ähm, jetzt?" Er klingt verzweifelt, außer Atem.

„Ja."

„Ja klar, ich kann sowieso nicht mehr schlafen."

Ohne ein weiteres Wort beendet er den Anruf, zieht sich eine Jeans, seinen Hoodie und Sneakers über, dann rennt er die Treppen hinunter, steigt in seinen Cupra und rast los. Nur wenige Minuten später und in Rekordzeit fährt er bei Holly vor. Sie steht schon an der Tür, als er aus dem Wagen steigt. Mit großen Schritten geht er auf sie zu, sie kann weder seine Miene noch seine Körpersprache deuten, macht einen Schritt zurück und lässt nur einen kleinen Spalt der Tür offen. Cedric bleibt stehen.

„Holly”, sagt er traurig. „Alles gut, ich tu dir nichts.”

Holly öffnet die Tür, sie will keine Angst vor ihm haben, aber manchmal reagiert sie einfach so, ihr Körper erinnert sich und will sie beschützen. In dem Haus setzt er sich auf das Sofa. Holly bringt Cola und nimmt neben ihm Platz. Erst jetzt bemerkt sie die verweinten roten Augen. „Schlechte Nacht?”

„Ich weiß nicht weiter, Holly."

„Ich weiß, wie es ist, wenn Bilder ungefragt vor dem inneren Auge tanzen.”

Sie hat es viel zu schön beschrieben, dafür, wie grausam diese Bilder sind. „Wie machst du das, Holly? Wie kannst du damit leben?”

Holly presst ihren Mund zusammen, atmet laut ein und wieder aus.

„Ich tu es einfach.” Sie hebt entschuldigend die Schultern.

Cedric schaut sie an, die Antwort ist simpel. Kein Mantra, keine Zauberformel, keine Atemtechnik, Holly tut es einfach, sie lebt, egal welche Bilder sie im Kopf hat. Seltsamerweise beruhigt ihn diese Antwort, er lächelt sie an. „Danke.”

Holly kichert verlegen. „Wofür?”

„Dafür, dass du bist, wie du bist.”

Voller Vertrauen lehnt er seinen Kopf an ihre Schulter. Holly wird steif wie ein Bügelbrett. Ein Mann mit Gefühlen, der Schwäche zeigt und sich ihr anvertraut, das ist neu für sie. Männer in ihrem Leben waren grob, laut, kalt und grausam. Nach einer Weile getraut sie sich wieder zu atmen, sie entspannt sich ein bisschen, verdreht ihren Kopf, sodass sie Cedric zu sehen bekommt. Seine Augen sind geschlossen, sein Atem geht ruhig und regelmäßig. Holly lächelt schief, er schläft.

Kapitel 21

Hollys Nacken schmerzt höllisch, sie hat bis morgens um halb acht im Sitzen auf dem Sofa verbracht, während Cedric selig an ihre Schulter gelehnt geschlafen hat. Er schläft noch immer. Auf leisen Sohlen schleicht sie durchs Haus, zieht sich um und macht sich frisch. Dann schreibt sie ihm eine kurze Notiz: Ich musste arbeitsbedingt weg, sehen wir uns am Abend?

Holly eilt zu Fuß die Straße hinunter bis zu Edeka, sie ist fünf Minuten zu früh. In ihrem Kopf geht es drunter und drüber, sie hat Angst vor Alexander Holmes, gleichzeitig mag sie ihn und hofft, dass ihre Mutter gelogen hat. Pünktlich fährt der große, schwarze

Mercedes vor. Alexander sitzt am Steuer, er lächelt. Holly hat eine Schwäche für Männer, die lächeln. Sie grinst. „Hallo", sagt sie zur Begrüßung und nimmt auf dem Beifahrersitz Platz.
„Hallo." Er schaut sie an, Holly wird nervös. „Ich bin Alexander." Er streckt ihr seine Hand entgegen. „Oh, ähm, ich ... ich bin ..." Shit, schon wieder den Namen vergessen, was war es? Katrin? Tina? Holly leckt sich die Unterlippe. „Schön, du darfst mich auch beim Vornamen nennen." Sie strahlt ihn an. „Gut, Miriam."
Miriam war es, sie atmet erleichtert aus.
„Bist du bereit für deinen ersten Tag als Praktikantin?"
„Ja." *Kann ja nicht so schwer sein*, denkt sie.
„Ich brauche dich nur bis zum Mittagessen, danach kannst du nach Hause gehen."
„Oh."
„Was hast du studiert, Miriam?"
„Ich habe Wirtschaft studiert." Dummes Grinsen.
„Ich bin beeindruckt."
Ich auch, denkt Holly und regt sich wieder über sich selbst auf.
„Und wie stellst du dir deine Zukunft vor?"
„Bunt." Sie blickt aus dem Fenster und kichert leise. Sie würde am liebsten aus dem fahrenden Wagen springen. Ihr Handy piepst, noch nie war sie dankbarer für eine eingehende Nachricht. Konzentriert schaut sie auf das Display: Cedric. „Wo bist du?"
„Ich bin gegen dreizehn Uhr zurück, wenn du willst, kannst du warten. Ich bringe Mittagessen mit."
Seine Antwort lässt auf sich warten, doch schließlich meldet er sich doch noch. „Okay."

Holly hat bemerkt, dass Alexander sie beobachtet hat, doch sie blickt stur geradeaus auf die Straße.
„Dein Freund?"
Sie findet nicht, dass ihn das etwas angeht. „Ja." Holly ist sich nicht sicher, ob er ihr Freund ist, Freunde sind sie, aber ihr *Freund*? Da ist sie sich nicht sicher. Sie denkt an den Kuss und muss lächeln. Es war so schön, so weich, so liebevoll und voller Farbe. Alexander soll nur glauben, dass sie einen Freund hat.
„Ich fand deinen Auftritt gestern ziemlich mutig."
Aus der heutigen Sicht betrachtet, findet Holly ihren Auftritt von gestern ziemlich bescheuert.
„Wie alt bist du eigentlich?"
„Neunzehn, bald zwanzig."
„Studierst du noch?"
„Ähm, nein." Holly wird heiß, sie hat keine Ahnung, wie lange ein Wirtschaftsstudium dauert, sie weiß noch nicht einmal, was genau man in Wirtschaft studiert. *Angriff ist die beste Verteidigung*, denkt sie. „Du warst Anwalt, richtig?"
„Ja, ich hatte eine eigene Kanzlei."
Wolf und Holmes, denkt Holly.
„Strafrecht", sagt er und grinst.
„Interessant."
Endlich kommen sie am Bürgermeisteramt. Alexander parkt den Wagen und sie steigen aus. Sie geht hinter ihm her, bereut es jede Sekunde, dass sie gestern hierhergekommen ist und dass sie zugesagt hat. Sie hat keinen Plan, weiß nicht, was sie von ihm will. Alexander eilt ins Gebäude, nickt der Empfangsdame zu und trabt

die Treppen hoch. Holly macht es ihm gleich. Die Dame am Empfang schaut ihr misstrauisch hinterher. Im viel zu großen Büro angekommen, setzt Alexander sich auf seinen bequemen Bürostuhl. Holly starrt den Stuhl an, den hätte sie auch gerne. Sie stellt sich vor, wie es wohl ist, darin zu sitzen.
„Miriam."
Holly braucht einen Moment, um zu realisieren, dass sie gemeint ist.
„Ja."
„Geh bitte zur Bäckerei und hol ein paar Brötchen, ich habe noch nicht gefrühstückt."
Holly schaut ihn entgeistert an. Das also macht eine Praktikantin. Und wenn du zurück bist, bring mir auch gleich einen Kaffee. Kein Zucker, viel Milch. Er öffnet die Schublade seines riesigen Schreibtisches aus Eichenholz, nimmt einen Fünfzig-Euro-Schein heraus und streckt ihn ihr entgegen.
„Kauf dir auch was, wenn du magst."
Holly nickt, nimmt das Geld und dreht sich auf den Fersen um.
„Äh, wo ist die Bäckerei?"
„Aus dem Gebäude raus, dann etwa zweihundert Meter immer geradeaus."
„Hm." Es widerstrebt ihr, den Frühstückseinkauf für ihn zu erledigen. Reine Schikane, findet sie. Er hätte mit dem Wagen fahren können. Genervt spaziert sie die Straße hinauf, kauft ein paar Croissants und einige Brötchen, dann schlendert sie wieder zurück. Als sie mit dem Kaffee und der Tüte Alexanders Büro betritt, scheint er genervt. „Das hat ja ewig gedauert", schimpft er.

Holly kneift ihre Augen zusammen, am liebsten würde sie ihm den Kaffee auf sein weißes Hemd kippen. Stumm stellt sie ihn auf den Tisch. Er vertrödelt ihren Morgen, indem er sie dämliche kleine Aufgaben erledigen lässt. Holly trifft den Entschluss, dass heute ihr erster und letzter Tag als Praktikantin war. Kurz vor zwölf Uhr schickt er sie zur Empfangsdame, um ihr einen Brief zu übergeben. Holly gehorcht und kann es kaum erwarten, dass sie gehen darf.

„Schön, Miriam, ich bin zufrieden mit dir, wir sehen uns am Montag?"

„Ja, natürlich." Die Hölle wird sie tun. Auf gar keinen Fall wird er sie am Montag sehen. Er blickt auf die Uhr, springt auf und zieht sich eilig sein Sakko über. „Mein Bruder wartet schon unten auf mich, ich muss los." Hastig geht er zur Tür. „Ich habe dir ein Taxi bestellt, es ist schon bezahlt."

„Oh, danke."

„Bis Montag." Er verlässt das Büro, Holly bleibt alleine zurück.

Sie starrt zur Tür. Dann schaut sie sich um. Sie findet es erstaunlich, dass er sie alleine in seinem Büro lässt. Hat er keine Angst, dass sie etwas klauen könnte? Sie stellt sich vor seinen Schreibtisch. Oder etwas herausfinden könnte? Ihr Blick fällt auf den Bürostuhl, dann auf die Tür, Bürostuhl, Tür, Bürostuhl, Tür. Sie fasst sich ein Herz, springt um den Tisch und setzt sich auf den Stuhl. „Wow", sagt sie voller Begeisterung. Dieser Stuhl ist wie eine Ganzkörper-Umarmung, unglaublich. Holly ertastet einen Griff, sie zieht daran und der Stuhl wird zur Liege. Sie lacht laut, dieser Stuhl ist bequemer als ihr Bett. Am liebsten würde sie ihn mitnehmen. Sie schließt die Augen und genießt den Moment. Unerwartet fliegt die

Tür auf, Holly springt mit einem Riesensatz aus dem Stuhl. Die Empfangsdame steht vor ihr und schaut sie missmutig an. „Frau Kurz, ihr Taxi wartet", sagt sie ernst.
„Oh, ja, okay." Holly eilt an der wütenden Dame vorbei und begibt sich auf schnellstem Weg zum Taxi. Erleichtert setzt sie sich auf die Rückbank und informiert den Fahrer über das Ziel der Reise. Er nickt und fährt los.
„Können Sie beim Kebab kurz anhalten?" Sie hat Cedric versprochen, dass sie Essen mitbringt, er ist bestimmt hungrig. Der Taxifahrer willigt ein und hält den Wagen vor dem kleinen Imbiss. Zehn Minuten später geht die Reise weiter. Zuhause reißt sie die Tür auf und erschreckt Cedric fast zu Tode.
„Um Himmels willen, Holly", ruft er.
„Was? Hast du das Taxi nicht gehört?"
„Nein, ich war gerade in einen Artikel vertieft."
Holly verschwindet in der Küche, nimmt zwei Teller aus dem Schrank, zwei Cola aus dem Kühlschrank, dann setzt sie sich zu ihm an den Esstisch. „Was für einen Artikel?"
„Nichts Wichtiges, ich habe noch einen weiteren Auftrag." Er lächelt sie an, Holly liebt es, wenn er lächelt. Dann hat sie das Gefühl, dass sie beide die einzigen Menschen auf der Welt sind, und es ist gut so.
„Was für ein Auftrag?" Sie packt die Kebabs aus der Tüte.
„Nichts wichtiges."
Hungrig beißt sie hinein, Sauce tropft von ihren Mundwinkeln. Cedric beobachtet sie grinsend.
„Was ist?", fragt sie mit vollem Mund.
„Nichts." Er schält seinen Kebab aus der Alufolie. „Du bist lustig."

„Echt?", fragt sie erstaunt.
„Ja, irgendwie schon."
Sie genießen stumm, dann fragt Cedric. „Wo warst du?"
Holly wiegt ab, Wahrheit oder Lüge? Wahrheit oder Lüge? Freunde lügen nicht, hat sie mal in einer Serie gehört.
„Bei Alexander Holmes."
Cedric hört auf zu kauen, starrt sie an, sein Ausdruck verhärtet sich. Holly schluckt ihr Essen hinunter, blickt ihn an. Angst schleicht sich in ihr Herz. Sie lehnt sich zurück, lässt ihn nicht aus den Augen.
„Bei Holmes?" Holly nickt. „Was hast du bei ihm gemacht."
„Ich ... ich bin seine Praktikantin."
„Was?" Cedric lässt seinen Kebab auf den Teller fallen. „Seine Praktikantin?"
„Ich wollte es dir gestern nicht sagen, weil du so seltsam drauf warst."
„Wie ...? Verdammt."
Holly nimmt einen tiefen Atemzug. „Kannst du bitte nicht wütend werden, es macht mir Angst."
Cedrics Miene entspannt sich ein wenig. „Ich bin nicht wütend, ich verstehe nur nicht, wie." Er schüttelt den Kopf. „Wie, wie kommt es?"
Holly erzählt ihm von ihrem Ausflug, ihrem Auftritt in Holmes' Büro und sein Angebot, seine Praktikantin zu sein. Cedric kann es nicht fassen. „Dich darf man nicht aus den Augen lassen."
Holly schaut verlegen weg.
„Hat er dich erkannt?
„Ich glaube nicht."

„Du hast ihm doch nicht deinen richtigen Namen verraten?”
Holly legt ihren Kopf schief. „Bin ich blöd?”
„Nein, natürlich nicht. Wie ist dein Eindruck von ihm?”
Sie denkt nach. „Er ist nett, freundlich, seine Augen sind nicht die eines Teufels.”
„Hm.” Cedric lehnt sich zurück. „Das heißt nichts.”
Für Holly schon, für sie heißt es, dass Alexander Holmes zwar ihr Vater, aber nicht der Teufel ist. Cedric schaut Holly eindringlich an. „Holly ... du darfst nicht vergessen, dass er höchstwahrscheinlich deine Mutter und vielleicht auch den Bruder von Luisa getötet hat.” Cedric legt seine Hand auf Hollys Arm. „Und möglicherweise sogar deinen Vater.”
Holly schüttelt den Kopf.
„Du willst es nicht glauben, hm?"
„Vielleicht hat sich meine Mutter das alles ausgedacht.”
„Und wer hat sie umgebracht?”
„Vielleicht sie selbst?”
„Und wie?”
„Ich weiß es nicht, womöglich ist sie irgendwie zu Gift gekommen?”
„Nein.” Cedric nimmt seinen Kebab wieder in die Hand. „Hör zu, ich will nicht, dass du noch mal zu Holmes gehst, okay?"
„Okay.” Sie wollte sowieso nicht mehr hingehen.
„Überlass das weitere Vorgehen bitte mir.”
„Ist gut.”
„Übrigens habe ich heute Nacht geschlafen.” Er lächelt. Holly ebenfalls. „Mehr als fünf Stunden.”
„Das ist super.”

„Nur wegen deiner Anwesenheit."
Holly schaut auf. „Meinst du?"
„Ja." Cedric lehnt sich vor. „Du bist magisch, Holly."
Sie kichert wie ein kleines Mädchen. Noch immer ist sich Holly nicht im Klaren über ihre Beziehung zu ihm. Ein Kuss bedeutet nichts, das hat sie von Florian gelernt. Aber sie fürchtet sich davor, ihn zu fragen. Satt und stumm sitzen sie am Tisch. Cedric schaut auf die Uhr.
„Uh, ich muss los. Treffe mich gleich mit meinem Auftraggeber."
Zu gerne würde Holly wissen, für wen er an was rumschnüffelt.
„Treffen wir uns später? Um zu besprechen, wie ich weiter vorgehe?"
„Ja." Cedric geht auf sie zu. Hollys Herz beginnt wild gegen ihre Brust zu hämmern. Sie schaut ihn erwartungsvoll an. Cedric beugt sich zu ihr hinunter und küsst sie sanft und so unglaublich zärtlich, dass Holly die Augen schließt und sich auf diesen wunderschönen Moment konzentriert. Sie spürt seine weichen Lippen auf ihren, seine Zunge, die freundlich um Einlass bittet, seine Zähne, die ab und zu an ihre geraten. Er legt seine Hand an ihre Wange, Holly öffnet kurz die Augen, auch Cedric hat seine Augen geschlossen, sie betrachtet seine langen, schwarzen Wimpern, die ihr von Anfang an aufgefallen sind. Sie sind wunderschön, er ist wunderschön. Holly schließt ihre Augen wieder und taucht ab in eine neue Welt, eine Welt, in der sie geliebt wird, in der sie liebt, in der es jemanden gibt, dem sie wichtig ist. Es gefällt ihr. Cedric löst sich von ihr und lächelt sie liebevoll an. „Bis später", flüstert er, küsst sie auf die Stirn und verlässt das Haus. Holly ist verzaubert. Minutenlang sitzt sie da und

lässt den Moment sacken. Erlebt ihn wieder und wieder in ihren Gedanken. Lächelnd steht sie auf, räumt den Müll weg, dann setzt sie sich aufs Sofa, wo sie über Alexander Holmes nachdenkt. Es ist seltsam, sie dachte immer, dass, wenn sie ihn sieht, wenn sie ihren richtigen Vater sieht, sie es spüren würde. Sie war überzeugt, dass etwas in ihr ihn erkennen würde. Aber bei Alexander ist nichts passiert. Trotz allem ist sie sich sicher, dass er ihr Vater ist. Die Ähnlichkeit ist verblüffend, ist ihm das nicht aufgefallen? Am späten Nachmittag unternimmt sie noch einen Spaziergang in den Wald, nichts erfüllt ihre Seele mehr als die Ruhe der Natur. Das Wissen, dass sie alleine ist, die Geborgenheit, die ihr die Bäume schenken. Holly spaziert am liebsten quer durch das Dickicht, verlässt die Wege, von denen es hier sowieso nur ganz wenige gibt. Immer wieder bleibt sie stehen, betrachtet Blumen, Kriechtiere, Vögel, Pilze und die verschiedenen Formen von Blättern. Doch heute stimmt etwas nicht, sie fühlt sich beobachtet. Sie bleibt stehen, lauscht und schaut sich um. Ihre Sinne sind geschärft, sie glaubt, jeden Regenwurm kriechen zu hören. Ihr Kopf schnellt herum, als sie ein Knacken vernimmt. Holly versucht, sich selbst zu beruhigen. Der Wald ist voll mit Tieren, gut möglich, dass ein Reh durch das Dickicht spaziert. Hollys Herz setzt einen Moment aus, als sie in der Ferne hinter einem Baum eine Gestalt entdeckt. Eine dunkelgekleidete Gestalt, groß, schlank, das Gesicht hinter einer Maske verborgen. Holly weiß instinktiv, dass diese Person nichts Gutes bedeutet. Welcher normale Mensch spaziert durch den Wald, das Gesicht hinter einer Maske verborgen. Sie geht ein paar Schritte zurück, dann wendet sie sich um und rennt los. Sie bereut es, dass sie so weit weg vom Haus ist, aber wie konnte sie ahnen, dass ein Maskierter im Wald ist. Holly rennt zweihundert, vielleicht dreihundert Meter, dann wagt sie es, stehen zu bleiben und zurückzusehen. Hektisch schaut sie sich um, sie kann ihn nicht sehen. Ihr Atem geht heftig, ihre Brust schmerzt höllisch, die Lunge rebelliert. „Weiter, Holly, los." Sie läuft in schnellem Tempo weiter, springt über Wurzeln und Baumstümpfe. Die Schmerzen in der Brust werden immer stärker, sodass das Brennen der Lunge kaum noch zu ertragen ist. Holly kann nicht mehr, sie drosselt das Tempo und bleibt schließlich stehen. Jeder Atemzug raubt ihr vor Schmerz fast den Verstand. Die Luft wird knapp, sie hat das Gefühl, dass jemand den Hahn zudreht und die Luftzufuhr einstellt. Sie hebt den Blick, es ist nicht mehr weit. Vielleicht noch vierhundert Meter , kalter Schweiß bildet sich auf ihrer Stirn, kein gutes Zeichen. Holly fühlt sich von Sekunde zu Sekunde schwächer. „Weiter, komm schon." Sie torkelt weiter, ihre Hand liegt auf der Brust, plötzlich wird sie von hinten zu Boden geworfen, Holly schlägt hart mit der Schulter auf einer Wurzel auf. Sie stöhnt. Eine Person kniet sich mit einem Bein auf ihren Rücken, packt sie an ihren kurzen Haaren. Dann spürt sie seinen Atem an ihrem Ohr.

„Holly, Holly, Holly." Sie versucht verzweifelt zu atmen, die Schmerzen in der Brust, das Brennen der Lunge und das Gewicht des Mannes auf ihr verhindern es. Sie japst und hustet.

„Hast du die Warnung nicht verstanden?"

Welche Warnung?, denkt Holly und zwingt sich, bei Bewusstsein zu bleiben. „Ich töte dich ungern, aber wenn es sein muss, dann werde ich es tun."

Mit weit aufgerissenen Augen liegt Holly unter dem Mann, doch sie schafft es, sich ein wenig zur Seite zu drehen und wenigstens ein bisschen Luft einzuatmen. „Hört auf rumzuschnüffeln oder ihr werdet es bereuen." Sein Mund ist jetzt ganz nahe an ihrem Ohr. „Hast du das verstanden?", sagt er eindringlich. Sie riecht seinen Atem, er riecht nach Lakritze, Holly liebt Lakritze. Sie nickt schwach. Er springt auf, dann hört sie seine Schritte sich im Wald entfernen, das Knacken und Rascheln wird immer leiser. Sie blinzelt, nimmt einen tiefen Atemzug und bereut es sofort. Was ist los? Ihr Zustand macht ihr Angst. Ihr ist schwindelig, mühsam kramt sie ihr Handy aus der Jackentasche ... kein Empfang. „Shit", flüstert sie, Tränen rutschen über ihr Gesicht, gemischt mit kaltem Schweiß. Ihre rechte Schulter schmerzt gewaltig. Auf allen vieren kriecht sie weiter, knickt dank der verletzten Schulter immer wieder ein. „Nicht aufgeben", sagt sie leise. Immer wieder schaut sie auf dem Handy nach, ob sie Empfang hat, dann endlich, ungefähr hundert Meter von zuhause entfernt, erkennt sie die sehnlichst erwarteten Balken auf dem Display. Sie tippt den Notruf ein. Holly gibt die Adresse durch, informiert die Dame in der Leitung, dass sie im angrenzenden Wald liegt, ungefähr einhundert Meter vom Haus entfernt. Dann wird es schwarz vor ihren Augen.

Kapitel 22

Holly Augenlider wiegen schwer, endlich schafft sie es, die Augen zu öffnen. Zu ihrer Verwunderung blickt sie in das besorgte Gesicht von Florian.

„Hey, da bist du ja wieder."

Holly schaut sich um – Krankenhaus, schon wieder. Langsam kommen die Erinnerungen zurück. An den Wald, an die Schmerzen, an den Mann.

„Zeit?"

Florian tippt zweimal auf das Display seines Handys. „Kurz nach Mitternacht."

„Scheiße."

„Was ist?"

„Kannst du bitte Cedric anrufen."

„Cedric?“

„Bitte."

Florian atmet tief ein, öffnet die Schublade neben Hollys Bett und nimmt ihr Handy hervor. Holly sieht ihm an, dass er Cedric lieber nicht anrufen würde. Er scrollt durch die Kontakte, was nur kurz dauert, dann drückt er endlich den grünen Knopf. Kaum erklingt der Verbindungston, da nimmt Cedric auch schon ab.

„Holly, verdammt, ich hab mir Sorgen gemacht."

„Ähm, hier ist Florian Klopp."

Kurze Stille am anderen Ende. „Was ist mit Holly?"

„Sie hat ein Pneumothorax und ein gebrochenes Schlüsselbein, sie liegt im Krankenhaus."

„Ich komme sofort."

„Ich glaube nicht, dass Sie reinkommen."

„Sie sind doch auch dort."
„Ja, ich bin ihr Psychiater."
Schweigen. „Dann besuche ich sie morgen früh, wie geht es ihr?"
Florian schaut Holly an. „Sie ist wach, es geht ihr besser."
„Gut, grüßen Sie sie bitte von mir."
„Mach ich." Florian beendet den Anruf.
„Pneumo... was?"
„Deine Lunge ist kollabiert."
„Oh."
„Was war los, Holly?"
„Da war ein Mann."
Florian lehnt sich vor. „Im Wald?"
„Ja, er hat mir gedroht."
„Womit?"
„Dass wir nicht weiter herumschnüffeln sollen."
„Du und der Schnüffler?"
„Privatermittler."
Florian verdreht die Augen. „Wir sollten die Polizei informieren."
„Nein, auf keinen Fall."
„Hast du eine Ahnung, wer es war?"
„Nein." Sie sagt die Wahrheit, Holly ist sich sicher, dass der Mann, der sie angegriffen hat, kleiner war als Alexander Holmes, außerdem klang seine Stimme tiefer und bedrohlicher.
„Habt ihr etwas herausbekommen?"
„Nein", lügt sie. „Kommt Cedric?"
„Morgen."
Holly schließt enttäuscht die Augen. Florian beobachtet sie.

„Du magst ihn sehr."
„Ja." Langsam öffnet sie ihre Augen wieder.
„Wie alt ist er?"
„34."
Florian schluckt und hebt die linke Augenbraue. Er würde ihr gerne einen Vortrag über Männer halten, darüber, was Männer in diesem Alter suchen und nicht suchen. Aber er lässt es bleiben, weil er sich selbst ins Abseits manövrieren würde. Stattdessen lächelt er sie an, Holly ist ihm dankbar dafür und schließt müde die Augen.
„Ich komme morgen wieder."
„Ist gut."
Florian steht auf, streicht ihr liebevoll über die Wange und verlässt das Zimmer.

„Zieh dich aus", befiehlt ihr Vater. Holly sitzt zitternd in der Ecke. Sie hat Angst, doch gleichzeitig wacht etwas in ihr auf. Mut und Zuversicht. Ihre Welt hat sich verändert. Die Spielfiguren stehen anders, Dirk Wouters ist nicht mehr der, der das Spiel bestimmt.
„Nein", sagt sie scharf. Ein paar der Wesen kichern hinter vorgehaltener Hand, andere schauen geschockt weg. Dirk Wouters geht mit schnellen Schritten auf Holly zu und als er vor ihr steht, holt sein rechter Arm weit aus. Holly starrt ihn an. „Nein!", schreit sie kraftvoll, blickt ihn herausfordernd an. Ihr Vater hält inne, guckt sie verdutzt an. Sie kämpft sich auf die Beine, schaut zu ihm hoch. „Ich bin nicht mehr alleine." Sie könnte sich irren, aber sie glaubt, dass Wouters vor ihren Augen kleiner wird.
Dirk Wouters schaut sich um. „Ich sehe niemanden, der dir helfen

könnte." Er grinst verschlagen.
Holly schließt die Augen. „Cedric, hilf mir." Als sie die Augen öffnet, steht er vor ihr. Cedric baut sich vor ihr auf, schaut ihren Vater herausfordernd an. Holly grinst zufrieden. Sie stellt sich neben Cedric, hält seine Hand. „Ich bin nicht alleine, was ihr getan habt, war nicht richtig, ihr habt mich in den Abgrund getrieben, aber ich bin nicht gesprungen. Ich bin noch hier. Ich verstehe nicht, wie ihr so grausam sein konntet, ich war doch noch ein Kind. Tränen rinnen über ihre Wangen.
„Die Tochter des Teufels", zischt Wouters wütend.
„Ich weiß nicht, ob mein Vater der Teufel ist, aber ich weiß, dass ihr alle Teufel seid. Ich habe niemandem erzählt, was ihr mir angetan habt, weil es so grausam ist. Ich werde es nie vergessen, aber ich werde euch nicht mehr erlauben, mein Leben zu kontrollieren." Holly hat sich nicht geirrt, Wouters wird immer kleiner. Cedric drückt ihre Hand und schaut sie an. „Alles ist möglich, Holly, es ist dein Traum", haucht er und in Hollys Bauch fliegen Tausende von Schmetterlingen wild umher. Cedric neigt sich zu ihr und Holly schaut ihm tief in die Augen. Dieser magische Moment, als sich in diesem absurden Traum ihre Lippen berühren, lässt alles farbig werden. Blumen sprießen aus den Wänden, Grillen zirpen und Vögel zwitschern. Cedric muss lachen, Holly kichert. Die Wesen sind auf Normalgröße geschrumpft, das Entsetzen ist in ihre Gesichter geschrieben.
„Und jetzt, Holly? Du wirst uns nicht entkommen." Dirks Stimme ist dünn, sie bebt – er schwitzt, die Augen sind weit aufgerissen, der Mund verzogen. Seine langen Ohren hängen absurd von seinem

Kopf. Holly blickt über ihre Schulter und lächelt, Florian gesellt sich zu ihnen, er blickt Cedric misstrauisch an. Cedric nickt ihm zu.
„Ich möchte, dass ihr verschwindet." Holly blickt jedem der Wesen in die Augen. „Für immer."
Dirk schreit schrill auf: „Niemals." Er macht einen Schritt auf sie zu. Cedric macht sich groß, blickt auf Dirk, der mittlerweile einen Kopf kleiner ist als er. „Du gehörst mir", flüstert er. Die Faust, die ihm entgegenfliegt, bemerkt er zu spät. Hart getroffen von Cedrics rechtem Haken, geht Dirk Wouters stöhnend zu Boden.
„Das wünschte ich mir schon lange zu tun." Cedric lächelt.
„Sie haben kein Recht darauf, Holly in ihren Träumen zu missbrauchen. Es ist ihr Traum und sie selbst hat die Kontrolle darüber", klärt Florian die Wesen auf. Sie winden sich, es sieht angsteinflößend aus. Florian steht rechts neben Holly, Cedric links. Sie schaut sich um, der Raum hat an Schrecken verloren, die Blumen, die zwitschernden Vögel, es sieht wunderschön aus.
„Es ist mein Traum, alles ist möglich", wispert Holly, dann grinst sie. Sie schaut das Wesen an, welches einer Ziege ähnelt und sieht zu, wie es sich in eine echte Ziege verwandelt. Sie ist begeistert, es funktioniert, dann das Pferd, der Hund und zum Schluss der Hase. Dirk windet sich, er schreit. „Nein!", ruft er verzweifelt. Holly blickt ihm tief in die Augen. „Du bist der Teufel." Sie nickt und Dirk Wouters verwandelt sich in einen kleinen, unschuldigen Hasen. Zufrieden blickt sie hoch zu Cedric, er nimmt ihre Hand und lächelt sie an. Auch Florian kann sich ein zufriedenes Grinsen nicht verkneifen.

„Frau Wouters, ihr Frühstück."
Holly braucht einen Moment, um in die Realität zurückzukehren. Sie blinzelt die Krankenschwester an.
„Wie geht es Ihnen?", fragt diese freundlich.
„Gut."
„Geht es mit der Schulter? Oder brauchen Sie Hilfe?"
„Es geht schon, danke."
Die Schwester verlässt das Zimmer. Holly starrt auf das Brot.
„Wars das jetzt?" Sie nimmt einen Schluck vom Orangensaft. Ist ihr Vater besiegt? Es war so einfach. Lustlos knabbert sie an ihrem Brot. Sie schiebt das Essen weg, neugierig schließt sie die Augen. Sie will es wissen.
Holly steht in der Ecke, in der sie immer steht. Der Raum sieht aus wie ein kleines Paradies. Noch schöner als zuvor. Die Ziege meckert laut und Holly muss lachen. Wo ist der Hase? Holly durchstreift das hohe Gras und findet den kleinen Nager, wie er an einem langen Halm knabbert. „Na Dirk, schmeckts?" Das Tier blickt kurz zu ihr hoch, dann hoppelt es davon. „Ihr werdet mir keine Schmerzen mehr zufügen", sagt sie leise, setzt sich ins Gras und lehnt sich an den großen Baum. Es riecht nach Gras, Kräutern, Blumen und Hoffnung. Nur einer fehlt zum vollkommenen Glück, sie schließt die Augen. Als sie sie wieder öffnet, sitzt Cedric neben ihr und lächelt sie an. Er sieht glücklich aus, frei ... befreit von seiner Last. Hier ist die Welt in Ordnung. Ihre Hölle wurde zum Himmel. Cedric lehnt sich zu ihr und küsst sie. Sie schließt erneut die Augen und genießt es.
„Holly."

Holly grinst, während sie sich küssen.
„Holly."
Langsam öffnet sie die Augen und schaut in Cedrics Gesicht.
„Hey, was machst du denn für Sachen?"
„Oh."
„Grinst du immer, wenn du schläfst?"
Sie setzt sich auf. „Es hat funktioniert, Cedric", verkündet sie aufgeregt.
„Was hat funktioniert?"
„Mein Traum, es ist vorbei."
„Dein Vater?" Er korrigiert sich. „Also Dirk Wouters?"
„Ja, sie sind weg, Cedric, ich habe sie in die Tiere verwandelt, als die sie sich verkleidet hatten."
Er streicht ihr über die Wange. „Das ist wunderbar."
„Du warst auch da."
„Hab ich ihm endlich die Fresse poliert?"
„Ja."
Sie lachen gelöst. „Warum waren sie als Tiere verkleidet?"
Holly senkt den Blick, auch eins der vielen grausamen Details, die sie verdrängt hat, an die sie sich jedoch langsam wieder erinnert.
„Sie waren meistens verkleidet."
Er hätte es wissen müssen. Cedric presst die Lippen zusammen.
„Was war gestern los?"
Holly erzählt ihm von dem Mann im Wald, ihrer Lunge und dem Sturz auf die Baumwurzel.
Er kratzt sich an der Stirn.
„Ist es das wert?"

Holly legt ihren Kopf schräg. „Was meinst du?”
„Dein Leben aufs Spiel zu setzen, nur um zu wissen, wer dein Vater ist.”
„Unser Leben, er hat von uns gesprochen.”
Cedric kümmert sich nicht um sein Leben, es wäre ihm egal, wenn ihn jemand aus der Welt schaffen würde.
„Wahrscheinlich ist Alexander Holmes dein Vater und sehr wahrscheinlich hat er kein Interesse daran, plötzlich Papa zu spielen. Die Politik ist eine andere Welt, Holly, da herrschen andere Gesetze.”
„Aber wenn Alexander mein Vater ist, er der Teufel ist, meine Mutter vergewaltigt und sie getötet hat, sollte er dann nicht dafür bestraft werden?”
Cedric denkt nach. „Ja natürlich, aber wir haben keinerlei Beweise."
„Ich bin der Beweis.”
„Selbst wenn wir ihn dazu bekommen, einen DNA-Test zu machen, ist noch nichts bewiesen, weder die Vergewaltigung noch der Mord.”
„Wir müssen ihm eine Falle stellen.”
Eine kleine Flamme lodert in Cedric auf, ein kleines Feuer, das er glaubte, dass es schon längst erloschen ist. Die Leidenschaft für seinen Beruf, der Grund, warum er Polizist werden wollte und wurde. Die Bösen in die Pfanne hauen, Gerechtigkeit schaffen und wer hätte Gerechtigkeit mehr verdient als Holly.
„Lass mich über einen Plan nachdenken, okay?"
Holly lächelt zufrieden. „Ja.” Ihre Blicke treffen sich. „Ich habe von dir geträumt.”

„Ich weiß."

„Du hast mich geküsst." Holly spürt, wie ihre Wangen rot werden.

„Ah ja?"

„Ja."

„War es ein schöner Traum?"

„Der schönste." Sie kichert. Cedric lehnt sich zu ihr und küsst sie sanft. Holly schließt die Augen. Sie schrecken auf, als sie ein Räuspern hören.

„Ich wollte nicht stören." Florian steht ein bisschen verloren in der Tür."

„Du störst nicht." Cedric geht auf Florian zu. „Ich nehme an, du bist Florian, Hollys Psychiater."

„Ja und du Cedric, der, ähm ... der Privatermittler."

„Ganz genau." Die beiden Männer schütteln ihre Hände, als ob es eine Machtdemonstration wäre. Florian stellt sich zu Holly ans Bett.

„Wie geht es dir?"

„Besser."

„Das ist schön." Er greift in die Papiertüte, die er bei sich trägt. „Ich habe dir Schokolade mitgebracht."

„Oh danke."

Cedric beobachtet jede Bewegung, jedes kleinste Zucken von Florian.

„Holly hat mir viel von dir erzählt." Florian blickt Cedric herausfordernd an. Holly ist beeindruckt über ihr Verhalten, dieses verdeckte gegenseitige Testen, ein bisschen Eifersucht glaubt sie auf beiden Seiten zu spüren und findet es super.

„Hoffentlich nur Gutes."

Florian nickt, sein Gesicht sagt ... *leider*.
Er setzt sich auf den letzten freien Stuhl im Zimmer.
„Wie geht es weiter, Holly?"
Holly kraust die Stirn. „Was meinst du?"
Jetzt schaut Florian vorwurfsvoll zu Cedric. „Du solltest aufhören rumzuschnüffeln, Holly könnte tot sein."
Und es wäre meine Schuld gewesen, führt Cedric den Satz in Gedanken fort. *Schuld!* Dieses eine Wort hämmert in seinem Kopf.
Holly sieht es Cedric sofort an, dass Florian den falschen Knopf betätigt hat. „Ich will Gewissheit haben, wer mein Vater ist."
Florian schüttelt den Kopf.
„Findest du nicht, dass er für den Mord an meiner Mutter bestraft werden sollte?"
„Ja, Holly, natürlich sollte er das, aber es ist nicht deine Aufgabe." Er schaut zu Cedric. „Und nicht seine, ihn zu überführen. Dafür ist die Polizei zuständig oder täusche ich mich da?"
Holly staunt über seinen scharfen Unterton. Cedric ist verstummt, Florian hat recht, es ist zu gefährlich. Sie kennen ihren Gegner nicht, er aber sie. Verloren blickt Cedric zu Boden. Holly betrachtet ihn traurig. „Wir werden sehen", sagt sie schließlich an Florian gewandt.
„Ihr spielt mit dem Feuer, Holly."
Ein weiteres Stichwort, welches Cedric erstarren lässt. Auch Holly muss eingestehen, dass er recht hat. Der Mann im Wald hat sie fast zu Tode geängstigt. Offensichtlich hat er kein Interesse, sie zu töten, sonst hätte er es getan. Jedenfalls noch nicht, doch wenn sie weiter schnüffeln, wird er mit höchster Wahrscheinlichkeit Wort halten

und sie aus dem Weg schaffen, wie ihre Mutter und wie Markus.
Florian hebt die Augenbrauen, wirft Cedric einen vernichtenden Blick zu, den dieser nicht sieht, da er noch immer im Tal steckt. Er steht auf. „Ich muss los, die Arbeit ruft."
Holly lächelt ihn an. „Danke für die Schokolade." Florian klopft ihr aufs Bein. „Ich denke, du kannst das Krankenhaus morgen verlassen. Gehst du nach Hause oder ...?" Er blickt auf Cedric.
„Ich gehe nach Hause."
Florian kratzt sich am Kinn, Holly lächelt. „Wenn du was brauchst oder Probleme hast, ruf mich an." Florians Lieblingssatz, seit sie ihn kennt.
„Mach ich."
Florian nickt Cedric zu, der es nicht sieht, da er noch immer mit hängendem Kopf dasitzt. Dann verlässt er das Zimmer.
Der eine Satz von Florian hatte die Macht, Cedric die Klippen hinunterzustürzen, in Sekunden war sein Kopf voller Vorwürfe und Zweifel. Vorwürfe, weil er sich tatsächlich eine Falle für Alexander Holmes ausgedacht hat, in der Holly der Lockvogel wäre. Zweifel, weil er glaubt, dass er nicht gut genug ist für Holly. Sein Alkohol- und Schlafproblem, die Abstürze – nein, er ist sich sicher, dass er nur eine Last wäre. Holly braucht einen Mann, der ihr zeigt, wie schön das Leben sein kann, ein fröhlicher Mann voller Tatendrang.
„Was ist?"
Endlich schaut er auf. „Nichts."
„Lügner." Sie lächelt.
„Hör mal, Florian hat recht, es wird zu gefährlich für dich." Er blinzelt schnell, drückt die Augen fest zusammen. Holly kennt ihn

unterdessen gut genug, dass sie weiß, dass er unter Stress steht, wenn er das macht.

„Cedric, ich habe dich beauftragt, meinen Vater zu finden, ich möchte, dass du weitermachst."

Er presst die Lippen aufeinander. „Aber ich werde alleine suchen, du hältst dich fern von Alexander Holmes."

Sie nickt schnell und lächelt. Langsam kommt wieder Leben in ihn.

„Du hast gesagt, dass die Männer eine Tiermaske trugen."

„Ja."

„Das bedeutet, dass, selbst wenn wir ein Video finden, man die Männer nicht identifizieren könnte?"

Holly zieht ihre Decke hoch bis zum Kinn. „Nicht immer, sie trugen sie nur manchmal."

„Okay." Er legt seine Hand auf ihren Arm. Holly betrachtet ihn. „Ich werde Alexander am Montag einen Besuch abstatten."

„Was wirst du tun?"

„Ich bin mir noch nicht sicher."

„Übrigens, der Mann im Wald war nicht Alexander."

„Bist du sicher?"

„Ja, er war kleiner und er roch anders."

„Du standest unter Stress."

„Ich bin mir sicher."

„Kann schon sein, dass er seine Hände nicht selber schmutzig macht." Cedric steht auf. „Ich komme morgen wieder, okay?"

„Ja."

Er küsst sie liebevoll auf die Stirn und verlässt das Zimmer.

Holly bricht ein Stück der Schokolade ab, die Florian mitgebracht hat. Genussvoll lässt sie es sich auf der Zunge zergehen. Sie kann ihre Gedanken nicht richtig fassen. Sie hat Angst, gleichzeitig fühlt sie sich mutig, möchte herausfinden, wer ihr Vater ist und wer ihre Mutter getötet hat. Sie wird nicht schlau aus Cedric, liebt er sie? Oder nicht? Vielleicht wird er aus ihr auch nicht schlau? Hollys Augenlider werden immer schwerer, bis sie endgültig zufallen.

Kapitel 23

Florian hatte mal wieder recht, Holly durfte am nächsten Tag schon nach Hause. Cedric hat ihr Essen gebracht, war aber, so fand Holly, distanziert und bedrückt.

Es ist Montag früh, Cedric ist auf dem Weg zu Alexander Holmes' Büro. Er hat sich die Kleidung eines Elektrikers übergezogen. So kommt er am ehesten unbeachtet in Holmes' Büro. Ob das sehr intelligent ist, kann er nicht mit Gewissheit beantworten. Cedric parkt den Wagen, zieht sich seine Baseballkappe tief ins Gesicht und spaziert in das Bürgermeisteramt. Auf direktem Weg begibt er sich aufs Klo, er spürt die Blicke der Empfangsdame. Nach zehn Minuten kommt er wieder heraus, stellt sich mit genervter Miene vor die Empfangsdame. „Da ist jemand auf der Toilette und kommt nicht raus, ich soll das Licht reparieren, das geht so aber nicht."

„Ich, ähm ...", stottert die Dame.
„Ich habe keinen Bock, meine Zeit hier zu vergeuden. Entweder Sie holen die Person da raus oder ich gehe wieder und stelle die verlorene Zeit in Rechnung."
„Ähm, ja, ich ..." Sie steht auf und eilt zur Toilette. Cedric grinst zufrieden und rennt die Stufen hoch. Ohne an der Tür zu klopfen, tritt er ein. Alexander sitzt an seinem Tisch und blickt ihn überrascht an.
„Ähm." Er zeigt mit dem Finger auf ihn.
„Pst, Ruhe." Cedric zieht seine Waffe.
Alexander drückt sich ängstlich in seinen bequemen Stuhl.
„Was wollen Sie?"
„Legen Sie Ihre Hände auf die Stuhllehne, wo ich sie sehen kann."
Alexander gehorcht. Cedric setzt sich und blickt ihm tief in die Augen. Holly hat recht, es sind nicht die Augen eines Teufels. Aber er weiß es aus persönlicher Erfahrung, dass man den Menschen ihre Boshaftigkeit selten ansieht. Beate Wouters sah in ihm den Angreifer, den Teufel, hasst ihn dafür, was er ihr angetan hat.
„Haben Sie ein schlechtes Gewissen, Herr Holmes?"
Er schüttelt den Kopf. „Nein", sagt er verunsichert.
„Das sollten Sie aber."
„Ich verstehe nicht, warum?"
„Ihre Praktikantin."
Holmes legt seine Stirn in Falten. „Frau Kurz."
Cedric grinst, Kurz ... eine Anspielung auf ihre Körpergröße von knapp einhundertsechzig Zentimetern? „Ja, Frau Kurz."
„Was ist mit ihr, wo ist sie? Warum ist sie nicht hier?"

„Sie ist im Krankenhaus."

Holmes schaut glaubhaft entsetzt. „Was ist passiert?"

Cedric beobachtet jede Regung, jedes Anzeichen auf eine Lüge.

„Sie wurde angegriffen."

„Nein, von wem?"

Es ärgert Cedric, dass er Holmes das Entsetzen abnimmt.

„Von einem maskierten Mann im Wald."

„W-w-w-warum? Wie geht es ihr?"

„Es geht ihr den Umständen entsprechend gut. Das *Warum* müssen Sie mir beantworten."

„Was? Ich?"

„Ach kommen Sie, Holmes, Sie wissen ganz genau, wer Frau Kurz wirklich ist."

„Nein, verdammt, wer ist sie?"

Cedric schaut ihm tief in die Augen und zweifelt. „Frau Kurz heißt in Wirklichkeit Holly Wouters."

Er kann in Holmes' Gesicht sehen, dass er nach Erinnerungen sucht, er denkt nach, wo er den Namen schon mal gehört hat.

„Holly Wouters?"

„Ja."

„Die Tochter von Beate Wouters, das Mädchen, welches über Jahre von ihrem Vater missbraucht wurde?"

„Ganz genau."

Holmes schüttelt den Kopf, „Ich habe den Fall verfolgt." Er blickt hoch zu Cedric. „Ich war ja früher Anwalt, der Fall hat mich interessiert."

„Weil?"

„Weil es ein interessanter Fall war."

„Und?"

Holmes schluckt. „Ich habe Beate Wouters auf einer Party vor ..." Holmes versucht, sich zu erinnern. „... ungefähr 20 Jahren kennengelernt."

„Aha." Cedric ist jetzt hellwach, obwohl er kaum geschlafen hat. „Was geschah dort auf dieser Party?"

Holmes lächelt verlegen. „Es war eine wilde Party, viel Drogen, Alkohol und Mädchen."

„Beate war eine davon?"

„Ja, sie war hübsch, jung und ..." Er grinst. „Verdammt wild."

„Wie sah das aus? Das *wild* sein?"

„Na ja, sie knutschte mit fast allen rum."

„Mit Ihnen auch?"

„Ja, auch mit mir."

„Was noch?"

„Was, was noch?"

„Lief noch mehr?"

„Nein, ich war damals schon verheiratet. Wir knutschten rum, mehr nicht."

Cedric sucht verzweifelt nach Anzeichen einer Lüge in seinem Gesicht. Er entscheidet sich, den Druck zu erhöhen. „Nun, kurz vor Beates Tod gestand sie mir, dass Sie, Herr Holmes, Hollys richtiger Vater sind."

„Was?" *Wenn Holmes schauspielert, dann hat er einen Oscar verdient*, denkt Cedric, spielt aber weiter mit.

„Sie haben Beate damals mehrfach vergewaltigt und gequält, sie wurde schwanger und Sie zwangen sie, das Kind zu behalten."

Holmes reißt die Augen auf. „Wie bitte? Das ist ... das ist ..." Er blickt aufgebracht umher. Niemals, das habe ich nicht getan."

„Sie wissen, wie wir das bezeugen können?"

Holmes blickt Cedric fragend an.

„Ein DNA-Test, stimmen Sie einem solchen zu?"

Holmes wischt sich nervös die Haare aus der Stirn. „Ich, ich habe Beate nichts angetan, dieses Mädchen ist nicht meine Tochter."

„Ist Ihnen die Ähnlichkeit nicht aufgefallen?"

„Doch, irgendwie schon, aber das kann Zufall sein. Es gibt Menschen, die sehen anderen ähnlich, obwohl sie nicht verwandt sind."

Cedric hebt die Schulter. „Ein DNA-Test würde dem Zweifel ein Ende setzen."

Holmes starrt auf den Schreibtisch. „Das darf auf keinen Fall an die Öffentlichkeit."

„Das braucht es nicht."

„Gut."

„Ich bringe ihnen das Material morgen früh vorbei."

„In Ordnung."

Cedric erhebt sich. „Noch eine Bitte."

„Ja?"

„Rufen Sie Ihre Wölfe zurück."

„Meine was?"

„Die Männer oder den Mann, der Holly bedroht."

„Ich ... das habe ich nicht."

Cedric atmet tief ein, es macht ihn fast wahnsinnig, dass er Holmes

glaubt.
Holmes erhebt sich, geht auf Cedric zu. Cedric betrachtet seinen Bürostuhl. Wie gerne würde er sich hineinsetzen und schlafen, der Stuhl sieht unglaublich bequem aus.
„Wie ist ihr Name?"
„Das spielt keine Rolle."
Holmes steht jetzt direkt vor Cedric. „Versprechen Sie mir, dass das alles geheim bleibt."
Cedric nickt und steckt seine Waffe in den Hosenbund. Noch einmal blickt er Holmes eindringlich an, dann verlässt er das Büro. Voller Zweifel fährt er zu Holly, er versucht das ungute Gefühl, welches sich in ihm ausbreitet, zu ignorieren. Ungeduldig klingelt er an der Tür, Holly braucht einen Moment, ihr rechter Arm steckt noch immer in einer Schlaufe, damit der Schlüsselbeinbruch heilen kann. Kaum hat sie die Tür geöffnet, eilt Cedric ins Haus. Ihm fällt sofort auf, dass die Schlafzimmertür offen steht, zum allerersten Mal. Holly bemerkt seinen Blick, sie schluckt und bereut, dass sie vergessen hat, die Tür zu schließen. Wahrscheinlich ist es Cedrics berufliche Neugierde, die ihn zwingt, sich Schritt für Schritt und so unauffällig wie möglich, dem Zimmer zu nähern. Dabei lässt er Holly nicht aus den Augen. Dann wirft er einen Blick hinein. „Scheiße, Holly, was ist das?" Er macht einen Schritt in das Zimmer und betrachtet die hässlichen schwarzen Wände. „Kein Wunder, dass du Albträume hast."
„Er hat mich dazu gezwungen." Cedric verlässt das Zimmer.
„Wer? Zu was?"
„Mein ... Dirk Wouters, er hat mich gezwungen, die Wände schwarz

zu streichen."
„Um Himmels willen."
„Ich glaube, ich habe die Träume im Griff. Deshalb wollte ich die Wände rosa streichen."
„Mit einem Arm?"
Sie hebt die Schultern. „Ich will nicht mehr in dem schwarzen Loch schlafen."
Cedric wirft nochmals einen Blick in das Zimmer, dann krempelt er die Hemdsärmel hoch, grinst schief und beginnt, Möbel im Schlafzimmer umherzuschieben. Holly beobachtet ihn, sie ist gerührt, warum tut er das für sie?
„Alle Wände rosa?", fragt er mit einem verzweifelten Gesichtsausdruck.
„Ja."
Er hebt die Augenbrauen. „Ich weiß nicht, was schlimmer ist."
Holly lacht.
„Das Schwarz muss ich erst weiß überstreichen, dann mit rosa drüber, das wird ne Weile dauern."
„Ich kann im Wohnzimmer schlafen."
„Dann mach ich mich mal an die Arbeit."
„Danke."
Holly beobachtet ihn, er arbeitet rationell und schnell, als hätte er es schon tausendmal getan. „Warst du bei Holmes?"
„Ja, morgen bringe ich ihm den DNA-Test."
„Was hat er gesagt."
„Dass er von allem keine Ahnung hat." Cedric legt den Pinsel ab. „Zumindest gibt er zu, dass er deine Mutter auf dieser Party

getroffen hat."
„Und?"
„Er behauptet, dass sie sich geküsst haben, mehr nicht."
„Glaubst du ihm?"
Genau da liegt das Problem, Cedric glaubt ihm.
„Mein Gefühl kann manchmal täuschen."
„Das heißt, du glaubst ihm?"
„Ich glaube, wir haben uns zu sehr auf Holmes eingefressen. Das ist mein Fehler, ich ließ mich von der Ähnlichkeit zu dir blenden. Ich werde die anderen Anwälte, die damals bei seiner Kanzlei angestellt waren, auch noch durchleuchten."
Cedric streicht die Wände weiß, dann setzt er sich zu Holly an den Esszimmertisch. „Das muss trocknen."
„Danke."
„Nichts zu danken." Cedric steht auf und zieht sich die Jacke über.
„Musst du gehen?"
„Ja, ich muss noch ein paar Dinge erledigen." Er hebt die Hand, lächelt und begibt sich zur Tür.
„Cedric."
Er hält inne und dreht sich zu Holly um.
„Habe ich was falsch gemacht?"
„Warum meinst du das?"
„Du bist so seltsam distanziert und kalt."
Er schluckt leer, blickt an die Decke. „Nein, Holly, du hast nichts falsch gemacht." Cedric nähert sich ihr, blickt ihr tief in die Augen. „Ich bin nicht gut für dich, du hast was Besseres verdient." Seine Stimme ist leise und gebrochen. Holly schaut ihn entsetzt an.

„Warum?”
„Ich bin zu kompliziert, zu ...” Er denkt nach. „... kaputt, du brauchst jemanden, der dich zum Lachen bringt, der dich glücklich macht.” Schnell wischt er sich eine Träne weg.
„Ich war noch nie so glücklich."
„Irgendwann wirst du mir dankbar sein.”
„Nein, ich will nicht, dass du für mich entscheidest.” Holly schüttelt den Kopf. „Wie kommst du darauf, dass du nicht gut genug für mich bist?” Jetzt mischt sich Wut zu ihrer Verzweiflung. „Glaubst du, ich kann mit deinen Macken nicht umgehen? Glaubst du, ich bin schwach und brauche einen starken Mann, der selbst keine Probleme hat?” Cedric blickt betrübt zu Boden. „Ich bin nicht schwach, Cedric, nach allem, was man mir angetan hat, bin ich noch immer hier. Warst nicht du es, der gesagt hat, dass ich so stark sei? Ich kann mit viel Schlimmerem umgehen als mit dir, glaub mir das.”
„Ich komme morgen wieder und mach das Zimmer fertig.” Ohne Holly anzusehen, dreht er ab und verlässt das Haus. Holly ist perplex, wie kann er sie einfach so stehen lassen. Sie schüttelt den Kopf, hin und her gerissen – in einem Gefühlschaos gefangen. Wut, Trauer, was jetzt? Sind alle Männer so kompliziert? Niedergeschlagen setzt sie sich auf Sofa. Als ihr Handy klingelt, hofft sie, dass es Cedric ist, ist er aber nicht, Florian ist der Anrufer.
„Holly.”
„Hi.”
„Wie geht es dir?”
„Es geht.”

Florian hört sofort, dass es ihr nicht gut geht.
„Was ist los?"
„Nichts."
Er kennt sie schon so gut, dass nichts aus ihr herauszulocken ist, wenn sie in dieser Laune steckt.
„Ich habe einen freien Termin heute, hast du Lust?"
Sie könnte mit ihm über Männer reden, er ist ja schließlich auch einer. „Ich kann nicht Fahrradfahren."
„Ich hole dich ab."
Ein verlockendes Angebot. „Ja okay."
„Achtzehn Uhr?"
„Gut."
Holly beendet den Anruf und bereut die Zusage bereits. Wie sie es hasst, in dieser Stimmung gefangen zu sein, alles erscheint sinnlos und dumm, wertlos und von kurzer Dauer. Keine Lust auf nichts und alles. Betrübt legt sie sich aufs Sofa und versucht, ein wenig zur Ruhe zu kommen.
Pünktlich auf die Minute hupt es vor dem Haus. Holly setzt sich zu Florian in den Wagen, gemeinsam fahren sie zu seiner Praxis.
Während Holly mit Florian über Männer spricht, kämpft Cedric seinen ganz eigenen Kampf mit sich selbst. Er geht in seiner Wohnung auf und ab, schlägt alles kurz und klein, was er vor wenigen Tagen, nach seinem letzten Ausraster, wieder eingeräumt hatte. Warum versteht er sich selbst nicht? Warum kann er sich nicht wehren gegen die Monster der Vergangenheit, die Dämonen, die ihm unaufhörlich ins Ohr flüstern: *Schuld, Abschaum, Verlierer*. Er kann ihnen nicht widersprechen, weil sie recht haben.

Er liebt Holly. Das ist die Wahrheit, gegen die er anzukämpfen versuchte, denn er ist sich sicher, dass er ihr wehtun würde – mit seiner Art, mit seinen Lasten. Er muss *Nein* sagen, um sie zu beschützen. Cedric nimmt den Weg, den er immer in solchen Situationen nimmt, sein bester und treuester Freund steht im Kühlschrank und wartet geduldig auf ihn. Er macht sich nicht die Mühe, den Wodka in ein Glas zu kippen, er trinkt direkt aus der Flasche. Die Spirale, die ihn in den Abgrund zieht, dreht sich gnadenlos, bis alles nur noch schwarz ist.

Holly hat es Florian angesehen, dass es ihm widerstrebt, über Cedric zu reden, aber er bemüht sich. Er gibt ihr den Rat, abzuwarten, ihn in Ruhe zu lassen, damit er sich über seine Gefühle klar werden kann. Florian ist eben ein Profi. Aber Profi hin oder her, hat er es sich nicht nehmen lassen, Holly über Cedric auszuquetschen, wo er wohnt, wie er denkt, wie er sie behandelt. Holly findet es amüsant und antwortet ihm willig. Kurz nach neunzehn Uhr ist die Sitzung beendet und Florian bringt seine Patientin nach Hause. Die Nächte sind kühl und es ist bereits dunkel. Florian verabschiedet sich und wartet, bis Holly im Haus verschwindet und er sieht, dass das Licht angeknipst wird. Das Treffen mit Florian hat Holly gutgetan, wie immer eigentlich. Er kennt sie und weiß, wie er mit ihr umzugehen hat. Holly fühlt sich bei Florian sicher und verstanden. Sie wird Cedric Zeit lassen und auf ihn warten – wenn er noch Zeit braucht, dann bekommt er sie, auch wenn es Holly schwerfällt. Sie nimmt sich eine Cola aus dem Kühlschrank und setzt sich auf das Sofa. Ein kleiner Piks, lässt sie schrill schreien, erschrocken legt sie die Hand auf ihren Hals und dreht sich um. Ihr Herz holpert, als sie einem maskierten Mann entgegensieht. Sie blickt in die Augen des Teufels, wer auch immer hinter dieser Maske steckt, er ist der Teufel. Holly blinzelt, ihre Augenlider wiegen schwer. Zweimal, dreimal, dann bleiben sie geschlossen.

Als Holly zu sich kommt, reicht ein kurzer Blick und sie weiß, wo sie ist. Entsetzt springt sie auf und schreit aus Leibeskräften, sie poltert außer sich und in Panik an die Luke über ihr.

„Bitte, ich will hier raus." Sie ist gefangen in *ihrem* Gefängnis. In dem kleinen Raum, in den sie als Kind gesperrt wurde, immer und immer wieder. Manchmal tagelang ohne Licht, mit nur ein bisschen Wasser. Nackt und schutzlos. Wenigstens ist sie angezogen, das Licht ist angeknipst. Holly atmet schwer, versucht sich zu beruhigen. Dann hört sie Schritte über sich.

„Holly, Holly, Holly. Ich habe gesagt, ihr sollt euch zurückziehen."

„Wer sind Sie?"

„Das weißt du doch."

„Der Teufel."

Keine Antwort.

„Warum bringen Sie mich nicht gleich um? Warum dieser Aufwand?"

„Ich kann doch meine Tochter nicht mit bloßen Händen umbringen. Holly beißt sich auf die Unterlippe, sie wird hier sterben. Cedric! Er wird sie finden, da ist sie sich sicher. Aufgeregt sucht sie nach ihrem Handy. Wie dumm, natürlich hat der Kerl es ihr abgenommen. Hoffnungslosigkeit breitet sich wie ein Feuer in ihr aus.

Cedric liegt ausgestreckt auf dem Boden, zum Sofa hat es nicht mehr gereicht. Es dreht sich alles, die Gedanken sind unklar und verworren und dafür ist er dankbar. Als eine Nachricht eingeht, dauert es eine Ewigkeit, bis es ihm gelingt, das Handy aus seiner Hosentasche zu kramen.

Komm sofort zum Haus meiner Eltern, ich habe etwas gefunden.

Cedric legt seine Stirn in Falten, was macht Holly im Haus ihrer Eltern? Warum hat sie ihm nichts gesagt? Und was hat sie gefunden?

Ich kann nicht. Besser morgen. Tippt er voll konzentriert.

Bitte, es ist wichtig.

Er atmet tief ein. *Okay, ich bin in 15 Minuten bei dir.*

Danke.

Cedric kämpft sich vom Boden hoch und torkelt ins Badezimmer. Inbrünstig putzt er sich die Zähne, versucht den Alkoholgeschmack loszuwerden. Dann spritzt er sich eiskaltes Wasser ins Gesicht. Er schaut sich im Spiegel an und erschreckt vor dem traurigen Mann, der ihn daraus anblickt. „Scheiße", murmelt er. Eilig zieht er sich um und verlässt die Wohnung. Er glaubt nicht an Gott, nicht an den aus der Bibel, nicht an den aus dem Koran oder sonst einer Religion, aber er betet, wer es auch immer erhören will. Er betet, dass die Polizei ihn nicht anhält. Kurze Zeit später fährt er bei Hollys Eltern vor. Das Licht im Eingang brennt sowie im Wohnzimmer. Cedric steigt aus und schwankt zur Tür. Der Alkohol trübt seine Sinne und damit auch das ungute Gefühl, welches sich verzweifelt versucht, Gehör zu verschaffen. Die Tür ist nur angelehnt, Cedric stößt sie auf. „Holly?" Er lauscht, betritt dann die Wohnung. Ohne Regung schaut er zu, wie eine Eisenstange auf seinen Kopf niederkracht. Bewusstlos fällt er zu Boden.

Holly blickt ängstlich zur Luke, als sie Schritte und Stöhnen vernimmt. Langsam geht sie auf.

„Du hast Gesellschaft", ruft der Mann fröhlich. Holly macht einen Schritt zur Seite, dann kracht der Körper von Cedric voller Wucht zu Boden. Der Mann hält seinen Kopf über die Luke.

„Sollte er aufwachen, sage ihm, dass er zu viel Alkohol trinkt, das war einfacher, als ich es mir erträumen konnte." Er lacht und schließt den Lukendeckel.

„Cedric." Besorgt beugt sie sich über ihn, versucht ihn mit aller Kraft auf den Rücken zu drehen. Dann fühlt sie seinen Puls und lehnt sich erleichtert zurück. Er lebt, aber aus einer großen Wunde am Kopf strömt Blut. Sie zieht sich eine Socke aus und presst sie auf die Verletzung. Es ist egoistisch, aber sie ist froh, dass sie nicht mehr alleine ist. Es war unerträglich, auf direktem Weg zurück in die Vergangenheit. Hier in diesem Gefängnis gibt es nur schlimme Erinnerungen, geprägt von Schmerzen, Angst, Ablehnung und Einsamkeit. Sie kniet sich hin und starrt Cedric an. Der Mann war wenigstens so nett und hat das Licht angelassen. Minutenlang starrt sie ihn einfach nur an, beobachtet seine Atmung und riecht den Alkohol.

„Cedric." Wieder und wieder flüstert sie seinen Namen, aber er reagiert nicht. Wegen der Verletzung? Wegen des Alkohols? Wahrscheinlich beides. Holly wirft einen Blick zur Luke. Sie müssen hier raus. Aber sie weiß, dass es keinen Ausweg gibt. Der

Lukendeckel ist eine mit Holz überzogene Stahlplatte, oben an verschiedenen Stellen mit Riegeln verschließbar. Eisenriegeln. Auch Cedric wird es nicht schaffen, den einzigen Ausweg zu öffnen. Der Mann – ihr Vater – hat sich bestimmt rückversichert, dass sie es nicht rausschaffen. Hoffnungslosigkeit überkommt Holly. Tränen kullern über ihre Wangen. Liebevoll streicht sie Cedric über das Gesicht, das Blut ist ihr egal, sie will ihn berühren, Gewissheit haben, dass sie nicht alleine ist.

„Cedric, bitte wach auf, ich brauche dich." Er stöhnt und verzieht das Gesicht, Holly beobachtet ihn gespannt. Dann öffnet er endlich das rechte Auge. „Holly", sagt er heiser. Er blickt sich um und schließt das Auge wieder.

„Cedric."

Er öffnet es erneut, schaut sich um, versucht sich aufzusetzen, lässt es aber bleiben. Besorgt greift er sich an seinen Kopf und erschreckt ob des Blutes.

„Was? Verdammt, ... was ist passiert?"

„Mein Vater hat dir was über den Kopf geschlagen und dich dann hier runtergeworfen."

Cedric blickt Holly mit dem einen Auge an. „Dein Vater?"

„Ja, es ist nicht Alexander, ich bin mir sicher."

„Hast du ihn gesehen?"

„Ja ... also nein, nicht richtig, aber seine Stimme, seine Augen, seine Statur, er ist es nicht."

Cedric kämpft mit sich, seinen Kopfschmerzen, von denen er nicht weiß, ob er sie der Verletzung oder dem Alkohol zu verdanken hat.

„Was hat er vor?"

Holly leckt sich die trockenen Lippen. „Wir sollen hier sterben."
„Scheiße." Cedric atmet tief ein. „Kommen wir hier raus?"
Sie schüttelt den Kopf. Er schaut sich um, versucht sich ein Bild von ihrer Lage zu verschaffen. Er zeigt auf die Luke.
„Ist das der einzige Ausweg?"
„Ja."
„Ich brauche noch einen Moment, dann versuche ich die Luke zu öffnen."
„Das kannst du dir sparen."
Cedric schaut Holly vorwurfsvoll an. „Du solltest etwas positiver sein, Holly."
Sie zuckt mit den Schultern. Einmal war sie zwei Tage hier unten eingesperrt, nackt, ohne Essen und ohne Trinken. Es war die Hölle, sie hörte ihre Eltern lachen, sich unterhalten und fernsehen, sie selbst war unsichtbar, nicht wichtig. Die zwei Tage waren schlimm, der Durst kaum auszuhalten. Und jetzt? Wie wird es sein, zu Tode zu hungern und zu dursten? Die Vorstellung allein ist kaum zu ertragen. Auf den Tod zu warten, bis er endlich gnädig genug ist und einen mitnimmt.
„Ich will nicht, Cedric." Holly wischt sich die Nase und schnieft.
„Was willst du nicht?"
„Hier sterben." Sie lehnt sich an seine Schulter. Liebevoll streicht er ihr durch die Haare. Sie schaut zu ihm hoch. „Glaubst du an ein Leben nach dem Tod?"
„Für mich gibt es ein Leben nach dem Tod, wo man seine Liebsten wiedertrifft." Er starrt an die Wand. „Oder es gibt nichts, ein großes schwarzes Nichts. Sendeschluss."

„Hm." Holly denkt nach. „Ich will niemanden sehen nach dem Tod."
„Ich stelle mir vor, dass der Himmel, sollte es ihn geben, ein Ort ist, an dem das Schlechte und das Böse nicht existiert. Keine Ängste, keine negativen Emotionen, man läuft dumm lächelnd durch den Tag und erfreut sich an allem und jedem."
Holly grinst. „Klingt wie ein Horrorfilm." Sie lachen.
„Ich weiß es nicht, Holly, keiner weiß es. Für mich ist es vollkommen in Ordnung, wenn einfach Schluss ist."
„Für mich auch."
„Aber wir sterben nicht, okay?" Cedric kämpft sich auf die Beine. Kleine Blitze schlagen in seinen Kopf ein. Er versucht sie zu ignorieren. „Nicht hier und nicht jetzt." Er stemmt seine Arme gegen die Luke, die sich keinen Millimeter bewegt. „Scheiße", sagt er leise.
„Ich habe es dir doch gesagt."
Cedric schaut sich um. Immer wieder wischt er sich das Blut aus dem Gesicht. Er bereut es zutiefst, dass er so über die Stränge geschlagen hat, in nüchternem Zustand wäre er niemals einfach so in das Haus gelaufen. Er versucht es noch zwei-, dreimal, dann lässt er sich schwer atmend auf den Boden sinken.
„Ich will nicht sterben, Cedric."
Ihm wäre es egal, aber das muss sie nicht wissen. „Du wirst nicht sterben, nicht hier, Holly, ich verspreche es dir." Wie kann er ihr so was versprechen. Genervt über sich selbst, schüttelt er den Kopf.
Sie haben keine Ahnung, wie spät es gerade ist, der Mann hat ihnen die Uhr und natürlich das Smartphone abgenommen.
„Hast du Träume, Holly?"

„Ja, ich möchte mit Tintenfischen schwimmen, vielleicht mal ein Buch schreiben, reisen, lieben und geliebt werden."
Cedric schaut sie an. „Ich liebe dich."
„Ich liebe dich auch, Cedric."
Zufrieden lehnt er sich an die Wand.
„Hast du Träume?
Cedric denkt nach, entsetzt stellt er fest, dass er keine Träume hat.
„Ich, ähm, ich würde gerne meine Eltern und meinen Bruder wiedersehen."
Holly presst die Lippen zusammen. „Und sonst?"
„Ich möchte mir verzeihen können."
Sie hebt die Augenbrauen. „Was war dein schönster Tag in deinem Leben?"
Diesmal muss er nicht lange nachdenken. „Als du mein Büro betreten hast."
Holly quiekt, schaut ihn an. „Echt? Du warst so seltsam und unfreundlich."
„Du hast mir von der ersten Sekunde an gefallen, dein Lächeln, deine geheimnisvollen Augen, diese Tiefe, da war etwas, was mich magisch zu dir hingezogen hat."
„Flirten scheint nicht deine Stärke zu sein."
Wieder lachen sie.
Nach einer Weile der Stille fragt Holly. „Wie lange überlebt man, ohne zu trinken."
Cedric zieht die Augenbrauen hoch. „Ich glaube, es kann sich über Wochen hinziehen. Bemerkbar macht es sich wohl schon nach achtzehn Stunden, Kopfschmerzen, Schwindel, später dann Fieber

und Verwirrung." Er grinst Holly an. *Seltsamer Mann*, denkt sie und fürchtet sich vor den nächsten Tagen. Sie versucht, die Gedanken zu vertreiben. „Warst du gerne Polizist?"
„Ich habe es geliebt."
Holly stellt keine weiteren Fragen, er hat es geliebt und er hat es verloren, wie alles, was er jemals geliebt hat. Sie seufzt laut.
„Ich muss ein bisschen schlafen, Holly, mein Kopf." Er reibt sich die Stirn. Das Blut an den Händen wischt er an seiner Hose ab.
„Schon gut."
Cedric legt seinen Kopf auf Hollys Beine, liebevoll streicht sie ihm über seine vollen Haare. Sie lehnt ihren Kopf nach hinten an die Wand und schließt die Augen, ein bisschen Schlaf würde auch ihr guttun.

Florian sitzt in seinem Wagen, er atmet schwer, sein Kreislauf steht kurz vor dem Zusammenbruch. Konzentriert versucht er, Sauerstoff in seine Lungen zu pumpen. Seine Emotionen fahren Achterbahn, irgendwo zwischen Wut, Trauer und Enttäuschung. Heute Nachmittag hat er Lisa, seine Frau, eng umschlungen mit einem anderen Mann in der Stadt gesehen. Er hat sie darauf angesprochen und sie hat ihn nur angeschaut. Und er wusste, was ihr Blick meinte. Ja, ich habe eine Beziehung.
„Wie lange schon?"
„Seit einem Jahr."
Florian blieb die Luft weg, er konnte es nicht fassen, erstens, dass er es nicht bemerkt hat, und zweitens wegen des eifersüchtigen Getues seiner Frau, als Holly bei ihnen lebte. Er weiß nicht, ob er weinen

oder lachen soll. *Toller Psychiater*, dachte er bitter, dann stürmte er aus dem Haus. Jetzt sitzt er im Wagen und weiß nicht, wohin. Seine Atmung normalisiert sich langsam, seine Gedanken sind noch immer wirr, das ganze Gerüst seines Lebens ist gerade eingefallen. Das, wovon er dachte, was für immer sein wird, ist weg. Sie hat ihn betrogen, nicht nur mit einem One-Night-Stand, nein, mit einer festen Beziehung, und das seit einem Jahr. Wütend schlägt er auf das Lenkrad. Er blickt zur Haustür, sie sieht es nicht einmal als notwendig an, zu sehen, wo er hingeht. „Oh Gott", murmelt er, dann fährt er los, zu Holly. Er weiß nicht, was er von ihr erwartet, von einer 19-jährigen traumatisierten jungen Frau, die zufällig auch seine Patientin ist. Plötzlich empfindet er sein ganzes Leben als lächerlich. Was er sich aufgebaut hat, wer er ist, was er denkt, was er träumt – alles dumm. Es ist kurz vor Mitternacht, bei Holly brennt kein Licht. Florian wählt ihre Nummer, sie nimmt nicht ab. Wahrscheinlich schläft sie schon, aber Holly schläft wenig und selten vor Mitternacht. Vielleicht ist sie bei Cedric? Da kann er jetzt nicht vorfahren. Er atmet geräuschvoll aus und fährt in seine Praxis, wirft sich eine Beruhigungstablette ein und schläft.

Kapitel 24

Holly ist schon seit einer Weile wach, Cedric scheint seinen Kater auszuschlafen und sie lässt ihn auch. Scheinbar hat er keine

Albträume, wenn er betrunken ist. Langsam wacht auch Cedric auf und er scheint einen Moment zu brauchen, um sich zu erinnern, wo er ist. Holly ist sich nicht sicher, ob sie es sich nur einbildet, aber die Luft ist stickig, sie hat das Gefühl, sie könnte sie durchschneiden. Es riecht nach Schweiß und Alkohol, säuerlich und ekelhaft.

„Hi", sagt sie leise. Sein linkes Auge ist zugeschwollen, ein tiefer Schnitt präsentiert sich auf seiner Stirn. Cedric stöhnt. Holly schaut ihn besorgt an. „Hast du Schmerzen?"

„Oh Gott, mein Kopf", stöhnt er.

Holly hat Angst um ihn, ein Schlag auf den Kopf ist gefährlich, dann noch der Sturz in das Gefängnis. Er könnte einen Schädelbruch erlitten haben. Oder ein Schädel-Hirn-Trauma. Holly schluckt. Verdammte Angst, es sind diese verdammten Ängste, die ihr ganzes Leben beherrschen.

Cedric kämpft sich auf die Beine, schwankend steht er vor Holly. Er ist schneeweiß im Gesicht, sein Auge trüb, sein Blick leer. „Wir müssen hier raus, wie auch immer." Cedric stemmt seine Arme gegen die Luke, aber sie bewegt sich keinen einzigen Millimeter.

„Verdammt", flucht Cedric. Holly drückt sich an die Wand. Noch einmal stemmt er sich mit voller Kraft dagegen, keine Chance. Ein Schrei verlässt seine Kehle, der Holly durch den Körper fährt. Ihr Herz poltert aufgebracht, sie starrt ihn an. Die Verzweiflung ist ihm ins Gesicht geschrieben. Wütend tritt er gegen die Wand, schlägt dagegen, brüllt, stöhnt und schreit. Holly schließt die Augen und hält sich die Ohren zu.

„Was ist das?" Hört sie Cedric dumpf fragen. Zaghaft öffnet sie ihre

Augen und schaut an die Stelle, auf die er mit seinem Finger zeigt. In der Wand hat sich ein kleines Türchen geöffnet, es war mit bloßem Auge nicht sichtbar. Ein kleines Versteck für die Dinge, die keiner sehen soll. Cedric kniet sich hin, greift in das Fach und tatsächlich ertastet er verschiedene Gegenstände, neugierig zieht er alles aus dem langen, schmalen Loch in der Wand. Obenauf liegt eine DVD. *Schattenland* steht darauf mit schwarzem Edding geschrieben. Holly reißt ihre Augen auf. „Schattenland", sagt sie leise.

„Wenn wir hier raus sind, Holly, dann bringen wir die Schweine hinter Gitter."

Holly nickt, kämpft gegen die Erinnerungen, gegen den Abgrund.

Cedric zieht einen Brief aus einem großen weißen Umschlag, er liest leise:

Liebe Beate,

leider habe ich seit über einem Monat nichts mehr von Dir gehört. Du weißt, wie der Deal lautet. Ich will sehen, was Dirk mit Helena macht. Ich gebe dir noch genau drei Tage Zeit. Du weißt, wozu ich fähig bin. Tu, was ich dir sage.

Dein Teufel

Cedric schluckt, entsetzt schaut er zu Holly.

„Was ist das?"

„Es ist von deinem Vater."

„Was schreibt er?"

Cedric runzelt die Stirn. „Er wusste, was sie dir antaten und wollte

es sehen.”
Ein undefinierbares Geräusch verlässt Holly. Sie schwebt schwerelos, kann keinen klaren Gedanken fassen, das Grauen wird immer entsetzlicher.
„Er wusste über alles Bescheid, über dieses Gefängnis, die Qualen, die du durchlebt hast, er wusste es und sah es auch.”
„Ich will ihn töten.”
Die Kälte in ihrem Blick lässt Cedric erstarren. „Wir werden ihn kriegen, Holly.” Leere Worte. Cedric weiß es, denn er hat keine Ahnung, wie sie hier rauskommen sollen. Mit zittrigen Händen nimmt er den letzten Umschlag hervor, blickt hinein und legt ihn sofort wieder weg.
„Was ist da drin?”
Er schüttelt den Kopf, empfindet tiefe Abscheu für die ganze Menschheit.
„Was ist da drin, Cedric?”
„Fotos.”
„Oh Gott.” Holly schließt die Augen.

Früh morgens fährt Florian zu Hollys Haus. Er hat furchtbar geschlafen, immer wieder ist er aufgewacht, dachte, alles sei nur ein Albtraum. Dann wurde ihm bewusst, dass der Albtraum seine Realität ist. Jetzt steht er vor dem Haus und denkt an Leo, seinen kleinen Leo. Sein Herz droht zu brechen, ihm wird bewusst, wie es für die meisten Paare endet. Der Vater darf das Kind alle zwei Wochen am Wochenende bei sich haben. Er zwingt sich, nicht so weit zu denken. Eine Paartherapie wäre sicherlich einen Versuch wert. Er wird um seine Ehe kämpfen und nicht einfach so aufgeben. Mit einem tiefen Seufzer steigt er aus dem Wagen und klingelt bei Holly, doch wieder geht sie nicht an die Tür. Er ruft an, keine Antwort. Ein seltsames Gefühl beschleicht ihn. Unruhe macht sich breit. Er poltert an die Tür. „Holly?" Florian legt sein Ohr an die Tür. Nichts. Er wirft einen Blick in die kleine Kammer, das Fahrrad steht unberührt da. Sie muss bei Cedric sein. Ein letzter Versuch, er drückt den Türgriff hinunter und siehe da, die Tür ist offen. Holly schließt die Tür immer mit Schlüssel ab, das weiß er mit Sicherheit. Mit einem flauen Gefühl im Magen betritt er das Haus. „Holly?" Seine Augen flitzen von einer Ecke in die andere, er betritt das Schlafzimmer. Es riecht frisch gestrichen. Die Wände sind weiß, die Möbel stehen alle nah beisammen in der Mitte des Raums.

„Holly?", ruft er erneut und begutachtet schließlich den Rest des Hauses. Holly ist nicht hier, sie wird bei Cedric sein. Florian nimmt sein Handy hervor, sucht online nach *Cedric Franke Privatermittler*. Die Suchmaschine spuckt alles aus, was er wissen will. Er ruft an. Auch Cedric nimmt den Anruf nicht entgegen. Holly hat ihm seine Wohnadresse gegeben, er entscheidet sich, hinzufahren. Florians Herz poltert, irgendetwas stimmt nicht, er spürt es. Bei Cedric angekommen, eilt er die Stufen hoch, bis er das Namensschild von *C. Franke* findet. Er klingelt Sturm und lauscht. Nichts, absolute Stille. „Verdammt noch mal", flucht Florian, drückt die Türklinke hinunter und staunt. Auch diese Tür ist nicht verschlossen. Welcher Ex-Polizist schließt beim Verlassen der Wohnung die Tür nicht ab? Es erscheint ihm unlogisch. Florian tritt ein und bleibt gleich wieder stehen. Die Wohnung ist verwüstet, alles liegt am Boden verstreut. Bücher, Scherben, sogar ein Laptop und eine Flasche Wodka.

„Scheiße, der hat mehr Probleme, als ich dachte", murmelt Florian und macht sich furchtbare Sorgen um Holly. Wo sind die beiden. Ihm fällt ein, was Cedric für einen Wagen fährt, er hat Holly danach gefragt. Er konnte es sich merken, weil er die Marke Cupra noch nie gehört und im Internet danach gesucht hat. Aufgeregt rennt er auf die Straße, schaut sich um, ob ein solches Auto irgendwo geparkt ist. Er springt zurück in seinen Wagen, das ungute Gefühl wird immer stärker und lauter, er hört das Pochen seines Herzens in seinen eigenen Ohren. „Wo seid ihr, verdammt noch mal." Ziellos fährt er in der Stadt umher, auf der Suche nach einem dunklen Cupra.

„Haben wir eine Chance, hier rauszukommen?" Holly blinzelt Cedric müde an. Er holt tief Luft. „Ganz ehrlich?" Sie nickt. „Wir brauchen ein Wunder." Cedric fallen immer wieder die Augen zu, sein Zustand wird von Stunde zu Stunde besorgniserregender. Die Phasen, in denen er wach ist, werden immer kürzer. Als er nach einer weiteren halben Stunde wieder aufwacht, schaut Holly ihn mit Tränen in den Augen an.

„Bevor wir sterben ..." Mit ihrer linken Hand wischt sie sich eine Träne weg.

„Pssst", sagt er.

„Nein, Cedric, ich bin kein kleines Mädchen, ich weiß, dass wir hier sterben werden. Ich bin nur froh, dass ich nicht alleine bin. Es tut mir leid, dass ich dich in das hier hineingeritten habe."

„Hast du nicht, Holly, es ist mein Beruf und das Risiko, dass dieser Beruf mit sich bringt."

„Ich will dir etwas sagen."

„Was?"

Sie legt ihre Hand in seine und blickt ihm tief in die Augen.

„Ich habe Dirk Wouters umgebracht."

Cedric ist plötzlich hellwach. „Du, du ..."

„Ja, ich dachte, dass ich dann meine Ruhe habe. Mit der Vergangenheit abschließen kann. Aber es wurde noch schlimmer, damals fingen die Träume an."

„Vom Schattenland?"

„Ja."

„Wie, wie hast du ihn umgebracht?"

„Ich wusste, dass er früher als meine Mutter nach Hause kommt. Ich hatte einen Hausschlüssel."

Cedric hört ihr zu, lässt ihr Zeit.

„Ich habe in meinem Zimmer auf ihn gewartet." Hollys Mundwinkel beben, Cedric drückt ihre Hand. „Als ich ihn zur Dusche gehen hörte, sprang ich aus meinem Zimmer und rannte schreiend auf ihn zu. In meinen Händen hielt ich einen Stuhl, mit dem stieß ich ihm hart in den Bauch. Er stürzte rücklings die Treppen hinunter." Holly schaut Cedric in die Augen, sie will sehen, was er denkt. „Und dann?", fragt er leise.

„Er lebte noch, keuchte, blutete aus einer Wunde an seinem Kopf, und er fluchte. Ich wurde nervös, wusste einen Moment nicht, was ich tun sollte. Ich nahm ein Kissen aus meinem Zimmer, rannte die Treppen hinunter und legte es ihm auf Mund und Nase." Sie atmet

tief ein. „Es war spannend, zuzusehen, wie das Leben ihn verließ."
Holly blickt auf ihre Hände. „Meine Hände waren voller Blut von der Wunde, die er am Kopf hatte. Als ich sicher war, dass er tot war, rannte ich mit dem Kissen hinaus. Ich bemerkte das Blut an meinen Händen, nahm feuchte Erde und versuchte, das Blut wegzumachen, so gut es ging."
Cedric lächelt Holly an.
„Hasst du mich jetzt?"
„Nein, Holly, es tut mir leid, dass dein Leben dich zu so einer Tat getrieben hat." Liebevoll und tröstend legt er seine Arme um sie. „Das Schwein hat nichts anderes verdient", wispert er ihr ins Ohr.
So lange hat sie es mit sich herumgetragen, sie war sich sicher, dass man sie hassen wird dafür. Sie fühlt sich im wahrsten Sinne des Wortes erleichtert. Als ob sie schweben könnte, denn erst jetzt wird ihr klar, wie schwer die Last war, diese Tat mit sich rumzutragen und es verheimlichen zu müssen. Tränen lösen sich und rutschen ungefragt über ihre Wangen bis zum Kinn und stürzen von dort hinab auf ihre Beine. Holly beobachtet, wie sich die kleinen dunklen Wasserflecken auf ihrer Jeans ausbreiten. Sie blickt zu Cedric, er schläft wieder. Er wird definitiv schneller sterben, für sie wird der Kampf länger dauern. Sie wird elendig zugrunde gehen, verdursten, verhungern, und das alles neben einer Leiche. Neben der Leiche des Mannes, den sie über alles liebt. Holly schafft es jetzt auch, ein bisschen zu schlafen, wacht aber auf, als Cedric stöhnt. Er stöhnt im Schlaf oder liegt er bereits in tiefer Bewusstlosigkeit? Sein ganzer Körper zittert, obwohl es unerträglich heiß hier im Gefängnis ist. Holly betrachtet die eingeritzten Zeichnungen, sie fährt mit dem

Finger darüber und sieht die kleine Holly vor sich. Wie gerne würde sie ihr sagen, dass alles gut wird, sie keine Angst zu haben braucht. Aber nein, sie wird hier drin sterben, alleine und vergessen. Sie schluchzt. Es darf nicht das Ende sein, es wäre nicht fair, ihr Leben darf hier nicht enden. Kein Film würde so enden, es wäre ein scheiß Film. Leider ist das Leben kein Film. Sie atmet tief ein, vorsichtig hebt sie Cedrics Kopf an und legt ihn mit größter Sorgfalt auf den Boden, dann steht sie auf. Holly betrachtet die Luke. *Es gibt immer einen Ausweg*, denkt sie verzweifelt. Sie steigt die drei Stufen hoch und stemmt sich mit voller Kraft gegen die Luke. Diese scheint sie auszulachen. Was glaubst du eigentlich? Wenn Cedric es nicht schafft, schaffst du es schon gar nicht. Lächerlich. Ein gellender Schrei der Verzweiflung verlässt ihre Kehle, Cedric brummt und öffnet sein rechtes Auge. Er zittert. „Was ist?"
„Ich will hier raus."
„Hm."
Holly kniet sich neben ihn hin. „Ich liebe dich, Cedric."
Er schluckt und verzieht seinen Mund. „Ich dich auch, wir sehen uns im Himmel oder im großen schwarzen Nichts", flüstert er und schließt sein Auge. Weinend beobachtet sie ihn.

Florian fährt den ganzen Tag schon in der Stadt umher. Er war auch im Buchladen und hat nach Holly gefragt, aber ihr Chef meinte, dass sie noch krankgeschrieben sei. Jetzt steht er auf einem Parkplatz und denkt nach. Sein Leben hat eine plötzliche Wendung genommen. Das Unerwartete ist eingetroffen, niemals hat er sich Sorgen darüber gemacht, dass Lisa fremdgehen könnte. Sie hat ihn den ganzen Tag über nicht angerufen und auch keine Nachricht geschickt. Er befürchtet das Schlimmste, nämlich dass sie die Scheidung will. Sie hat sich nicht entschuldigt, nicht einmal versucht, sich irgendwie herauszureden, sie schaute ihn nur an. Und verdammt noch mal, wo stecken Holly und Cedric? Sie scheinen wie vom Erdboden verschluckt zu sein. Es gibt nur noch einen Ort, an dem er noch nicht nachgeschaut hat ... Hollys Elternhaus. Er startet den Wagen und fährt los. Er glaubt nicht, dass sie dort ist, warum soll sie auch? Als er in die Straße einbiegt, sieht er schon von Weitem den Cupra ein wenig versetzt vor dem Haus stehen. Entweder war Cedric in Eile oder betrunken, der Wagen steht einen halben Meter neben dem Fußweg und schräg. Er parkt vor ihm, springt aus seinem Auto und rennt zur Tür. Hektisch klingelt er und hält sein Ohr an die Tür.

Holly schreckt auf, jetzt ist sie hellwach. „Cedric, hast du das gehört?" Er reagiert nicht. Holly springt auf, ihr Kopf schmerzt höllisch und ihr ist schwindelig, sie wankt zur Luke und poltert dagegen. „Wir sind hier, nicht weggehen bitte!", ruft sie aus Leibeskräften. Florian schaut sich um, es ist spät, das Haus steht alleine, das nächste Haus ist ungefähr fünfzig Meter entfernt. Der Cupra steht da, sie müssen also im Haus sein, wo sonst. Zaghaft drückt er den Türgriff, aber die Tür ist verschlossen.
„Scheiße."
Er tritt hart gegen die Eingangstür, doch außer einem stechenden Schmerz in seinem Knie erreicht er nichts. Fluchend schaut er sich um, dann sucht er einen Stein und wirft ihn gegen das Fenster, wo

er unbeeindruckt abprallt. Florian starrt das Fenster mit großen Augen an. „Verdammt noch mal.” Im Fernsehen sieht es immer so einfach aus. Er hebt den Stein auf und wirft ihn ein zweites Mal, viel stärker und mit mehr Überzeugung und siehe da, das Fenster geht mit lautem Klirren in die Brüche. Mit einem Stock, den er vom Boden aufhebt, stößt er die noch verbleibenden Scherben aus dem Fensterrahmen und steigt in das Haus. Es ist dunkel und riecht verlassen.

„Hallo? Holly?”

Holly hört dumpf eine Stimme. „Hallo!! Hallo!!! Wir sind hier, hier unten”, ruft sie, so laut es ihr möglich ist. Florian rennt zu der Stelle, an der er glaubt, die Stimme zu hören. „Hier unten.” Holly hört die Schritte genau über sich. Florian schaut auf den Boden.

„Hilfe”, ruft Holly.

Florian schlägt den Teppich zurück und sieht die Luke. Eilig schiebt er die vier Riegel auf, dann zieht er den Lukendeckel hoch und blickt in das bleiche, weinende Gesicht von Holly.

„Florian." Sie steigt mühsam die Treppen hinauf, er streckt ihr die Hand entgegen. Dankbar hält sie seine Hand und er zieht sie hoch.

„Du musst einen Krankenwagen rufen, Cedric geht es nicht gut.”

Ohne zu zögern, wählt Florian den Notruf, dann steigt er zu Cedric hinab. Seine Atmung ist flach und er zittert. Holly sitzt erschöpft auf dem Boden, weinend beobachtet sie ihn. Er hat ihr schon wieder das Leben gerettet, Florian scheint ihr Schutzengel zu sein. Er eilt die Treppen hoch, rennt in die Küche, füllt Wasser in zwei Gläser, eines übergibt er Holly, die das Wasser gierig trinkt. Mit dem anderen steigt er in das Gefängnis hinab. Er hebt Cedrics Kopf an

und hält ihm das Glas an die Lippen. „Komm schon, trink”, sagt er leise. Doch Cedric reagiert nicht. Wenige Minuten später hören sie erleichtert die Sirenen des Krankenwagens und der Polizei. Florian eilt zum Fenster und erklärt in wenigen Worten den Sachverhalt. Die Beamten brechen die Tür auf und ebnen damit den Sanitätern den Weg. Ein Polizist steigt zu Cedric hinunter.
„Cedric”, murmelt er.
„Sie kennen ihn?” Florian betrachtet den Beamten.
„Ja, er war einer von uns.”
Der Notarzt und ein Sanitäter steigen zu ihm hinab, legen Zugänge, leisten die erste Notversorgung, dann überlegen sie, wie sie ihn am sinnvollsten durch die Luke bringen.
Ein weiterer Arzt kümmert sich um Holly, legt auch ihr einen Zugang, um ihrem Körper auf schnellstem Weg mit Flüssigkeit zu versorgen. Florian und Holly beobachten stumm, wie sie Cedric aus dem Gefängnis hieven und schließlich auf eine Liege betten. Er sieht wie tot aus. Holly wird von einem Heulkrampf geschüttelt. Florian drückt sie an sich.
„Kommen Sie bitte mit uns”, sagt der Arzt freundlich.
„Ich?” Holly ist neben der Spur, ihr ist schwindelig, der Kopf schmerzt und es ist ihr alles zu viel.
„Ja, sie sollten ein paar Tage im Krankenhaus bleiben, bis der Wassergehalt in ihrem Körper wieder ausgeglichen ist.”
„Okay.”
„Können Sie gehen?”
„Ja.” Vorsichtig erhebt sich Holly. Florian stützt sie bis zum Krankenwagen, sie steigt ein, setzt sich auf einen großen bequemen

Sitz, wirft einen letzten besorgten Blick auf Cedric und schläft ein.

Kapitel 25

Zwei Tage sind vergangen, Holly darf heute das Krankenhaus verlassen. Cedric hat einen Schädelbasisbruch, trotz allem hatte er noch sehr viel Glück, das Gehirn wurde nicht geschädigt. Er wird zwei bis drei Wochen im Krankenhaus bleiben müssen, bei absoluter Bettruhe. Die Polizei hat die Ermittlungen aufgenommen. Holly hat ihnen die ganze Geschichte von Anfang bis zum heutigen Tag erzählt, alles was sie weiß oder glaubt zu wissen. Auch die DVD und die Bilder ihrer Peiniger hat sie den Polizisten übergeben, was sie jetzt schon bereut. Noch immer schämt sie sich dafür, was sie mit ihr getan haben. Sie hatte gehofft, dass es nie jemand erfahren würde, doch jetzt werden Männer und Frauen sich die Videos ansehen, in Farbe, in bewegten Bildern, mit Ton. Ihr wird schlecht bei dem Gedanken daran. Alexander Holmes haben sie zu einem DNA-Test gezwungen, aber er war sehr kooperativ. Sein einziges Anliegen war, dass es nicht an die Presse gelangt. Heute wird Holly über das Resultat informiert, sie ist gespannt, fürchtet sich aber auch davor. Die Polizisten sind unheimlich nett und zuvorkommend, was sie der Tatsache zuschreibt, dass Cedric einst einer von ihnen war und sie ihn noch immer als einen Kollegen ansehen. Er scheint beliebt gewesen zu sein. Wie jeden Tag besucht sie ihn auch heute. Als sie in sein Zimmer tritt, ist er wach, sein linkes Auge ist noch immer zugeschwollen. Die Verletzung an der Stirn wurde genäht und ist mit einem dicken Pflaster verdeckt. Er war die letzten zwei Tage schon ab und zu wach, aber nicht ansprechbar. Lächelnd setzt sich Holly zu ihm und hält seine Hand.

„Hey, wie geht es dir?"

„Hm", brummt er. Holly fällt auf, wie oft er nur brummt und sie ihn trotzdem versteht.

„Das Wunder wurde real."

Cedric räuspert sich. „Wie?"

„Florian hat uns gesucht."

Cedric hebt achtungsvoll die Augenbraue.

„Die Polizei kümmert sich jetzt um den Fall."

Er blinzelt.

„Heute kommt das Resultat des DNA-Tests."

„Sag Bescheid."

„Mach ich." Es schmerzt Holly, ihn so zu sehen. Er scheint leer zu sein, ohne Kraft und ohne Motivation. *Er ist verletzt, was erwartest*

du?, denkt sie und lächelt ihn an. Er schließt das Auge und schläft wieder ein. Holly atmet geräuschvoll ein und beobachtet ihn eine Weile. Sie dreht sich zur Tür, als sie ein leises Klopfen vernimmt.
„Bist du so weit?" Florian lächelt sie an.
„Ja, ich komme." Holly küsst Cedric sanft auf die Wange und verlässt das Zimmer. Florian hat ihr angeboten, sie nach Hause zu fahren. Stumm gehen sie zum Wagen und steigen ein.
„Wie geht es weiter, Holly?"
Sie zuckt mit den Schultern. „Heute werde ich erfahren, ob Alexander Holmes mein Vater und somit der Täter ist."
Florian nickt. „Und wenn nicht?"
„Dann weiß ich auch nicht weiter."
„Warum hast du mir von deinem Verdacht nichts erzählt?“
„Ich wollte erst sicher sein ...“
„Hm.“ Holly spürt, wie er sie anschaut, dann legt er seine Hand auf ihr Bein. „Ich bin so froh, dass ich noch rechtzeitig gekommen bin."
„Ich auch."
Die weitere Fahrt setzen sie wortlos fort. Holly ist müde, das Geschehene hat ihr zugesetzt, vor allem die Angst und die Tatsache, mit einem Fuß bereits im Jenseits gewesen zu sein.
„Darf ich noch mit reinkommen?", fragt Florian, als sie bei Holly vorfahren.
„Ja klar." Sie hatte gehofft, dass er sie fragt, denn alleine zu sein, ist nicht das, was sie jetzt braucht. Florian betritt das Haus und wirft einen Blick in das Schlafzimmer. „Hast du die Wände gestrichen?"
Die Erinnerung versetzt Holly einen Stich im Herzen.
„Cedric hat sie gestrichen." Der Tag, an dem er ihr sagte, dass er

nicht gut genug für sie sei. Er ging nach Hause und hat sich betrunken, danach hat das Schicksal zugeschlagen. Oder besser gesagt, Alexander Holmes, oder vielleicht auch nicht. Aber wenn nicht er, wer sonst.
Florian sieht Holly die Betroffenheit an.
„Er wird wieder auf die Beine kommen."
„Ja, ich weiß."
Holly betrachtet Florian. Er sieht müde aus, hat abgenommen.
„Geht es dir gut?"
„Hm."
„Hm? Was bedeutet das?"
Florian kratzt sich am Kinn, Holly grinst. Es verfehlt die Wirkung nie. „Lisa." Er schließt die Augen und lehnt sich stöhnend zurück.
„Sie will die Scheidung einreichen." Betrübt blickt er zu Boden.
Holly reißt die Augen auf. „Sie will was?"
Traurig blickt er hoch. „Sie hat einen anderen."
Holly ist sprachlos, mit offenem Mund schaut sie ihn an.
„Sie hat dich rausgeworfen?"
„Ich bin freiwillig gegangen. Ende des Monats zieht sie mit Leo zu ihrem neuen Kerl." Er verzieht das Gesicht, wischt sich über seine Augen. „Verdammt!", flucht er.
Holly fühlt sich überfordert mit der Situation, unsicher setzt sie sich neben ihn. „Das tut mir leid."
„Das Leben geht weiter, Holly, es kam nur so verdammt überraschend."
„Hm." Jetzt ist sie es, die brummt.
Er schüttelt den Kopf. „Wie ist es möglich, dass ich nichts bemerkt

habe?"

„Kennt sie den Mann schon lange?

„Seit einem Jahr", antwortet er fassungslos.

„Fuck."

„Ich verstehe nicht, wie ich es nicht merken konnte."

Holly hebt die Schultern. „Du warst zu beschäftigt."

Er schaut zu ihr hinab. „Meinst du?"

„Hm, ja. Ich glaube, du hast in den letzten vier Jahren mehr Zeit mit mir als mit deiner Frau verbracht."

Er denkt nach. „Sie hat sich nie beklagt."

„Sie wünschte sich, dass du es merkst, ohne dass sie es sagen muss."

Er blickt sie erstaunt an. „Jetzt ist es zu spät."

„Wahrscheinlich." Holly blickt auf. „Und Leo?"

Florian schließt die Augen, es ist offensichtlich, dass ihm dieser Gedanke mehr Schmerzen bereitet, als die Tatsache, dass seine Frau ihn nicht mehr will.

„Sie nimmt ihn mit."

„Wie oft wirst du ihn sehen?"

„Das müssen wir noch besprechen, ich werde ihn jedenfalls sehr vermissen." Wieder wischt er sich eine Träne weg. „Scheiße. Der Gedanke daran, dass ein anderer Mann ihn behandelt wie ein Vater ... es bringt mich fast um."

„Du bist sein Vater, das weiß er. Niemand wird deinen Platz einnehmen."

„Meinst du?"

„Ich bin ganz sicher."

Holly betrachtet ihn. Ihr Psychiater, der sie aus manchem Tal hinausgeführt hat, der stark war, auf alles eine Antwort hatte, ihrem Leben einen Sinn gab und sie schließlich vor dem sicheren Tod rettete, sitzt hier wie ein Häufchen Elend. Jetzt ist er es, der Hilfe braucht und schwach ist. „Wo wohnst du?”

„Im Hotel.”

Holly denkt nach. „Ich finde, du solltest nicht alleine sein. Willst du hierbleiben, bis du weißt, wie es weitergeht?”

Florian schnieft, schaut sie an. „Und Cedric?"

„Er wird noch mindestens zwei Wochen im Krankenhaus bleiben müssen, ich bin sicher, er wird es verstehen.”

Florian weiß, wie Männer denken und er ist sich sicher, dass er es nicht verstehen wird. „Ich würde das Angebot gerne annehmen.” Er lächelt.

„Unter einer Bedingung.”

„Die wäre?”

„Du streichst die Wand im Schlafzimmer rosa.”

Florian lacht. „Rosa?”

„Jupp.”

„Oh Gott.”

Am späten Nachmittag erreicht Holly endlich der lang ersehnte Anruf von Polizeikommissar Tanner. Aufgeregt nimmt sie das Gespräch entgegen.

„Frau Wouters?”

„Ja.”

„Tanner hier.”

Ich weiß, denkt Holly. Und wartet stumm.

„Ähm, wir haben das Ergebnis des DNA-Tests.”

Holly ist ungeduldig, das langsame Reden von Tanner macht sie schier wahnsinnig.
„Er ist nicht ihr Vater."
Holly setzt sich langsam aufs Sofa. Florian lässt sie nicht aus den Augen.
„Nicht?"
„Nein, die DNA ist nur teilweise übereinstimmend."
Holly kraust die Stirn. „Was bedeutet das?"
„Das bedeutet, dass Alexander Holmes mit Ihrem Vater verwandt ist."
Mit offenem Mund schaut sie Florian an, dieser versucht an ihrem Gesichtsausdruck zu erkennen, was Tanner von sich gibt.
„Bruder?"
„Möglich, sehr gut möglich sogar. Holmes hat einen Halbbruder."
„Haben Sie ihn befragt?"
„Wir haben versucht, ihn ausfindig zu machen, leider erfolglos. Laut Alexander Holmes hat er seit ein paar Tagen nichts mehr von seinem Bruder gehört."
„Das ist auffällig, oder?"
„Möglicherweise."
Tanner spricht zäh und einschläfernd, Holly ist genervt.
„Möglicherweise? Wenn nicht er, wer sonst?"
„Ja, es ist ziemlich sicher."
Oh Gott, wie kann dieser Mann Kommissar sein?
„Werden Sie ihn suchen?"
„Wir werden ihn suchen, aber keine Fahndung rausgeben, da wir keinerlei Beweise oder Zeugen haben."

Holly denkt nach. „Kann ich ein Foto sehen?"

„Ja, ich sende Ihnen ein Bild von Klemens Wagner."

Klemens Wagner, wiederholt Holly in Gedanken.

„Rufen Sie mich zurück, wenn Sie glauben, ihn zu erkennen."

„Mach ich."

„Aber Sie haben nur seine Augen gesehen, richtig?"

„Ja, aber das genügt, glauben Sie mir."

Ein Moment der Stille. „Gut, dann sende ich Ihnen jetzt das Foto."

„Danke."

Holly beendet den Anruf.

„Was?" Florian schaut sie erwartungsvoll an.

„Holmes ist nicht mein Vater, aber ziemlich sicher sein Halbbruder."

„Halbbruder."

„Ja." Sie starrt mit rasendem Herzen auf ihr Handy und als es endlich piept, öffnet sie hektisch die eingegangene Nachricht von Tanner.

„Scheiße."

„Was ist?" Florian stellt sich neben Holly und betrachtet das Foto.

„Wow", sagt er leise. „Er hat deine Augen, aber irgendwie anders ... beängstigend."

Holly ruft Tanner zurück. „Herr Tanner, er ist es, ich bin ganz sicher."

„Aha", sagt Tanner lang gezogen.

„Seine Augen, ich habe ihn sofort wiedererkannt."

„Aha", wiederholt er. Holly glaubt zu explodieren. „Werden Sie eine Fahndung nach ihm rausgeben?"

„Ich werde sehen, was ich tun kann."
Holly wird rot vor Wut. „Ich glaube nicht, dass ich Ihnen Ihren Job erklären muss, aber Cedric Franke und ich wurden fast getötet. Wenn er erfährt, dass wir noch am Leben sind, könnte er einen weiteren Anschlag auf unser Leben verüben. Meinen Sie nicht?"
Sie hört, wie Tanner tief einatmet.
„Wie geht es Franke?"
„Es geht."
Holly glaubt zu spüren, wie Tanner nickt. „Guter Mann."
„Dann beschützen Sie ihn und fahnden sie nach Klemens Wagner. Bitte."
„Ich melde mich wieder bei Ihnen." Tanner beendet den Anruf.
„Der Kerl macht mich wahnsinnig."
„Werden sie nach ihm fahnden?"
Holly hebt die Schultern.
Florian setzt sich zu ihr. „Wahrscheinlich hat er das Weite gesucht."
Holly schüttelt den Kopf. „Ich glaube nicht." Sie blickt zu ihm hoch und stockt. Sie hat ihm schon lange nicht mehr so tief in die Augen geschaut. Diese warmen Augen, die ihr über Jahre hinweg so viel Vertrauen und Zuversicht vermittelten. Sie atmet tief ein. „Er dachte, dass wir sterben und uns niemand finden wird. Zumindest nicht in den nächsten Jahren." Holly reibt sich ihre Nase. „Aber wir haben überlebt, damit wird er nicht gerechnet haben." Holly blickt Florian besorgt an. „Ich glaube, er ist sehr sehr wütend."
Florian nickt. „Er scheint jemand zu sein, der es liebt, Kontrolle über andere und über alles in seinem Leben zu haben. Ein dominanter Typ, der nichts dem Zufall überlässt." Florian schaut

Holly besorgt an. „Wenn er die Kontrolle verliert, wird er unberechenbar.”
„Scheiße, Florian.”
„Ich denke, er wird es vermeiden, ein Risiko einzugehen. Wahrscheinlich geht er davon aus, dass die Polizei herausgefunden hat, dass Alexander Holmes nicht dein Vater ist, aber die DNA ähnlich aussieht.”
„Die Frage ist, was weiß er wirklich?”
„Ja, das ist eine gute Frage. Ich nehme an, dass die Polizei Holmes befragt hat.”
„Puh, was weiß ich, Tanner scheint nicht sehr motiviert zu sein.”
Holly blickt auf die Uhr. „Fährst du mich ins Krankenhaus?”
„Klar.” Hollys rechter Arm steckt noch in der Armschleife, an Fahrradfahren ist nicht zu denken.
Hollys Gedanken sprudeln während der Fahrt aus allen Ecken und Enden, Möglichkeiten, Unmögliches, Absurdes, Trauriges, alles wild durchgemischt, aber sie lassen sich nicht zähmen. Als sie im Krankenhaus ankommen, schmerzt ihr Kopf. Wortlos gehen sie den langen Korridor entlang, Holly klopft vorsichtig, dann tritt sie in Cedrics Zimmer ein. Er ist wach, wenn man diesen Zustand so nennen kann. Seine beiden Augen sind offen, Holly hofft, dass sein Blick wegen der Medikamente so fern und abwesend ist.
„Hallo.” Lächelnd geht sie auf ihn zu, küsst ihn auf die Wange und setzt sich neben ihn. Cedrics Blick klebt an Florian.
„Danke”, sagt er heiser.
„Nicht der Rede wert.” Florian grinst.
Cedric wendet seinen Blick elendig langsam zu Holly. Sie schluckt.

„Die DNA ... also ... Holmes ist nicht mein Vater." Cedrics Augen schauen sie fragend an. „Es war sein Bruder,... sein Halbbruder", ergänzt sie.

„Vermutlich", wirft Florian ein.

Holly schaut ihn beleidigt an. „Ich bin mir ganz sicher, ich habe die Augen sofort erkannt."

„Halbbruder?"

„Ja, Klemens Wagner, die Polizei sucht nach ihm, hoffe ich zumindest."

„Weiß er, dass nach ihm gesucht wird?"

„Wahrscheinlich, er ist verschollen."

Holly betrachtet Cedric, er gefällt ihr gar nicht. Sein Ausdruck, das, was in ihrem Herzen ankommt, macht ihr Angst.

„Wie geht es dir?"

„Mein Kopf fühlt sich an, als ob er in einer großen dicken Wolke stecken würde."

„Hast du Schmerzen?"

„Nein."

Kapitel 26

Cedric hat vor zwei Tagen, nach drei Wochen Aufenthalt, das Krankenhaus verlassen. Holly konnte ihn überzeugen, sich bei ihr einzuquartieren, bis es ihm wieder besser geht. Florian hat ein kleines Appartement gemietet. Er traf sich mit seiner Frau, um über die Zukunft von Leo zu sprechen und sie willigte ein, Leo jeweils eine Woche im Monat bei Florian leben zu lassen, plus einem zusätzlichen Wochenende. Holly denkt oft über die beiden nach. Wie war es möglich, dass er nichts bemerkt hat, sie muss eine ausgezeichnete Schauspielerin sein oder er vollkommen blind. Holly ist überzeugt, dass sie es sofort merken würde, wenn ihr Partner sie betrügen würde. Die Polizei fahndet mittlerweile seit fast drei Wochen erfolglos nach Klemens Wagner. Er hat sich aus dem Staub gemacht. Holly möchte glauben, dass er irgendwo ein neues Leben begonnen hat. Aber Cedric ist sich sicher, dass er zurückkommen wird, um seinen Plan zu vollenden. Die DVD von Hollys Missbrauch wurde von der Polizei gesichtet. Die auf dem Film zu erkennenden Täter wurden ausfindig gemacht und von der Staatsanwaltschaft angeklagt. Holly weigert sich, gegen sie auszusagen, sie hat Angst vor ihren Gefühlen, Angst davor, so tief in den Abgrund zu fallen, dass sie nie mehr herausfindet. Die DVD und die Bilder müssen reichen. Sie freut sich darüber, dass nach all den Jahren die Gerechtigkeit siegt. Wie auch immer ihre Bestrafung aussehen wird, ihr eigenes Leben ist zerstört. Der Fall ist ein gefundenes Fressen für die Presse. Auch vor Hollys zuhause standen schon einige Journalisten und wollten ein Interview. Cedric hat sie verjagt und das hat er richtig gut gemacht. Cedric hat nie ein Wort darüber verloren, was sie ihm im Gefängnis erzählt hat. Sie ist sich nicht sicher, ob er es überhaupt wahrgenommen hat. Vielleicht war er schon in einem Zustand, in dem er sie zwar gehört, aber nicht wirklich verstanden hat.

Kapitel 27

Ein Jahr ist vergangen, seitdem Klemens Wagner auf der Flucht, verschollen oder tot ist. Holly arbeitet nach wie vor in dem kleinen Buchladen, sie fühlt sich wohl dort, wird respektiert und geschätzt. Florian hat Holly nahegelegt, dass sie sich einen neuen Therapeuten suchen solle, da er ihr zu nahe stehe. Holly war vor den Kopf gestoßen, verstand nicht, was er damit meinte, nur Cedric glaubt, zu wissen, was seine Beweggründe sind. Er glaubt, dass Florian in sie verliebt ist und jetzt, da er nicht mehr verheiratet ist, steht er in Warteposition. Florian und Cedric sind wie Katz und Maus, sie verstehen sich nicht und sie wollen sich nicht verstehen. Und vor allem Cedric macht daraus kein großes Geheimnis. Er lebt die meiste Zeit bei Holly, nur wenn er seine Abstürze hat, sich betrinkt und alles kurz und klein schlägt, dann geht er nach Hause. Holly überfordern diese Sequenzen, vor allem weil sie sich nutzlos vorkommt, sie kann ihm nicht helfen. Seitdem Klemens Wagner ihm den Schädel eingeschlagen hat, quälen ihm zu allem Übel auch noch regelmäßige Kopfschmerzen. Manchmal glaubt Holly, dass sie nicht fähig ist, eine Beziehung mit ihm zu führen, sein Verhalten verletzt sie so oft, ohne dass es ihm bewusst ist. Andererseits liebt sie ihn von ganzem Herzen. Cedric ist unglücklich, mal mehr und mal weniger, er kommt mit seiner Vergangenheit und mit seiner Schuld einfach nicht klar. Holly fürchtet, dass sich daran auch nichts ändern wird.

Im Moment hat sie Urlaub und sie hat Pläne: Büffeln. Sie will die Führerscheinprüfung so schnell wie möglich absolvieren und unabhängiger sein. Cedric hat bei ihr geschlafen und geht heute nicht in sein Büro. Er hat einen neuen Fall, möchte Holly aber keine Einzelheiten erzählen. Was sie seltsam findet. Nach dem gemeinsamen Mittagessen klingelt es an der Haustür. Keiner der beiden erwartet Besuch. Holly springt auf und geht zur Tür. Florian steht breit grinsend davor. „Bist du alleine?", fragt er.

Cedric erscheint hinter Holly. „Hast du meinen Wagen nicht gesehen?"

Florian schaut sich um.

„Ah, stimmt, ich habe ihn hinterm Haus geparkt." Er grinst schief und zwinkert Florian zu. Hollys spürt ihn förmlich innerlich kochen.

„Ich, ähm, ich gehe besser wieder."

„Nein, nein, bleib nur. Komm rein." Cedrics Blick erlaubt keine

Widerrede. Holly gefällt es gar nicht. Seit ein paar Tagen ist Cedric wie eine tickende Zeitbombe. Zögernd tritt Florian ein.
„Ich war auf dem Weg zu Leo und da dachte ich, ich sag kurz *Hallo*." Er lächelnd schlichtend.
„Aha, du dachtest, Holly ist alleine zuhause." Cedric lacht, er spricht überfreundlich. Holly wird heiß, sie fühlt sich unwohl, überfordert und sie hat Angst. Angst vor Cedrics Unberechenbarkeit, die niemals gegen sie gerichtet war und sie weiß, dass er ihr niemals etwas antun würde, aber sie ist sich nicht sicher, ob dasselbe für Florian gilt.
„Willst du eine Cola?"
Florian nickt. „Ja gerne."
Holly holt drei Cola aus der Küche und stellt sie auf dem Esstisch ab. Florian sitzt bereits, Cedric dreht seinen Stuhl um und setzt sich verkehrt herum drauf. Holly beobachtet ihn besorgt.
„Du verbringst das Wochenende mit Leo?" Sie glaubt, es ist ein schlauer Schachzug von ihr, über Leo zu sprechen, Cedric wird nicht einen Vater grundlos schlagen.
„Ja, wir gehen morgen in den Vergnügungspark, danach zu McDonalds."
„Schön, da freut er sich sicher."
„Ja, das hoffe ich doch."
Cedric fixiert ihn, lässt ihn keine Sekunde aus den Augen.
„Frag sie."
Florian schluckt. „Was soll ich sie fragen?"
„Du wolltest Holly fragen, ob sie den Samstag mit dir und deinem Sohn verbringen möchte."

„Nein, das wollte ich nicht."
Cedric lacht abschätzig. „Du könntest dich ein bisschen diskreter verhalten, wenigstens warten, bis ich nicht mehr da bin."
„Was meinst du? Ich verstehe nicht."
„Ach komm, du baggerst sie vor meinen Augen an."
„Cedric, bitte."
Cedric blinzelt schnell, drückt seine Augen fest zusammen. *Stress*, denkt Holly. Cedric steht auf und nähert sich Florian. Holly springt hoch und stellt sich vor ihn. „Florian, geh!", befiehlt sie und lässt Cedric nicht aus den Augen. Florian lässt sich nicht ein zweites Mal bitten, er steht auf. „Danke für die Cola", sagt er kurz, dann verlässt er das Haus. Cedric starrt die Tür an.
„Was sollte das verdammt noch mal."
Er blickt auf Holly hinab. Dann wendet er sich ab, eilt zur Garderobe und zieht sich seine Jacke über.
„Wo gehst du hin?"
„Nach Hause."
Holly eilt zur Tür und stellt sich ihm in den Weg.
„Nein." Sie schüttelt den Kopf, blickt ihn herausfordernd an. „Das wirst du nicht tun."
Cedric lehnt sich zurück, blickt sie verdutzt an.
„Du wirst nicht wieder vor deinen Problemen und deinen Gefühlen davonlaufen." Er blinzelt sie an. Seine Kiefermuskeln mahlen.
„Lass mich gehen."
„Nein, was willst du? Nach Hause gehen, dich betrinken, in deinem Selbstmitleid baden und die Wohnung kurz und klein schlagen? Ist das die einzige Antwort, die du auf all deine Probleme hast?" Er ist

entsetzt, Holly sieht es ihm an. „Du bist nicht alleine auf dieser Welt, Cedric, ich liebe dich, aber verdammt ... du machst es mir nicht leicht.” Er hat die Sprache verloren. „Setz dich.” Er steht wie angewurzelt vor ihr. „Bitte.”

Langsam zieht er die Jacke aus und schlurft zum Sofa, in welches er sich fallen lässt. Dann bricht es aus ihm heraus, er weint hemmungslos und herzergreifend. Holly braucht einen Moment, um mit dieser Situation umzugehen. Dann setzt sie sich neben ihn und legt ihre Arme um ihn. Er zittert am ganzen Körper und schluchzt. Da ist so viel Schmerz in diesem großen Mann, es erschüttert Holly immer wieder aufs Neue. Nach einer Ewigkeit beruhigt er sich nach und nach. Stumm sitzt er da, jetzt schämt er sich, auch das spürt sie.

„Ich hasse ihn”, murmelt er.

„Wen?”

„Florian.”

„Ich liebe nur dich, Cedric.”

Er schaut sie an. Seine honigbraunen Augen blicken tief und lassen noch tiefer blicken. „Weißt du, warum ich ihn hasse?”

Holly schüttelt den Kopf.

„Weil er dich liebt.”

Holly lässt ihn nicht aus den Augen.

„Aber weißt du, was noch schlimmer ist?”

„Nein.”

„Er wäre der bessere Mann für dich, wahrscheinlich der beste.”

Holly schließt die Augen.

„Ich habe eigentlich keine Chance gegen ihn.”

Holly schnaubt. „Du hast wohl vergessen, dass ich auch ein Wörtchen mitzureden habe." Liebevoll legt sie ihre Hände an Cedrics Wangen. „Ich liebe dich, hörst du. Ich liebe dich, dafür wie du bist und wer du bist."

Sie schauen sich an, dann fallen sie sich in die Arme und erdrücken sich fast gegenseitig. Cedric löst sich zuerst aus der innigen Umarmung. Er hält Hollys Gesicht. „Ich liebe dich, Holly." Cedric lehnt sich vor und küsst sie sanft. Seine Küsse transportieren sie in eine Welt, eine bessere Welt ohne Schmerzen. Leidenschaftlich küssen sie sich, reißen sich gegenseitig die Kleider vom Leib und beenden den Nachmittag im Schlafzimmer.

Cedric starrt zur Decke, sein Arm um Holly gelegt, sie hat ihren Kopf auf seiner Brust und lauscht aufmerksam dem Pochen seines Herzens.

„Mein neuer Fall", sagt er leise.

„Ja."

„Eine junge Frau hat ihren Mann und ihren Sohn bei einem Hausbrand verloren."

„Scheiße", flüstert sie.

„Sie glaubt nicht, dass es ein Unfall war."

Holly streicht ihm über die glatt rasierte Brust. „Ich finde, du hättest den Fall nicht annehmen dürfen."

Cedric atmet laut ein. „Vielleicht hast du recht."

„Natürlich habe ich recht."

Sie bleiben noch eine ganze Weile im Bett liegen, sie reden, spüren, berühren und liebkosen sich. Holly genießt jede Sekunde davon und verdrängt den Gedanken, dass es sich wie ein Abschied anfühlt.

Kapitel 28

„Ich gehe", flüstert Cedric und lehnt sich über Holly. Müde öffnet sie die Augen, legt ihre Arme um seinen Nacken und küsst ihn. Traurigkeit erfasst sie, aber sie versteht nicht, weshalb.
„Bis heute Abend." Er lächelt sie an und verlässt das Schlafzimmer. Holly schließt die Augen, versucht noch ein bisschen zu schlafen, aber die Unruhe, die ihn ihr herrscht, erlaubt es ihr nicht. Schließlich steht sie auf, frühstückt, surft ein wenig im Internet und widmet sich dann dem Lernen. Sie freut sich auf ihr erstes Auto, die Unabhängigkeit und Freiheit, welche mit ihm einhergeht. Wenn sie darüber nachdenkt, ist es so weit weg, fast wie ein Traum. Obwohl heute Samstag ist, ging Cedric ins Büro, wahrscheinlich um die Arbeit, die gestern liegen geblieben ist, nachzuholen. Holly blickt auf die Uhr, es ist kurz vor vierzehn Uhr. Sie entscheidet sich, in die

Stadt zu radeln, um ein paar Kleinigkeiten zu besorgen, aber zuerst stellt sie sich unter die Dusche. Sie denkt nach, diese seltsame Unruhe heute, sie lässt sie nicht los und Holly ist nicht fähig, sie einzuordnen. Frisch geduscht, in ihrem Lieblingshoodie und der am rechten Knie kaputten Jeans, verlässt sie das Badezimmer. An der Tür bleibt sie stehen, ihr Herz klopft wild, sie fühlt sich beobachtet wie damals im Wald. Was ist heute nur los? Mit weit aufgerissenen Augen blickt sie umher. Ihre Augen bleiben an dem Schlüssel, der in der Tür steckt, kleben. An Hollys Schlüsselbund hängen mehr Anhänger als Schlüssel, und genau diese genießen ihre volle Aufmerksamkeit. Sie bewegen sich, sie baumeln hin und her, als ob ... als ob jemand die Tür geöffnet hätte.

„Cedric?", ruft sie viel zu leise. „Cedric?" Doch der Mann, der aus dem Schlafzimmer tritt, ist nicht Cedric.

„Hallo meine Kleine." Ein leises Jaulen verlässt Hollys Kehle, sie stützt sich an der Wand ab. Vor ihr steht Klemens Wagner, diesmal ohne Maske, grinsend und mit einer Waffe in der Hand, die er auf sie gerichtet hält. Holly atmet schwer, Angst erfüllt jede Pore ihres Körpers.

„Der Kreis schließt sich." Langsam geht er auf Holly zu. „Ich habe dir dein Leben gegeben und ich werde es dir wieder nehmen.

Holly ist unfähig, etwas zu sagen.

Er schüttelt den Kopf. „Ihr hättet nicht abhauen sollen aus dem Gefängnis." Er zischt leise. „Ihr habt es mir ganz schön schwer gemacht." Mit aller Ruhe zieht er einen Stuhl vom Esstisch weg.

„Setz dich, Kleine."

Holly starrt ihn an. Seine Augen verengen sich, ja, ihre Mutter hatte

recht, es sind die Augen des Teufels. „Setz dich!", schreit er sie an. Holly löst sich aus ihrer Starre und setzt sich auf den Stuhl. Er nimmt Kabelbinder hervor und verschnürt Hollys Hände hinter ihrem Rücken, danach die Füße.
„Ich muss zu Ende bringen, was ich angefangen habe", sagt er beinahe mitleidig.
„Sie haben meine Mutter vergewaltigt."
Er blickt sie kalt an. „Ich bin dein Papa, Schatz, du brauchst mich nicht zu siezen."
„Sie haben meine Mutter gequält und vergewaltigt", wiederholt Holly. Er schiebt die Unterlippe vor und zuckt mit den Schultern.
„Sie hat es darauf angelegt." Er lacht. „Sie war wild, verdammt wild. Sie hat mich angemacht und als wir das Spielchen nach meinen Regeln weiterspielten, hat es ihr nicht mehr gefallen."
Holly blickt ihm tief in seine kalten Augen, er neigt sich zu ihr. Sie kann nicht anders, als ihm ins Gesicht zu spucken. Entsetzt weicht er zurück. Dann lächelt er abfällig. „Meine Tochter." Langsam geht er zum Fenster.
„Wann kommt Cedric zurück?" Er fragt, als ob Cedric ein guter Bekannter sei.
„Ich weiß es nicht."
„Ich habe Zeit."
„Wirst du uns töten?" Hollys Stimme ist fest, laut und sicher. Sie staunt über sich selbst.
„Natürlich und ihr seid nicht die ersten."
„Markus? Meine Mutter?"
Er nickt beeindruckt. „Hausaufgaben gemacht, sehr gut."

Ihr Vater widert sie an. Klemens setzt sich, holt eine Packung mit Lakritze aus seiner Jacke, voller Vorfreude zieht er eine Lakritzstange heraus und knabbert genüsslich daran. Holly ist entsetzt, dass sich so etwas vererben kann.

„Willst du?” Er streckt ihr eine Lakritzstange entgegen. Und wie gerne sie eine hätte. „Nein.”

„Okay.” Er scheint die Süßigkeiten zu genießen und glotzt sie an, als sei er verliebt. „Ich habe noch zwei Leute mehr auf dem Gewissen.”

Holly kraust die Stirn, sie denkt nach. „Die Frau und der Sohn von Alexander Holmes.”

Klemens reißt die Augen auf, er nickt beeindruckt. „Wow, dein Cedric ist ein guter Privatermittler.”

„Warum?”

„Alexander liebt mich, aber diese Hexe hat ihn immer wieder vor mir gewarnt. Er hat sich zurückgezogen, wollte mich kaum noch sehen und wenn wir essen gingen, betrachtete er mich argwöhnisch. Das konnte ich nicht erlauben. Ich schubste die beiden einen Abhang hinunter. War ganz einfach.”

„Schwein.”

„Es ist gar nicht so schwer, jemanden zu töten. Alles was du benötigst, ist ein guter Grund.”

Er hat recht, es war auch für Holly nicht schwer, ihren Vater zu töten. Im Gegenteil, es erfüllte sie mit tiefer Zufriedenheit.

„Aber dich wollte ich eigentlich nicht töten. Aber ihr lasst mir keine andere Wahl. Warum musstest du auch unbedingt wissen, wer dein richtiger Vater ist?” Er starrt sie an. „Du hast meine Augen, weißt du das?”

„Nein, habe ich nicht."

Er lacht. „Doch, hast du. Okay, deine sind warm und freundlich." Nach einer Pause fährt er fort. „Deine Mutter war verrückt, es war so einfach, sie zu beeinflussen, sie hatte Todesangst vor mir. Ich kontrollierte sie auf jede erdenkliche Art und Weise."

Holly will ihm nicht zuhören, aber sie hat keine Wahl.

„Ich schrieb ihr Briefe, erpresste sie, unterzeichnete mit *‚der Teufel'*. Am Schluss glaubte sie wirklich, dass ich der Teufel bin, und ihr dummer Mann hat mitgespielt." Er quiekt begeistert. „Ich schrieb ihr, dass der Teufel möchte, dass sie dich quälen, missbrauchen und foltern." Holly reißt die Augen auf, denn damit hat sie nicht gerechnet, es war alles seine Schuld. „Ja, du brauchst mich gar nicht so anzusehen, ich wollte, dass sie dich missbrauchen. Sie übergab mir regelmäßig die DVDs, immer an einem geheimen Ort, ich wollte ja nicht, dass sie mir eine Falle stellt." Er grinst gehässig. „Ich hatte meinen Spaß mit den Filmchen. Und ich glaube Dirk auch, er wuchs an seiner Aufgabe."

Holly verbietet es sich, zu weinen, diese Genugtuung wird sie Klemens nicht schenken. „Als du dir im Wald das Leben nehmen wolltest, war ich nicht überrascht, damit hatte ich gerechnet. Aber was danach kam, das hat mich überrascht." Er nickt anerkennend. „Du hast den Weg hinaus gefunden."

„Nein, habe ich nicht", sagt Holly trotzig. Klemens hält seinen Kopf schief. „Ich habe nur den Weg gefunden, damit zu leben.

„Ich bin beeindruckt." Er blickt auf die Uhr. „Wann kommt Cedric?"

„Ich weiß es nicht."

Grinsend glotzt er Holly an. „Der ist ganz schön kaputt. Seid ihr

deshalb zusammen? Weil es so schön passt?"
Sie antwortet nicht, schreckt hoch, als sie Cedrics Wagen vorfahren hört. Klemens springt auf, reißt ein Stück von dem Panzertape ab und klebt es Holly über den Mund. Dann versteckt er sich hinter der Tür. Holly schließt die Augen. Sie kann es nicht vermeiden. Sie kann nicht verhindern, dass Cedric nichtsahnend in die Falle tappt – schon wieder. Er öffnet die Tür, lächelt für eine Hundertstelsekunde, begreift einen Wimpernschlag zu spät, dreht sich blitzschnell um und starrt in den Lauf der Waffe, die Klemens Wagner auf ihn gerichtet hält.
„Keine Dummheiten, Cedric."
Cedric hebt die Hände.
„Nimm einen Stuhl und stell ihn neben den von *Helena*."
Holly zuckt zusammen, schon lange hat sie keiner mehr so genannt. Cedric gehorcht, Klemens nähert sich ihm, die Waffe auf Holly gerichtet. Er schnürt Cedrics Hände hinter seinem Rücken zusammen, dann seine Füße. Dann reißt Klemens das Panzertape von Hollys Mund.
„Es tut mir leid."
„Es ist nicht deine Schuld, Holly." Cedric lächelt sie an und strahlt eine beeindruckende Ruhe aus. Holly beruhigt sich, beinahe schafft sie es zu glauben, dass alles in Ordnung ist.
„Ich habe mir was Schönes für euch beide ausgedacht." Klemens ist sichtlich begeistert. Seine Augen ruhen auf Cedric. „Du magst Feuer, richtig?"
Holly schließt die Augen, kein Feuer bitte. Cedric schluckt, Holly sieht es ihm an, Erinnerungen schreien ihn an. Der Brand, der

Geruch, die Verzweiflung, die Trauer und die Ohnmacht. Klemens beugt sich zu Cedric. „Feuer, tanz mit mir", flüstert er. Cedrics Augen flackern. „Krankes Arschloch", zischt er wütend.
„Oh." Klemens atmet tief ein, macht einen Schmollmund und verlässt das Haus. Cedric blickt zu Holly.
„Was auch immer passiert, Holly, ich liebe dich. Du bist das Beste, was mir je passiert ist. Wenn wir das hier nicht überleben, dann sehen wir uns im Himmel, dann lernst du meine Familie kennen."
Tränen rutschen über Hollys Gesicht. „Oder in der ewigen Dunkelheit, aber das merken wir dann nicht mehr." Cedric lächelt.
„Ich liebe dich, Cedric." Hollys Stimme ist dünn, schwach, sie will nicht sterben. Klemens betritt das Haus, in jeder Hand hält er einen Benzinkanister.
„Ich helfe ein bisschen nach." Er schüttet Benzin über die Möbel, den Boden, die Wände. „Das sollte reichen." Der Geruch ist beißend, Holly muss sich unbedingt die Nase kratzen.
„Es war mir eine Freude." Klemens zündet ein Streichholz an und wirft es auf das Sofa, es geht sofort in Flammen auf. „Uh." Klemens ist begeistert. Dann wirft er ein weiteres Streichholz in die Küche. „Viel Spaß ihr beiden." Er lächelt ihnen zu und eilt aus dem Haus. Wütend züngeln die Flammen. Das Haus macht es ihnen einfach, es ist aus Holz, nichts wird sie aufhalten, ihr Werk zu vollenden. Der Rauch beißt in den Augen und der Lunge.
„Hör zu, Holly." Cedric ist hoch konzentriert und die Ruhe selbst. Holly ist beeindruckt. Er hüpft mit dem Stuhl hinter sie. Die Flammen haben bereits die Tür erreicht und sie umzingelt.
„Hör zu." Holly lauscht konzentriert. „Ich versuche dich zu befreien,

wenn ich es schaffe, dann läufst du die Treppen hoch und springst aus dem Fenster."

„Ich ..."

„Keine Widerrede, Holly. Das wirst du überleben. Okay?"

„Und du?"

„Mach dir um mich keine Sorgen."

Holly spürt, wie er an ihren Fesseln herumfummelt.

„Wenn ich die Handfesseln gelöst habe, stehst du auf, befreist dich von den Fußfesseln und rennst los."

Holly wimmert.

„Hast du verstanden?"

„Ja."

Die Hitze wird unerträglich, der Rauch füllt die Lungenflügel aus, jeder Atemzug schmerzt höllisch. Plötzlich spürt Holly, wie die Kabelbinder nachgeben und ihre Hände frei sind.

„Los!", schreit Cedric. Holly springt auf, schafft es, sich unverzüglich von den Fußfesseln zu befreien. Die Flammen haben sie schon fast erreicht, ihre Arme fühlen sich verbrannt an.

„Geh, Holly, lauf."

„Ich kann dich nicht hierlassen."

„Verdammt, lauf, Holly, denk nicht an mich. Ich bin okay. Es ist in Ordnung. Ich liebe dich." Holly küsst Cedric. Dann rennt sie los. Sie hastet durchs Feuer die Treppen hoch, kann kaum etwas sehen, durch die Tränen und den Rauch hindurch. Im Gästezimmer angekommen, reißt sie die Tür auf, rennt ins Zimmer, öffnet das Fenster und springt. Sie landet hart auf der Wiese, ihr rechter Fußknöchel brennt. Sie muss schnellstens Hilfe holen. Holly springt auf, ignoriert den Schmerz ihres Fußes, der Arme und der Lunge. Sie hält inne, als sie den Klang von Sirenen wahrnimmt. Tatsächlich kommt ein Streifenwagen und dahinter ein Löschfahrzeug der Feuerwehr die schmale Schotterstraße hinaufgerast. Aufgeregt humpelt sie ihnen entgegen.

„Es ist noch jemand im Haus. Cedric, er ist im Wohnzimmer", ruft sie den Männern entgegen und winkt aufgebracht. Die Feuerwehrleute reagieren sofort, mit Feuerlöschern bewaffnet treten sie die Haustür ein und bahnen sich einen Weg zu Cedric. Holly steht schluchzend da, hofft und betet. Ein Polizist legt ihr eine Decke über die Schultern. „Setzen Sie sich in den Krankenwagen."

„Nein", widerspricht sie und lässt die Tür nicht aus den Augen. *Das Feuer holt sich, was es damals verschont hat*, denkt sie matt, doch dann ... Endlich kommen die Männer aus dem Haus geeilt. Hollys Herz macht einen Satz, als sie sieht, dass einer der Männer einen leblosen Körper hinter sich her schleift.

„Sanitäter!", rufen sie aufgeregt. Die Sanitäter spurten los. Holly betrachtet das Ganze aus weiter Ferne, als ob sie nicht anwesend wäre, dann wird es schwarz um sie.

Kapitel 29

Tränen rutschen über Hollys Gesicht, während sie Cedric betrachtet und verzweifelt nach einem Lebenszeichen sucht. Die Maschine piepst und zischt, seine Arme sind bandagiert, wie auch sein Oberkörper und beide Beine. Die Geräte halten ihn am Leben, wenn man das so nennen kann. Sein Gehirn war über mehrere Minuten ohne Sauerstoff. Die Ärzte geben ihm eine zehn- bis fünfzehnprozentige Überlebenschance, und wenn er überlebt, wird er nie mehr derselbe sein. Weder äußerlich noch innerlich. Diese Tatsache ist so grausam, dass sie nur Stück für Stück bei Holly ankommt. Sie weiß nicht, was sie mehr fürchtet, dass er stirbt oder dass er überlebt. Schon wieder ist sie dem Teufel von der Schippe gesprungen, sie hat Verbrennungen zweiten Grades an beiden Armen und eine Rauchvergiftung. Cedric hat ihr Leben gerettet, für seines hat es nicht gereicht. Sie versucht nicht, ihre Tränen zurückzuhalten, sie sollen sich ruhig austoben, Cedric hat sie verdient. Holly schämt sich nicht dafür.

„Wo bist du, Cedric?", wispert sie. Holly ist sich sicher, dass er nicht da ist, sie würde ihn sehen oder spüren, aber da ist nichts. Nur sein Brustkorb, der sich hebt und senkt, weil es die Maschinen so wollen. Florian war vorhin zu Besuch. Er erzählte Holly, dass das Haus abgerissen werden muss. Das ist ihr im Moment vollkommen egal, denn alles was zählt, liegt vor ihr: Cedric, die Liebe ihres Lebens. Der Mann, der sie am meisten herausforderte und ihr am meisten gab. Es kann nicht einfach so vorbei sein, es geht nicht. Sie denkt an das erste Mal, dass sie ihn gesehen hat. Wie er sie genervt hat, seine patzige, gleichgültige Art. Doch dann kamen sie sich schnell näher, ihre Herzen schlugen wie eins, im selben Takt. Ihre Schmerzen haben sie verbunden und zusammengeschweißt. Sie haben sich gefunden, in einer Welt, die ihnen unsägliches Leid zugefügt hat, und dachten, es sei für immer. Holly geht erst nach Hause, als sie von dem Pflegepersonal darum gebeten wird.

Kapitel 30

Die letzten zwei Wochen vergingen elendig langsam und zäh, wie in Zeitlupe. Holly durfte nach Hause, wo keines mehr war. Florian fuhr sie zum Haus, gegen seinen ausdrücklichen Rat. Holly hatte einen Zusammenbruch beim Anblick von Cedrics Cupra, der noch genau an derselben Stelle stand und keinen Schaden davongetragen hat. Florian hat ihr sein Apartment angeboten, er würde auf dem Sofa schlafen. An Cedrics Zustand hat sich nichts geändert, langsam ist es bei Holly angekommen, dass sie ihn für immer verloren hat. Den Cedric, den sie kannte und liebte, gibt es nicht mehr. Jeden Tag verbringt sie Stunden bei ihm, erzählt ihr aus ihrem Leben, erinnert ihn an die vielen schönen gemeinsamen Stunden, die sie hatten.
Jetzt sitzt sie mit Florian still vor dem Fernseher, immer wieder wischt sie sich Tränen aus dem Gesicht. Alles scheint sie an Cedric zu erinnern: Werbung, Filme, Serien, Nachrichten, Trickfilme – es

gibt nichts, wo sie ihn nicht sieht. Das Leben wird zum Spießrutenlauf.

„Ich gehe ins Bett", verkündet sie leise.

„Okay." Florians Blick ist voller Mitgefühl, wieder einmal hat er sie gerettet, gibt ihr wenigstens ein bisschen Halt, ist da für sie, egal wann und wie. Sie ist dankbar, kann es ihm aber nicht zeigen, jedenfalls noch nicht. Holly legt sich ins Bett und weint sich in den Schlaf.

„Holly."

Sie blickt auf, schaut sich um. Sie ist im Schattenland, die Blumen blühen, das Kaninchen knabbert an einem Grashalm wie auch die Ziege und das Pferd. Holly steht auf. „Holly." Jetzt steht er vor ihr. Cedric, lächelnd, gesund und glücklich. Holly umarmt ihn überschwänglich. „Ich vermisse dich so sehr", schluchzt sie.

„Ich dich auch", erwidert er und küsst sie auf den Kopf. Sie blickt zu ihm hoch. „Ich komme nicht zurück, Holly." Das hat sie befürchtet. „Diese Welt hat mir nichts mehr zu bieten."

Sie schluckt. „Ich brauch dich aber", sagt sie mit gebrochener Stimme.

„Nein, du brauchst mich nicht." Liebevoll wischt er ihre Tränen weg. „Du bist stark, wie ich dir immer gesagt habe. Ich wünschte, ich wäre so stark gewesen." Er küsst sie sanft. „Vergiss mich nie, trag mich in deinem Herzen, aber genieße dein Leben, sei glücklich, Holly, mit wem auch immer." Cedric drückt sie an sich. „Und wenn es Florian ist." Er lacht. „Ich hasse ihn, aber nur, weil er ein guter Mann ist."

„Geh nicht." Holly schmiegt ihr Gesicht an seine Brust.

„Lass mich gehen, Holly, bitte." Seine Hände halten ihr Gesicht sanft fest. „Wir sehen uns wieder, irgendwann, dann stell ich dir meine Eltern und Georg und natürlich Peter vor. Und wenn es das schwarze Nichts ist, dann ist es auch okay." Holly will ihn nicht loslassen. „Ich will nicht mehr, Holly, verstehst du? Es ist zu schmerzhaft für mich."

„Ja", presst sie hervor. Sie versteht ihn.

„Du bist ein wunderbarer Mensch und ich bin dankbar, dass ich dein Wegbegleiter sein durfte." Cedric löst sich aus der Umarmung, schaut ihr tief in die Augen, wie er es immer tat, als ob er sie lesen wollte. „Ich liebe dich für immer."

„Ich dich auch, Cedric." Er lächelt ihr zu, dann verschwindet er. Holly bleibt weinend zurück.

„Holly." Jemand schüttelt sie. „Holly." Sie öffnet die Augen, es ist Florian. „Bist du okay?"

„Nein." Sie streckt die Hände nach ihm aus und Florian lehnt sich zu ihr hinunter, Holly legt ihre Arme um ihn und weint. Als ihr Handy klingelt, schrecken sie auf. Holly weiß, wer es ist.

„Wer ruft um diese Zeit an?", fragt Florian verwundert.

Holly blickt auf das Display und ihr Verdacht wird bestätigt.

„Wouters", sagt sie leise. Dann nickt sie, Tränen strömen über ihre Wangen. „Danke." Sie beendet den Anruf. Florian ahnt, um wen es sich bei dem Anruf gehandelt hat, trotzdem fragt er.

„Was ist?"

„Cedric ist tot."

Kapitel 31

Die letzten Tage waren die schwersten für Holly, sie hat zusammen mit Florian Cedrics Beerdigung organisiert. Es war rührend, viele ehemalige Freunde aus seiner Zeit bei der Polizei gaben ihm die letzte Ehre. Jetzt ist Holly auf dem Weg zu seiner Wohnung. Florian wollte sie begleiten, aber sie möchte alleine hingehen, sich Zeit nehmen. Mit schwerem Herzen schließt sie die Tür auf, es ist aufgeräumt. Nach so langer Zeit riecht es immer noch nach ihm. Holly vermisst ihn jeden Tag, vor allem sein Lachen, welches einen ganz anderen Menschen aus ihm machte. Sie freut sich auf die Nächte, denn da trifft sie sich mit ihm, im Schattenland. Der Ort, der, bevor sie Cedric kennenlernte, ihre Hölle war, jetzt ist es ihre Zuflucht, eine Oase. Sie reden und lachen, so wie früher. Florian weiß nichts davon, er braucht es auch nicht zu wissen. Schließlich sind sie kein Paar, Florian lässt ihr Zeit und hält Abstand. Holly schaut sich um, sie war selten in Cedrics Wohnung, er wollte es nicht, war lieber bei ihr zuhause. Es gibt kaum Persönliches, keine Erinnerungen an seine Familie. Wahrscheinlich hätten Bilder sein

Herz zerrissen, was es so ja schon tat. Sie öffnet Schubladen und findet einen kleinen Stapel Fotos. Neugierig nimmt sie die Bilder hervor. Sie zeigen Cedric in Polizeiuniform mit Freunden. Ein paar von ihnen hat sie bei der Beerdigung kennengelernt. Selbst auf diesen Bildern kann sie die unendliche Schwere seines Daseins spüren und sehen. Sie legt die Fotos auf den Tisch, sie wird sie mitnehmen, als Erinnerung. Dann geht sie ins Büro. Es ist alles einwandfrei sauber. Holly staunt, nicht, dass es schmutzig war, als sie das letzte Mal hier war. Aber chaotisch. Ihre Augen bleiben an einem Umschlag, der auf dem Schreibtisch liegt, hängen. Sie nähert sich und liest. „Geliebte Holly." Holly kraust die Stirn, dann eilt sie um den Tisch herum und setzt sich auf den Bürostuhl. Eine ganze Weile starrt sie den Brief an. Dann endlich wagt sie es, ihn zu öffnen. Sie liest laut. „Liebe Holly, wenn du das hier liest, dann ist mein Plan aufgegangen und ich habe diese Welt verlassen." Holly schluckt, kann nicht fassen, was sie liest. „Es tut mir leid, ich konnte nicht mehr. Ich liebe Dich, wie ich noch nie jemanden geliebt habe. Das Jahr mit Dir war das Schönste in meinem Leben. Ich habe mein Testament gemacht. Viel habe ich nicht, aber davon kannst Du Dir nehmen, was Du willst. Pass gut auf meinen Cupra auf, meine zweite große Liebe. Ein Ersatzschlüssel findest Du in der Schreibtischschublade." Holly wischt sich eine Träne weg. „Pass auf Dich auf, lebe Dein Leben und vergiss mich nicht. Ich beneide Dich um Deine Stärke. Für immer, Cedric."

Holly starrt den Brief an, lehnt sich zurück und lässt einmal mehr die Tränen fließen. Langsam begreift sie, was dieser Brief bedeutet. An dem Tag, an dem Klemens Wagner das Feuer gelegt hat, plante

Cedric seinen Suizid. Sie erinnert sich an den Morgen, die Unruhe, die sie verspürt hat, der Kuss, der sich wie ein Abschied für immer angefühlt hat. Jetzt macht alles Sinn. Klemens kam ihm zuvor, hat ihm sozusagen die *Arbeit* abgenommen. Sie ist zutiefst erschüttert und irgendwie befreit. Befreit von Schuld, denn es ist nicht ihre Schuld, dass er tot ist. Erst jetzt, wo diese Last von ihr abfällt, spürt sie, wie sehr sie sich schuldig gefühlt hat. Er starb, weil er ihr Leben gerettet hat. Aber er wollte es so, er kam nicht frei, weil er nicht wollte. Er wartete auf die Flammen, dass sie sich holten, was sie damals verschont hatten. Doch dann kam die Feuerwehr. Eine Spaziergängerin im Wald hat das Feuer bemerkt und sofort die Feuerwehr gerufen. Deshalb waren sie so schnell vor Ort. Die Erinnerungen an Cedric sind so furchtbar schmerzhaft, erst jetzt kann sich Holly ein Bild von seinen Qualen machen. Er hat seine Familie verloren und sich dafür die Schuld gegeben. Sie hat noch nie einen Menschen verloren, den sie liebt. Sie öffnet die Schreibtischschublade, ein weiterer Stapel mit Fotos. Holly lächelt, es sind Bilder von ihnen, mit seinem Handy geschossen. Sie lachen und sie küssen sich, vermitteln den Eindruck, dass alles in Ordnung war, ein normales glückliches, verliebtes Pärchen. Aber das waren sie nicht, das waren sie nie. Sie waren nicht nur Partner, sie waren sich gegenseitig Gehhilfe, Oase und Fels in der Brandung. Er hat eine Entscheidung getroffen und Holly bleibt nichts anderes übrig, als sie zu akzeptieren. Ein Teil von ihrem Herzen fehlt, und wird auch für immer fehlen. Cedric wusste, dass sie nicht alleine sein wird, er wusste, dass Florian sie auffangen wird. Trotzdem ist sie manchmal wütend auf ihn, dass er sie einfach zurückgelassen hat.

Holly betrachtet die Bilder und wischt sich die Tränen weg. Ihr Blick fällt auf sein Tattoo. Das Auge, die drei Tränen und die kleine Hundepfote. Sie springt auf, packt den Brief und die Bilder in ihre Tasche, eilt die Treppen hinunter, schwingt sich aufs Fahrrad und rast in die Stadt. Beim ersten Tattoostudio, an dem sie vorbeikommt, stellt sie das Fahrrad ab und stürzt in den Laden. Der Inhaber schaut sie verwundert an.

„Ich brauch ein Tattoo."

„Ja, da kann ich dir helfen."

Außer Atem hält Holly ihm das Foto von Cedrics Arm entgegen.

„Genau so, aber mit nur einer Träne und ohne Pfote und das Auge sollte meinem ähnlich sein."

Er blickt ihr in die Augen. „Kein Problem."

Er bereitet alles vor, dann darf sie sich setzen. Es ist Hollys erstes Tattoo, ein bisschen fürchtet sie sich vor den Schmerzen, was anhand dessen, was sie in ihrem Leben schon an Schmerzen aushalten musste, lächerlich scheint. Sie beobachtet den Mann, der mit viel Präzision und Routine seine Arbeit macht. Immer wieder rutschen Tränen über Hollys Gesicht, Cedric wird für immer bei ihr sein. Jedes Mal, wenn sie auf das Tattoo blickt, wird sie sich an ihn erinnern. An die schönen Momente, sein Lachen, seinen trockenen Humor, seine liebevolle Art, mit ihr umzugehen. Sie schnieft. Der Tätowierer schaut sie an, er lächelt. „Es muss jemand ganz Wunderbares gewesen sein", sagt er, während er weiterarbeitet.

„Der wunderbarste Mensch, den es gibt", antwortet Holly, lehnt sich zurück und lässt ihren Tränen freien Lauf.

Als sie gegen Abend bei Florian eintrifft, erwartet dieser sie bereits.

„Hallo, ich habe gekocht."
Holly bemerkt erst jetzt, wie hungrig sie ist, den ganzen Tag hat sie nichts gegessen. „Super, ich gehe nur kurz duschen."
„Okay."
Als Holly aus der Dusche kommt, bemerkt Florian das Pflaster auf ihrem rechten Unterarm. „Was ist passiert?"
Vorsichtig hebt sie das Pflaster an und präsentiert ihm ihr Tattoo.
Florian schluckt. „Cedric hatte ein ähnliches", sagt er leise.
„Ja." Holly kämpft schon wieder mit den Tränen, es ist alles noch zu frisch. Stumm verschwindet er in der Küche und kehrt mit zwei vollen Tellern Spaghetti Bolognese zurück. Sie setzen sich.
„Trauer braucht Zeit, Holly", sagt er schließlich.
Sie nickt, kämpft wieder mit Tränen.
„Gib dir die Zeit, okay?"
Holly nickt erneut, ihre Kehle brennt, sie will nicht weinen. Konzentriert stopft sie sich Spaghetti in den Mund. Florian grinst.
„Du hast tatsächlich Hunger."
„Ja."
„Wie war's in seiner Wohnung?" Er beobachtet sie aufmerksam.
„Ganz okay." Holly will ihm nichts von dem Brief erzählen, noch nicht. Sie freut sich auf heute Abend, wenn sie Cedric im Schattenland in die Arme schließen kann. Sie wird ihn auf den Brief ansprechen.

Bereits um 22 Uhr wünscht Holly Florian eine gute Nacht und zieht sich zurück. Florian glaubt zu wissen, dass sie erschöpft ist, wegen des Stresses heute in Cedrics Wohnung. Holly reißt sich die Kleider

vom Leib, putzt eilig die Zähne und legt sich erwartungsvoll ins Bett, sie muss nicht lange auf den Schlaf warten.
„Cedric", ruft sie und zuverlässig erscheint er neben ihr. Sanft küsst er sie auf die Stirn, sie schließt die Augen und spürt seine Nähe. Sie blickt ihm tief in die Augen.
„Du hast nie versucht, aus dem brennenden Haus zu entkommen."
Er hält ihrem Blick stand. „Du hast den Brief gefunden?"
„Ja." Liebevoll streicht er ihr durch die Haare.
„Bist du real hier, Cedric?"
Er lacht. „Du weißt, was ich dir immer gesagt habe, Holly."
Was hat er gesagt?
„Es ist dein Traum, hier geschieht, was du willst. Es gibt keine Grenzen."
Holly senkt traurig den Kopf. Es ist weder ein Nein noch ein Ja. Natürlich ist er nicht hier, er ist tot. Sie schaut zu ihm hoch. Aber er wirkt so real, so echt. Sie spürt ihn, berührt ihn. Langsam lehnt er sich zu ihr hinunter und küsst sie, sie erwidert seinen Kuss, Cedric atmet schwer, er zieht ihr T-Shirt über ihren Kopf. Seine Hände sind überall, Holly grinst. Sie legen sich in das Gras, wo sie sich lieben. Danach liegen sie einfach nur da und starren in den Himmel.
„Solange du mich brauchst, wirst du mich hier finden, Holly."
Holly legt ihren Kopf auf seine Brust und schläft ein.

Kapitel 32

Als sie morgens aufsteht, hat Florian bereits Frühstück zubereitet. Holly lächelt ihn an. „Guten Morgen", sagt sie gut gelaunt.
„Guten Morgen, geht es dir besser?"
„Mhm." Sie grinst. Florian beobachtet sie. „Würdest du Cedrics Cupra bei meinem Haus abholen?"
Er schaut sie fragend an.
„Er hat ihn mir vermacht."
Florian hebt die Augenbrauen. „Ja klar. Hast du die Schlüssel?"
Holly wedelt mit dem Schlüssel und legt ihn auf den Tisch. Florian denkt nach. „Dann lasse ich mich mit dem Taxi zum Haus bringen und fahre mit dem Cupra zur Arbeit."
„Super." Holly will den Wagen in ihrer Nähe haben, Cedric liebte ihn. Sie wird ihm dadurch ein bisschen näher sein.
Sie verabschiedet sich und verlässt die Wohnung, die Arbeit tut ihr gut. Sie bringt ein bisschen Ablenkung, sie kann schließlich nicht den ganzen Tag an Cedric denken.

Als sie nach der Arbeit nach Hause fährt, hält sie noch kurz bei Edeka, um ein paar Kleinigkeiten zu besorgen. Sie steht bereits an der Kasse, als ihr Herz einen Moment aufhört zu schlagen. Den Mann, den sie durch die Scheibe auf der Straße erblickt, erkennt sie sofort. Aufgeregt läuft sie zur Tür und schaut ihm nach. Dann verlässt sie den Laden, rennt über die Straße. Sie lässt ihn nicht aus den Augen, aber um sicher zu sein, muss sie ihn von vorne sehen. Die Kapuze ihres Hoodies zieht sie sich tief ins Gesicht. Dann rennt sie weiter vor, an dem Mann vorbei und über die Straße. Dort stellt sie sich hinter einen Lieferwagen und beobachtet ihn durch die hohe Scheibe. Holly schluckt, es besteht kein Zweifel, er ist es, Klemens Wagner. Er hat die Haare gefärbt, trägt einen Bart und seinen Kopf gesenkt. Aber Holly ist sich sicher. Sie weiß, was das bedeutet. Es gibt nur einen Grund, der ihn hierher führt. Er will das Spiel zu Ende spielen. Außer Atem lehnt sie sich an das Auto. „Scheiße", murmelt sie. Sie hatte gehofft, dass er es nicht mehr wagen würde, sich hier zu zeigen. Natürlich war es dumm von ihr. Sie ist sich sicher, dass er diesmal keinen Fehler macht. Nicht noch einmal wird sie mit dem Leben davonkommen. Sie muss ihm zuvorkommen. Die Polizei ... nein ... Holly hat andere Pläne. Nächtelang hat sie darüber nachgedacht, was sie mit ihm anstellen wird. Aber jetzt muss sie reagieren. Als Erstes muss sie weg von Florian, Klemens wird ihn sonst auch aus dem Weg schaffen. Holly rennt zurück, schwingt sich aufs Rad und rast nach Hause. Als sie den Cupra vor dem Wohnhaus sieht, hält sie inne und starrt ihn an. Für einen kurzen Moment glaubt sie, dass Cedric zuhause auf sie wartet. Sie nähert sich dem Wagen, Florian hat ihn gewaschen, er war voller Ruß, als sie ihn das letzte Mal gesehen hat. Liebevoll streicht sie über das Fahrzeug. „Willkommen zuhause", sagt sie leise. Immer wieder blickt sie sich um, sie will sicher sein, dass Klemens ihr nicht gefolgt ist.

„Florian!", ruft sie und platzt in die Wohnung. Er schreckt vom Sofa

hoch. „Was ist los?"
„Ich gehe ein paar Tage weg."
„Wohin?"
Holly schaut ihn starr an. *Das geht ihn nichts an*, denkt sie, versteht aber, dass er es wissen will.
„Erinnerst du dich an Betty, meine beste Freundin?"
Florian denkt nach. „Die, die damals weggezogen ist?"
„Ja genau, sie hat mich zu sich eingeladen."
Er rümpft die Stirn. „Jetzt auf einmal?"
„Ja." Holly eilt an ihm vorbei. „Ich freue mich."
„Ähm, ja, das ist schön. Soll ich dich irgendwo hinbringen, zum Bahnhof?"
„Nein, nein, ich habe schon ein Taxi gerufen. Ich fahre in zehn Minuten." Holly muss hier weg, wenn Klemens Florian etwas antun würde, könnte sie es sich nie verzeihen.
„So eilig?"
„Ja." Im Schlafzimmer packt sie ein paar Kleider und sonstige Dinge, die sie brauchen wird, zusammen.
„Holly", sagt er ernst und geht auf sie zu. Er hält ihren Kopf mit beiden Händen, sanft, aber bestimmend, so wie Cedric es immer getan hat. „Du lügst mich an", sagt er leise.
Holly vermeidet es, ihn anzusehen. Sie schüttelt den Kopf. „Nein, wirklich nicht." Natürlich sieht er es ihr an, das tat er schon immer. In ihrem Kopf wird ihr Plan immer verrückter. Sie löst sich aus seinem Griff. „In ein paar Tagen bin ich wieder zurück."
Florian beobachtet sie. Sie hebt grinsend ihr Handy in die Höhe. „Du kannst mich ja anrufen, wenn du Fragen hast."

Sie sieht es ihm an, er glaubt ihr kein Wort. Egal.

„Tschüss!", ruft sie ihm zu und rast die Treppen hinunter. Sie spürt seinen Blick, doch dann ist sie weg. Erleichtert steht sie unten auf der Straße. Sie schaut hoch und sieht Florian am Fenster stehen. Sie winkt, dann verschwindet sie hinter der nächsten Ecke. Aufmerksam beobachtet sie jeden Menschen, der an ihr vorbeigeht, sie muss sicher sein, dass Klemens sie beschattet, dass er auch wirklich sieht, wo sie hingeht. Sie schaut sich um, dann entdeckt sie einen auffälligen dunklen Wagen. Ein Mann sitzt darin, soweit kann sie es erkennen. Ihr verrückter Plan beginnt. Aus der Tasche wühlt sie den Autoschlüssel hervor. Ihr Herz pocht aufgeregt. Sie ist mit Cedric auf verlassenen Parkplätzen ein bisschen herumgekurvt, aber noch nie auf einer befahrenen Straße. Sie setzt sich in den Wagen. Es riecht nach Cedric, wobei sie sich das wahrscheinlich nur einbildet. Sie schaut sich um. „Wo soll es hingehen?" hört sie Cedric sagen. *Nicht jetzt, Holly*, denkt sie, schließt die Augen, atmet tief ein und startet den Cupra. Vorsichtig fährt sie los, der Wagen rumpelt, Holly konzentriert sich, fährt noch zögerlich aus der Parklücke, dann raus auf die Straße. Es ist überwältigend, sie hat das Gefühl, dass sie auf tausend Dinge zur selben Zeit achten muss. Autos hinter ihr, Autos vor ihr, neben ihr, Ampeln, Fußgänger, Fahrräder, die Schaltung, die Kupplung, die Bremsen, oh Gott, sie fühlt sich vollkommen überfordert. Aber irgendwie zuckelt sie durch den Verkehr und versucht, einen Blick in den Rückspiegel zu erhaschen, um sicher zu sein, dass Klemens ihr tatsächlich folgt. Aber es ist unmöglich. Hochkonzentriert fährt sie durch die Stadt, zweimal würgt sie den Motor ab, doch der Cupra verzeiht es ihr. Sie hört

Cedric hüsteln. Als sie endlich an ihrem Ziel ankommt, überkommen sie Zweifel. Aber sie hat keine Wahl, sie muss es zu Ende bringen, sonst ist es ihr Tod. Holly stellt den Wagen eine Straße weiter ab und mit weichen Beinen geht sie auf das Haus zu, es scheint sie auszulachen, so wie damals schon. Es ist genauso Täter wie die Männer, die sich in dem Haus an ihr vergangen haben. Holly bleibt einen Moment stehen, kalter Schweiß tropft von ihrer Stirn, sie zittert unkontrollierbar. „Scheiße", flucht sie und mit jedem Schritt wird es schlimmer, sie glaubt zusammenzubrechen.
„Du schaffst es, Holly, du bist stark" hört sie Cedric in ihr Ohr flüstern. Sie atmet tief ein, dann geht sie mit schnellen Schritten zu dem Haus. Sie schaut sich um, doch sie kann niemanden sehen, aber sie fühlt sich beobachtet. Er ist hier, sie weiß es.

Klemens grinst amüsiert. „Was ziehst du hier ab, Mädchen?" Er beobachtet Holly schon eine ganze Weile. Sie steht an der Tür ihres Elternhauses und sucht zitternd nach dem Hausschlüssel. Klemens ist gut unterhalten. Holly hat eindeutig seine Gene, sie ist schlau und stark, verdammt stark. Er beobachtet seine Tochter und bedauert es ein bisschen, dass er sie töten muss, sie wären ein gutes Team. Es scheint fast, als ob Holly nicht sterben darf. Wie oft ist sie dem Tod schon von der Schippe gesprungen? Dreimal? Viermal? Klemens weiß mit Sicherheit von dreimal. Ihr Suizidversuch, dann hier in dem Haus und schließlich beim Brand. Klemens mag starke Menschen, nichts macht ihn wütender als schwache Menschen. Solche wie Beate, sie war abstoßend, schwächlich, hat gejammert, geheult und um Gnade gefleht und ihn damit nur noch mehr

angestachelt. Er liebt es, zu herrschen, Macht zu haben, Leute zu erniedrigen, ihnen vor Augen zu halten, dass sie nichts wert sind. Beate war das perfekte Opfer, er hatte es so einfach mit ihr. Sie zitterte schon, als sie nur seine Stimme hörte. Sie hätte alles für ihn getan. Er trieb sie bis zu dem Punkt, an dem sie wirklich glaubte, dass er der Teufel war und ihr dummer Mann glaubte es auch. Sie quälten Holly nur, weil er es so wollte. Es waren die besten Jahre seines Lebens, diese Filme von Holly, er hat sie verschlungen.
Als Holly endlich den Schlüssel findet und im Haus verschwindet, wagt er sich aus seinem Versteck hervor.

Holly steht beim Eingang, es riecht säuerlich abgestanden, ekelhaft. Sie hat die Pforten der Hölle geöffnet. Langsam legt sie ihre Sporttasche ab und schaut sich um. Holly geht vorsichtig zur Luke, sie steht offen. Holly will nicht, aber sie kann nicht anders, sie schaut hinunter und sieht das getrocknete Blut von Cedric auf dem Boden kleben. Sie wendet sich ab, Tränen rutschen ungefragt über ihr Gesicht. „Ich bin hier" hört sie Cedric sagen. Er gibt ihr Kraft, sie holt tief Luft, geht die Treppe hoch und vergewissert sich, dass sich niemand im Haus befindet. Wer auch immer. Sie darf die Haustür nicht aus den Augen lassen. Klemens ist ein Meister darin, unbemerkt in ein Haus zu gelangen. Sie erschreckt sich fast zu Tode, als ihr Handy klingelt, und fischt es aus der Hosentasche. Florian. Er muss warten. Kaum hört das Klingeln auf, fängt es wieder von vorne an. „Nicht jetzt", murmelt sie. Wieder beginnt es zu klingeln.
„Verdammt."

Dann eine Nachricht:
Wo bist du? Der Cupra ist weg, hast du ihn?
Wenn sie nicht antwortet, wird er sie suchen, und wenn sie Pech hat, wird er sie finden. Holly muss ihn belügen:
Ja, ich habe den Cupra, keine Sorge, meine Freundin fährt ihn.
Endlich ist Ruhe, vielleicht glaubt er ihr, vielleicht auch nicht. Gerade als Holly zur Sporttasche greifen will, erscheint er vor ihr.
„Hallo Kleines", sagt er liebevoll, fast wie ein Vater.
Wie zur Hölle ist er reingekommen. Holly starrt ihn an, er sieht sie nicht als Gegnerin, zielt nicht mit seiner Waffe auf sie, womöglich trägt er nicht mal eine bei sich. Holly blickt verstohlen auf ihre Tasche.
„Denk nicht mal dran." Klemens grinst. „Du bist ganz schön stur. Machst es mir nicht einfach."
„Du hast ihn umgebracht", sagt Holly leise.
„Wen? Deinen depressiven Freund?"
„Ja."
„Ach, ich habe ihm nur einen Gefallen getan."
Holly hebt die Augenbraue. Man könnte es so sagen.
„Ich bin fast ein bisschen traurig."
„Worüber?" Holly ist über ihre feste, sichere Stimme überrascht.
„Dass es bald ein Ende nimmt, du hast mir viele schöne Stunden beschert, Helena." Er blickt sie an. „Oh entschuldige – Holly."
„Ich hasse dich."
„Aua. Das brennt in meinem Herzen." Er glotzt auf ihren Unterarm.
„Hast du dir wehgetan?"
„Das geht dich nichts an."

„Du bist ganz schön patzig." Mit zwei großen Schritten ist er bei ihr, packt sie am Arm und reißt ihr das Pflaster weg. Anerkennend hebt er die Augenbrauen und nickt. „Wow, dein Freund hatte fast dasselbe."

Holly schaut ihm tief in die Augen, sie möchte ihm zeigen, dass sie keine Angst vor ihm hat, obwohl es nicht der Wahrheit entspricht.

„Wie niedlich, du trägst ihn immer bei dir." Klemens macht zwei Schritte zurück. Holly ergreift die Chance, schnell duckt sie sich nach der Sporttasche, ein dummer Plan, die Tasche ist noch nicht einmal geöffnet. Als ihre Hand die Sporttasche berührt, spürt sie den Schlag im Gesicht, sie verliert ihr Gleichgewicht und fällt zur Seite.

„Was hast du vor? Willst du die Heldin spielen?"

Holly stöhnt, Blut tropft aus einer Verletzung an der Augenbraue.

„Ich ... mir ist kalt, ich wollte nur meinen Pullover herausnehmen."

„Das wird dein kleinstes Problem sein."

Holly stellt sich auf die Beine, sie ärgert sich über sich selbst. Sie wollte schlauer sein als er, niemals rechnete sie damit, dass er so schnell angreifen wird. Was jetzt? Sie wirft einen Blick auf die Tasche, die genau unter ihr liegt. Sie hat Cedrics Waffe darin, aber wie kommt sie daran? Holly denkt nach. Klemens gafft sie amüsiert an, er scheint Gefallen an dem Spielchen zu haben. Blitzschnell lässt Holly sich auf die Knie fallen, immerhin berührt sie den Reißverschluss, als der Schlag wie eine Bombe in ihren Kopf fährt. Für einen Moment dreht sich alles, ein lauter Piepton erklingt.

„Steh auf, Holly, gib nicht auf" hört sie Cedric, als ob er neben ihr stehen würde. Sie kämpft sich hoch, Klemens wartet nicht, er schlägt noch mal zu. Holly fällt hintenüber, sie dreht sich auf den Bauch, um sich zu schützen. Klemens tritt mit seinen Füßen in ihre Seite, Holly stöhnt, doch ihr Überlebenswille ist geweckt. Sie schaut zum Kamin und sieht den Schürhaken, mit dem ihr *Vater* die Kohle hin und her bewegt hat. Mehr als einmal hat er das heiße Eisenteil auf ihre Haut gedrückt und sie verbrannt. Noch einen Meter. Klemens hat seine Überlegenheit der Wut weichen lassen. Hollys Verhalten macht ihn wütend, er fühlt sich nicht ernst genommen, damit kann er nicht umgehen. Er dachte, Holly würde ihn anflehen, sie am Leben zu lassen, damit hat er nicht gerechnet. Unaufhörlich tritt er Holly, in die Seite, den Oberschenkel und an ihren Kopf. Es dreht sich alles, doch der Kamin ist nicht mehr weit und Klemens ist so außer sich, dass er Hollys Tun keine Aufmerksamkeit schenkt. Ungehindert streckt sie sich nach dem Haken aus, dreht sich unbeeindruckt von Klemens' Attacken auf den Rücken und holt aus. Erst jetzt bemerkt er ihr Vorhaben. Holly holt aus und schlägt ihm das spitze Teil in seinen Oberschenkel. Er schreit auf, fällt fluchend auf seinen Hintern.

„Verdammte Göre", schreit er, während Blut aus einer tiefen Wunde am Bein fließt. Angestrengt versucht er, etwas aus seinem Hosenbund hervor zunehmen. *Seine Waffe*, denkt Holly. Doch diesmal ist sie schneller, sie öffnet die Tasche und greift nach Cedrics Waffe. Einmal fuhren sie zu einem Schießplatz und Cedric erklärte ihr, wie die Waffe funktioniert. Sie hat zwar nichts wirklich getroffen, aber sie weiß jetzt, wie es geht.

„Entsichern", flüstert Cedric. Holly gehorcht und zielt auf Klemens.

„Lass die Waffe, wo sie ist oder ich schieße", ruft Holly.

„Wow." Er nickt. „Ich bin beeindruckt."
„Das solltest du auch sein." Holly zielt auf ihn und würde, wäre es notwendig, sofort schießen.
„Nimm die Waffe vorsichtig heraus und wirf sie weg von dir."
„Weißt du, wie das Ding funktioniert?"
„Ja, Cedric hat mir das Schießen beigebracht."
Holly sieht ihm an, dass ihm diese Antwort nicht gefällt. Er nickt, nimmt seine Waffe mit zwei Fingern aus dem Hosenbund, legt sie auf den Boden und schiebt sie weg. Ohne die Waffe von ihrem Ziel abzuwenden, geht Holly zu seiner Pistole und hebt sie auf. Sie sichert sie und wirft sie in die Tasche.
„Und jetzt, kleine Holly?" Seine Arroganz ist trotz seiner schweren Verletzung nicht gewichen. „Setz dich auf den Stuhl." Mit der Waffe, die sie mit beiden Händen, so wie Cedric ihr es beigebracht hat, festhält, zeigt sie auf den großen, bequemen Sessel. Dirk hat auf dem Sessel immer ferngesehen. Es war sein Thron. Zu ihrer Überraschung gehorcht Klemens ohne Widerrede. Sie weiß, dass er in seinem Kopf alle Möglichkeiten durchgeht. Ihre Augen starr auf ihn gerichtet, nimmt sie die Kabelbinder aus ihrer Tasche. Sie wischt sich das Blut aus dem Gesicht und ignoriert ihre Schmerzen. Zwei Meter vor ihm bleibt sie stehen. Er wird sie überrumpeln, wenn sie ihm die Kabelbinder mit nur einer Hand anlegt, sein schmieriges Grinsen verrät ihn. Holly nimmt den Schürhaken vom Boden hoch, sein Lächeln verschwindet, sie holt aus und donnert ihm das Teil ohne zu zögern über den Kopf. Er ist sofort bewusstlos – oder bereits tot. Holly ist sich nicht sicher, aber zur Sicherheit befestigt sie seine Hände und Beine mit den Kabelbindern. Er darf

auf keinen Fall loskommen, dann wäre sie verloren. Erschöpft setzt sie sich auf einen Stuhl am Esstisch. Jetzt melden sich die Schmerzen gnadenlos zurück. Holly krümmt sich, ihre Seite brennt und sticht. Ihr Magen schmerzt und ihr Kopf dröhnt. „Gut gemacht", flüstert Cedric. Holly lächelt zufrieden und kämpft gegen den Drang an, die Augen zu schließen.

„Du musst wach bleiben, Holly." Cedric hat recht. Holly steht auf, geht ins Bad, trinkt einen Schluck und spritzt sich eiskaltes Wasser ins Gesicht. Als sie zurückkommt, hat Klemens seine Augen geöffnet.

Er lacht abschätzig und spuckt Blut. „Ich hätte es wissen sollen, schließlich bist du meine Tochter, mein Blut fließt in dir." Er leckt seine Lippen. „Und jetzt? Rufst du die Polizei und lässt mich verhaften?" Er neigt seinen Kopf.

„Nein."

„Nicht?" Er scheint überrascht zu sein.

„Nein, ich will Rache."

„Uhhh, jetzt habe ich aber Angst."

„Gut."

Jetzt hat er wirklich Angst. „Rache, wofür?"

„Was mir angetan wurde, meine ganze Kindheit und Cedric."

Er braucht nicht zu wissen, dass Cedric genau an diesem Tag seinen Suizid geplant hatte.

„Schätzchen, jemanden zu töten, wird nicht einfach so an dir vorbeigehen, das ist nichts für dich."

Holly grinst ihn überlegen an. „Du bist nicht der Erste." Entsetzt starrt er sie an. „Dirk Wouters, ich habe ihn umgebracht."

Das letzte bisschen Arroganz verlässt Klemens‘ Antlitz.
„Wie du gesagt hast, ich bin deine Tochter, es liegt in den Genen.“
Klemens schnaubt. „Du wirst doch einen angebundenen, wehrlosen Mann nicht einfach so töten.“
„So wie du, meinst du?“
„Feuer, tanz mit mir.“ Klemens grinst, er nimmt wieder Fahrt auf. „Hat er geschrien? Ich nehme an, er hat dir das Leben gerettet? Er ist wegen dir gestorben.“
Mit diesen Worten kann er sie nicht erschüttern, sie weiß etwas, was er nicht weiß.
„Ich werde dich zuerst quälen.“
„Das glaube ich nicht.“
Doch er glaubt es, seine Augen verraten ihn. Holly wühlt in ihrer Tasche und nimmt ein Messer hervor. Klemens bemüht sich, gelassen zu wirken. „Mit diesem Messer wollte ich mir damals das Leben nehmen.“ Holly berührt es geradezu liebevoll. „Mein ganzer Schmerz klebt an diesem Messer.“
„Wie poetisch.“
Sie blickt ihm in die kalten Augen, die Augen des Teufels. Ihre Mutter hatte recht. Blitzschnell hebt sie die Hand und sticht ihm das Messer mit voller Kraft in den Handrücken seiner rechten Hand. Er schreit schrill auf, immer wieder schreit er, blickt auf das Messer, welches in seiner Hand steckt und schreit weiter. Holly betrachtet ihn. Sie hört ihn schreien und sieht sich schreien. Wie oft kam sie an ihre Grenzen und wurde gezwungen, darüber hinaus zu gehen. Keiner kam, um ihr zu helfen, keiner war da, um sie zu trösten – sie lachten und machten sich einen Spaß daraus. Klemens‘

Schreie lassen sie kalt. Er spielte Gott in ihrem Leben. Er bewegte die Figuren auf dem Schachbrett, das sich ihr Leben nannte. Er ist an allem schuld. Gnadenlos sah er zu, wie seine Tochter gequält und missbraucht wurde. Nein, er sah nicht nur zu, er befahl es. Holly fühlt kein Mitleid mit ihm.

„Ich werde dich losmachen, dann gehst du langsam in das Gefängnis." Sie zeigt auf die Luke im Boden.

Er schaut sie fragend an.

„Niemals."

„Oh doch."

„Wirf ihn mit dem Stuhl da runter", schlägt Cedric vor. Holly nickt und lächelt.

„Was ist?" Panik funkelt in Klemens' Augen. Holly ist sich nicht sicher, ob sie in ihrem Zustand fähig sein wird, den Stuhl bis zur Luke zu schieben, zu stoßen oder zu ziehen. Klemens ist groß, nicht ganz so wie sein Halbbruder, aber sicherlich über ein Meter achtzig. Er ist ziemlich muskulös, wiegt also sicher zwischen fünfundachtzig und neunzig Kilogramm. Sie schaut sich um, verschwindet in der Küche und kommt mit einem langen Seil zurück.

„Was hast du vor, kleiner Dämon?"

Holly muss über seine Wortwahl lachen. Kleiner Dämon, das klingt harmlos, beinahe liebevoll. Sie schlingt das Seil um die Armlehnen, dann läuft sie zur Säule, die ein Stück hinter der Luke steht, damit die Decke nicht einbricht. Sie wickelt das Seil darum, stemmt ein Bein dagegen und zieht. Tatsächlich bewegt sich der Stuhl.

„Hey, verdammt, was soll das?"

Es ist ein riesiger Kraftakt, aber Holly gibt nicht auf. Voller Kraft

stemmt sie sich weiter dagegen und zieht noch mal. Der Stuhl fällt zur Seite. Das Messer steckt noch immer in seinem Handrücken. Er schreit, Verzweiflung ergreift Besitz von ihm. Klemens wird langsam bewusst, dass er sein eigenes beschissenes Spiel verlieren wird.
„Hör auf mit dem Scheiß!", schreit er zwei Oktaven höher.
Mit jedem Zug nähert er sich dem Lukendeckel. Dann endlich hängt der Stuhl schon halb darüber. Holly lässt das Seil los, Klemens schaukelt über dem Abgrund.
„Hör sofort auf mit dem Scheiß."
„Karma nennt man das", sagt Holly kühl. Dann gibt sie dem Stuhl einen letzten Stoß. Klemens fällt an den Sessel gebunden in die Tiefe. Unten angekommen, hört sie ihn stöhnen.
„Keine Angst, der Tod wird in deinem Fall wahrscheinlich bald eintreffen. Du darfst dir einfach nicht zu viele Gedanken machen, dann ist es nicht so schlimm." Holly fühlt sich beflügelt, glücklich und befreit. Gerechtigkeit hat gesiegt, das findet sie zumindest.
„Bitte, Holly, lass mich raus."
Holly stellt sich neben die Luke, hält die Klappe fest.
„Du gehst jetzt dahin, wo du hingehörst, in die Hölle." Der Deckel saust hinunter und verschließt sein Gefängnis. Holly sichert die Luke sorgfältig mit den vier Riegeln. Dann legt sie den Teppich darüber. Erschöpft lässt sie sich auf den Hintern fallen.
„Ich habe es geschafft."
„Ich habe es gesehen, Holly" hört sie Cedric stolz sagen, dann dreht sich alles und sie verliert das Bewusstsein.
Erst Stunden später kommt Holly wieder zu sich. Ihr ganzer Körper

schreit vor Schmerzen. Mühsam erhebt sie sich vom Boden. Ihr Blick fällt auf das verschlossene und verdeckte Gefängnis. Sie hat es geschafft, sie hat das Biest besiegt. Sie, die kleine Holly, die von sich glaubte, dass sie schwach sei, bis Cedric den Keim in ihr säte, dass sie stark ist. Die Saat ist gewachsen, heute weiß sie, dass sie stark ist, dass nichts und niemand sie jemals in die Knie zwingen wird. Dirk hat es nicht geschafft, ihre Mutter hat es nicht geschafft, die Schattenwelt hat es nicht geschafft, Cedrics Tod hat es nicht geschafft und Klemens Wagner hat es auch nicht geschafft. Vor Hollys Augen dreht sich alles, sie fischt ihr Handy aus der Tasche. Sieben Anrufe. „Florian", murmelt sie und öffnet den Nachrichtendienst.

Wo bist du? Holly, verdammt. Ich ruf die Polizei.

Schnell tippt Holly eine Nachricht.

Alles okay, mir geht es gut. Ich komme bald nachhause.

„Helena" hört sie die Stimme von Klemens aus dem Gefängnis.

„Bitte", fleht er sie an.

Holly verlässt das Haus, geht schwankend zum Cupra, der eine Straße weiter steht, klettert hinein und startet den Motor.

„Holly" hört sie Cedric sagen. Sie lauscht aufmerksam. „Bring es zu Ende."

„Was meinst du?"

„Erschieß ihn." Holly starrt auf das Armaturenbrett. „Er darf auf keinen Fall überleben."

Holly denkt nach, Cedric hat recht. Was, wenn ihn jemand findet? Ein Obdachloser zum Beispiel oder ein Einbrecher. Wenn er überlebt und redet. Holly wühlt in der Tasche nach Cedrics Waffe,

steckt sie in ihren Hosenbund und verlässt den Wagen. Sie schaut sich um, will sicher sein, dass niemand sie beobachtet. Doch die Häuser stehen in weiter Entfernung und die Lichter sind aus. Wie lange hat sie geschlafen? Oder war bewusstlos? Den ganzen Tag? Holly schließt die Tür auf, vergewissert sich noch einmal, dass sie nicht beobachtet wird, eilt in das Haus und schließt sie die Haustür hinter sich zu. Mit großen Schritten geht sie zur Luke. Nur mit Mühe gelingt es ihr, den Lukendeckel zu öffnen. Klemens hat seine Position verändert. Er liegt auf dem Rücken, das Messer steckt grotesk in seinem Handrücken, er ekelt Holly an.
„Ich wusste, dass du zurückkommst."
Holly starrt ihn an. Ihr Vater, sein Blut fließt durch ihren Körper. Langsam greift sie zur Waffe, entsichert sie und zielt auf Klemens.
„Was, was soll das?" Sie genießt die Angst, die sie in seinen Augen sieht. „Wie ist es, wenn der Jäger zum Gejagten wird?"
„Hör auf mit dem Scheiß, du willst mir nur Angst einflössen."
Holly zielt, sie hält die Waffe mit beiden Händen fest.
„Ziel zwischen die Augen", flüstert Cedric in ihr Ohr. „Konzentrier dich, Holly.
„Ich habe ein Geschenk für dich, von Cedric", sagt sie leise. Klemens runzelt die Stirn, blickt sie fragend an. Dann drückt sie den Abzug, ein lauter Knall ertönt und ein befremdliches Ploppen. Holly blickt Klemens an, Blut fließt aus einem kleinen Loch in seiner Stirn. Die Augen sind geöffnet, kalt und leblos. Der Teufel ist besiegt. Holly atmet schwer, sie kämpft gegen die aufkommende Übelkeit an. Wie gerne würde sie jetzt Cedric in die Arme fallen, ihn spüren, dem Pochen seines Herzens lauschen. Sie lässt den Lukendeckel

zufallen.
„Jetzt bist du frei, Holly", flüstert Cedric und sie sieht ihn vor sich, wie er sie anlächelt.
Weinend lässt sie sich auf den Boden gleiten. Ihre Gefühle überwältigen sie. Auf allen vieren schließt sie die Riegel und kämpft sich auf die Beine. Sie fühlt sich seltsam, als ob ein Sturm, der ihr Leben lang direkt in ihrem Kopf wütete, zur Ruhe gekommen ist. Die Welt in ihrem Kopf ist leise geworden. Holly verlässt das Haus, schließt die Tür ab und geht zum Cupra. Sie betrachtet den Wagen, dann fällt ihr Blick auf einen Ring, der an einem einfachen Lederband vom Rückspiegel hinunter baumelt. Holly kraust die Stirn, warum hat sie den nicht schon früher gesehen? Langsam streckt sie ihre Hand danach aus, nimmt das Band vorsichtig ab. Sie lässt ihn durch ihre Finger gleiten, dann bemerkt sie die Gravur, die so klein geschrieben ist, dass sie sich den Ring direkt vor die Nase halten muss.
Du bist stark, ich liebe dich für immer, Cedric
Holly schließt den Ring in ihrer Faust ein und drückt ihn an ihr Herz. „Ich liebe dich, Cedric, für immer." Tränen fließen ungehindert über ihre Wangen. Sie lässt es zu, wehrt sich nicht dagegen, sondern wartet, bis es vorbei ist, dann fährt sie nach Hause.

Epilog

Zehn Jahre sind mittlerweile vergangen, seitdem ich Klemens Wagner in die Hölle geschickt habe. Mein Leben hat sich verändert, ich habe mich verändert. Vor fünf Jahren hat Florian um meine Hand angehalten. Wir waren zum Abendessen, plötzlich kniete er sich vor mich hin und fragte, ob ich seine Frau werden möchte. Natürlich sagte ich Ja. Wir sind seit vier Jahren verheiratet, ich bin jetzt offiziell Frau Holly Klopp. Nach Cedrics Tod, ließ Florian mir Zeit und ich nahm mir diese Zeit. Sechzehn Monate nach seinem Tod näherten Florian und ich uns von Neuem. Obwohl mich keiner so gut kennt wie Florian, war es ein Kennenlernen auf ganz neuer Ebene. Wir lernten uns als Liebende kennen, es war schön, sanft und leidenschaftlich. Ich arbeite noch immer im selben Buchladen, bin jetzt Filialleiterin. Nein, ich habe kein Bedürfnis, etwas anderes zu machen. Ich brauche Sicherheit, Stabilität, es gefällt mir im Buchladen. Wir haben ein Haus am Stadtrand gekauft, klein, aber fein. Es ist mein Zuhause und ich liebe es. Ja, sie ahnen es, die Wand im Schlafzimmer ist rosarot, ich konnte mich durchsetzen. Leo, Florians Sohn, studiert Medizin im ersten Jahr, wie der Papa. Er ist sowieso seinem Vater unheimlich ähnlich, intelligent, liebevoll und hat ein sanftes Wesen, ich verstehe mich sehr gut mit ihm. Die Zeichnung, die ich damals malte und er aus dem Abfalleimer fischte, hat er immer noch. Außerdem haben wir uns einen Hund zugelegt, einen Schäferhund ... mit Namen Peter, wie Cedrics früherer Hund. Das Haus meiner Eltern verfällt langsam und mit ihm sein Inhalt. Von Klemens Wagner wird nicht mehr viel übrig sein, er hat bekommen, was er verdient hat. Das Haus und er. Ich bekam schon einige Angebote von willigen Käufern, die mir gutes Geld für das Haus geboten haben. Aber ich will, dass es verrottet, vor sich hin fault und verkommt. Ich habe nie bereut, was ich getan habe, im Gegenteil, es hat mich stark und frei gemacht. Natürlich war es moralisch gesehen falsch, aber Klemens war die Moral auch egal, ich war ihm egal, warum sollte mir dann sein Leben etwas wert sein? Der Teufel ist in der Hölle, da wo er hingehört. Ich habe Florian nie erzählt, was ich in dieser Nacht getan habe, er braucht es nicht zu wissen. Die Verletzungen, die mir Klemens damals zugefügt hatte, habe ich Florian damit erklärt, dass ich überfallen wurde. Ob er es geglaubt hat oder einen Verdacht hegte, dass weiß ich nicht, wir reden nicht darüber. Vor Kurzem hat er den Wunsch geäußert, Kinder oder zumindest ein weiteres in diese Welt zu setzen. Es hat mich vollkommen aus der Bahn geworfen und ich brauche Zeit, um darüber nachzudenken. Ich habe Angst, dass mich ein Kind zurück in meine Kindheit zieht. Ich weiß nicht, ob ich dafür geschaffen bin. Wie Cedric schon sagte, Florian ist ein guter Mann. Er liebt mich und versteht mich ... jedenfalls meistens. Florian ist mein Fels in der Brandung, das war er schon immer.

Jedoch vergeht kein Tag, an dem ich nicht an Cedric denke, er kam wie ein Dieb und hat mein Herz geraubt, auf eine Art, wie nur er es konnte. Wir waren auf eine Weise verbunden, die außergewöhnlich und einzigartig war. Ich denke oft an seine gebrochene Seele, da gab es nichts mehr zu heilen. Er sagte immer, er wünschte, er sei so

stark wie ich, darüber habe ich öfters nachgedacht und kam zu dem Schluss, dass auch er stark war, aber wir hatten unterschiedliche Hintergründe. Auch wenn wir beide durch die Hölle gingen, es war nicht dieselbe Hölle. Mein Antrieb war Hass, sein Untergang war Liebe. Die Liebe zu seiner Familie und die Schuld, die er sich auflud und mit der er nicht klarkam. Ich musste lernen, seine Entscheidung, diese Welt zu verlassen, zu akzeptieren. Den Ring, den ich damals im Cupra fand, trage ich heute noch um meinen Hals, auch den Cupra fahre ich noch immer, mittlerweile legal.
Sie möchten wissen, ob ich Cedric noch immer im Schattenland treffe? Die Antwort lautet: Ja. Fast jede Nacht, wir reden, lachen, küssen und berühren uns. Er ist meine große Liebe, für immer. Manchmal habe ich ein schlechtes Gewissen Florian gegenüber, es fühlt sich an, als ob ich ihn betrügen würde. Doch Cedric ist nicht real, er ist nur in meinen Träumen ... oder etwa nicht?

ENDE

DANKE

Ich bedanke mich bei meiner Schwester Biggie Schuler, für das Testlesen, Anregungen und Kritik.
Meinem Lektor, Berater und Freund: Holger Bruns.
Dem Arzt Hugo Marquina, für die medizinische Beratung, meiner Protagonisten.
Und dem Psychologen Rafael Alcatraz für die Unterstützung und dem näher bringen vom Verständnis von Menschlichen Traumas.
Meinem Mann Ignacio, der mir den Rücken freihält.
Meinem Hund, Eggsy, der immer wenn ich im Flow bin, Pipi muss.
Mein größter Dank, gilt meinen Lesern! Danke, dass ihr meine Geschichten in Eure Herzen lässt.

Printed in Poland
by Amazon Fulfillment
Poland Sp. z o.o., Wrocław

21200697R00208